देहाती लड़के

उपन्यास

देहाती लड़के

शशांक भारतीय

हिन्द युग्म

ISBN : 978-93-92820-60-1

प्रकाशक:
हिंद युग्म
सी-31, सेक्टर-20, नोएडा (उ.प्र.)-201301
फ़ोन- +91-120-4374046

मुद्रक : मनीपाल टेक्नोलॉजीज लिमिटेड
कला-निर्देशन : विजेन्द्र एस विज

पहला संस्करण : अप्रैल 2019
दूसरा संस्करण : फ़रवरी 2023
मूल्य : ₹299

Dehaati Ladke
A novel by *Shashank Bharatiya*

Published By
Hind Yugm
C-31, Sector-20, Noida (UP)-201301
Phone : +91-120-4374046
Email : sampadak@hindyugm.com
Website : www.hindyugm.com

First Edition: Apr 2019
Second Edition: Feb 2023
Price: ₹299

माँ के लिए, जिसने लिखना सिखाया

भूमिका

मेरे दोस्त,

यह कहानी नहीं, ये मेरी जिंदगी के सबसे चमकीले दिन हैं। उल्टे-पुल्टे दिन, गिरते-पड़ते, लक्ष्यों के पीछे भागते दिन, चौराहे पर आँखें चकमकाते, प्यार में पड़ते, दोस्ती में लड़ते हुए दिन। उन दिनों की सबसे खास बात यह है कि उनमें हुए वो सारे अनुभव 'पहले' हैं। तब के, जब हम बहुत सोचते नहीं थे। कहानी हम तीन दोस्तों की है। दोस्त तीन ही क्यों होते हैं? तीन तिगाड़ा-काम बिगाड़ा। जब मैंने यह कहानी पहली बार इन दोनों के सामने रखी तो दोनों के दिमाग घूम गए। रजत ने शुरू के दो चैप्टर पढ़कर ही एलान कर दिया कि मैंने उसका कैरेक्टर ठीक से नहीं लिखा, अब वह अपना नया नॉवेल लिखेगा। खैर! मुझे उससे कोई दिक्कत नहीं, वो इंग्लिश में लिखने जा रहा है। युवान ने सारे पन्ने तफसील से पढ़े और खत्म करते वक्त उसका चेहरा देखने लायक था। "भाई! ये कहानी अगर पब्लिक हुई तो मेरी जिंदगी की तो लंका लग जाएगी! काहे धान बो रहे हो... हैं?" मगर शुक्रिया युवान का जिसने मुझे यह कहानी प्रकाशित करने की इजाजत दी।

शुक्रिया संपादक मनीष जी का जिन्होंने मेरी हर झक को सुनने का धैर्य रखा। शुक्रिया मेरी बहनों और मेरे अजीज मित्र डॉक्टर सूरज सिंह का जिन्हें मैंने रात के दो-दो बजे फोन करके जगाया है कि ये चेंज किया है कहानी में, जल्दी पढ़कर बताओ। शुक्रिया शहर-ए-लखनऊ और लखनऊ यूनिवर्सिटी का जिसने हमें मिलाया और कहानी के सारे प्लॉट बुने।

'वो' जिसका जिक्र मैं यहाँ करने से बच रहा हूँ, उससे आप सीधे कहानी में मिलें तो बेहतर होगा। कहानी राजरजत सिंह चौहान की है, इसलिए आगे की कहानी उसी की जुबानी। आगे मेरा प्रवेश निषेध है... विदा।

शशांक भारतीय

आज

कॉफी की आखिरी चुस्की लेते हुए मैंने सड़क की दूसरी तरफ खड़ी इमारत की ओर देखा। दीवार पर उभरे सुनहरे भव्य अशोक चिह्न के ठीक ऊपर वाली घड़ी दो बजकर तीन मिनट बजा चुकी थी। सूरज की तिरछी किरणें अशोक चिह्न के नीचे, मोटे सुनहरे अक्षरों में लिखे 'भारत सरकार' को दमका रही थीं। आगे की तख्ती पर 'कोष मूलो दण्ड:' सुशोभित कारों का काफिला दो मिनट पहले ही रवाना हुआ था। सड़क पर दूर तक फैली पीपल की चरमराती हुई पत्तियाँ थोड़ी दूर उड़कर कारों के साथ गई थीं, फिर चौराहे पर खड़े, दांडी जाने को उद्धत बापू के पास जाकर थिरा गई थीं। उड़ी हुई धूल और धुएँ का गुबार पट रहा था और दहलीज तक छोड़ने आए अफसरान वापस बिल्डिंग में लौट रहे थे। सिक्यूरिटी हेड कमलेश के हाथों ने आज औसत से तीन गुना ज्यादा 'जय हिंद' किया था। साहबों के अंदर जाने के बाद वह वापस अपनी कुर्सी पर जाकर बैठ गया था। मैंने कॉफी खत्म करके कप प्लेट में रखा, प्लेट के नीचे की पर्ची निकाली और काउंटर की तरफ चला आया। होटल मैनेजर सुनील ने पर्ची मेरे हाथ से ली और बिना देखे बगल रखी कील में घोंप दी। उसे पता है कि बिल पिछले 3 सालों से बिला नागा 25 रुपया ही है। फुटकर पैसे वापस करते हुए बोला, ''बड़े साब आए थे... आप नहीं गए?'' मैंने पैसे समेटकर जेब में डाले और उसकी आँखों में देखा। वक्ती तौर पर लगा कि उसे जवाब दूँगा, मगर

मुस्कुराया और होटल से बाहर निकल आया। सड़क पार की और इमारत की सीढ़ियाँ चढ़ने लगा। 53 साल पहले बनी यह इमारत बाहर से जितनी उदासीन दिखती है, अंदर से उतनी ही भव्य है। भारत सरकार के अन्य दफ्तरों की तरह जर्जर नहीं। दहलीज पार कर एक गोल बरामदा है, जहाँ सोफे पड़े हैं। जिसके ऊपर की गुंबदाकार छत शीशे की है। फिर लगभग सौ फीट लंबा गलियारा है। गलियारे के दोनों तरफ अधिकारियों के दफ्तर हैं, जिनके सामने उनके नाम और प्रभार की तख्तियाँ लगी हैं। हर दस फुट पर प्लास्टिक फूलों के गमले रखे हैं। गलियारा खत्म होते ही फिर एक गोल बैठक है, जहाँ से तीन तरफ को रास्ते गए हैं। तीनों तरफ अलग-अलग विंग के ऑफिस हैं। चौथी मंजिल तक बिल्डिंग का ढाँचा ऐसा ही है।

गलियारा पार करने पर मिश्रा जी खड़े दिखे। सोफे की वृत्ताकार सजावट के ठीक बीच में खड़े हुए थे। शरीर पर सिलेटी सफारी सूट, और चेहरे पर तमतमाने की हद तक गंभीरता लिए हुए इधर ही देख रहे थे। हीरे के नग से जड़ी उनकी मोंट ब्लैंक अपने चिरपरिचित स्थान, सामने की जेब में लगी हुई थी। शायद मेरा ही इंतजार कर रहे थे। नजर पड़ते ही ऑफिस की तरफ मुड़ गए। उनका मूक संकेत था कि मुझे उनके पीछे जाना था। उँगलियों में फँसा हुआ गुलाबी लिफाफा, जिसपर कांफिडेंसियल की मुहर लगी हुई थी, उनके चौथी मंजिल से नीचे ग्राउंड फ्लोर तक आने की जहमत उठाने की वजह बता रहा था। मुझे लगा, लिफ्ट में बताएँगे, मगर मेरे ऑफिस की तरफ मुड़ गए। आईटीओ एचक्यू के हाथ में सीआईटी ऑफिस का कांफिडेंसियल लिफाफा अच्छे-अच्छे अधिकारियों के माथे पर पसीने की बूँदें भेज सकता है। बिना मेरी तरफ देखे चलते-चलते ही बोले, "फोन किया था... देखा ऑफिस में ही बज रहा है। फोन साथ तो रखा करो कम से कम!" मैंने कुछ नहीं कहा, पीछे-पीछे चलता रहा। किनारे पड़ी कुर्सियों पर बैठे जो असेसी उन्हें देखकर अपनी-अपनी जगह से खड़े हो रहे थे, उन्हें उँगलियों से बैठे रहने का इशारा करता रहा। मेरे केबिन का दरवाजा खोलकर सख्त लहजे में बोले, "आफ्टर यू!" पहले मैं अंदर आया फिर वह स्वयं अंदर आ गए। "देखिए अभी भी बज रहा है!" फोन की तरफ इशारा करते हुए बोले।

"पीछे का दरवाजा बंद हो चुका है पंडित जी! नार्मल हो जाइए", अपनी घूमती हुई कुर्सी पर बैठते हुए कहा मैंने।

"यार ठाकुर तुम मरवाओगे किसी दिन! फोन तो साथ रखा करो कम से कम... अच्छा चाय मँगवाओ।", सामने की कुर्सी पर पसरते हुए बोले।

मैंने मेज के बगल में लगी बेल बजाई। "लिफाफे में क्या लाए हैं पंडित जी?" ... फिर बेल सुनने आए चपरासी की तरफ देखकर.. "दो चाय भिजवा दो!"

"चाय स्पेशल रखना" चपरासी की तरफ घूमते हुए कहा मिश्रा जी ने, फिर मेरी तरफ देखकर लिफाफा बढ़ाते हुए बोले, 'सीआईटी साब ने एक्सप्लेनेशन काल फॉर किया है, "अनऔथराइज्ड एब्सेंस फ्रॉम ऑफिस"।

"अब लंच पे भी ना जाए आदमी?" लिफाफा उनके हाथ से लेकर मैंने दराज में डाल दिया। "और कुछ?"

"तुम काहे पंगे लेते हो बे... आधे घंटे बाद चले जाते लंच पे। क्लास वन ऑफिसर तक जब मुजरा सलामी में लगे हुए थे तो हम-तुम कौन होते हैं? मुस्कुराओ नहीं। तुम्हारे चक्कर में हम सुनते हैं, अपने यू.पी. वाले होने का ज्यादा ही फायदा उठाते हो तुम।"

"तो करवा दीजिए ना यूपी ट्रांसफर, आपसे ज्यादा लिंक हैं क्या किसी के डिपार्टमेंट में?"

अपनी तारीफ पर झेंप जाते हैं मिश्रा जी। मुझसे 8 साल सीनियर हैं, और विभाग के सबसे प्रभावशाली अधिकारियों में से एक। बालों में चाँदी उतर आई है और पेट में ढोलक। चुटकुलों और चाय के सहारे जवानी बरकरार रखे हैं। कानपुर से हैं इसलिए चेहरे पर मुस्कान विरासत में मिली है। मैंने फोन उठा लिया और मिश्रा जी सामने रखी फाइल पलटने लगे। मुझे याद आया कि फोन लगातार बज रहा था। अपने अँगूठे का फिंगरप्रिंट दिया। मेरी दसों उँगलियों में शंख हैं। दादी कहती थीं कि जिसकी दसों उँगलियों में शंख होता है, वह या तो राजा होता है या भिखारी। पता नहीं मैं क्या हूँ?

'15 मिस्ड कॉल्स, फाइव न्यू मेसेजेस' की नोटीफिकेशन फ्लैश हो रही थी। 5 मिस्ड कॉल युवान की थीं और 10 दिशा धायल की। दोनों के फोन एक अरसे बाद आए थे और इत्तेफाकन एक साथ आए थे। मैसेज देखा।

दिशा का मैसेज था, "अहमदाबाद आई हूँ, फोन पिक करो।"

युवान का था, "जरूरी है... कॉल करो।"

'हम्म... किसे कॉल करूँ पहले? पहले इस दिशा को करता हूँ, वरना ये

सर खा जाएगी।' मैंने मन में सोचा।

दिशा को कॉल किया और फोन उठने के 10 सेकंड तक चक्रवात चला। "समझते क्या हो? मैं कितने देर से कॉल कर रही हूँ! अब टाइम मिला है? बहुत बिजी हो? पता है। मैं अहमदाबाद आई हूँ।"

"कब? किसलिए?"

"आज! और तुमसे मिलने गधे!"

"क्या! कहाँ हो?" मैं अपनी कुर्सी से उठ खड़ा हुआ। मिश्रा जी आश्चर्य से मुझे देखने लगे।

"तुम्हारे डिपार्टमेंट बिल्डिंग के पास वाले सीसीडी में।"

"सच में! कितनी देर से?"

"तुम आओ पहले, सारी बातें फोन पे करोगे क्या? और सुनो..."

"हम्म.."

"... आज मेरा बर्थडे है"

" बर्थडे? आज 12 फरवरी है?" उसने फोन काट दिया था। मैंने कैलेंडर की तरफ देखा, फिर मिश्रा जी की तरफ देखा। उन्होंने लानत भरी नजरों से मुझे देखा। उठे और कैलेंडर बदल दिया। कैलंडर में जनवरी लगा हुआ था।

"मुझे... जा... ना होगा..." मैंने उनकी तरफ संशय भरी नजरों से देखते हुए कहा, "चाय कैंसिल कर दीजिए।"

"अमा काहे कैंसिल कर दें यार? 2 कप पी लेंगे हम।" वे काहिलियत से वापस फाइल में झाँकने लगे। दीक्षित बिल्डर्स की फाइल थी भी रोचक। वे कई दिन से इसमें ढील देने के लिए कह रहे थे। मैंने उनके हाथ से फाइल समेटी और बैग में रख ली। एक सादे कागज के कोने पर दस्तखत करके उन्हें पकड़ाते हुए बोला, "इसपे एक हाफ सीएल का एप्लीकेशन लिख देंगे प्लीज... वो ड्यू टू सम अर्जेंट पर्सनल वर्क वाला फॉर्मेट!'

"मुझे तो वो वाला फॉर्मेट याद है.. मैं राज रजत सिंह चौहान, अपने पूरे होशो-हवाश में अपनी सारी चल-अचल संपत्ति पंकज मिश्रा के नाम.." वे मटरगश्ती से बोले।

"और ये रहा आपके सीआईटी मेमो का रिप्लाई", मैंने दराज से दूसरा लिफाफा निकालते हुए कहा, "जाते वक्त थमा दीजिएगा।"

"रिप्लाई? तुम पहले ही बना के गए थे, मतलब पता था कि आने वाला

है?'' उन्होंने हैरत भरी नजर से मेरी तरफ देखा। फिर हाथ से लिफाफा ले लिया। मैं मुस्कुराते हुए बाहर निकल आया।

''फोन ले लिए हो ना अपना?'' पीछे से मिश्रा जी की घिसटती हुई आवाज आई।

***

दिशा... पागल है यह लड़की भी। सीसीडी में बैठी है, अब बताया है मुझे? ओह्हो! तो मैं भी तो संत बनने चला हूँ, फेसबुक खोला होता तो सुबह ही पता चल जाता। सीसीडी, ऑफिस बिल्डिंग से 1 किलोमीटर दूर था। बाहर निकलते ही कैब ले ली। मौसम में हलकी बदरी थी और नमी यहाँ के माहौल में हमेशा बनी रहती है।

दिशा... कमाल है यह लड़की भी। टोटल अनकंट्रोल। दिल्ली में मिली थी। सिविल्स की कोचिंग के वक्त। दोस्ती हो गई थी। फिर यहाँ चला आया। लेकिन इसे गिफ्ट क्या दिया जाए? इस 10 मिनट और एक किलोमीटर की दूरी में क्या मिल जाएगा? फूड पांडा से लेकर फ्लिपकार्ट तक सारे ऑप्शन मेरे दिमाग में घूम गए, पर समझ नहीं आ रहा था। लड़कियों को गिफ्ट देने का करंट में क्या ट्रेंड चल रहा था, मुझे पता ही नहीं। मेरे पास कोई माँ का पहनाया लॉकेट भी नहीं था कि इमोशनली चिपका देता। मुझे याद आया कि इस बीच कितने बर्थडे भूल गया था मैं। युवान का, पापा का और यहाँ तक 'उसका' भी। पर अभी इसका क्या करूँ? अपने पहनावे की तरफ देखा। वही ऑफिस फॉर्मल्स। मैंने ऊपर से नीचे तक अपने-आपको देखा। बाहों और कॉलर के बटन खोलने शुरू किए। उधेड़बुन में था कि कैब ने गंतव्य स्थान तक पहुँचा दिया।

मुझे पूरा यकीन था कि सीसीडी इसके आतंक से काँप रहा होगा। मुझे याद है कि कोचिंग में अपनी खूबसूरती से ज्यादा अपनी बेबाकी के लिए जानी जाती थी। अकेली लड़की थी जो बाइक से आती थी। यामाहा आर-वन-फाइव से। दोपहर का समय था और होटल पूरा खाली। मैंने बाहर से झाँककर माहौल का जायजा लिया। इन होटलों की बिल्डिंग शीशे की होने का कुछ फायदा तो है ही। मैंने दरवाजे के अर्द्धपारदर्शी काँच में अपने-आपको देखा। दाढ़ी हल्की बढ़ आई थी और बाल मार्केट का ट्रैफिक हो गए थे। हाथों से बाल झाड़ते हुए और मैनेजर के अभिवादन को उँगलियों से खारिज करते हुए उसकी तरफ चला। कोने में शेरनी अकेली बैठी हुई थी। बगल में एक वेटर सहमा हुआ खड़ा था।

बेचारा दो बार ऑर्डर लेने आया था और दोनों बार फटकार खाकर गया था। दिशा ने मेरी तरफ देखा, फिर दूसरी तरफ देखने लगी। मतलब यह था कि आसानी से नहीं मानने वाली थी। आखिर बर्थडे है उसका आज। और वादा भी किया था मिलने का।

मैंने वेटर को आँखों से ही इशारा किया कि बेटा, थोड़ी देर बाद आना। वैसे भी माहौल गरम है। एक तो तुम लोग बाहर कंपाउंड में कोई गुलाब, गेंदा भी नहीं लगाते हो जिसे तोड़कर लाया जा सके। पानी माँगो तो उसमें भी मिनरल वाटर और प्लेन वाटर की लफ्फाजी करके पैसे बना लोगे!

आँखों को ठंडक देने वाली बात यह थी कि लैदर जैकेट वाली दिशा ने कसीदाकारी वाला सलवार सूट पहना था, कत्थई रंग का और हाथों में मैचिंग कंगन थे। चेहरा गुस्से में गुलाबी हुआ जा रहा था और मेरी तरफ न देखने की भरपूर कोशिश कर रहा था। कंधे के एक तरफ आए बाल मुझसे चुगली कर रहे थे कि गुस्से में दिखने के पहले की तैयारी सुंदर दिखने की थी। यह मेरी व्यक्तिगत राय है कि भारतीय लड़कियाँ ट्रेडिशनल वियर में सबसे खूबसूरत लगती हैं। मुझे तारीफ करके आग बुझाने का एक हथियार तो मिल ही गया था। मैं 'नाइस ड्रेस!' कहकर सामने वाली चेयर पर बैठ गया। एक उड़ता हुआ चम्मच मेरे सिर से गुजरा जिसे मैंने पकड़ लिया।

''हाउज दैट?''

उसने मेरी तरफ देखा, फिर दूसरी तरफ देखकर अनचाहे मुस्कुराने लगी। वह नाराज रहना चाहती थी पर मेरी तरफ देखकर उसे मुस्कुराना पड़ा।

''हैप्पी बर्थडे नौटंकी!''

''हग भी नहीं करोगे?'' उसने मासूमियत से दोनों हाथ बढ़ाते हुए कहा।

मैं चाहता तो उसकी तरफ जाकर हग कर सकता था, पर मैंने टेबल के ऊपर से ही हग करना बेहतर समझा। यह परपेंडिकुलर हग है। सिर्फ कंधे से कंधे मिलते हैं, बाकी स्पेयर पार्ट्स सुरक्षित रहते हैं... दिल से दिल मिलने का तो कोई चांस ही नहीं।

''कितने सड़े हुए आदमी हो तुम! एक लड़की को इतना दौड़ाते हो और ऊपर से उसके लुक की तारीफ भी नहीं करते!''

मैंने तुरंत अपने दिमाग के घोड़े दौड़ाए और किसी शायर को टीप दिया।

''ऐ चाँद! हमने भी एक चाँद देखा है...

तुझमें तो दाग है... हमने बेदाग देखा है... वाह! वाह!''

''वाह! वाह!'' वह कुछ ढूँढ़ रही थी, फेंककर मारने के लिए पर उसे कुछ मिला नहीं। मेरी तरफ कुट्टी करने जैसा मुँह बनाया। जग से गिलास में पानी डालने लगी। पानी थोड़ा ही था, आधा ही गिलास आया। मैं और वह एक साथ वेटर की तरफ देखने लगे। यह देखकर वेटर में भी थोड़ी हिम्मत आई और वह पानी का जग लेकर ऑर्डर लेने आया।

''टू प्लेन कॉफी न द रॉक्स!'' उसने विक्ट्री साइन बनाते हुए कहा। वेटर ने मेरी तरफ देखा तो मैंने भी लाचारी से उसकी आँखों से आँखें मिलाईं कि अंकल जी! जो मैडम का ऑर्डर है... वही मेरा भी ऑर्डर है।

''तुम इतनी दूर सिर्फ मुझसे मिलने तो आई नहीं होगी?'' मैंने जग से पानी निकालते हुए पूछा।

''सिर्फ तुमसे मिलने आई थी, मेरी जान!'' वह टेबल पर कुहनी और हाथों में ठुड्डी टिकाकर बैठ गई। जब उसे शरारत सूझती है, आँखों को अजीब ढंग से चकमकाती है।

''अच्छा?'' मैंने चेहरा तिरछा करके उसकी आँखों में सच ढूँढ़ने की कोशिश की।

''ठीक है! ठीक है! घर आई थी, जयपुर! तो इधर भी खिसक आई।''

''ह्म्म्म... वैसे तुम ये सब कब से?''

''अच्छा लग रहा है न? मुझे पता था कि तुम्हें ट्रेडिशनल पसंद हैं।'' उसने अपने कंगन खनकाते हुए कहा।

''हाँ! सूट कर रहा है तुमपे ये... सूट!''

''हाहा... शादी करोगे?''

''क्या... ?''

वेटर टेबल पर कॉफी रख रहा था। मेरे साथ वह भी चौंक गया। वहीं खड़ा हो गया, जैसे मेरा जवाब सुनकर ही जाएगा।

''अचानक से? कुछ भी?'' मैंने कॉफी उठाते हुए कहा।

''यार, कॉफी पिलाकर पूछ रही हूँ, घूँघट में चाय की ट्रे लेकर आऊँ क्या?'' उसने दुपट्टे का घूँघट लेकर हाथ में ट्रे पकड़ने की एक्टिंग की।

मुझे हँसी आ गई। वेटर अब भी वहीं खड़ा था। मैंने वेटर की तरफ देखते हुए कहा, ''अमा तुम जाओ यार! अभी तुरंत थोड़ी न करने जा रहे हैं शादी जो

तुम बेस्टमैन बनने की फिराक में खड़े हो!'' वह चला गया और दिशा मुझे अब भी सवालों भरी निगाह से देख रही थी।

''यार, ऐसे क्या देख रही हो? अच्छा लड़का नहीं हूँ मैं! खुश नहीं रहोगी तुम।'' कॉफी कड़वी लग रही थी।

''अच्छा! ये कार्ड देख रहे हो, क्या लिखा है इसमें?'' उसने जेब से अपना आइडेंटिटी कार्ड निकालते हुए कहा।

''असिस्टेंट सेक्शन ऑफिसर!''

''वो नहीं, उसके ऊपर!''

''मिनिस्ट्री ऑफ होम अफेयर्स!''

''तो? गृह मंत्रालय समझ रहे हो? तुम्हारा सारा बैकग्राउंड निकलवाया है मैंने। घणे छोरे से यूपी के!'' आखिरी वाक्य उसने शरारती तरीके से अपनी राजस्थानी जुबान में बोला।

''अच्छा! तो तुम जासूसी कर रही हो मेरी?''

''यार, कमी क्या है मुझमें? मिलेगी नहीं मेरे जैसी!'' उसने कॉफी की चुस्की लेते हुए कहा।

''अरे! तुम जाटों का क्या भरोसा, क्या पता कब आंदोलन कर दो?''

वह चुलबुली हँसी में खनखनाई, ''तो तुम सारी शर्तें मान लेना मेरी, तब मैं नहीं करूँगी आंदोलन!'' उसने बच्चों जैसे सिर हिलाते हुए कहा। कॉफी की हल्की-सी बूँदें उसके होंठों के पास बिफरी हुई थीं। उसकी नजरों ने नोटिस कर लिया कि मेरी नजरें वहाँ हैं। मुझे हल्का-सा असहज महसूस हुआ तो मैंने टिश्यू पेपर की तरफ इशारा करते हुए कहा, ''तुम्हारे होंठों पर लग गया है थोड़ा-सा।''

''कहाँ?'' उसने चेहरा आगे किया।

''यहाँ पे!'' मैंने अपने ही होंठों पर लोकेट करके बताया। उसने चाट लिया। मुझे फिर हँसी आ गई।

''किस... मूड में हो आज?''

''पतिव्रता नारी मूड।'' उसने अपने कंगन फिर खनकाए।

''कुछ और बात करें? बर्थडे गर्ल? तुम तो जानती हो कितना सड़ा आदमी हूँ मैं... एक ईमेल भी किया था।''

''एक तो व्हाट्सएप्प के टाइम में तुम ईमेल करते हो! क्या जरूरत, क्या

थी? खत लिख के किसी कबूतर को पकड़ा देते! और किसी के प्रपोजल का इतना घटिया जवाब कोई देता है क्या? रुको, मैं तुम्हारे ईमेल का प्रिंटआउट मारकर लाई हूँ। अभी दिखाती हूँ, आवारा इंसान!'' उसने अपने बैग में कुछ ढूँढ़ते हुए कहा। ''हाँ ये रहा!''

''डिपार्टमेंट के प्रिंटर का बढ़िया यूज कर रही हो तुम... प्लीज! मेरा लैटर अब मुझे ही न सुनाओ!!''

''नहीं-नहीं, सुन लो अपना साहित्य।'' उसने अपने बैग से प्रिंटआउट निकालते हुए कहा। मैंने यह ईमेल अपनी गहरी उदासी के पलों में किया था उसे, और अब सोच रहा हूँ कि क्यों कर दिया था। उसके पर्स के खुलते ही पूरे टेबल पर परफ्यूम की महक फैल गई।

''उहुम! ऊहम, सुनो-

करो न जिद मुहब्बत की, हमारा दिल ये खाली है,
न गम है, न ही उल्फत है, न होली, न दिवाली है...
करो न...''

''दिशा प्लीज... !''

''नहीं, नहीं... कंटिन्यू!

''समाज और जिंदगी के मानकों से उठ चुका हूँ मैं,
किसी को प्यार देकर, प्यार में भी लुट चुका हूँ मैं''

''बस बस बस...''

''तुम क्या सोच रहे थे कि मैं बहुत भावुक हो जाऊँगी इसे पढ़के? बॉलीवुड हीरोइन की तरह कहूँगी कि इश्शश! तुम मेरे नहीं हो पाए राज तो क्या हुआ, मैं खुद को मिटा दूँगी तुम्हें उससे मिलाने के लिए। फिर उसे ढूँढ़ने के बहाने हम लोग वर्ल्ड टूर पर निकल जाएँगे और बीच में सनम रे... सनम रे... गाना गाएँगे?''

''नहीं! ये मैंने नहीं सोचा था।'' मेरे होंठ मुस्कान में खिंच गए।

''तुम क्या साउथ की फिल्में ज्यादा देखते हो क्या, जिसमें एक 'माचो' हीरो को बैलेंस करने के लिए दो हीरोइन चाहिए होती हैं?''

''तुम जानना नहीं चाहोगी?'' मैंने हँसते हुए खुनकी के साथ पूछा!

''नहीं! मुझे इंटरेस्ट नहीं है। जो भी है, मुझसे सुंदर तो नहीं रही होगी!'' उसने अपने आगे आए बालों को पीछे की तरफ ले जाते हुए कहा।

यह लड़कियों की आदत है कि अगर आप किसी दूसरी लड़की का जिक्र करते हैं तो वो खुद से तुलना करने की पूरी कोशिश में लग जाएँगी और मानेंगी भी नहीं कि तुलना कर रही हैं।

''ये वाली फोटो देखो, 512 लाइक्स, और ये वाली देखो, 600+ लाइक्स। पता है मैं कितनी हॉट हूँ? आधा सचिवालय प्रपोज कर चुका है मुझे!'' उसने अपने कुर्ते के कॉलर उचकाए।

मैंने अपनी कॉफी खत्म की और बाहर खिड़की की तरफ देखते हुए मुस्कुरा दिया। उसकी कॉफी अभी थोड़ी बची हुई थी। एक चोर निगाह घड़ी की तरफ फिराई, तीन बज रहे थे। उसकी तरफ देखा, वह मुझे ही देख रही थी। मैंने मेनू बोर्ड की तरफ देखा। मेनू में कुछ खास नहीं था।

''चलो बाहर चलते हैं, कोई मूवी वगैरह, फिर मैं तुम्हें ड्रॉप कर दूँगा।'' मैं अपनी कुर्सी से उठ खड़ा हुआ और वेटर को आँखों से इशारा किया। पीछे घूमा और उँगलियों से दिशा को अपना पर्स समेटने का इशारा किया।

''क्या? इतनी शाम में वापस डेल्ही कैसे जाऊँगी?''

''तो?''

बिल चुकाकर हम बाहर आ गए थे और थिएटर की तरफ कैब ले ली थी। ड्राइवर को सिनेपॉलिस का एड्रेस देकर हम कार की पीछे वाली सीट पर आ गए थे। रेस्तराँ का वेटर आते वक्त हमें आलोकनाथ की 'जोड़ी सलामत रहे' वाली नजर से देख रहा था।

''तुम्हारे फ्लैट में क्या दिक्कत है? दो लोग रुक नहीं सकते?'' उसने भौंहें उचकाईं।

''एक्सक्यूज मी! मेरे फ्लैट में?'' मैंने उसे विस्मय से देखा।

''अरे, मुझे तुमपे पूरा भरोसा है!'' उसने एक मुक्का मारते हुए कहा। उसके गालों पर डिंपल आ गए थे। हलवाई डिंपल।

''नहीं, मुझे तो नहीं है।'' मैंने उसके रात रुकने के आइडिया को रिजेक्ट करते हुए कहा।

''अरे, तुम देख लेना न कि मैं कितना अच्छा खाना बनाती हूँ।''

''तुम कोई भारतीय सास फिलॉसफी पढ़कर आई हो क्या? आदमी के दिल का रास्ता उसके पेट से जाता है टाइप्स?''

''अरे नोइ, मैंने कल ही मम्मी से राजस्थानी खीर बनानी सीखी है। सो आई

वांटेड टू प्रैक्टिस।'' उसने अपनी उँगलियाँ चटकाते हुए कहा।

''नो थैंक्स! चलो आज गुजराती ढोकला खाओ और कल्टी मारो यहाँ से।''

''यार, बर्थडे है मेरा, तुम्हारे लिए आई हूँ मैं!''

''जी नहीं, खाली हो तुम, मेंस में तो हुआ नहीं तुम्हारा। एस्से राइटिंग प्रैक्टिस के बजाय लवलैटर राइटिंग की प्रैक्टिस कर रही थी। तो घूमो खाली... अहमदाबाद क्या, पूरे भारत के दोस्तों से मिल आओ।''

''यार, मैं बहुत थकी हुई हूँ, बिस्तर पर टाँगें फैलाकर सोना चाहती हूँ।'' उसने अँगड़ाई लेते हुए कहा। जब उसे पता चला कि ड्राइवर पीछे के शीशे में देख रहा है, झट से सीधे बैठ गई और मुझे इन आँखों से देखने लगी, ''तुम जानते थे न?''

''तुम सोओगी बिस्तर पे... हम कमर टेढ़ी करेंगे सोफे पे?''

''तुम सो जाना मेरे पास... लात नहीं मारती हूँ मैं!''

''जी शुक्रिया।''

''ये दीक्षित कौन है?''

''तुमसे क्या मतलब? तुम्हें तो इंटरेस्ट नहीं था।''

''इतना झुँझला क्यों रहे हो? तुम्हारे बैग में फाइल पड़ी है किसी दीक्षित की!''

''अच्छा... ओह... अरे वो ऐसे ही... इसका सीए बहुत चालू है।''

हम शहर के लोकल मॉल में आ चुके थे। उसने मुझे रास्तेभर तंग किया था। ये क्या है... वो क्या है? तुम लोग लिकर का जुगाड़ कर लेते होगे न... ओह मैं भी किससे पूछ रही हूँ। अरे यहाँ का कलेक्शन अच्छा लग रहा है। तुम्हारे लिए कुछ खरीद लूँ? गिफ्ट तो तुम्हें मुझे देना चाहिए।

''वापस आओ! टाइम नहीं है जो फुदक रही हो।'' उसे हाथ पकड़कर कई जगह खींचना पड़ा।

''यार, इस टाइम तो कोई फ्लाइट भी नहीं होगी?'' उसने अपना 3-डी चश्मा उतारते हुए कहा।

''श्शशश... मूवी के बाद बात करेंगे!''

''एक सेल्फी लें?''

''श्शश!''

"अच्छा चलो, पेपर टू के नोट्स दो, जो मेरा छूट गया था, जालिम वहशी कहीं के!"

***

उसके तमाम तर्क-वितर्क के बावजूद मैं उसे एयरपोर्ट पर ड्रॉप कर आया। इतने दिनों के अकेलेपन के बाद वह पाँच घंटे का भूचाल लेकर आई थी मेरी जिंदगी में। मुझे याद आया कि कई दिनों बाद मुस्कुराया था मैं। कई दिनों बाद अपने 'सेंस ऑफ ह्यूमर' का इस्तेमाल किया था। गलत किया मैंने। रुकने और घूमने के प्लान से आई होगी, रुक जाती तो क्या दिक्कत थी! एक रात की ही तो बात थी! रात की बात नहीं थी, रातभर इसकी बातें ही खत्म नहीं होतीं। छोड़ो न, नोट्स लेने आई थी, ले गई। बस, अब और क्या? नहीं यार, नोट्स तो कूरियर भी हो सकते थे, मुझसे मिलने आई होगी। ऊपर से जयपुर से अहमदाबाद इतना पास नहीं है, और राजस्थानी खीर जैसी कोई चीज नहीं होती। 'खीर', ऑल इंडिया एक जैसी ही बनती है, बेवकूफ! तुम्हारे लिए दो-चार किशमिश-छुहारे एक्स्ट्रा पड़ जाते बस!

कॉल करूँ? मैंने फोन की तरफ देखा। अब तक तो छूट भी गई होगी फ्लाइट। सवा बारह पर पहुँचाएगी दिल्ली। मैं बिस्तर से उठ गया और बालकनी में चहलकदमी करने लगा। बाहर कुछ घरों की लाइट अब भी जल रही थी और पर्दों के पीछे कुछ आकृतियाँ अब भी जीवंत थीं। मैंने वहाँ से अपनी नजरें समेटीं और अपने अंदर झाँकने लगा। मैंने जानने की कोशिश की कि फ्लाइट की किसी सीट पर बैठे हुए अभी, ठीक इसी वक्त उसके दिमाग में क्या चल रहा होगा? यह जो हवाओं को चीरता हुआ दिल्ली की तरफ जा रहा है और जिन हवाओं के थपेड़े मेरे गालों पर पड़ रहे हैं, जो मेरे पत्थर हो चुके दिल को गिल्टी फील करवाना चाहते हैं। अभी शशांक यहाँ होता तो इसमें भी कोई चुटकुला बना लेता। वह कहता, "यार, मैं गिल्टी फील कर रहा हूँ।" और पूछने पर कहता, "देखो, ये गिल्टी निकल आई है न।" और अपने ह्यूमर पर हँसता। फिर मुझे उसके बेकार-से पंच को रेटिंग देनी पड़ती, मैं उसे बस दो स्टार देता। मैं अब क्यों उसके बारे में सोचता हूँ? मेरे पास समय बिलकुल नहीं है उसके लिए। 'वो' नहीं है मेरी जिंदगी में अब... मगर दिशा क्यों आई? बर्थडे के लिए? कॉलेज लाइफ याद नहीं है क्या! लड़कियाँ एक हाथ इधर झटकती थीं और आधी क्लास के लड़के तैयार हो जाते थे। जिनके पास बाइक होती थी

वे कुछ ज्यादा फुरसत में रहते थे। लड़कियों के पास कभी ऑप्शंस की कमी नहीं होगी। नहीं यार, वो दौर और था। 25-26 की उम्र के बाद विकल्प कम होने लगते हैं। लड़कियों के पास भी। उड़ने का दौर उससे पहले का ही होता है। अभी प्रैक्टिकल होना पड़ता है। दिशा अच्छी लड़की है। तुम्हें उससे बेहतर मिलेगी भी नहीं। शादी? नाह-नाह!

एक सुरसुरी-सी फैली है जिसे मैं डपटकर शांत कर देना चाहता हूँ कि चुप! ऐसा ही हूँ मैं! मैंने अपने हरे मग में कॉफी डाली, इस गोल कॉफी मग को चारों ओर घुमाकर ध्यान से देखा और कुछ देर के लिए उमड़ते भावों को दबाने लगा। भावों ने अपना रास्ता फिर बनाया।

नाराज तो बहुत होगी? छोड़ो यार... मिलेंगे तब मना लेंगे। और यह तो हमेशा मजाक करती रहती है। यह पागल कभी सीरियस नहीं हो सकती। और मेरे हिस्से में कहाँ है ये प्यार-मोहब्बत... बेसिक एलिजिबिलिटी ही नहीं है मेरे पास। कॉफी ने गले से उतरने से मना कर दिया। अचानक लगा कि सारी गलती इस कॉफी मग की ही है। उन दोनों की यह निशानी अब तक क्यों है मेरे पास? इसे बालकनी से नीचे फेंककर तोड़ देना चाहिए। हाँ, अभी, इसी वक्त! अच्छा, कॉफी तो पी लूँ उसके बाद। मैंने खुद को बताया कि कॉफी खत्म होने के बाद मैं इस मग को नीचे फेंक दूँगा। हाथ बालकनी से बाहर गए भी, फिर वापस आ गए। खाली-पीली सौ-दो सौ का नुकसान करना बेवकूफी है। मैं अपने हॉर्मोंस का गुलाम थोड़े ही हूँ। मुझे नहीं परवाह है इस मग से जुड़े उनके इमोशन की, जिन दोनों ने यह दिया था। एक लड़का और एक लड़की। मुझे मग के अमेजिंग इतिहास पर हँसी आई। यह एक साथ दो लोगों की निशानी कैसे हो सकता है, जबकि उन दोनों ने इसे मिलकर गिफ्ट नहीं किया था! अब मुझे परवाह नहीं उनमें से किसी की भी। क्या मुझे अब भी इंतजार है? नाह-नाह! मैंने इस विचार को हाथ हिलाकर झटका। विचार भारी था, हाथ के झटकने से ही गया। पर दिशा?

मैंने उन दोनों की यादों में थोड़ी कॉफी और डाली। वापस कमरे में अपनी स्टडी टेबल पर चला आया। टेबल लैंप ऑन करके अपनी बुक खोल ली। 'दा वंडर दैट वाज इंडिया'... तीन-चार पन्ने पलटे। 12:30 हो गए थे... दूध गरम कर लो वरना फट जाएगा।

मोबाइल की स्क्रीन फ्लैश हुई। टिड़िंग '... वन न्यू मैसेज फ्रॉम दिशा... '

''राज, तुमसे एक बात कहनी थी...। मैं तुम्हें रोज कोचिंग से रूम पर ड्रॉप करती थी न? तुम्हारा फ्लैट मेरे रूट पर नहीं था...''

***

और हम मिले

'मुस्कुराइए कि आप लखनऊ में हैं!'

कैसरबाग बस अड्डे की दीवार पर लिखी थी यह लाइन। आते वक्त देखा था। लखनऊ शहर में घुसने से लेकर बस अड्डे तक के बीच दो-तीन जगह और यही लिखा था। कोशिश मुस्कुराने की बदस्तूर जारी थी। नया शहर, सपनोंभरी आँखें। कॉलेज का पहला दिन था। मैं ऐसी फिल्मी लफ्फाजी क्यों करूँ, जब मुझे ढंग से याद है कि तीसरा दिन था। शुरू के दो दिन तो लेक्चर हॉल ढूँढ़ने और सिलेबस नोट करने में चले गए थे। क्लास एक महीने पहले से चल रही थी पर एनडीए/एसएसबी के चक्कर में पड़ने की वजह से मैं अगस्त में आया था। कॉलेज गेट से घुसते वक्त भी कई चेहरे मुस्कुरा रहे थे। कुछ ने सनग्लासेस लगा रखे थे, कुछ ने ईयरफोन। कुछ लड़के-लड़कियाँ एक-दूसरे के कंधे पर हाथ रखे यारी निभा रहे थे। कभी-कभी अचानक खिलखिला पड़ते थे (जब मेरे नए दोस्त बनेंगे तो मैं भी इस माहौल में ढल जाऊँगा)। मैं धीरे-धीरे सिर झुकाकर चल रहा था। मेरे लिए सबकुछ नया था। पहली बार था। अपने आस-पास की हर चीज को ऑब्जर्व कर लेना चाहता था। एक जगह ज्यादा चहल-पहल थी, साइंस कैंटीन का बोर्ड लगा था वहाँ पर। लखनऊ यूनिवर्सिटी हर साल जुलाई-अगस्त में गुलजार रहती थी। स्कूलों से निकलकर नई फसल आई होती थी, पूरा कैंपस लहलहा रहा होता था। मेरी उम्र का

अठारहवाँ पड़ाव था और अब तक मेरा यह भरम लगभग टूट गया था कि मेरा जन्म किसी विशेष उद्देश्य से हुआ है। हालाँकि यह भरम लगभग-लगभग हर लड़के को 15-16 साल की उम्र तक रहता है... अब मैं धीरे-धीरे आरामपसंद मौजी होता जा रहा था। मैं बीए करना चाहता था पर पिता जी को मेरी प्रतिभा पर संदेह था इसलिए बीटेक कराना चाहते थे।

"मैं बीटेक नहीं करूँगा। मुझे नहीं जाना प्राइवेट जॉब की टाई-बेल्ट गैंग में। चाहे दुकान खोल लूँ, अपनी तो होगी!"

"अच्छा? इंटर में अच्छे नंबर क्या आ गए, ये अभी से अपनी जिंदगी के मालिक बन गए! बीए करेंगे! बीए के लिए लखनऊ भेज रहा हूँ?" पिता जी, माँ पर चीखे थे।

पूरे खानदान की इज्जत की दुहाई/वुहाई और लंबे गृहयुद्ध के बाद बात बीएससी पर बनी। बीएससी विद फिजिक्स, मैथ्स एंड कंप्यूटर साइंस। कंप्यूटर साइंस का कटऑफ सबसे ज्यादा गया था, उससे गरीब वर्ग था इलेक्ट्रॉनिक्स और सबसे दया के पात्र कैमिस्ट्री में थे। फिजिक्स और मैथ में सबकी कंबाइंड क्लास चलती थी, इसलिए ये बड़े विभाग थे। बाकी के विभाग इधर-उधर बिखरे हुए थे। सबसे पहली क्लास फिजिक्स की होनी थी, जो लेक्चर-हॉल में होती थी। क्लास की टाइमिंग 9:20 थी और मैं 9:18 पर पहुँचा। मैंने अंदर झाँककर कन्फर्म किया, "बीएससी फर्स्ट ईयर?" एक चशिमश लड़की ने 'हाँ' में सिर हिलाया। क्लास पहले से ही आधी भरी हुई थी। मुझे इस बात का अंदाजा नहीं था कि पहले आने और सीट छकाने की परंपरा को यहाँ के छात्र सँजोए हुए होंगे। फिजिक्स का क्लासरूम सीढ़ीनुमा थियेटर की तरह था। किसी राजा के डाइनिंग हॉल जैसी ऊँची छत थी, जिससे झूमर के बजाय जाले लटक रहे थे। हॉल के बीचो-बीच किसी स्वर्गीय आशुतोष सिंह की तस्वीर लगी थी जो शायद पढ़ते-पढ़ते शहीद हुआ था। एंट्री करते ही हॉल के एक तरफ स्टूडेंट्स के नाम की लिस्ट लगी थी, दूसरी तरफ माइक डेस्क। क्लास रूम अखंड भारतीय संरचना के अनुसार दो हिस्सों में बँटा हुआ था। एक तरफ लड़कियाँ बैठी थीं, दूसरी तरफ सभ्यता के विकास में पीछे छूट गई मेरी जाति के लोग। बीच में ऊपर चढ़ने के लिए एक चौड़ा रास्ता था। उम्मीद पाले आया था कि इंटर के सूखे के बाद कम-से-कम ग्रेजुएशन में तो गलबहियाँ वाले फूल खिलेंगे, पर यहाँ भी वही कुप्रथा! एक तरफ लड़के, एक तरफ लड़कियाँ,

हा हंत, हा हंत...।

लखनऊ यूनिवर्सिटी एक नॉर्मल यूनिवर्सिटी थी, जहाँ नए छात्र के घुसते ही लोग 'मुंडा कुक्कड़ कमाल दा... ' करके नाचने-गाने नहीं लगते। सब व्यस्त थे, एक बार नजर उठाई, फिर अपनी कॉपियों में घुस गए। बिजी पीपल। मैंने लिस्ट में अपना नाम देखा 'राजरजत सिंह चौहान'.. स्साला नाम से ही ऐसा लगता है जैसे खेत बेचकर आए हों पढ़ने। क्या जरूरत थी माता जी को ऐसा पान-मसाला टाइप नाम रखने की? राजरजत। मैंने अपने नाम पर उँगली चलाई जैसे पीछे बैठे बच्चों को कन्फर्म कराना चाहता हूँ कि मैं भी इसी क्लास का हूँ, फिर पीछे मुड़ा और चुपचाप सबसे पीछे, ऊपर की सीटों पर जाकर बैठ गया। अपने अगल-बगल नजर फिराई। दोनों तरफ पुरा-पाषाण काल के पंखे लगे हुए थे जो दीवारों पर किनारे से लगाए थे, क्योंकि छत तो बहुत ऊँची थी। क्लासरूम इतना बड़ा था कि मेरे पीछे भी भी चार-पाँच पंक्तियाँ खाली थीं। मैंने ध्यान दिया कि वहाँ एक बिल्ली का बच्चा बैठा हुआ था। उस पर किसी का ध्यान नहीं गया था। सब छूटा काम छाप रहे थे, पर मशगूल ऐसे थे जैसे 'नासा' में सीनियर एनैलिस्ट हों। कुछ लोग इंटर पास करने के बाद नया-नया मोबाइल पा गए थे तो क्लास में गाने-वाने भी बज रहे थे। 'तू जाने ना' और 'तुझमें रब दिखता है' टाइप। हनी सिंह के सामाजिक गाने अभी तक आए नहीं थे। मैं सबसे पीछे बैठा सारे लड़के-लड़कियों के बारे में अपनी राय बनाने लगा। अरे इनको देखो, ये महाशय तो गिटार लेकर बैठे हुए हैं। साउंड पढ़ाया जाएगा क्या आज? सिलेबस में है क्या? अभी तो मैंने बुक्स भी नहीं खरीदी हैं। उस लड़के के हाथ में क्या है, रजिस्टर? देहाती लड़के! वो आईपैड है। मेरे बैग में क्या है? एक मेनका की रफ, जिसपर लिखा हुआ है 'सिर्फ बुद्धिमानों के लिए', सेलो ग्रीफर की दो नीली-काली पेन और सैनिक का पुराना ज्यॉमेट्री बॉक्स। मेनका की रफ ने मुझे थोड़ी बुद्धिमत्ता का एहसास कराया। 'पहले साल टॉप करके कुछ इमेज बनाई जाए, तब थोड़ी पहचान होगी,' मैंने अपने-आपको बताया। क्लास में हल्का-हल्का शोरगुल भी था। सर के आने में अभी पाँच मिनट बाकी थे और कुछ स्टूडेंट्स अंदर-बाहर हो रहे थे। पता किया तो सर 9:30 पर आते थे और मैंने निर्णय लिया कि कल से मैं 9:28 पर आऊँगा। मुझे क्या पता था कि मेरा यह निर्णय अगले कुछ मिनटों में धराशायी होने वाला है। इस माहौल को चीरती हुई एक लड़की हाथ में पन्ना लहराते घुसी। लंबाई 5'4 रही होगी।

अपने से लंबी लड़कियों को तो मैं नोटिस ही नहीं करता, पता है, रेंज में नहीं हैं। शक्ल कुछ-कुछ अंकिता लोखंडे जैसी थी। बालों में बेतरतीब जूड़ा बनाकर बड़ी-सी पिन खोंसी हुई थी, पर एक लट बार-बार सामने आने की गुस्ताखी कर रही थी, और वह हर बार उसे कान पर चढ़ाने की नाकाम कोशिश कर रही थी। केयरफुल केयरलेसनेस का बेहतरीन उदहारण। उसने ब्लैक कलर की स्किन टाइट जींस पहनी हुई थी, पर नीचे चप्पल थी। गोरे पैर उसपर ब्लैक नैरो बॉटम जींस। (अगर काले पैर होते तो आप नॉवेल यहीं बंद कर देते। और हाँ, भारत में रंगभेद बिलकुल नहीं है)। ऊपर नीले रंग का कुछ पहना हुआ था। नाम पता नहीं तो टॉप ही कहो न। इधर-उधर से तीन-चार स्ट्रिप्स आकर कपड़े को लटकाए हुए थीं किसी तरह। लेकिन सिलेबस पूरा कवर्ड था। सिलेबस कवर हो तो टॉप मार लेना चाहिए।

"गाइज, गाइज, मैंने टाइम शेड्यूल चेंज कराने के लिए एप्लिकेशन रेडी कर दिया है, हम इलेक्ट्रॉनिक्स वालों ने साइन कर दिया है, यू गाइज फॉलो अप, एंड इफ एनीबडी गॉट एनी करेक्शन... मोस्ट वेलकम।" उसने हाथ उठाकर क्लैप किया और सारी क्लास का ध्यान अपनी ओर खींचा।

गजब एक्सेंट है इसका तो। मतलब, अँग्रेजी हमको भी आती है, पर हम बोल नहीं पाते। और इन कॉन्वेंट वालों को आती कम है, बोलते ज्यादा हैं। उसने एप्लीकेशन का पन्ना सबसे आगे वाले स्टूडेंट के सामने रख दिया और उसकी शर्ट की जेब में से पेन निकालकर उसके सामने पटक दिया। अपने हाथ जेब में डाल लिए और अपनी ही धुन में एड़ियों के सहारे हिलने लगी। सबके साइन ले रही थी, थैंक्यू वाला मुँह बनाकर मुस्कुरा भी रही थी। जब कोई पढ़ने की कोशिश करने लगता तो वह उँगली दिखाकर बता देती, "यहाँ साइन करना है।" एटीट्यूड यह था कि, ला मार्टिनेयर की लड़की का लिखा एप्लीकेशन है, चुपचाप साइन करो, पढ़ने की जरूरत नहीं है। पन्ना रेंगते-रेंगते जब मेरे पास पहुँचा तो मैं अपनी आदत के अनुसार प्रूफ रीडिंग करने लगा। अपने पिछले स्कूल में सबकी इंग्लिश मैं ही करेक्ट करता था। इससे पहले कि वह साइन करने की जगह उँगली दिखाती, मैंने बिना देखे ही हाथ के इशारे से उसे रोक दिया। उसने मुझे घूरकर देखा। जाहिर है, उसने मुझे पहले कभी नहीं देखा था। मैंने अपनी जेब से नीली सेलो ग्रीफर निकाली और 'वी रिक्वेस्ट योर हंबल परमिशन' काटकर 'वी हंबली रिक्वेस्ट योर परमिशन' कर दिया। फिर आगे

पढ़ने लगा। अगर आप किसी कॉन्वेंट एजुकेटेड, सॉरी, माइ मिस्टेक, कॉन्वेंट 'एडुकेटेड' लड़की की इंग्लिश में गलती निकाल दें तो एक्सप्रेशन देखने लायक होता है। और कुछ हो न हो, एटीट्यूड जरूर होता है। पन्ने को घूर ऐसे रही थी कि काश कहीं से गलती निकाल दे! पर इंटर में इंग्लिश में 94 नंबर लाना छोटी बात थी क्या! भले मेरी शिक्षा प्राथमिक पाठशाला, माध्यमिक विद्यालय और जनता इंटर कॉलेज में हुई थी, मगर रेन एंड मार्टीन और नार्मन लेविस से मेरी भी दोस्ती थी।

"एक्सक्यूज मी! हमारी रिक्वेस्ट हंबल होगी, न कि मैम की परमिशन," मैंने कागज पकड़ाते हुए कहा... यह मेरी धृष्टता थी या कॉन्फिडेंस कि मैंने गलती बताने के बजाय उसके फेयर एप्लीकेशन को काटकर उसके ऊपर लिख दिया था, जैसे मैं कोई टीचर होऊँ।

उसने आगे आ रही बालों की लट को एक बार फिर कान के पीछे किया, हल्के से होंठ आगे किए और भवें उचकाईं। मैं यह देखते हुए यह एक्टिंग कर रहा था कि उसे नहीं देख रहा हूँ।

"आऊ! थैंक्स, मैंने नोटिस ही नहीं किया था।" फिर तिरछा-सा मुस्कुराई। "बाई द वे आइ एम प्रेरणा, प्रेरणा दीक्षित," उसने हाथ बढ़ाते हुए कहा!

हाथ आज तक मिलाया ही नहीं था किसी लड़की से, जन्म से चरणस्पर्श करते चले आ रहे थे... इसलिए कंधे के पास से ही हाथ हिला दिया...

"हेल्लो! आई एम रजत!" (कौन बोले इतना लंबा नाम, राजरजत? चीजों को शार्ट करने के जमाने के वो शुरूआती दिन थे। 'दी, डॉक, जीज... ' नया-नया सुनने में आ रहे थे)।

वह हाई फाइव मारकर चली गई। जाते वक्त भी मुस्कुरा रही थी क्या—कह नहीं सकता।

मैं उसे पीछे से जाते हुए देख रहा था। लेक्चर हॉल के हिसाब से मैं सबसे ऊपर बैठा था और वह सीढ़ियाँ उतरकर नीचे जा रही थी। मेरे बाद किसी का सिग्नेचर नहीं लेना था। सोच रही होगी कि आखिर क्यों ही वह मेरा साइन लेने आई? कल तक तो मेरा वजूद भी नहीं था इस क्लास में। एक साइन के चक्कर में एप्लीकेशन ही कटवा लिया। उसने मेरा नाम तो जरूर देखा होगा। राजरजत सिंह चौहान। नहीं देखा होगा, क्योंकि मैंने उसे कुछ और बताया है, 'रजत'।

मेरा इंजन तीन-चार किक में स्टार्ट होने वालों में से था और ये सेल्फ

स्टार्ट जमाने की लड़की थी। यह वो दौर था, जब मोबाइल पर अगर अननोन नंबर से कॉल आ जाए तो लड़के शीशे के सामने हाथ फेरकर कहते थे, "कुछ तो बात है मुझमें!"

"साइलेंस! अग्निहोत्री सर आ रहे हैं।"

प्रोफेसर अग्निहोत्री बाल सँवारते हुए क्लास में घुसे। बाल चिपकाए हुए दो चप्पू स्टूडेंट्स भी सर से बतियाते हुए घुसे। "ओके! ओके! हाँ-हाँ! अंतराग्नि फेस्ट न? हाँ-हाँ! ठीक है, ऑफिस में रुको।" अग्निहोत्री सर ने हल्की मुस्कुराहट के साथ क्लास की ओर देखा और धीरे-से अपनी पाँच रुपए वाली कंघी पीछे वाली जेब में डाल ली। मन ही मन सोचा, ठीक-ठाक बच्चे आ गए हैं। सर क्लास की तरफ आशा भरी दृष्टि से देख रहे थे, मुझे लगा कुछ कहना चाहते हैं।

गुड मा... ! ऐं? कोई खड़ा ही नहीं हुआ? (बैठ जा बेवकूफ आदमी।)

अग्निहोत्री सर, मेरी 'लो क्लास' हरकत देखकर मुस्कुराए, मैं भी मुस्कुरा दिया। बाकी लड़कों ने मुझे पलटकर इस नजर से देखा, मानो कह रहे हों "न्यू स्टूडेंट, उम्म!" मैं वापस बैठ गया।

क्लास के बाद सर ने इशारे से मुझे बुलाया और पीछे मुड़कर ब्लैक बोर्ड का लिखा मिटाने लगे। मेरे दिल में तनिक धक-धक हुई। क्लास के बच्चे एक-एक कर निकल रहे थे। उनके पास तरह-तरह के बैग थे। मैंने धीमे-से अपना बैग समेटा, शर्ट कोंची, बेल्ट ठीक की और सिर झुकाकर धीरे-धीरे उतरा। इतनी देर में मैंने मन-ही-मन न्यूटन के तीनों नियम रिवाइज कर लिए थे। कोई भी पुराना प्रोफेसर इसी से परख की शुरुआत करता है—मैं यह बात जानता था। न्यूटन का थर्ड लॉ उसका फेवरिट होता है। 'एवरी एक्शन हैज ऐन इक्वल एंड अपोजिट रिएक्शन' पर एक्साइटेड लड़का यहीं गलती कर बैठता है। उससे लगता है, मामला यहीं तक है, पर प्रोफेसर आगे सुनना चाहता है कि 'बट बोथ फोर्सेज एक्ट ऑन डिफरेंट बॉडीज, वही तो क्रक्स है।' ये सब ज्ञानगंगा मैं गाँव से ही लेकर चला था। परंतु प्रोफेसर अग्निहोत्री उन खबीस प्रोफेसर्स में से न थे। बहुत ही फ्रेंडली और जिंदादिल आदमी थे। उन्हें मैं देशी आदमी लगा।

"कहाँ से? अच्छा! अच्छा! गोंडा में कहाँ से?" सर ने अपने बिखरे हुए कागजों को फाइल में समेटते हुए कहा। (एक तो इन प्रोफेसर्स का क्षेत्र ज्ञान बहुत होता है। अगर आप कहेंगे, सर मैं फिनलैंड से हूँ, तो ये कहेंगे फिनलैंड

में कहाँ से? ये हर जगह होकर आए होते हैं।)

''जी बेलसर से। (लैंडमार्क भी बता दूँ क्या?)''

''सब्जेक्ट्स क्या-क्या लिया है?''

''सर, कंप्यूटर साइंस!'' मेरे कंप्यूटर साइंस बताने में गर्व और सम्मान अपने-आप ही घुल गया था। सीएस बताने से पता चल जाता है कि बाकी दो सब्जेक्ट फिजिक्स और मैथ ही होंगे और दूसरी बात, लड़का इंटरमीडिएट में टॉपर रहा होगा, तभी सीएस मिला है। सर ने अपना चश्मा उतारा, शर्ट के कोने से पोंछा फिर कोने में लगे इकलौते बल्ब की रोशनी की तरफ ले जाकर परखते हुए बोले,

''कंप्यूटर साइंस? हम्म...। बिश्नोई के टच में रहना।''

मैंने 'जी सर' में गर्दन हिलाई जैसे मैं जानता होऊँ कि ये बिश्नोई कौन है। चश्मा ठीक से साफ हो गया था। उन्होंने पहन लिया। उनके चश्मे के मोटे फ्रेम को देखकर मुझे याद आया कि जिसे हम बचपन में वर्णमाला में पढ़ते थे, ऐ से 'ऐनक', ये वही 'ऐनक' है। इसको चश्मा कहना इसका अपमान है। सर चलने वाले थे, फिर मेज का कोना पकड़कर रुक गए, अपनी 'ऐनक' से झाँकती पैनी नजरों की नोक को मेरे माथे पर फोकस किया और एक-एक शब्द तोलते हुए बोले,

''अपने खास स्टूडेंट्स के लिए कुछ चूरन-चटनी रखता है। प्रैक्टिकल के टाइम मेरा नाम बता देना, जो भी माल-मसाला उसके पास होगा, दे देगा...''

''जी सर!'' (पहले तो मुझे समझ नहीं आया कि ये बिश्नोई है कौन, जिसकी कैंपस के अंदर ही किराने की दुकान है। परंतु बाद में पता चला कि बिश्नोई सर कंप्यूटर साइंस में प्रोफेसर हैं और चूरन-चटनी से तात्पर्य एग्जाम में आने वाले इंपोर्टेंट नोट्स से था।)

मैं सर से बात कर ही रहा था कि वह चहककर बाय करके चली गई। सर मुस्कुराए और बोले, ''पढ़ाई पर ध्यान दो, बहुत उम्मीदें लेकर भेजे गए हो!'' मेरे कंधे पर हाथ रखा और आगे बढ़ गए।

(बताओ, सर ने मुझे पहले ही दिन चेताया था कि पढ़ाई पर ध्यान दो। काश, सुन लेता उनकी बात, पर होइहे वही जो राम रचि राखा।)

...

कॉलेज साढ़े पाँच बजे खत्म हुआ। कमरे पर आकर मैंने बैग एक तरफ

फेंका और स्टडी टेबल से कुर्सी खींचकर बैठ गया। किराये पर लिए इस कमरे को मैंने अभी तक व्यवस्थित भी नहीं किया था। आधा सामान बैग में था, आधा बिस्तर पर। पानी की बोतल उठाई और अँगड़ाई लेकर कुर्सी को आरामकुर्सी बना देने का जतन किया। दिनभर की खुमारी उतर ही नहीं रही थी।

हाय! आइ एम प्रेरणा, प्रेरणा दीक्षित! अच्छा नाम है, नहीं? इससे रोज कॉलेज जाने की प्रेरणा मिलेगी, क्योंकि प्रेरणा मिलेगी! यही करने आए हो क्या यहाँ पर? अरे, इससे पढ़ने की भी प्रेरणा मिलेगी। टॉप करने की प्रेरणा मिलेगी, क्या टॉप करने से प्रेरणा मिलेगी? चुप रहो बेवकूफ आदमी! यह सोचो कि आज खाना कहाँ खाओगे? तीन दिन से जो पनीर और अंडा-करी की अमीरी छाई है, आज से खाना रूम पर बनेगा। समझे? नहीं! नहीं! कल से! उठा और विवेकानंद अस्पताल के नीचे पांडे ढाबा की तरफ चल पड़ा। नया-नया पता चला है कि 30 रुपए में डबल अंडा एग-करी देता है, वो भी ग्रेवी कितनी भी बार रिपीट करवा लो। इंटर में पढ़ा था कि भोजन के पाचन की प्रक्रिया खाने के बारे में सोचने से ही शुरू हो जाती है। पाँच रुपए में रोटी देता है, छह रोटी बराबर 30। टोटल खर्चा = 60। 60 रुपए के हिसाब से अगर महीने का... क्या मैं भी? पूरी मैथमेटिक्स इसी में लगा दूँगा क्या? मैंने ताला बंद किया और सीढ़ियों से नीचे उतरते हुए मकान मालिक को इशारा किया, 'खाना खाने जा रहा हूँ'। सामने गली में एक लड़की कुत्ता टहलाती हुई दिखी। मुझे फिर उसकी याद आई। "हाय आइ एम प्रेरणा! प्रेरणा दीक्षित!" जाते वक्त बाय भी किया था उसने। मैं सर के साथ खड़ा था, नहीं तो खुलकर 'बाय' करता, या हो सकता है मैं उसके साथ चल देता और पूछता कि उसके बाकी सब्जेक्ट्स कौन-से हैं। मैं कहता, "मैं यहाँ नया आया हूँ, और..."। अरे ओ राजरजत सिंह चौहान! अबे कोई बॉलीवुड थोड़ी न है जो तुम अपने आप को गाँव से आया बताओगे तो वह शहर घुमाने लगेगी। अबे यह रियल लाइफ है, ज्यादा लपलपाओ नहीं, नहीं तो... खैर कल तो मिलेगी ही।

चप्पल पहने हुई थी, गरीब घर से है क्या?... भक्क! इसका मतलब है कि वो खुले विचारो की है। हाँ, खुले कपड़ों की भी है। कर दी छोटी बात? यू हैव नो राइट टू कमेंट ऑन हर ड्रेसिंग चॉइसेज। बजरंग दलिया कहीं के!

रात सोने से पहले माँ का फोन नहीं आया। उसी की तुलना चलती रही। कुछ अलग है उसमें। बाकी कॉन्वेंट लड़कियों की तरह नहीं है। तोतापरी गैंग

से भी नहीं है, जो चढ़ाकर लगाए लिपग्लॉस और खुले हुए बालों से हमें ललकारती हैं। एक स्मार्टनेस है जिससे खुद को कैरी कर रही थी। एक आकर्षण है। राजरजत जी! मुस्कुराइए कि आप लखनऊ में हैं।

सो जाओ गधे! दो बज गए हैं। कल कई सामान खरीदने हैं। अलार्म बंद कर दो, वरना तुम्हारा ये नोकिया 2700 क्लासिक, पाँच ही बजे टिन टिन करेगा...

***

आस्था कोचिंग! ऑल सब्जेक्ट्स! फिजिक्स, केमिस्ट्री, मैथ्स। बायो। कॉमर्स। वन स्टॉप सॉल्युशन। इंटरमीडिएट से लेकर एमएससी तक।

नोट : आईआईटी का मॉर्निंग बैच शुरू हो गया है।

थर्ड फ्लोर। रास्ता इधर से है। ↑

तीन मंजिल जीना चढ़ने के बाद रास्ता एक छोटी गली में खुला। बरसात के मौसम की वजह से दीवारों में सीलन और हवा में बासी गंध आ गई थी। गली के एक तरफ चार-पाँच बैग लटकाए स्टूडेंट्स गप्प लड़ा रहे थे। बगल ही एक छोटे स्टूल पर बिसलेरी के 20 लीटर की फिल्टर्ड वाटर टंकी रखी थी जिसके ऊपर राजू वाटर सर्विस का कैन औंधाया हुआ था। दूसरी तरफ प्लाई से पार्टीशन किए गए कमरों की कतार थी। सामने एक व्यक्ति (रजिस्टर में घुसा हुआ, शायद मैनेजर) कुर्सी-मेज लगाए बैठा था। उसके पीछे की दीवार पर कोचिंग के भूतपूर्व मग्गुओं की तस्वीरें लगी थीं। चुहल करते हुए वे लड़के शायद क्लास टाइमिंग से पहले आ गए थे और आँखों ही आँखों में मुझे 'तुम कौन?' का संकेत दे रहे थे। मैंने अपना परिचय अँग्रेजी में दिया और उन्होंने भी हाथ हिलाकर माइसेल्फ-माइसेल्फ किया। वे यूनिवर्सिटी कैंपस के न होकर शिया पीजी, क्रिश्चन कॉलेज के सीनियर थे और पिछली क्लास छूटने का इंतजार कर रहे थे। अँग्रेजी और कैंपस स्टूडेंट होने के इस ओजपूर्ण परिचय के कुछ ही देर में मैं उनके नाम भूल गया। हाँ, यह जान लिया कि बीएससी फर्स्ट ईयर की क्लास सी-002 में चलती है और ये खडूस मैनेजर ट्रायल क्लास नहीं देगा। जल्दी से मैनेजर की नजर बचाकर सी-002 में दाखिल हुआ। हम ग्रामीण लोग मेले में मटका भी ठोंक-बजाकर खरीदते हैं, फिर तो यह कोचिंग थी। ट्रायल क्लास कैसे नहीं लेते! अंदर पहुँचकर विजय गर्व से चारों तरफ गर्दन फिराई और इत्मीनान की साँस ली।

यहाँ भी वही कुप्रथा, एक तरफ लड़के, एक तरफ लड़कियाँ। सर्वं दुःखं दुःखं! क्यों समाज ने हमें इतना दूर कर दिया है? मैं भारतीय समाज में फैली इस असमानता की कड़ी निंदा करता हूँ। ऊपर रिरियाता पंखा मुझे घूर रहा था– "बेटा, चुपचाप कोने में जाकर बैठ जाओ, बीच में तो मैं कभी भी गिर सकता हूँ।" आगे की सीट खाली थी। कक्षा-एक से चली आ रही आदत के अनुसार मैं सीधा पहली सीट पर जाकर बैठा। टीचर से अच्छे संबंध बनाने की यह पहली सीढ़ी है और कुछ अवांछनीय लाभ भी हो जाते हैं। अगल-बगल देखकर मैं पहचानने की कोशिश करने लगा कि इनमें से कौन-सा चेहरा मैंने यूनिवर्सिटी में भी देखा है। परंतु मेरी याददाश्त ने बहुत साथ नहीं दिया। 'प्रेरणा पक्का गुरुकुल वाली कोचिंग में होगी' मैंने अपने-आपको बताया... या शायद वह आज आई न हो, या वह कोचिंग करती ही न हो। मैं यह खयाली दाल छौंक ही रहा था कि मैंने एक लड़के को जस्ट अपने दाएँ खड़े पाया। यह उसकी जगह थी।

"कहीं और बैठ जाओ! यहाँ मैं बैठता हूँ!" उसके लहजे में आदेश का भाव था। वह मेरे उठने को लेकर एकदम निश्चिंत था, दूसरी तरफ देख रहा था। मैं थोड़ा खिसक गया कि भाई साथ ही बैठ जाओ परंतु वह एकछत्र राज वाला आदमी था, झुँझलाकर पीछे बैठ गया।

"हुँह! आ जाते हैं, गँवार!" वह बुदबुदाया।

मैंने सिर झुका लिया और अपने-आपको गौर से देखने लगा। मैं गाँव से आया जरूर था पर मैं इतना गँवार नहीं था। न मेरी बेल्ट पर 'मैंने प्यार किया' लिखा था, न ही मेरे पर्स में सलमान खान का 'तेरे नाम' वाला फोटू था। कढ़ाई वाली जींस को तो आज सुबह ही बक्से में डालकर, ताला मार दिया था। पता नहीं उसने मुझे गँवार क्यों कहा? मैंने उसकी तरफ देखा, वह दूसरी तरफ देखने लगा।

एक टीचर लंबे डग भरते हुए क्लास में घुसे। आते ही मैनेजमेंट पर बिलबिलाए, "इन टीचर्स को पता नहीं कि क्लास से निकलो तो ब्लैकबोर्ड एकदम साफ करके निकला जाता है। डेट भी कल की पड़ी है। ये सब चीजें बीएड में सिखाई जाती हैं। हुँह..." और पूरी क्लास को गुस्से की नजर से देखने लगे। बच्चे अपनी कॉपियों में घुस गए और मैं अजीब-से अपराधबोध में नीचे देखने लगा। पीछे पलटे और बोर्ड पर ऑर्गेनिक केमिस्ट्री का टोकन डायग्राम, बेंजीन रिंग बनाईं और अपने चीथड़े नोट्स जो वे हर बैच को चिपकाते रहे

होंगे, उलटने लगे। मैंने कनखियों से झाँका, 'ओह्ह बेंजीन रिंग... ऑर्गेनिक केमिस्ट्री पढ़ाई जाएगी आज! ऐं? ऑर्गेनिक केमिस्ट्री? केमिस्ट्री में बैठ गया मैं? गलत क्लास में? धत्त! वो भी सबसे आगे की सीट पे!' मैंने अपना माथा पीट लिया। 'बहुत अच्छे बेटा! और बनो ज्ञानी, जेम्स बांड। जल्दबाजी में गलत क्लास में ही घुस गए। बेवकूफ। गलत नहीं कह रहा था यह पीछे वाला लड़का, सही में देहाती हो तुम!'

मैं तनाव के मारे अगल-बगल देख रहा था। अपनी बेचैनी को छुपाने की कोशिश कर रहा था। सर जैसे ही ब्लैकबोर्ड की तरफ पलटे, मैं सरककर पीछे उस लड़के के पास आ गया। उसने मुझे देखकर मुँह बनाया पर मैंने इग्नोर कर दिया। स्मार्ट लग रहा था, समुद्री हरे रंग की शर्ट पहने हुआ था, जिसकी बाँहें ऊपर तक चढ़ी थीं और नीचे से एक पट्टी निकलकर ऊपर मोहड़ी को थामे हुए थी। यह फैशन उस समय नया-नया आया था। नीचे ब्लैक जींस पहनी थी। बाल स्टाइल में खड़े थे। बगल में हेलमेट रखा हुआ था, मतलब बाइक से आता था। बैठने में एक एटीट्यूड था और चेहरे पर रौब, जिससे मुझे पता चल गया कि बगल की सीट की लड़कियाँ मुझे नहीं, उसे देख रही थीं। कोचिंग संस्थान सिर्फ पढ़ाई के लिए नहीं होते हैं।

"ऑक्सीजन सबसे एलेक्ट्रोनेगॅटिव एलिमेंट में से है। क्या ये किसी केस में अपने इलेक्ट्रॉन्स देता भी है?" सर ने क्लास की तरफ देखे बिना ही पूछा। जवाब न मिलने पर वे आप ही शुरू हो गए, "पता नहीं कैसे इंटर पास करके चले आते हैं आप लोग और एडमिशन भी मिल जाता है लखनऊ यूनिवर्सिटी में! 90 परसेंट, 95 परसेंट, मजाक बना दिया है बोर्ड एग्जाम्स का। रिजल्ट की महँगाई है और कुछ नहीं। एक हमारा समय था, नकल करो तो सीधे जेल। प्रथम श्रेणी में पास का मतलब था बहुत बड़ी बात। और अब? मजाक हो गया है। यही हाल रहा तो इश्तेहार आएँगे, 'स्वीपर्स रिक्वायर्ड एंड ग्रेजुएट्स प्रिफर्ड'... हुँह! हुँह!" (वो अपने ह्यूमर को शाबाशी देते हुए खुद में ही हँसे।)

"ये ऑटोमेटिक प्ले हो जाते हैं," बगल वाले लड़के ने व्यंग्य किया। मैं ठीक से हँस भी नहीं पाया।

"तुम!... बताओ जो मैंने अभी पूछा है!"

"जी... मैं?"

"हाँ तुम्हीं! क्या नाम है तुम्हारा?" ('मॉडलिंग करने कोचिंग आते हैं,'

सर अपने में बुदबुदाए।)

"जी... युवान!"

"हाँ, तो किस केस में ऑक्सीजन ऐसा बेहेवियर शो करता है?"

"जी... वो... जी..."

सवाल आसान-सा था पर जवाब उसे नहीं पता था। बेचारा झिझक में अपनी शर्ट के बटन बंद कर रहा था, फोल्डेड बाँहें खोल रहा था। पूरी क्लास बगलें झाँक रही थी कि अब न जाने किससे पूछ लेंगे सर। सर ने तिरस्कार से उसकी तरफ देखा, उसे बैठने को भी नहीं कहा, अपना चश्मा उतारा, पूरी क्लास की तरफ उत्तर की नाउम्मीदी से देखा, फिर पहन लिया और ब्लैक बोर्ड की तरफ पलटते हुए बोले, "हुँह... ब्लडी कॉन्वेंट प्रोडक्ट!"

सर जैसे ही पलटे, मैंने उसकी कॉपी में ऑक्सीजन फ्लोराइड का फार्मूला बना दिया। उसने बता दिया। प्रोफेसर साहब पहले चौंके, फिर अपना-सा मुँह लेकर रह गए।

क्लास के बाद हम मिले। वह अपनी यामाहा एफजी पार्किंग (अवैध) से निकाल रहा था। पार्किंग वाले को बिना पैसे दिए अपनी पर्ची निकाल लेने का इशारा किया था उसने। फिर मेरी तरफ देखा।

"हाय! युवान हियर, थैंक्स!" उसने हाथ बढ़ाते हुए कहा।

"हाय, राजरजत सिंह चौहान!" मैंने भी हाथ गर्मजोशी से मिलाया।

"युवान, आगे?" हम देहाती लोग सरनेम जरूर जानना चाहते हैं, जातिवाद अब तक गया नहीं है अंदर से।

"युवान सिंघानिया।" उसने बाइक स्टार्ट करते हुए कहा। ऊपर से किसी के खिलखिलाने की आवाज आई। मैंने सर उठाकर देखा। कुछ लड़कियाँ उसे ऊपर से झाँक रही थीं। एक-दूसरे को कुहनियाकर हँस रही थीं। परंतु उसने उधर ध्यान नहीं दिया, गाड़ी मोड़ते हुए मुझसे मुखातिब हुआ, "कहीं ड्रॉप कर दूँ?"

"नहीं... मैं बस यहीं हॉस्टल तक जा रहा हूँ।" मेरी आँखें इधर-उधर चकर-मकर देख रही थीं, जैसे मैं इस नई दुनिया को अपने अंदर बिठा लेना चाहता हूँ। या मेरी आँखें किसी पहचान को ढूँढ़ रही थीं। चारों तरफ सजी हुई दुकानें, तेजी से भागती गाड़ियाँ और रोशनी की चकाचौंध रात के ठंडे आगोश का असर कम कर रही थी।

"बैठो! मैं उधर चौक साइड ही जा रहा हूँ, छोड़ दूँगा" उसकी आवाज में

ठहराव और आत्मविश्वास था। वह आत्मविश्वास जो ऊँची परवरिश की देन होता है और हम गरीबों में नहीं आता। जिस आत्मविश्वास की बात माननी होती है। मैं चुपचाप उसकी बाइक पर बैठ गया। उसने एक बार गाड़ी स्टार्ट की तो उसके बाद बाइक हवा से बातें करने लगी।

"युवान! कॉलेज में तो देखा नहीं तुम्हें!"

"मैं कॉलेज नहीं जाता। पापा का कॉलेज चलता है, वही देखता हूँ।"

"और प्रैक्टिकल क्लास में?"

"कभी-कभी जाता हूँ। लिंक है... एलयू में कोई काम हो तो बताना।"

"हम्म, मुझे बस यहीं उतार दो, हबीबुल्लाह हॉस्टल के पास... ओके, सी यू!" मैंने ये 'ओके सी यू' अपने मुँह से थोड़ी मेहनत करके निकाला था, ताकि धीरे-धीरे मुझे अँग्रेजी की आदत हो जाए और ये अँग्रेजी मेरे मुँह से अटपटी न लगे।

***

रात के नौ बज गए थे। यह एक स्याह रात थी (हालाँकि मुझे पता नहीं कि स्याह रात होती क्या है, मगर मैं बीच-बीच में बड़े लेखकों की नकल मारता रहूँगा)। अँधेरा छाया हुआ था। बॉयज हॉस्टल में तो वैसे भी कोई सिक्योरिटी नहीं होती है और यहाँ तो रोशनी भी नहीं थी। हबीबुल्लाह हॉस्टल पोस्ट ग्रेजुएशन वालों का छात्रावास था। कमरों की लाइटें दूर से जलती दिख रही थीं, जिससे दिशा का ज्ञान हो रहा था। गेट से घुसते ही सामने बड़ा-सा मैदान था। मैदान में कोई प्रकाश-व्यवस्था नहीं थी। मैदान के दोनों तरफ ऊँचे बोटेलपाम के पेड़ लगे हुए थे। बीच में कुछ ईंटें पड़ी हुई थीं जो संकेत कर रही थीं कि दिन में वहाँ क्रिकेट खेला जाता रहा होगा। मेरे अलावा दो-तीन सचमुच के उल्लू बीच में 'ऊ-ऊ' कर रहे थे। डरावना-सा हो रखा था माहौल। जहाँ मैं चल रहा था वहाँ घास काफी उग आई थी इसलिए मैं बच-बचकर चल रहा था।

"ओए ओए ओए... उधर नहीं, उधर पानी भरा है... !" अँधेरे से किसी की आवाज आई।

मैंने पलटकर उसकी तरफ देखा, जो पत्थर पर बैठा हुआ था और जिसके कान के पास थोड़ी रोशनी थी। कोई रात्रिचर आशिक था जो नाइट पैक का अकेले में सदुपयोग कर रहा था।

"एक मिनट होल्ड करना बाबू...। (उसने अपने बाबू को प्यार से कहा

उसके बाद हॉस्टलिया रूप में आया)... अब्बे यार इस शुक्ला स्साले को कितनी बार बोला है, पाइप खुला मत छोड़ा कर, हरामी सुनता ही नहीं है... फूलों के बजाय घास सींचता है... कुकुर...''

''भैया रूम नंबर 22 जाना है... किधर पड़ेगा?''

''प्रशांत से मिलना है? 22 नहीं 23 में होएगा... इधर जीने से बाएँ ले ले।'' यह कहकर वह वापस फोन में घुस गए, ''हाँ बाबू... नहीं गाली नहीं दे रहा था मैं... वो ये माली है न वो काम ठीक से नहीं करता... ओहके बाबू तुम्हारी कसम, अब नी दूँगा गाली।''

कॉरिडोर में कुछ लड़के अधनंगे घूम रहे थे, पर ईयरफोन साथ में था जनेऊ की तरह। एक कमरे से धुआँ निकल रहा था। एक अन्य कमरे में दो-तीन लैपटॉप खुले हुए थे। मैंने उसमें झाँका तो सब मुझे घूरकर देखने लगे। मैं आगे बढ़ गया। सब सीनियर ही होंगे। बाकी कमरे अंदर से बंद थे। बरामदे में लगे कॉमन नोटिस स्टैंड पर एक भैया खड़े अखबार पढ़ रहे थे। ये वो समय था जब 'द हिंदू' लखनऊ में रात में या एक दिन देर से आता था। उनसे पूछकर मैं भैया के रूम तक पहुँचा। कमरे में कुंडी नहीं लगी थी, हल्का-सा उढ़काया हुआ था। अंदर से हल्का-सा प्रकाश आ रहा था। मैंने जूते उतारने चाहे तो भैया ने कहा, ''मंदिर थोड़े न है, ऐसे ही आ जाओ।'' अरे, भैया को तो चश्मा लग गया है। भैया का कमरा बाकी हॉस्टल के कमरों जैसा नहीं था। चीजें करीने से सजी हुई थीं। एक तरफ अलमारी में प्रतियोगिता दर्पण और योजना पत्रिका के ढेर लगे हुए थे, दूसरी तरफ एम.लक्ष्मीकांत, बिपिन चंद्र और सुभाष कश्यप ठूँसे गए थे। पुरानी रैपिडेक्स इंग्लिश स्पीकिंग कोर्स और एससी गुप्ता भी रखी हुई थी। टेबल लैंप जल रहा था, जिससे मुझे आभास हुआ कि मेरे आने से पहले भैया पढ़ रहे थे। भैया काफी बदल गए हैं। चश्मा भी लग गया है। दो साल में एक-दो बार ही गाँव आए हैं। कमरे में दो तख्त पड़े हुए थे। दूसरा तख्त उनके रूम पार्टनर राहुल का था। उसकी तरफ का सामान तख्त पर ही पड़ा था।

गाँव में मैं भैया का जूनियर था, पर वह कभी-कभी मुझे अपनी टीम में खिला लेते थे। वह विकेट कीपिंग करते थे और स्लिप में कैच फेंककर मेरा मनोबल बढ़ाते रहते थे। मेरा काम था उन्हें सिंगल लेकर स्ट्राइक देना और वह हिट करते थे। अगर गलती से मुझसे चौका चला गया तो मैं गाँवभर में हल्ला मचाता था कि क्या कनेक्टिंग शॉट मारा मैंने, चाहे प्रशांत भैया से पूछ लो।

अब उन्हें क्या पता कि इन दो सालों में मैं हिटर बैट्समैन बन गया हूँ। बाउंसर को ऐसा हुक करता हूँ कि सीधा बाउंड्री के बाहर। पर इन बातों का अब कोई मतलब नहीं है। जहाँ हम खेलते थे वहाँ किसी ने जोतकर गेहूँ बो दिया है।

"आज तो आप हमें दिखे थे बाजार में, किसी की स्कूटी पे," मैंने अपनी आवाज में शरारत, हक और जासूसी तीनों घोलते हुए बात शुरू की।

"हाँ, कुछ सामान लेने गए थे छाया के साथ।" वह मेरे मन में उठे कौतूहल को खारिज करते हुए बोले।

उन्होंने टेबल लैंप बंद किया और बिस्तर पर आराम से बैठ गए। मैंने घर से लाई पेड़े की पन्नी खोल दी। सामान दूसरे तख्त पर फेंका और अपनी चार दिन की नवाबियत खिड़की के बाहर। आराम से पगुराते हुए बैठ गया और उन्हें बताना शुरू किया कि शहर कितना पसंद आया मुझे। खासकर यहाँ के लोग। (प्रेरणा भी)

"कौन थी वो? 'भाभी' हैं क्या?" मैंने आँखें मटकाते हुए कहा।

"क्लासमेट है बस, अच्छे दोस्त हैं हम...।" भैया ने मम्मी के हाथ का बनाया पेड़ा उठाते हुए कहा। वह तीसरा खा रहे थे। मैं गिन रहा था।

"बेस्ट फ्रेंड्स? हम्म हम्म, मिलवाए नहीं?" (भूल गए कि चार साल पहले आपकी इश्क की पर्ची हम ही पहुचाए थे रंजना दीदी को?)

"दोनों हाथों में सामान लादे 'हाय' कर रहे थे, कैसे मिलवाता तुम्हें उससे?"

"आप देख लिए थे?" मैंने पेड़े की पन्नी बाँधते हुए कहा।

"और नहीं तो क्या? तुम्हारी काफी तारीफ कर रखी है उससे। ऐसे ही मिलवा देता?"

"सही में?" मैंने चमकती हुई आँखों से कहा।

"हम्म... दो-चार लोग ही तो गाँव से पढ़ने में निकले हो, बाकियों को तो गाँव की राजनीति बर्बाद कर रही है। आईएएस छोड़ो एक पीसीएस तक नहीं निकला गाँव से, सोचो!" फिर हल्का रुके और मुझे छेड़ते हुए बोले, "तुमसे थोड़ी उम्मीद है।"

"अरे भैया! काहे आप चने के झाड़ पर चढ़ा रहे हैं? अभी तो निकले हैं घर से बाहर, ग्रेजुएशन कर लें, थोड़ी दुनिया देख लें।" मैंने पेड़े की पन्नी वापस खोल दी।

कमरे का दरवाजा अब भी उढ़काया हुआ था, कुंडी नहीं लगी थी। एक लड़का पूरे चेहरे पर पाउडर पोते हुए केवल अंडरवियर पहने ही चला आया। कंकाल जैसा शरीर था। दाढ़ी और बालों का वजन बाकी शरीर से ज्यादा होगा। रात के नौ बजे उसे ट्रिमिंग की पड़ी थी। मैं अपनी हँसी और कौतूहल दोनों को दबा रहा था।

"अब्बे प्रशांत यार! ट्रिम्मर देना अपना।"

"क्या करेंगे आप ट्रिम्मर का? महोदय, आपने तो पूरे साल दाढ़ी न बनाने की कसम खाई थी?"

"अरे यार, मुझे लग रहा है कि मेरी दाढ़ी में रूसी हो गई है।" उसने अपनी दाढ़ी खुजाते हुए कहा।

"रूसी? कमाल है! दाढ़ी में रूसी? राहुल को दिया है, उनसे पूछिए!"

"तो वो है कहाँ?"

"प्रेम-प्रसंग वार्ता में लीन होंगे। अपनी दिल्लीवाली से... ग्राउंड में ढूँढ़िए उन्हें।"

(अच्छा! तो वो ग्राउंड में राहुल भैया थे जो अपनी गर्लफ्रेंड से बाबू-शोना कर रहे थे। दाढ़ी मैन जमाल उन्हें ढूँढ़ते हुए ग्राउंड में चला गया। उसकी अंडरवियर पीछे से फटी थी।)

प्रशांत भैया मेरा भाव ताड़ गए और हँसने लगे।

"हियाँ सब सारे अइसे हैं, हेहेहे।" इस बार भैया अवधी में बोले। अब लगा कि गाँव नहीं भूले हैं। प्रशांत भैया हॉस्टल में प्रतिष्ठित व्यक्ति थे। खाना, मेस का लड़का कमरे में लाकर दे गया। वह बाकी विद्यार्थियों को परीक्षा के समय पढ़ा दिया करते थे। भैया ने अलमारी से अचार और देसी घी निकालकर परोसा, जिससे आया देसी तड़का।

"और बताओ, गाँव के क्या हालचाल हैं? सुना है ठाकुर साहब ने दूध का बिजनेस शुरू किया है?"

"हाँ, उन्हें किसी ने बता दिया कि फायदा है। ठीक-ठीक चल रहा था गन्ने का ठेका। पता नहीं क्या सूझी?"

"सही तो है, उनके नाम को सूट भी करता है दूधनाथ सिंह दूध बिजनेस।" यह कहकर भैया जोर से हँस पड़े। मुझे थोड़ी खीझ जरूर हुई कि वह मेरे पिता जी के नाम और बिजनेस पर हँस रहे हैं पर पिता जी ने बिजनेस ही ऐसा शुरू

किया है कि मुझे हँसी में साथ देना पड़ा।

मैंने बात बदलते हुए कहा, "आप क्यों नहीं आए बहुत दिनों से घर?"

इस अप्रत्याशित प्रश्न से उनके चेहरे से मुस्कान की रेखाएँ गायब हो गईं। कुछ बोले नहीं। खाना खत्म किया। बाहर जाकर हाथ धोया। अंदर आए, तौलिए से हाथ पोंछते हुए और अपने जवाब को व्यंग्य में ढालकर बोले-

"अरे, गाँव वालों का जाहिलपन तो तुम जानते ही हो। जाओ तो पूछते हैं कि भैया, तीन साल होइ गवा नखलऊ गए, कहूँ जुगाड़ नाइ लाग? उसके बाद इनका लड़का, उनका लड़का, पड़ोस के गाँव का लड़का की कहानी सुनाएँगे। उन गँवारों को क्या बताऊँ कि तीन साल से ग्रेजुएशन कर रहा था, नौकरी की तैयारी तो अब शुरू की है। मगर वो हैं कि मुझे आसपास का सफाई कर्मचारी का सिलेक्शन तक सुना जाते हैं। अब सोच लिया है कि सरकारी नौकरी लगने के बाद ही जाऊँगा गाँव।" अपनी शपथ के सही होने की सहमति लेने के लिए उन्होंने मेरी आँखों में देखा।

"हाँ, मुझसे भी तीन साल बाद यही पूछेंगे।" मैंने अपनी उँगलियाँ चाटते हुए कहा। खाना लजीज था।

"तुम न! ये उँगलियाँ चाटना-वाटना भूल जाओ, समझे! पूरा दाल-चावल इकट्ठे सान लिया, अरे... थोड़ा-थोड़ा लेकर खाओ! कुछ मैनर्स सीखो।"

"सॉरी!" (मुझे बुरा तो लगा, सोच रहा था कि अचार चाट सकता हूँ या नहीं?)

"छोड़ो वो सब... शाम को क्या करते हो... कोचिंग से पहले?"

"खाली ही हैं अभी तो।"

"आओ, कल से बैडमिंटन खेलते हैं, शुभस्य शीघ्रम! छाया से मिलवा भी दूँगा।"

"अरे बिलकुल... बैडमिंटन तो हमार फेवरेट है।"

कमरे में बाकी सबकुछ तो यथास्थान था, बस एक चीज मुझमें कौतूहल जगा रही थी। सो, मैंने जाते-जाते पूछ ही लिया, "और ये कमरे के चारों तरफ सीमाबंदी काहे कर रखी है?"

"अरे, इन पे सर्दियों में अंडरवियर सूखते हैं।" अंडरवियर शब्द सुनकर हम दोनों फिर हँसने लगे।

***

दोस्ती

अच्छा था कॉलेज। दिन कटने लगे थे। आईटी चौराहे के पास कमरा लिया था। आईटी चौराहा हरियाली और पर्यटन की दृष्टि से काफी समृद्ध इलाका है। कारण है कि आईटी कॉलेज एक गर्ल्स कॉलेज है और यूनिवर्सिटी के तीन-चार गर्ल्स हॉस्टल भी आस-पास बसे हुए हैं। वैसे तो आईटी पर चाय की दुकानें दिनभर खुली रहती हैं पर जब शाम को कॉलेज और कोचिंग छूटती हैं, तब तलब सबसे ज्यादा महसूस होती है। कोई-न-कोई काम निकल ही आता है शाम को आईटी जाने के लिए। लेकिन ज्यादा मजनूँबाजी की जरूरत नहीं है, पास में पुलिस लाइंस भी है। शुरू के कुछ दिनों में मुझे लगा कि लखनऊ में रोज रात को बारिश होती है, पर एक दिन मैं समय से उठा और तब मुझे पता चला कि मेरे सामने रहने वाली आंटी सुबह उठ के गली धो देती है और मैं इस भ्रम में रहता हूँ कि यहाँ रोज बारिश होती है। मेरी सुबह की शुरुआत ब्रेड बेचने वाले की पों-पों से होना शुरू हुई और शाम एक रसिया सब्जी वाले के साथ गुजरने लगी, जो गाते हुए सब्जी बेचता था। आलू हइइया, गोभी भइइया...।

एक लड़का मुझसे भी बाद में आया था। शशांक। छह फीट लंबा, भारी-भरकम और साँवला। मजाकिया बहुत था। बॉडी विद ब्रेन का दुर्लभ कॉम्बिनेशन। उसे कोई नोट्स वगैरह नहीं दे रहा था तो मैंने ही दोस्ती का हाथ बढ़ाया। हमारे तीनों सब्जेक्ट्स सेम थे। वह पढ़ने में उतना अच्छा नहीं था, मगर उसके पीछे

एनसीसी और स्पोर्ट्र्स कोटा लगा था। नई जगह आदमी सबसे पहले अपना क्षेत्रवाद साधता है (चाहे अपने प्रदेश के सभी जिलों के नाम पता न हों)।

"कहाँ से? गोंडा? मैं देवरिया से। पड़ोसी हुए यार हम तो!" उसने हाई फाइव के लिए हाथ बढ़ाया। यह मेरे लिए लखनऊ का दूसरा हाई फाइव था। झिझकते हुए हाथ आगे बढ़ाया। उसने ताली मार दी।

"एसएसबी से निकाले गए? हम भी।" (हाई फाइव)

"अल्लाहाबाद बोर्ड? कॉन्फ्रेंस आउट? हम भी। अब्बे, वो बायस्ड होते हैं।"

"हाँ यार सिविलियंस को जल्दी लेते नहीं हैं।"

बस ये कुछ चीजें कॉमन हो गईं और भड़ास निकालते-निकालते हममें दोस्ती हो गई।

क्लास में उत्तर प्रदेश की लगभग सभी स्त्री-पुरुष जनजातियाँ मौजूद थीं। जैसे- गीले बाल लिए क्लास में चली आने वाली देवियाँ। "यार! आज मैं लेट सो के उठी, जल्दी से भाग के आई।" हालाँकि ऐसा रोज होता था और जुल्फें झटक-झटककर कॉपियाँ हमारी गीली की जाती थीं। क्लास में किसी का फोन आने पर अचानक इंग्लिशोच्चारण करने वाली देवियाँ या सीधे क्लास से बाहर ही चली जाने वाली देवियाँ, चाहे बाद में पता चले कि 'प्रिय उपभोक्ता' वाले याद कर रहे थे। छोटे शहरों में अँग्रेजी बोलने वाली लड़कियों की मुख्यतः दो प्रजातियाँ पाई जाती हैं। एक, जो धाराप्रवाह मने फ्लूएंट इंग्लिश बोलती हैं और दूसरी, एक्चुली-बेसिकली वाली।

लड़के भी तरह-तरह के थे। कुछ गलती से गर्ल्स हॉस्टल की तरफ निकल पड़ते थे। हालाँकि यह गलती वे दिन में तीन-चार बार कर बैठते थे। कुछ अपने जीवन का सार जान चुके थे कि बिना डिग्री और नौकरी के कोई भाव नहीं देगा, इसलिए मैडल ही एक मात्र लक्ष्य है। कुछ एबीवीपी और एसएफआई टाइप छुटभैया गैंग जॉइन करके राजनीतिक पैठ बना रहे थे। भारतीय परंपरा, सनातन धर्म, बुर्जुआ और सर्वहारा। बड़े शब्दों से नया-नया परिचय हुआ था। भारतीय संस्कृति खतरे में है यू नो? कुछ पर संकट था कि कौन-सी दाढ़ी उन पर सूट करेगी। शर्ट की बाँहों को कहाँ तक मोड़ा जाए? ऊपर के कितने बटन खोले जाएँ? लड़के, मर्द होना चाहते थे। आइडेंटिटी क्राइसिस बहुत था कि अलग कैसे दिखा जाए। मुझे और शशांक को समझ में ही नहीं आता था कि हम कर क्या रहे हैं। हम दोनों खाली बैठे पीछे लड़कियों को रेटिंग दे रहे थे

10 में से।

"वो वाली कितना?"

"उम्मम... 5।"

"वो वाली, शरारा-शरारा?"

"4!" (बहुत ऑब्जेक्टिव जज थे हम दोनों, कई पहलुओं पर ध्यान देते थे।)

"वो सलवार सूट वाली?"

"नाह! नॉट क्वालिफाइड।"

"अरे नहीं! तुम गलत एंगल से देख रहे हो। इस तरफ से खूबसूरत है।" वो हँस पड़ा।

"यार रज्जो, एक बात बताओ..."

"रज्जो मत बोला करो मुझे! या राज कहो या रजत कहो, समझे? रज्जो मुझे बिलकुल नहीं पसंद। बचपन से मम्मी ने हमें लड़की बना रखा है।"

"अच्छा ठीक है रजत जी!"

"बोलो!"

"ये बताओ... यार बचपन से हम गाना सुनते आ रहे हैं कि अबकी बरस ये हाल है, लगा सोलहवाँ साल है या फिर, मैं सोलह बरस की तू सत्रह बरस का टाइप।"

"हाँ तो?"

"... और एक हमें देखो, उन्नीस बसंत बीत गए एक फूल न खिला..."

मुझसे हँसी आ गई। शशांक बेचारे को भारत में पैदा होने का सबसे बड़ा दुःख इसी बात से था। वो हॉलीवुड की 'वैन वाइल्डर' और 'रोडट्रिप बियरपोंग' टाइप मूवीज देखता था और अपनी 19 साल की वर्जिनिटी पर तरस खाता था। गलती से 'ऑर्जी' का नाम ले लो तो दर्द के मारे 'भारत में प्रेम की चिंतनीय स्थिति' पर व्याख्यान शुरू कर देता था। समय यूँ ही कटता था। एग्जाम सेशन के अंत में होना था, मार्च में, तो शेड्यूल बना लिया था कि जनवरी से पढ़ाई शुरू करेंगे। 12 पेपर हैं जिनमें दो प्रैक्टिकल। 12 हफ्तों का काम है मुश्किल से। बाएँ हाथ का काम है। अभी तनिक समझ लें जीवन, थोड़ा घुल-मिल जाएँ लोगों से। अटेंडेंस दर्ज कराना और प्रोफेसर्स को चेहरा दिखाना ही परम उद्देश्य था। इन सुंदर लड़कियों को तो अपनी सोनजूही जैसी मुस्कान पर ही नंबर मिल

जाएँगे। हमारी भुच्चड़ शक्ल देखकर कोई भीख भी न दे। हम लोगों के लिए वाइवा भी होता है। इसलिए कुछ छात्र, प्रोफेसर्स के स्टाफ रूम में बैठना गौरव और सम्मान की बात समझते थे। क्लासेज सारी करते थे पर पता नहीं रहता था कि पढ़ क्या रहे हैं। ज्ञान अब बँटता ही कहाँ है! ज्ञान तो अब फोटोकॉपी होता है, चौराहे की दुकानों पर।

अब तक क्लास में लगभग सबके नाम रखे जा चुके थे, प्रतागढ़वाली, मदरडेरी से लेकर मिग-29 तक और लड़कों के ढक्कन, घोंचू और हल्क। उसका नाम रखने की हिम्मत किसी ने की नहीं थी, हाँ कुछ लोग उसे छोटा पैकेट बड़ा धमाका कहते थे। मैंने और शशांक ने आपसी सहमति से उसके नाम को शॉर्ट कर लिया था। पीडी। जब भी आती थी, 'हाय' करके जाती थी। मेरी कोशिश होती थी कि इस खास मौके पर मैं अपनी क्लास के लड़कों के साथ होऊँ। किसी दूसरे विभाग की लड़की आपको 'हाय' करती है, यह अपने-आपमें एक सम्मान की बात है, जिसे सीएस विंग के लड़के स्वीकार करते थे। वे खोपड़ी मटकाकर लंबा वाला 'हम्म' करते थे और मैं मन ही मन पुलकित हो जाता था। पिछले कुछ दिनों से वो 'हाय' से 'हाय रजत' पर आ गई थी और यह मेरे लिए एक बड़ी उपलब्धि थी। शशांक को अपना नाम पसंद था, 'हल्क'। हर लड़का अपनी जिंदगी में एक न एक बार जिम जरूर जाता है। शशांक उसी दौर से गुजर रहा था। उसके चक्कर में मुझे रोज 'जे कटलर' और 'फिल हीथ' के वीडियोज देखने पड़ते थे। अपनी हर चीज में वो अपने बाइसेप्स/ट्राइसेप्स ले ही आता था। चाहे आँसू पोंछने की एक्टिंग हो या हाथ जोड़ने की एक्टिंग। फिजिक्स की क्लास ओवर हो गई थी और खाली समय में शशांक अपने शरीर में नई-नई जगह से गुलते निकाल रहा था। हर गुलते के लिए अलग नाम है। वही गुलता आगे निकल गया तो बाइसेप और पीछे निकल गया तो ट्राइसेप। मैं मन में सोचता, यार ये माँस है तो एक ही।

"भाई, भाई, ये स्टेप देख... अब ये स्टेप देख..."

"बैठ जाओ मेरे स्टेप ब्रदर। ये बताओ कि प्रेरणा लड़की कैसी है?"

"तुम यार हमको सीरियसली ले ही नहीं रहे हो। आज हम थाई के इतने सेट्स मारे कि सारे जिम के लड़के रुक के देखने लगे।"

"हाँ! हाँ! तुम जिम में थाई-थाई मचा दिए। जो मैं पूछ रहा हूँ वो बताओ।"

''ज्यादा हाय/बाय नाह करो, रितेश की गर्लफ्रेंड है।'' शशांक ने मुँह बनाते हुए कहा।

मुझे ऐसा लगा कि शशांक के यह बोलने से पहले मेरे कानों के पास एक बड़ा-सा 'बीप' बजना चाहिए था, ताकि मुझे कुछ सुनाई न दे। या बादल फटे और आकाशवाणी हो, ''शशांक झूठ बोल रहा है!''

मैंने उसकी तरफ प्रश्नभाव से देखा। उसने आँखें बंद करके रवीश कुमार जैसा मुँह बनाया, मतलब खबर पक्की है।

''हम्म्म्म... (एक लंबा मौन... हम्म्म्म...। निराशा... ठीक है... कोई बात नहीं... हें?)...''

''ठीक है, ठीक है। हम कुछ कह रहे हैं क्या? अच्छा सुनो, वो फोरट्रान की क्लास नहीं होगी, बिश्नोई सर नहीं आए हैं। बाहर चलते हैं।''

''कैंटीन ही चलते हैं। चाऊमीन भी बनने लगी है वहाँ पे।''

''चलो, वैसे कौन रितेश? क्लास में तो दो हैं।'' मैंने दूसरी तरफ देखते हुए पूछा, जैसे मुझे कोई इंटरेस्ट न हो।

''वो जो किनारे गिटार लेकर बैठता है।''

''वो जो पल्सर से आता है?'' (रख दिया मैंने शशांक की दुखती रग पर हाथ। बेचारा इतनी जबरदस्त पर्सनैलिटी होने के बावजूद रेंजर साइकिल से आता था। ऐसा लगता था, गणेश जी चूहे पर बैठे आ रहे हों। उसकी अपने पिता जी से सबसे बड़ी खुंदक इसी बात को लेकर थी कि उसके पापा ने उसके लिए बाइक नहीं भेजी थी। वो उसके बड़े भाई-बहनों को ज्यादा प्यार करते हैं, ऐसा उसका आरोप था)।

क्लास से निकलकर हम कॉलेज के सबसे सुकूनभरे हिस्से में आ गए थे। साइंस कैंटीन। कैंटीन बिल्डिंग अंदर से अच्छी बनी है, पर बाहर खुले में पेड़ के नीचे, चेयर डालकर बैठने का अलग ही आनंद है। वैसे भी हम दोनों खाली थे। कोई साथ में तो था नहीं कि अंदर प्राइवेसी के लिए बैठें।

''वैसे कल उसका मैसेज आया था। पूछ रही थी कि कोचिंग टाइमिंग चेंज हुई है क्या?'' मैंने शशांक की प्लेट से समोसा तोड़ते हुए कहा।

''अच्छा?... प्रेरणा का? नंबर कब एक्सचेंज हुआ?'' शशांक ने शब्दों को खींचते हुए कहा।

''हम्म... प्रेरणा का...।'' मैंने कॉलर चढ़ाते हुए उसका समोसा तोड़ लिया।

(बचपन की आदत है, दूसरों को बातों में उलझाकर उनकी प्लेट साफ कर देना)।

"और तुमने क्या कहा?"

मैं उसका समोसा तोड़ने ही वाला था कि उसने प्लेट खींच ली, "दूर से ही बताओ, समोसे की मिलिट्री प्लानिंग हम समझ रहे हैं।"

"मैंने... मैंने कुछ रिप्लाई नहीं किया... अननोन नंबर था न...।" मैंने चाय उठाते हुए कहा।

"ससुर... ये तुम समोसा उड़ाने के लिए बोल रहे थे न?"

"नहीं यार...। ऐ दिलीप! भैया को एक समोसा और देना।"

"उधर देखो कौन आ रहा है... ओह्ह हो! मैडम का ड्रेसिंग सेंस बदल रहा है।" शशांक ने इशारा किया।

"चुप रहो... आ गई।"

"हाय रजत!"

"हाय!"

"हाय-हाय!" शशांक ने दोनों हाथ हिलाते हुए कहा। मैंने उसे घूरकर देखा और वह बिल चुकाने चला गया। प्रेरणा सामने की कुर्सी पर बैठ गई। मैंने दिलीप को इशारा किया और वह दौड़ा-दौड़ा आया। कॉलेज में सही इज्जत तब महसूस होती है जब कैंटीन में काम करने वाला छोटू एक इशारे पर दौड़कर आता है। दिलीप मेरे बगल आकर खड़ा हो गया, "क्या लाऊँ गुरुजी?" दिलीप आँखों ही आँखों में मुझसे पूछ रहा था, "भाभी हैं क्या?" इस सम्मान की सुखद अनुभूति शब्दों में बयाँ नहीं की जा सकती।

"आयिल हाव कोक।" प्रेरणा ने अपने बैग की चैन खोलते हुए कहा।

"मैडम, थम्सअप या स्प्राइट?" इतनी अँग्रेजी दिलीप भी सीख गया है यहाँ रहते-रहते। मुस्कुराते हुए चला गया। इतने सालों में उसने कितनी अँग्रेजी उड़नतश्तरियों को देखा होगा। वह बैग से रजिस्टर निकालकर आराम से बैठ गई।

"तुमने कल रिप्लाई नहीं किया?" प्रेरणा ने बँधे हुए बालों को एक बार फिर खोलकर बाँधते हुए कहा। पता नहीं क्या मजा मिलता है बार-बार खोलने-बाँधने में!

"ओह्ह वो तुम्हारा नंबर था?"

"हाँ, तुम्हारा नंबर मैंने रितेश से लिया था, उसने कहा था कि तुम गए

थे कल कोचिंग।'' (हाँ तो तुम्हारा नंबर भी पता लगवा लिया था। लड़कों के नेटवर्क को कम समझी हो क्या?)

''अच्छा ओके, मैं सेव कर लेता हूँ।'' (सेव क्या करोगे, पहले से ही सेव है गधे)

''कैन... कैन आई... मैं इसपे मैसेज भेज सकता हूँ? आई मीन जोक्स हेहे..''

''या श्योर, आई वुड लव टू...''

पेड़ की पत्तियों से धूप छन-छनकर उसके चेहरे पर पड़ रही थी और मेरा दिल बार-बार बैकग्राउंड म्यूजिक में यह गाना बजा रहा था- 'तू प्यार है किसी और का... तुझे चाहता कोई और है... तू पसंद है... ' इतने में दिलीप कोल्डड्रिंक और समोसे ले आया। मैंने समोसे की ओर देखा, फिर दिलीप की ओर। दिलीप ने शशांक की ओर देखा। समोसे शशांक ने भेजे थे और वह काउंटर पर खड़ा होकर तरह-तरह के हँसाने वाले इशारे कर रहा था। सच्चे दोस्तों को अपनी उपयोगिता इसी पल याद आती है।

वह सलवार सूट पहनकर आई थी। बीबा से लिया होगा। मैं 'स्पेशल छब्बीस' के मनोज बाजपाई की तरह पूछना चाहता था, ''दुपट्टा कहाँ है तुम्हारा?'' पर अभी इतना कॉन्फिडेंस आया नहीं था।

मन में तीन-चार बार प्रैक्टिस करने के बाद मैंने थोड़ी झिझक के साथ कहा, ''अच्छी लग रही हो!''

''थैंक्यू, आई थॉट कि आज कुछ इंडियन पहनूँ!'' उसने अपने कुर्ते पर नजर फेरी और मुस्कुराते हुए मुझे देखा।

''हम्म, नाइस ड्रेस!'' (इंडियन नहीं पर्शियन है, पर छोड़ो, कौन जानता है!)

***

शाम हो गई है। कोई मैसेज नहीं आया है। चाय दो बार बन चुकी है और टाइगर क्रंच का छोटा पैकेट खत्म हो चुका है। एक घंटे से लाइट नहीं है। किसी के इंतजार के वक्त किताबें खुली होने से दिल को संतुष्टि मिलती है कि टाइम टोटल वेस्ट तो नहीं हो रहा। दो बार टीप-टीप हुआ तो पता चला बीएसएनएल मस्तिया रहा था। 'हाय मैं हूँ शीतल और मैं हूँ घर पर एकदम अकेली, मुझसे करें गरमागरम बातें। कॉल चार्जेज 2.50 पर मिनट।' युवान का ज्ञान है कि

पहले मैसेज न करो। थोड़ा इंतजार कर लो। इससे सेल्फ रेस्पेक्ट बनी रहती है। इंतजार हो नहीं रहा, एक जोक भेज देता हूँ। हाँ यह ठीक रहेगा। दो मिनट हो गया है। कोई प्रतिक्रिया नहीं हुई है। 'अरे कोई नहीं यार, इससे इज्जत कम नहीं हुई, समझ लो फॉरवर्ड टू ऑल में चला गया।' मैंने अपने आत्मसम्मान को सांत्वना दी।

टीप टीप! टीप टीप!

उँगलियाँ तुरंत हरकत में आ गईं। कीपैड लॉक से मैसेज बॉडी का सफर द्रुत गति से तय किया गया।

"हाहा!"

ऊपर किया, नीचे किया, और कुछ नहीं ?... ऐं ? बस हाहा ? ये कोई बात हुई ?

अरे समझो! बेवकूफ आदमी! भारत सरकार दिन में केवल 100 मैसेज अलाऊ करती है, उसमें से एक मैसेज तुम्हें 'हाहा' भेजकर खर्च कर दिया, इंपोर्टेंट आदमी हो यार तुम। लेकिन इंतजार करो।

टीप टीप! टीप टीप!

हाय!

चेहरा खिल गया। श्री गणेशाय नमः, प्रेरणा का 'हाय' आया है। क्या रिप्लाई करूँ ? क्या रिप्लाई करूँ ? कुछ बढ़िया जवाब सोचो!

रजत : जाओ तुम्हें भी हमारी 'हाय' लग जाए!

पीडी : हाहा! वैरी फनी! क्या हो रहा है ?

रजत : ह्म्म्म... दिन हो रहा है, फिर रात हो जा रही है... तुम्हारे उधर भी यही हो रहा है क्या ?

पीडी : हाहा... क्लास में तो बड़े सीधे लगते हो तुम...

रजत : हर आदमी में होते हैं दस-बीस आदमी, जिसको भी देखना कई बार देखना...। (कहीं पता न चल जाए कि कहाँ से चिपकाया है।)

पीडी : हाहा, इंटरेस्टिंग मैन! और बताओ...

रजत : और ? ह्म्म्म...।

***

टीप टीप! टीप टीप!

"तुम आईटी के पास रहते हो ?"

"हाँ... तुम्हें कैसे पता ?"

"जब उधर से गुजरती हूँ तब तुम जाते हुए दिखते हो, पैदल-पैदल!" (अच्छा! नोटिस किया जा रहा है मुझे?)

"हाँ, उधर एक फ्लैट लिया है।" भौकाल मारते हुए मैसेज किया मैंने। (फ्लैट नहीं 10 बाई 10 का कमरा लिया था और एक किचन, पर इज्जत मेंटेन रहनी चाहिए)।

"तुमसे मिलना हो तो कहाँ मिलोगे?"

"कभी शाम ढले तो आईटी पर आ जाना, कभी चाँद खिले तो आईटी पर आ जाना ☺☺☺"

"हाहा... नाइस! कोशिश करती हूँ शाम को मिलने की..."

"पूछ लेना अपने रितेश जी से, फिर ही आना!" (मैंने यह मैसेज जान-बूझकर उनका रिलेशन क्लियर करने के लिए किया था। शशांक ने बताया तो था कि वो कपल हैं पर सीधे पूछ लेना ज्यादा बेहतर है।)

"गुलाम थोड़ी न हूँ मैं! एंड ही इस नॉट माइ बॉयफ्रेंड... बस स्पेशल है मेरे लिए वो।" उसका जवाब थोड़ी देर बाद आया।

बस स्पेशल है मेरे लिए वो... हुँह, रेटिंग स्केल पर रखती है क्या ये लड़कों को? सामान्य, खास... स्पेशल? इतने में एक मैसेज और आया।

"यार, मेरे से ज्यादा टाइम तो वो दीपिका को देता है, नाहक इंट्रोड्यूस करा दिया मैंने इन दोनों को!" उसने ये मैसेज शायद अपनी भड़ास निकलने के लिए किया था।

"हाँ जो भी है, स्पेशल वगैरह... देख लेना, और आने से पहले मैसेज कर देना।" मैंने अपनी अहमियत और बेपरवाही बघारते हुए कहा। जताया कि मुझे ज्यादा इंटरेस्ट नहीं है तुम्हारी पर्सनल बातों में... जबकि मैं उसके एक-एक मैसेज को तीन-तीन एंगल से पढ़ रहा था। उसने 'ओके, सी यू' करके चैट बंद कर दी। मैंने भी 'कैच यू लेटर' टाइप कर दिया।

फोन बिस्तर पर फेंककर मैंने वापस अपनी कंप्यूटर प्रैक्टिकल की फाइल खोल ली और लूप्स की कोडिंग करने लगा। ये प्रोग्राम्स मुझे शशांक ने भेजे थे जो उससे ब्रेक नहीं हो रहे थे। घड़ी देखी तो शाम के साढ़े पाँच बज गए थे। युवान थोड़ी देर में मुझे कोचिंग के लिए लेने आने वाला था। दिसंबर की सर्दियाँ आ गई थीं। लिहाजन हमारे बदन पर स्वेटर और मफलर भी। युवान रोज जैकेट बदल-बदलकर कोचिंग आता था। शशांक और युवान की जान-पहचान

मैंने करवा दी थी, मगर चूँकि शशांक ने लखनऊ आते ही दूसरी कोचिंग में एडमिशन ले लिया था, वह वहाँ जाता था। इस तरह मेरा कोचिंग का साथी युवान था और कॉलेज का शशांक। मैं आखिरी कोड बना ही रहा था कि गली में गाड़ी की पीप-पीप सुनाई दी। मैंने बालकनी से झाँककर देखा तो युवान अपनी यामाहा एफजी पर बैठा, ब्लैक लैदर जैकेट में शाइन मार रहा था। मुझे देखकर उसने जल्दी नीचे आओ का इशारा किया।

"इतनी जल्दी? अभी जाकर क्या करेंगे?" मैंने उसे ऊपर आओ का इशारा किया।

"कोचिंग बंद है। शर्मा की चाय पिए हो कभी?" उसने आँखें चमकाईं और मुँह से सर्दी की भाप छोड़ी।

"बस दो मिनट" कहकर मैं कमरे में भाग आया। रोज की कोचिंग, प्रैक्टिकल, प्रोग्रामिंग से बोर होता मेरा दिल बाहर घूमने को मचल उठा।

***

जनवरी की सुबह। घने कोहरे में हम दोनों एक-दूसरे के सामने बैठे साँसों से भाप निकाल रहे थे। उस दिन की कैंटीन की चाय में वो बात नहीं थी। वो सामने बैठी मोबाइल में खुटपुट कर रही थी और मैं उसके सौंदर्य का रसपान कर रहा था। पीछे कैंटीन में दिलीप गाना बजा रहा था, '... अभी तो मोहब्बत का आगाज है, अभी तो मोहब्बत का आगाज है, अभी तो मोहब्बत का अंजाम होगा... बड़ा दिलनशी तेरा... '। मैं भी रेडियो की आड़ में चुपके-चुपके गुनगुना रहा था। वह रह-रहकर मुझे घूर भी रही थी कि मैं ये क्यों गा रहा हूँ। हमारे जैसे आधे स्मॉल टाउनर्स की स्टोरी में दिलीप जैसे लौंडे ही बैकग्राउंड का काम करते हैं। वह अक्सर कॉलेज लेट आती थी। इत्तेफाकन आज जल्दी आ गई थी। मुझे हर एक प्रश्न सोच-समझकर पूछना था।

"तुम बेसिकली कहाँ की हो, प्रॉपर लखनऊ?"

"लखनऊ नहीं बट हाँ... एक्चुअली मेरे रूट्स पंजाब में हैं, पर हम लोग काफी दिनों से यहाँ सैटल हैं। तो अब प्रॉपर लखनऊ कह सकते हैं... पर हम मोस्टली वहीं का कल्चर फॉलो करते हैं।" (पंजाब का? बल्ले-बल्ले!)

"और तुम?"

"मैं तो यहीं का हूँ। उत्तर प्रदेश।" मैंने उसकी तरफ दयनीय मुख्यमंत्री भाव से देखा, जैसे सेंटर से यूपी के लिए स्पेशल पैकेज माँग रहा हूँ। भारत

सरकार ने प्रदेश को भी देहाती कर दिया है। अँग्रेजों के समय सही था, कम-से-कम थोड़ा स्टाइल तो मार सकते थे। कहाँ से हो? यूनाइटेड प्रॉविंसेज। कितना स्टाइलिश नाम था... येह आई हैल फ्रॉम यूनाइटेड प्रॉविंसेज, यू सी। अब क्या है? निवास स्थान- उत्तर प्रदेश! गरीब प्रदेश!

''पापा क्या करते हैं?'' अगला सवाल भी मैंने सीधे पूछा था।

''मेरे पापा? हम्म... पापा का कैटरिंग बिजनेस है।'' उसने बेतकल्लुफी से जवाब दिया और अपने बैग की सामने वाली पॉकेट से सिक्के निकालने लगी बिल चुकाने के लिए। उसकी अजीब आदत है, ढेर सारे सिक्के बटोरकर रखने की। मैंने उसे पिछली मुलाकात में चिढ़ाया भी था कि तुम्हारी वजह से मार्केट में लिक्विडिटी कम हो रही है।

जब उसकी नजर सामने पड़ी, मैं हँस-हँसकर लोटपोट हुआ जा रहा था।

''क्या हुआ, हँस क्यों रहे हो?''

(तुम्हारा बाप हलवाई है? हीहाहा... मैं इतनी देर से पिता जी के लिए केन कांट्रेक्टर, डेरी बिजनेस जैसे नाम सोच रहा हूँ, और तुम्हारा बाप हलवाई है। अब तो सीधे बोलूँगा... सुनो! मेरे पिता जी किसान हैं... हलवाई?... सही है, शादी में कैटरिंग का काम उन्हीं को दे देंगे।)

''क्या हुआ, क्यों हँसे जा रहे हो?'' उसने सवाल दुहराया।

''कुछ नहीं... खाते-पीते घर से हो तुम, आयँ? वही मैं सोचूँ कि इतनी मोटी क्यों हो तुम... प्रेरणा हलवाई।'' यह कहकर मैंने उसके गाल खींच दिए।

''मैं और मोटी? इतना लीन फिगर है मेरा कि...'' उसने अपना सीना उठाया जिससे पेट पिचक जाए और कमर का पतलापन दिख जाए।

''नोइ नोइ नोइ... मेरी नजर से देखो, तुम्हारे अंदर एक हलवाई छिपा है।'' मैं हँस पड़ा।

आज पहली बार, इस अचानक हँसी के क्षण में मैंने उसके गाल खींच दिए थे। मुझे धीरे-धीरे एहसास हुआ कि अभी-अभी मैंने क्या किया है। वह उठकर बिल पे करने चली गई और मैं मूर्ति जैसा बैठा अपने अँगूठे और उँगली को देखने लगा। ऐसा लगा कि मेरी उँगलियों में थोड़ा गुलाबीपन और मखमलीपन उतर आया है। मैंने जीभ को दाँतों से काटकर अपने-आपको यकीन दिलाया कि अभी-अभी क्या हुआ है। मैंने उसे जाते हुए देखा, फिर अपने हाथों को

देखा। वह दिलीप के पास गई, दिलीप ने मुझे आवाज दी, मैंने बिल न लेने का इशारा किया। वह आई और अपना बैग मेरी पीठ पर मारकर चली गई। मैंने उसे जाते हुए नहीं देखा, वो जरूरी नहीं था मेरे लिए। मैं अभी दो मिनट पहले के उस पल को कैद कर लेना चाहता था। वो मेरा पहला स्पर्श था। मैं अपने अँगूठे और उँगली को ही देख रहा था। मैंने अपनी आँखें बंद कीं, उँगली को अँगूठे पर रगड़ते हुए अपनी नाक के पास ले गया और एक लंबी साँस ली। फिर अपना हाथ खोला और हाथ की रेखाएँ देखने लगा, जैसे उन्हीं में से उसे ढूँढ़ निकालूँगा। तब तक देखता रहा, जब तक दिलीप ने आकर टोक नहीं दिया, ''भैया, अब तो हिसाब कर दो!''

***

आज एक नॉर्मल-सा दिन था। मैं और शशांक हमेशा की तरह प्रैक्टिकल क्लास से पहले झगड़ रहे थे। आजकल उसके गिटार सीखने का दौर चल रहा था। उसने फेसबुक पर एक कविता लिखी थी जिसे मैंने लाइक नहीं किया था। आजकल किसी चीज को पसंद करना और उसे लाइक करना अलग-अलग चीजें हैं। हम लैब के बाहर लैब खुलने का इंतजार करते हुए झगड़ रहे थे। लैब मैं उसे प्रैक्टिकल समझाने ही आया था, परंतु दोस्तों के बीच एहसान नाम की कोई चीज नहीं होती।

''तुमने मेरे लिरिक्स देखे?'' उसकी आँखें अंदर तक झाँक गईं। उसका सीधा मतलब था कि तुमने लाइक क्यों नहीं किया।

''हाँ देखे! पीला सूट पहनती हो सूरजमुखी-सी लगती हो टाइप कविताएँ लिखते हो और चाहते हो कि मैं उसपे रिव्यू दूँ? आधा स्टार!''

''हाँ, तो तुम कौन-सा हिमाद्री तुंग शृंग... लिखते हो? तुम भी तो ऐसी ही लिखते हो!''

''हाँ जो भी है, पर तुम्हारी तरह पोस्ट तो नहीं करता मैं?''

इस वार से वह आहत हुआ और बिलो द बेल्ट वार किया। ''अच्छा? ये क्या तुम देहातियों की तरह गर्मियों में भी शूज पहन के चले आते हो? ऐसे तो वो कभी तुम्हारी तरफ नहीं देखेगी।''

''अच्छा? और ये जो तुम रिस्ट बैंड पहिन के आ रहे हो न भईया? ये 'आउट आफ फइसन' हो चुका है!''

''स्साले! 'हर माल दस रुपया' से अपनी गृहस्थी सजाने वाले फटीचर! तुम

बताओगे हमको कि क्या आउट ऑफ फैशन है?''

''स्साले! 'अरगनी से चिमटी चुराने वाले चिंदी चोर' तुम बताओगे हमको कि क्या ट्रेंड है?''

''अबे तुम गिन के रखते हो क्या... ?''

हम झगड़ ही रहे थे कि किसी ने मेरी पीठ पर हाथ रखा। मुझे लगा प्रेरणा होगी। पीछे मुड़ा, ''अरे! प्रशांत भैया आप, हमारे विभाग में?''

''हाँ, इधर से गुजर ही रहे थे तो सोचा कि तुम्हारा परिचय आर्ट्स विभाग से भी करवा दूँ!'' उन्होंने गंभीर मुस्कुराहट के साथ कहा।

हम लोग फिजिक्स विभाग के गलियारे में खड़े थे। थोड़ी देर में प्रैक्टिकल शुरू होने वाला था। क्लास के बच्चे आते-जाते हुए घूर रहे थे कि ये कहाँ के सीनियर्स आ गए। एक तरफ मैं और शशांक खड़े थे और दूसरी तरफ प्रशांत भैया और उनके अगल-बगल चार लड़कियाँ खड़ी थीं। सीनियर्स और जूनियर्स का अंतर साफ नजर आ रहा था। हम दोनों के कंधे पर बैग थे और उनके हाथों में एक-एक रजिस्टर था। ये साइंस और आर्ट्स का भी अंतर हो सकता था। एक मैम जो सबसे अलग लग रही थीं और जिन्हें ही शायद मैंने स्कूटी पर देखा था, उनके हाथ में तो रजिस्टर भी नहीं था, बस एक बैग लटक रहा था।

''रजत! इनसे मिलो, ये हैं छाया। छाया! ये है रजत!'' भैया ने छाया से पहचान करवाते हुए कहा। छाया जी का मेकअप हाईफ्लो में था जिसकी छत्रछाया में आजकल प्रशांत भैया थे। कुछ लोग होते हैं जो अपने साथ तीन मीटर रेडियस को महकाते हुए गुजरते हैं, छाया जी उन्ही में से थीं। उनका लंबा-चौड़ा धाकड़ व्यक्तित्व था। लंबाई करीब मेरे बराबर थी, 5'6 और बड़ी-बड़ी आँखें उन्हें और प्रभावशाली बना रही थीं। बाल खुले हुए थे और चश्मा ऊपर माँग पर चढ़ाया हुआ था। छाया जी मिलने के लिए इतनी गर्मजोशी से बढ़ीं जैसे मैं उनके सामने ही पैदा हुआ होऊँ।

''ओहह रजत स्मार्टी... काफी बताया है प्रशांत ने तेरे बारे में! आइ एम छाया, मेंबर सेक्रेटरी एसएफआई!''

मैं हाथ मिलाने के लिए आगे आ ही रहा था कि उन्होंने आगे बढ़कर गले लगा लिया। मैं अंदर तक झन्ना गया। गुलगुल एहसास से सारे रोयें एफिल टावर हो गए। फिर उन्होंने ही मुझे अपनी गिरफ्त से छोड़ा। (अजीब शहर है यार ये तो! लोग बढ़ते ही चले आ रहे हैं। एक से हाय किया, उसने हाथ मिला लिया,

इनसे हाथ मिलाना चाहा तो गले लगा लिया। रोज अपडेट हो रहा है।) पूरे 10-15 सेकंड लगे सहज होने में। मैंने कनखियों से शशांक की तरफ देखा। वह ललचाई आँखों से मुस्कुरा रहा था।

हाथों को हाथ में लेकर उन्होंने बहुत अधिकार से पूछा, ''शाम को बैडमिंटन खेलने क्यों नहीं आते तुम?''

''अरे... वो आज... आज से पक्का आऊँगा!'' (ऐसे इंसेंटिव मिलते रहे तो...)

प्रशांत भैया ने भृकुटियाँ टेढ़ी करके 'अच्छा बेटा, मेरे बुलाने से तो नहीं आ रहे थे तुम' वाली नजर से मुझे देखा!

''और बताओ कोई क्लब-व्लब जॉइन किया था तुमने?''

''जी अभी तो नहीं...''

वातावरण में एक स्तब्धता छाई हुई थी। वह एकदम मेरी कानपुर वाली मौसी की तरह बर्ताव कर रही थीं। मुझे डर था कहीं चूम-वूम न लें। शशांक का मुँह खुला हुआ था। पता नहीं यह मेरी प्रतिभा थी या प्रशांत भैया का प्रभाव, थीं वो मुझसे दो ही साल सीनियर। मैं सोच रहा था कि पीछे खड़ी बाकी तीनों से भी ऐसे ही इंट्रोडक्शन होगा क्या? पर नहीं। वे तीनों हल्का-सा मुस्कुराईं और 'हाय' कर दिया।

''व्हाय डोंट यू जॉइन एसएफआई?'' छाया जी ने मेरी आँखों में देखते हुए कहा। मेरा हाथ अब भी उनके हाथ में था। (एसएफआई? मैं साफ-सफाई करने के लिए तैयार हूँ। और आप इतना छोटा-सा आग्रह कर रही हैं मुझसे!)

''हाँ क्यों नहीं, कर... कर लूँगा!'' मैंने प्रशांत भैया की तरफ देखते हुए कहा और आँखों ही आँखों में उनसे पूछ लिया, ''क्या आदेश है?''

''ग्रुप वगैरह बाद में जॉइन कर लेगा, पहले फर्स्ट ईयर पास हो जाने दो।'' भैया ने बात सँभाली, ''मैं चाहता हूँ कि ये सिर्फ पढ़ाई पर ध्यान दे और कुछ बने।'' भैया ने मेरी आँखों में आँखें डालते हुए कहा। उनकी नजर मुझे अंदर तक शांत कर देने वाली थी। मैं चुप हो गया। अपने हाथ पीछे खींच लिए।

शशांक मेरे बगल खड़ा, इंट्रोडक्शन के लिए उतावला हुआ जा रहा था। जता रहा था कि मेरा कितना खास दोस्त है वह।

''ये है मेरा फ्रेंड शशांक!'' मैंने उसकी तरफ इशारा करते हुए कहा। वह भी मेंबरशिप के लिए आगे बढ़ा, परंतु छाया जी ने उसे सिर्फ हाय कर दिया। फिर

मेरी तरफ मुखातिब होकर बोलीं, ''ओह्के! शाम को पक्का न? बैडमिंटन!''

''हाँ पक्का!''

''तो हम लोग चलें? तुम्हारी लैब का टाइम हो गया है!'' उन्होंने गर्दन टेढ़ी करके मुस्कुराते हुए कहा।

''जी ओके!'' मैंने सहमति में सर हिला दिया।

भैया ने चलते-चलते भवें उचकाईं, जिसका मतलब था, 'कहाँ है वो जिसके बारे में तुम बता रहे थे?'

मैंने गर्दन हिलाई, जिसका मतलब था कि अभी आई नहीं।

इसके बाद प्रैक्टिकल लैब में पहुँचने तक मैं और शशांक कुछ नहीं बोले। मुझे पता था कि वह भरा बैठा है। चुपचाप सरफेस टेंशन के प्रैक्टिकल का एपरेटस सेट कर रहा था और मैं मुस्कुराए जा रहा था।

''मुस्कुरा क्या रहे हो लोड़ू? कितने प्रैक्टिकल चेक हैं तुम्हारे?''

मेरी मुस्कान और इंद्रधनुष जैसी हो गई। सिहरन ताजा हो गई। गुलगुल। शाम को बैडमिंटन...। मुझे क्या पता था कि मेरी सारी खुशी हिरन होने वाली थी। सामने से दौड़ती-भागती प्रेरणा आ रही थी।

''रज्जो! एक काम है तुमसे!'' प्रेरणा ने हाँफते हुए कहा।

''काम, क्रोध, मद, लोभ से मैं दूर ही रहता हूँ देवी! गीता में लिखा है।''

''भक्क! वो काम नहीं मोटे, मेरा प्लीज वो 'बीजी' वाला प्रैक्टिकल नहीं हुआ, चलो समझा दो प्लीज!''

''देख नहीं रही हो, मैं ये शशांक की हेल्प कर रहा हूँ?'' मैंने अपना भाव बढ़ाया।

''प्लीज! प्लीज! प्लीज! मेरा एक भी नहीं चेक है!'' वह मुझे ट्रक की तरह धक्का देने लगी। शशांक का तनाव बढ़ता जा रहा था।

''अच्छा जाओ! अभी आता हूँ।''

''पक्का न?''

''हाँ पक्का!'' मैंने उसे दफा करते हुए कहा और शशांक की प्रतिक्रिया लेने के लिए उसकी तरफ देखा।

''रज्जो?'' शशांक ने एपरेटस को एक किनारे किया और दोनों हाथ अपनी कमर पर रखते हुए बोला, ''रज्जो?''

''अरे प्यार से कहती है रज्जो!''

"प्यार से तो हम भी कह रहे थे! हमसे तो बहुत चिढ़ गए थे?"

"ज्यादा नाटक न करो समझे!"

"किस्मत है भाई, किस्मत है! ऊपर से लिखवा के लाते हैं सब। लोग नंबर पता करवा ले रहे हैं। कुछ लोग मेंबर बनाना चाहते हैं। लोग प्रैक्टिकल के लिए बुला रहे हैं वो भी डार्क रूम में। किस्मत है भाई!" उसने ऊपर की तरफ हाथ उठाते हुए कहा।

प्रैक्टिकल लैब कई हिस्सों में बँटी हुई थी। कुछ जनरल प्रैक्टिकल बड़े-से चैंबर में थे जहाँ प्रोफेसरर्स भी बैठते थे, कुछ एक बड़े-से गलियारे में थे जहाँ प्रोफेसरर्स नहीं जाते थे और कुछ डार्क रूम में थे जहाँ रोशनी भी नहीं जाती थी। बीजी वाला प्रैक्टिकल डार्क रूम में था और शशांक और मैं बड़े वाले चैंबर में प्रैक्टिकल कर रहे थे।

बीजी अर्थात बैलिस्टिक गैल्वानोमीटर, जिसे सेट करना एक टेढ़ी खीर थी। वैसे भी लखनऊ विश्वविद्यालय के सारे उपकरण सालभर खराब रहते थे और एकाएक परीक्षा के समय ठीक हो जाते थे। डार्क रूम विभाग से एंट्री करते वक्त पहले पड़ता था। मैं कहीं भी घूम सकता था क्योंकि मेरे सारे प्रैक्टिकल पहले से चेक थे। शशांक का एक लास्ट रह गया था। इस समय लैब में वही लोग दिख रहे थे जिन्हें परीक्षा का डर सता रहा था।

शशांक ने अपना प्रैक्टिकल खत्म करते हुए कहा, "अब मुझे भी एक बढ़िया आइडिया आया है। यहाँ हॉल में जितनी भी लड़कियाँ प्रैक्टिकल कर रही हैं उनके पास जाकर खर्राटे भरूँगा और जब कोई कहेगी कि ये क्या कर रहे हो तो अचानक जगते हुए कहूँगा, इट वाज नाइस स्लीपिंग विद यू!"

"हाहाहा, ठीक है जब सैंडल खाना तब मेरे पास मत आना।"

"अब्बे चल! चिढ़नू!"

मैं इस मूड में था कि डार्क रूम में जाऊँगा, पाँच मिनट में बीजी सेट करके वापस आ जाऊँगा। मौका पाकर दो-तीन घूँसे भी जमा दूँगा कि ये देख मोटी, ऐसे कनेक्ट करते हैं, ये देखो सेठ ऐसे रीडिंग लेते हैं। अंदर गया तो नजारा अलग था। प्रेरणा अकेली नहीं थी। साथ में क्लास के कन्हैया और उनके असिस्टेंट सुदामा भी थे। साथ में दो गोपियाँ भी खड़ी थीं, जिनमें एक सुंदर-सी दीपिका सिंह भी थी, जिसके पूरे विभाग में चर्चे थे। 'इस पूरे इलेक्ट्रॉनिक्स क्लास को समझाना है मुझे? नौकर समझा है क्या? मैं जा रहा हूँ वापस,' मैंने

अपने-आपसे कहा पर प्रेरणा ने अपनी आग्रह भरी नजरों से मुझे खींच लिया। मैं भारी कदमों से प्रैक्टिकल उपकरण तक आया। वहाँ पहुँचकर मैं एक अजीब-से इनफीरियॉरिटी कॉम्प्लेक्स में घिर गया। लैब में हम छह लोग थे बस।

मेरे घुसते ही कन्हैया 'रितेश' ने कमेंट किया, ''आओ! आओ! बिना तनख्वाह के प्रोफेसर!'' यह कमेंट सुनकर गोपियाँ खिलखिला पड़ीं। हीहीही... खनखनखन... उसका ये कमेंट न मुझे पसंद आया था न प्रेरणा को। मेरा खून जल गया कि जो मुझे फूटी आँख नहीं सुहाता उसके सामने प्रैक्टिकल समझाना पड़ेगा। मन तो किया कि यहीं से लौट जाऊँ, पर प्रेरणा ने मुझे फिर 'प्लीज रज्जो' की निगाह से देखा तो रुक गया। वे मुझे घेर के खड़े हो गए। मैं उन पाँचों को इग्नोर करता हुआ एपरेटस सेट करने लगा और सीधे प्रेरणा को समझाने लगा। देखो सर्किट को यहाँ से कनेक्ट करोगी तो मीटर ऐसे भागेगा... ये देखो! (बीजी भाग ही नहीं रहा था। ये क्या हो गया?)

''गाँव से आए हो क्या? प्लग तो ऑन करो!'' यह कहकर कन्हैया और सुदामा ने एक-दूसरे को हाई फाइव दिया। और गोपियाँ फिर से हँसी, हीहीही... खनखनखन!! मुझे ढंग से याद था कि प्लग मैंने ऑन किया था, उसी ने ऑफ किया होगा। कोशिश कर रहा था स्मार्ट बनने की और दीपिका को हँसाने की। ऊपर से ये सुदामा जिसका कोयले को शरमा देने वाला चेहरा था और हीरे को शरमा देने वाले दाँत थे, यह भी हँस-हँसकर रोशनी कर रहा था। इन्हें जवाब दूँगा तो और हास्यास्पद हो जाऊँगा, क्योंकि ऑडियंस इनकी है। और मैं बाहरी हूँ सीएस विंग का। मैं उपहास का घूँट पीकर रह गया। मैंने प्लग ऑन किया और फिर से सर्किट कनेक्ट किया। मेरा मन हुआ कि इस बीजी को जल्दी से सेट करूँ और निकलूँ यहाँ से। और प्रेरणा को तो मैं बाद में देखूँगा। मैंने वोल्टेज बढ़ाया। मीटर टस से मस नहीं हुआ। मुझे लग गया या तो मशीन खराब है या मुझे फिजिक्स नहीं आती। अपनी बारी में तो मैंने ऐसे ही किया था।

रितेश ने मेरे कंधे पर हाथ रखा और कमेंट मारा, ''तुम्हारे गाँव में लाइट आती है क्या? वो देखो बल्ब जल रहा है, उसे लाइट कहते हैं।''

सुदामा ने उसे हाई फाइव दिया। गोपियाँ हँसीं। हीहीही! खनखनखन! मैंने उपेक्षा का थूक गटक लिया। प्रेरणा की तरफ भी नहीं देखा। चुपचाप तार खोल दिए। मैं बीजी को जल्दी से जल्दी सेट करना चाह रहा था और वो और टेढ़ा हुआ जा रहा था। बिना सेट किए चला जाता तो और मजाक उड़ाते कि आए थे

बड़े ज्ञानी बनके समझाने। प्रेरणा का भी मजाक उड़ाते कि किस नमूने को पकड़ लाई। मीटर बाईं तरफ जाता तो वहीं रुक जाता और दाईं तरफ जाता तो उधर ही रुक जाता। ठोंक के वापस लाओ तो भागने लगता। मैं परेशान था कि इतना भाग क्यों रहा है और ये ऊपर से कमेंट्स मार रहे थे। वह मेरे कंधे पर हाथ रख के कमेंट मार रहा था। मुझे गँवार दिखा रहा था।

पंद्रह मिनट बीत गए थे और पसीने आ रहे थे। मुझे लग गया कि बीजी में कुछ गड़बड़ है, पर समझ नहीं आ रहा था कि क्या! एक तो ये शशांक भी चैंबर में घूम-घूम के तफरी कर रहा होगा। ये नहीं कि आ जाए और मेरी कुछ मदद करे। अब जाऊँ तो जाऊँ कैसे। मुझे लग गया कि अब ये मुझसे सेट नहीं होगा। मैंने सारे तार खोल दिए और उल्टा सेट करने लगा। कभी-कभी ऐसे भी रीडिंग आ जाती है। मैं अपनी इज्जत बचाने के लिए जान-बूझकर खुद को व्यस्त कर रहा था और हँसी का पात्र बन रहा था।

"प्रैक्टिकल बुक में तो ये तरीका दिया नहीं है? ऐसे कैसे सेट कर रहे हो?"

"मेरे पास प्रैक्टिकल बुक नहीं है।"

"क्यों खरीद नहीं पाए?"

"नहीं रामा बुक स्टोर पर थी नहीं।" मैंने कातरता से जवाब दिया कि अब बख्श दो मुझे।

"अवेलेबल तो है हर जगह! तुम रामा के यहाँ गए थे कि मामा के यहाँ?"

हाई फाइव। हीहीही... खनखनखन! इस बार कमेंट सुदामा ने मारा था। मैंने प्रेरणा की तरफ भी देखना बंद कर दिया। नीचे की तरफ देख रहा था और उलझे हुए तारों को सुलझा रहा था। किसी मेले में खोए बच्चे की तरह सोच रहा था कि काश! कोई परिचित मिल जाए और मेरी जान छूटे। सीएस वाले सब पहले ही भाग गए थे और शशांक इधर आ नहीं रहा था। "हीहीही... खनखनखन!"

"अरे रजत! यहाँ क्या कर रहे हो?" एक जानी-पहचानी सी आवाज आई।

मैंने उम्मीद भरी नजरों से दरवाजे की तरफ देखा। सामने युवान खड़ा था जो उस गली से गुजर रहा था।

"कुछ नहीं ये सेट करने की कोशिश कर रहा हूँ," मैंने बीजी की तरफ इशारा करते हुए कहा। मेरी कातर नजरें अंदर का सारा हाल बयान करने की

कोशिश करने लगीं। डर था कि कहीं युवानदेवता 'अच्छा ओके' कह के चले न जाएँ!

''आओ जरा, अग्निहोत्री सर से कुछ काम है,'' उसने अपने हाथ की फाइल की तरफ इशारा करते हुए कहा।

अंधे को क्या चाहिए, दो आँखें। मैं उधर लपकना ही चाह रहा था कि रितेश ने मेरे कंधे पर हाथ रखते हुए से कहा, ''ये हमें प्रैक्टिकल समझा रहे हैं!

''क्यों? तुम्हें नहीं आता?'' युवान ने उग्रता और व्यंग्य का लहजा अख्तियार किया।

''अरे वो सेट नहीं हो रहा है!'' रितेश किसी धूर्त की तरह मुस्कुराया।

''... और तुम्हारे साथ-साथ पूरा इलेक्ट्रॉनिक्स बैच भी घोंचू है, एक को भी नहीं आता? आओ रजत इधर, किसी सर को भेज देते हैं डार्क रूम में।'' उसने मुझे बुलाते हुए कहा।

कन्हैया की सिट्टी-पिट्टी गुम हो गई। युवान बैच का सबसे स्मार्ट लड़का था। सारी गोपियाँ स्तब्ध थीं। बाहर निकलकर मैंने गहरी साँस ली और युवान को पूज्य देवता की तरह देखा। वहाँ से निकलकर हम चैंबर में आ गए थे जहाँ शशांक अपनी कारीगरी कर रहा था। मैंने उसके गले में हाथ डालते हुए कहा, ''युवान मेरी जान! तुम यहाँ?'' (हालाँकि यह लैब उसकी भी थी, पर वह कभी कॉलेज आता नहीं था।)

''मैं तो अपने प्रैक्टिकल चेक कराने आया था, तुम ये बताओ कि वहाँ उन घोंचुओं के बीच में क्या कर रहे थे? तुम्हारे तो सारे प्रैक्टिकल चेक हैं न?''

''हाँ, अरे मुझे क्या पता था यार कि पूरी गैंग होगी। मुझे तो प्रेरणा ले गई थी।''

''और ये प्रेरणा से तुम्हारा क्या चक्कर चल रहा है?''

''कुछ नहीं...। हम अच्छे दोस्त हैं बस!''

''दोस्त... ? तुम्हारे जैसे बहुत दोस्त होंगे उसके, समझे? मेरे पास भी फ्रेंड रिक्वेस्ट पड़ी है।''

''अरे तो क्या हुआ, म्यूच्यूअल फ्रेंड्स में मुझे देख के भेज दिया होगा!''

''अच्छा? ऐसे अपने-आप नहीं चली जाती फ्रेंड रिक्वेस्ट!''

इतने में शशांक आया और उससे अपनी लिरिक्स के बारे में पूछने लगा। युवान ने मेरी तरफ देखकर मुस्कुराते हुए कहा, ''क्यों अच्छी थी न? मैंने तो

लाइक भी की है।" हम दोनों को पता था कि लिरिक्स के नाम पर अर्थहीन तुकबंदी ही थी, परंतु आजकल अर्थहीन तुकबंदियों के रैप सुपरहिट हैं। और शशांक की तुकबंदी उनसे बेहतर ही थी। जब हम तीनों क्लास से निकले तो प्रेरणा मुझसे कुछ कहना चाह रही थी, पर इन दोनों को साथ देखकर कुछ कहा नहीं, बस बाय कर दिया।

***

द फोन कॉल

रात के एक बज चुके थे। पाँच मिस कॉल युवान की भी पड़ी थीं। फिर कॉल आएगी तो बात हो जाएगी। मैंने टेबल लैंप ऑफ कर दिया और बिस्तर पर आ गया। मुझे कॉल कर लेनी चाहिए, दिशा को तो नाराज कर ही चुका हूँ, युवान को नहीं करूँगा। अभी तो सो रहा होगा। सुबह देखेंगे। सुबह से शाम होने के बीच यह बात तीन बार याद आई। गीजर से पानी भरते वक्त, लंच में कॉफी पीते वक्त और एक बार और याद आया था। तीनों बार मैं कुछ सोचकर भूल गया। शाम को ऑफिस से घर लौटने के बजाय पार्क चला आया। चुपचाप बैठ गया। अपनी आँखें बंद कीं, अपनी जिंदगी को अपने सामने इमेजिन किया और खुद से पूछा, "क्या मैं खुश हूँ?"

खुश हूँ मैं। मुझे और कोई खुशी नहीं चाहिए। दिशा भी नहीं। मुझे खुशी इस सूने पार्क के कोने में लगे जामुन के नीचे मिलती है। इस बेंत की बेंच पर अकेला बैठा मैं, अपने कल और आज को जोड़ता रहता हूँ। कभी-कभी भूरी आँखों वाला एक छोटा देसी पिल्ला मेरे साथ खेलता है और मैं मस्त रहता हूँ। मैं उसके लिए सबसे ज्यादा सुलभ हूँ। इतनी आसानी से मैं और किसी से नहीं मिलता। वो मेरी गोद में चढ़ जाता है। मैं सोचता हूँ, चलो, किसी ने तो मेरी गोद में सर रखा। अँग्रेजी पिल्ले तो कइयों की गोद में जाते हैं, अभाव तो हम देसी पिल्लों का है। अच्छा दोस्त है वो, मुझे पार्क के गेट तक छोड़ने आता है।

उसे रह-रहकर मेरा घड़ी देखना नहीं पसंद। कभी-कभी तो कई घंटे गुजर जाते हैं कम्युनिटी पार्क में बैठे हुए। जैसे किसी झटके का इंतजार कर रहा हूँ, या जैसे यह उदासी मुझे पसंद है।

घर लौट आया।

डोरबेल बजी तो सामने प्रेसवाला खड़ा था।

''साब कपड़े!''

''हाँ दे दो!''

उसने गिनना शुरू किया, राम, दो, तीन, चार... तेरह। उसके जाने के बाद एक व्यंग्यभरी मुस्कान मेरे चेहरे पर उभर आई। पहले मेरे पास बाहर पहनकर आने-जाने वाले गिने-चुने कपड़े होते थे। एक या दो सेट। तब कपड़े देखकर देता था, अब गिनकर देता हूँ। हुँह। अलमारी में एक तरफ पड़ी स्काई ब्लू शर्ट ने मेरा ध्यान खींचा। यह शर्ट अब नहीं पहनता मैं। क्यों नहीं पहनता? क्योंकि छोटी हो गई है। यह कब खरीदी थी मैंने? एक मिनट, एक मिनट। ये तो युवान की है। ओ तेरी! यह तो वही शर्ट है जो उसे किसी लड़की ने वैलेंटाइन गिफ्ट की थी और मैंने छीन ली थी। अभी तक वापस नहीं की मैंने? रुक! अभी फोन करता हूँ स्साले को! फोन उठा, नंबर डायल हुआ और फिर अचानक किसी पुरानी याद ने मेरी उँगलियाँ रोक दीं। दिल की धक्-धक् तेज हो गई। फोन वापस रख दिया। साँसें सामान्य हुईं। मैंने शर्ट हाथ में उठाई और बालकनी में चला आया। आर्मचेयर का सहारा लेकर बैठ गया। शर्ट को अपने सीने पर चिपटा लिया और चेहरा झुका दिया। इसे कितनी बार मैंने ही पहना है, पर पता नहीं क्यों लगा कि इसमें से युवान की खुशबू आएगी। आँखें बंद कर सूँघने लगा।

क्या दिन थे वे? और वो कौन-सा खास दिन था जिस दिन वह इसे लेकर लाया था। 2010 का वैलेंटाइन डे। भाईसाहब सुबह-सुबह ही तैयार होकर, अपनी एफजी चमकाकर निकल गए थे। और मेरे लिए यह सिर्फ एक नॉर्मल दिन था। मैंने रोज की तरह सुबह उठकर चाय बनाई थी। मैं अपनी स्टडी टेबल पर विराजमान था। पीछे मेरे दरवाजे पर शशांक जी का अवतरण हुआ था, जो मेरा किचन पहले ही चेक कर आए थे और देख आए थे कि उनके लिए चाय बची है या नहीं। चाय न मिलने की कंडीशन में ही वो रोष जताते हुए पहुँचे थे। मेरा कमरा पहली मंजिल पर था। कमरे के बगल ही किचन और किचन के

बगल ही वॉशरूम था। सामने थोड़ी-सी छत थी। सीढ़ियाँ घर में प्रवेश करते ही बाहर से थीं, जिससे कोई भी व्यक्ति मकान मालिक से मिले बिना सीधे मेरे कमरे में आ सकता था। शशांक आते ही सीधे वॉशरूम या किचन में ही जाता था। वैलेंटाइन डे के दिन उसका भी कोई ठिकाना नहीं था। वैलेंटाइन डे की उस रोमांटिक बारिश में हम दोनों ही अभागे थे। अपने-अपने स्तर के अभागे। हम दोनों के जीवन में सूखा पड़ा था और युवान जी बाढ़ राहत कार्य पर गए थे। शशांक अपने इस अभागेपन को खुलकर स्वीकारता था और मैं अपनी अकड़ में रहता था।

''रजत भाई, आज डे कौन-सा है?'' मुझे छेड़ते हुए बोला और मेरे बेड पर पसर गया। मैंने उसे पलटकर एक बार देखा, फिर अलमारी में रखे अपने डिओडरंट की तरफ देखा। मेरा कमरा बाबूगंज में था जो यूनिवर्सिटी से एकदम पास, 200 मीटर की दूरी पर था और शशांक का अलीगंज- यूनिवर्सिटी से दो किलोमीटर की दूरी पर। शशांक पहले मेरे रूम पर आता, अपनी रेंजर साइकिल खड़ी करता और हम दोनों साथ कॉलेज पैदल जाते थे। आज यूनिवर्सिटी जाकर अपनी इज्जत उतरवाने का कोई मतलब भी नहीं था। शशांक रोज चलने से पहले मेरे डिओडरंट पर धावा बोलता था, इसलिए मैं उसके आते ही उसे छुपा देता था और डर्मी कूल आगे कर देता था... कि बेटा, इससे जितना कूल होना है हो लो। नहीं मतलब अगल-बगल छिड़क लो ठीक है, पर पूरे छह फीट की काया पर घुमा-घुमाकर डीओ से नहाना कहाँ का इंसाफ है! ऊपर से तुम्हें कोई सूँघने वाला भी नहीं है।

मैंने चाय की चुस्की ली। कप टेबल लैंप के बगल रखा, अपनी उँगलियाँ चटकाईं और फिर उसकी तरफ देखते हुए कहा, ''देखो! आज है मंडे! और कोई 'डे' नहीं है, समझे? और किसी और 'डे' की याद दिलाई, तो घूँसा खाओगे।'' मैंने अपना घूँसा लहराया।

शशांक ने मुँह लटका लिया, ''रजत मेरे भाई! तुम्हें नहीं लगता कि एक लड़की होनी चाहिए जिंदगी में?''

मैंने अपनी कुर्सी, स्टडी टेबल से उसकी तरफ घुमाई, ''देखो भाई शशांक! इस बारे में कोई बात नहीं होगी।''

''मगर फिर भी...''

मैंने उसे घूरकर देखा। उसने आगे का डायलॉग मुँह में ही रोक लिया।

"भाई! कहीं घूम के आते हैं यार। युवान की बाइक लेते हैं और कहीं चलते हैं।"

"तुम्हें लगता है आज उसकी बाइक खाली होगी? सुबह-सुबह ही टॉम क्रूज साहब बन-ठन के निकल गए हैं।"

"चलो यार, पैदल ही टहलते हैं। बाहर निकले तो! देखें क्या माहौल है बाहर का? तुम्हें पता है बाहर क्या मौसम है?"

आज के दिन पढ़ने-लिखने का मन मेरा भी नहीं था। मेरे अंदर भी कुलबुलाहट हो रही थी कि देखें तो बाहर क्या हो रहा है। मैंने उसकी पैदल टहलने की सलाह मान ली। किताब बंद की, कमरे में ताला लगाया और शशांक के कंधे पर हाथ रखे निकल पड़ा। शशांक शनैः शनैः अपना दर्द बयाँ कर रहा था। एक्सप्लेन करते-करते ख्वाबों की दुनिया में चला गया, "भाई, हर तरफ प्यार की कलियाँ खिल रही हैं, पक्षी चहचहा रहे हैं, वो झाड़ी के पीछे, वो झुरमुट के नीचे... और हमारी जिंदगी में क्या है? उजाड़, सूखा! ये क्या है रजत? ये सब क्या है?"

हम टहलते-टहलते सड़क पर आ गए थे। अब धीरे-धीरे हजरतगंज की ओर बढ़ रहे थे। हजरतगंज पुराने लखनऊ की जान है। और शायद 'शाम-ए-अवध' हजरतगंज की ही शाम को कहते हैं। दिन कुछ नॉर्मल ही लग रहा था। आसमान साफ था और सर्दी की गुनगुनाती धूप खिली हुई थी। हवा भी हल्की-हल्की बह रही थी। कहीं-कहीं एकाध जोड़ा बाइक से निकल जाता था जो दूर से ही अलग दिख जाता था, क्योंकि उसमें लड़की ड्राइवर के ऊपर चढ़ी होती थी। शशांक छेड़ता- "भाई वो देख! वो देख!" बाकी लोग अपने काम में ही लगे हुए थे। हमने तय किया कि हम लालबाग में लखनऊ के सबसे फेमस चायवाले शर्मा चायवाले के यहाँ चाय पिएँगे और वहाँ से सहारागंज मॉल जाएँगे। अगर मूवी का टिकट सस्ता हुआ तो मूवी भी देख लेंगे। हम दोनों जानते थे कि आज के दिन टिकट सस्ता होने का कोई चांस नहीं है, फिर भी हम दोनों खुद को छलावा दे रहे थे कि हम भी अपनी जिंदगी में खुश हैं। हमने ढाई सौ ग्राम चने पैक कराए थे और वही फाँकते हुए जा रहे थे। रह-रहकर शशांक का सिंगल होने का दर्द छलक आता।

"भाई, आज के दिन पूरा लखनऊ सजा हुआ है। सहारागंज मॉल, वेव, फन, फीनिक्स, आर्चीज गैलरी, सब सजे हुए हैं। सब रेड और वाइट बलूंस से

अपनी दुकानें सजाए हुए हैं। मैंने पता किया, स्साला कल तक जो गुलाब 20 का था, आज 70 का मिल रहा है।''

''तो? तुम्हें क्या लगता है, प्यार सस्ता है? आज के दिन अपनी दुकानें किसने सजाईं? जिसे मुनाफा कमाना है! समझे? प्यार एक कैपिटलिस्टिक अवधारणा है। इस दिन को हाईलाइट वही करेंगे जिनको इससे प्रॉफिट होता है, कैड्बरी और आर्चीज गैलरी जैसे ब्रांड समझे?'' मैंने एक नया पैंतरा फेंका।

''मगर यार, एक उम्र के बाद इस शरीर की कुछ माँगें भी होती हैं। यार, कुछ डिमांड होती है। ये सख्त हड्डियाँ, कड़कड़ाता शरीर, कभी-कभी कुछ नरम को अपनी बाँहों में भरने की कामना करता है यार।'' उसने चलते-चलते हवा को ही अपनी बाँहों में भरने की कोशिश की। ''यार रजत... लड़की होनी चाहिए यार।''

''ये सब प्यार-व्यार, इश्क-खुमारी, पेट भरे होने के बाद के विचार हैं। दो दिन भूखे रहो तब देखें कि शरीर किस चीज की डिमांड पहले करता है।''

''सच में यार?'' उसने मेरी तरफ कौतूहल से देखा, फिर अपने चेहरे का एक्सप्रेशन बदला। ''फिर ये पूड़ियाँ खाकर गलत किया मैंने। सुबह-सुबह पूड़ियाँ न खाई होतीं तो ये गंदे विचार न आते। शिट!'' उसने अफसोस किया। मैंने भी अपने अकाट्य तर्क पर संतोष प्रकट किया कि चलो, अब कुछ देर तो यह चुप रहेगा। मगर थोड़ी देर बाद फिर-

''यार रजत, मगर लड़की होनी चाहिए भाई!''

''हाँ, लड़की तो चाहिए!'' (मैंने उसे इस नजर से देखा कि अगर मुझे भगवान वरदान देते तो मैं तुम्हारे लिए अभी लड़की बन जाता।)

''मुझे सच्चा प्यार कब मिलेगा भाई? रजत! बताओ यार!'' उसने उदास, उतावली आँखों से मेरी ओर देखा।

मैं गंभीर हुआ। उसकी आँखों में देखता हुए बोला, ''भाई! बरगद के नीचे देशी घी के दिए जलाओ,'' और गंभीर ज्योतिष की तरह पलकें झपकाईं।

''भक्क स्साले! तुम फिरकी ले रहे हो!'' उसने मेरी गर्दन मरोड़ी। थोड़ी देर बाद फिर फिलॉसफिकल हो गया, ''ये जो उँगलियों के बीच खाली जगह देख रहे हो, ये पोर हैं! रजत मेरे भाई, ये किसी के भरने के लिए हैं।'' उसने अपनी हथेलियाँ अपने चेहरे के सामने लाईं, फिर उन्हें पलटकर देखा।

मैंने उसकी उँगलियों में अपनी उँगलियाँ डालते हुए कहा, ''लो भर गए

तुम्हारे पोर!''

उसने एक ठंडी आह भरी, ''तुम कौन-कौन से पोर भरोगे मेरे दोस्त?''

''भक्क! स्साले हरामी।'' मैंने तुरंत अपनी उँगलियाँ खींच लीं। वह हँस पड़ा। मैं नहीं पकड़ पाया था कि पोर की यह फिलॉसफी वह पोर्न कर देगा।

उसे एक नया आइडिया सूझा, ''क्यों न हम लोग बजरंग दल या शिव सेना जॉइन कर लें। जितने लोग आज के दिन प्यार कर रहे हों, सब को कंटापित करें?''

''अबे पागल हो क्या! अपना युवानवा भी होगा कहीं पे। मेरे पास एक नया आइडिया है (मैंने आँख मारते हुए कहा)। हम लोग एक नया दल बनाएँगे। प्यार बाँटने वाला दल। कृष्णा कन्हैया दल।'' मैंने आखिरी मूठा चना उठाते हुए कहा। उसने वितृष्णा से 'यह संसार नश्वर है' वाली हँसी हँसी। बात खत्म हो गई। वापस आकर मैंने चाय चढ़ा दी। जब उसे चाय पीनी होती थी तो वह मिलिट्री प्लानिंग में बिस्कुट पहले ही खरीद लेता था, फिर मैं जबरदस्ती उससे दूध भी खरीदवाता था। हम सारा शहर घूम-घुमाकर वापस लौट आए थे और कमरे पर लौटकर दिनभर के देखे हुए कपल्स की विवेचना कर रहे थे। एक लड़की बहुत क्यूट थी और उसका बॉयफ्रेंड बहुत भुच्चड़ था। यह बात हम दोनों को नहीं पची थी। यह हमारी विपत्ति को और गहरा कर रही थी। हम दोनों छत की रेलिंग पर खड़े विलाप ही कर ही रहे थे कि नीचे मोटरसाइकिल की दगदगदग सुनाई दी। झाँककर देखा तो टॉम क्रूज लौट आए थे। उसने हाथ हिलाकर हाय किया, हम दोनों ने हाय भी नहीं किया। अपनी-अपनी चाय के घूँट लिए। हम दोनों में करार हुआ कि कोई इस सुपर लकी आदमी से बात नहीं करेगा। हम दोनों जलन में मरे जा रहे थे। वो खट्खट्खट जीना चढ़ता हुआ आ रहा था और हम दोनों दूसरी तरफ देख रहे थे। कुढ़न के मारे हम उससे बात भी नहीं करना चाहते थे। अभी यह आएगा और अपने रोमांस के किस्से सुनाएगा। सुपर लकी हरामखोर! हमारी ही तरफ आ रहा था, हम दूसरी तरफ देख रहे थे। समझौता अपनी जगह बरकरार था, मगर उसके हाथों में तीन-चार गिफ्ट्स के डब्बे देखकर हमने उस पर हमला कर दिया।

जैसा कि पुराणों में मिलता है कि 'काकभुशुंडि ने गरुड़देव का सब प्रकार से सत्कार करने के बाद, उनकी सेवा-शुश्रूषा करने के बाद उनके आने का प्रयोजन पूछा', उसी प्रकार हमने युवान की लाई सब प्रकार की चॉकलेट्स खाने

के बाद, उसके सारे गिफ्ट्स उधेड़ देने के बाद उसका हाल पूछा, ''सर आपका दिन कैसा रहा?'' मेरे लिए सबसे अच्छी बात यह है कि मेरा और युवान का साइज सेम है। डिट्टो सेम। शशांक यहाँ मात खा जाता है। इस समय उसे अपनी छह फीट हाइट और चेस्ट पर गर्व नहीं होता। मैंने युवान को गिफ्ट में मिली स्काई ब्लू शर्ट पहन ली थी। मुझे एकदम फिट भी आई थी। उसे किसी अमीर बाप की बेटी ने गिफ्ट की थी। मैंने कहा कि मैं उसे कभी वापस नहीं करूँगा। उसने कहा, ''रख लो, बस जब उससे मिलने जाऊँ तो पहनने के लिए दे देना।'' शशांक को कुछ नहीं मिला तो उसने युवान की रेड टाई गले में पीछे की तरफ लटका ली। उसको लगा कि उसकी ब्लैक टी-शर्ट पर यह टाई कूल लगेगी। फिर हम दोनों की नजर अचानक एक घड़ी पर पड़ी। हम दोनों उस पर झपटते, उससे पहले युवान ने घड़ी उठाकर अपने हाथ में ले ली।

''नहीं, ये घड़ी नहीं दूँगा!'' पहली बार युवान ने किसी चीज के लिए मना किया था। घड़ी साधारण-सी थी। महँगी नहीं थी। युवान के पास उससे भी अच्छी कई घड़ियाँ हैं। फिर भी उसने मना किया। हम दोनों कौतुक भरी नजरों से उसे देखने लगे।

उसके चेहरे पर कोई याद घिर आई और होंठों पर एक मुस्कान खिल आई। हम दोनों ने एक साथ चुटकी बजाई, तो उसने एक्सप्लेन करना शुरू किया-

''यार, एक सिंपल-सी लड़की, बहुत सुंदर नहीं, मुझे बहुत अलग लगी। वो ठीक से अपनी बात नहीं कह पाती है। पर कुछ अलग है उसमें।''

''अच्छा? प्यार हुआ है, मेंढक को जुकाम हुआ है? आँय?''

''अरे नहीं यार... वो लड़की...''

और हम दोनों के चेहरे पर अगला प्रश्न अटका, ''कौन-सी लड़की भैया?''

''यार, मैं जहाँ कोचिंग पढ़ाने जाता हूँ, उसके सामने वाली बिल्डिंग में रहती है। अमृता नाम है उसका।'' युवान मियाँ खोए-खोए ही बतिया रहे थे, ''यार, उसने कुछ और नहीं देखा, उसने सिर्फ मेरा दिल देखा।''

''शर्ट उतारना जरा, हमें तो कभी नहीं दिखा तुम्हारा दिल, हम भी देखें!'' शशांक को मस्ती सूझी। शशांक की एक बहुत बुरी आदत है दूसरों की शर्ट उतरवाने की, फिर अपनी बॉडी से तुलना करने की। युवान ने उसे झटक दिया।

''वो सामने वाले अपार्टमेंट में रहती है? अबे वहाँ से तुम्हारी कोचिंग का बैनर नहीं दिखता साफ-साफ, उसे तुम्हारा दिल दिख गया? मुबारक हो! भैया, लड़की नहीं टेलिस्कोप पटाए हैं।''

''अबे नहीं! वो बहुत सीधी है यार। पता है, मैंने उससे फ्लर्ट किया कि क्या बात है, बहुत निखरती चली जा रही हो, क्या राज है? तो उसने मुल्तानी मिट्टी के पैकेट की फोटो खींच के भेज दी कि ये लगा रही हूँ आजकल। हाहाहा।'' वो हँस पड़ा।

मैंने और शशांक ने एक-दूसरे के चेहरे की तरफ देखा, ''भाई मैटर सीरियस है।'' कभी-कभी मेरे और शशांक के मुँह से एक ही डायलॉग एक साथ निकलता है। यह वही मौका था।

''महाराज! आप अब तक कितनी लड़कियों को टहला चुके हैं?'' शशांक ने उँगलियों से दस का ऑप्शन देते हुए पूछा।

''कभी गिनती नहीं की।''

''तो ऐसा है महाराज! आप टॉम क्रूज नहीं, टॉम लूज हैं, और आपको ये प्यार-व्यार शोभा नहीं देता है। समझे?''

मैंने भी प्रतिवाद किया, ''देख रहे हो शशांक, भाई के जीवन में लड़की इंपोर्टेंट हो रही है, हमारी दोस्ती अब खतरे में है।''

युवान ने मेरे और शशांक के गले पर हाथ रखा और कहा, ''लड़कियाँ तो बहुत आती-जाती रहेंगी, हमारी दोस्ती पर कभी आँच नहीं आएगी।''

...

...

''हमारी दोस्ती पर कभी आँच नहीं आएगी।'' यह डायलॉग एक बार शशांक ने भी मारा था। कितने अच्छे दिन थे वो? मैंने एक ठंडी आह भरी और उस स्काई ब्लू शर्ट को वापस सूँघा। शायद इस बार उसमें से युवान की खुशबू आई। इससे पहले कि मेरी आँखों में आँसू आते, मैंने उन्हें पलकें फड़फड़ाकर सुखा दिया। मैं कॉल करूँ युवान को? कल उसकी पाँच मिस कॉल्स थीं। उसका मैसेज दुबारा पढ़ा। ''जरूरी है कॉल बैक करो!'' क्या जरूरी हो सकता है? सारी जरूरी चीजें तो हो चुकी हैं हमारी जिंदगी में। अब क्या रह गया जरूरी? मैंने उसके मैसेज को तिबारा पढ़ा। फिर दिशा को नाराज करने के पश्चाताप में फोन मिला ही दिया। तीन घंटिया खाली गईं। चौथी पर उठाया।

राज : हेल्लो ... यू... वान?

युवान : हाँ... युवान... युवान सिंघानिया, नाम पूरा भूल गए हो तो?

राज : हाहा... मार लो ताने, हक है तुम्हारा... साइलेंट पर कर रखे थे क्या?

मैंने फेमिलिअर होने की कोशिश की और उसके कटाक्ष को टाल दिया।

युवान : हम्म्म...। इधर काफी बिजी चल रहा है सबकुछ। तुम बताओ, तुम कैसे हो?

राज : मैं... ? क्या उम्मीद करते हो कैसा होऊँगा? (एक लंबी जम्हाई) घर-ऑफिस-घर को जिंदगी कहते हैं तो जी रहा हूँ।

युवान : जी तो नहीं रहे हो?

राज : खुद को बहुत व्यस्त कर लिया है मेरी जान... ये सब छोड़ो, लखनऊ में सब कैसा है?

मैंने उसके कटाक्ष को फिर टालना चाहा।

युवान : बहुत प्यार नहीं करते हो मुझसे जो इतना हक जता रहे हो! क्यों व्यस्त हो... वर्कलोड ज्यादा है?

राज : नहीं... ऐसा भी नहीं है...

युवान : फिर? घर गए थे... गाँव?

राज : नहीं, एक साल हो गया...

युवान : वही तो... मैंने सोचा कि लखनऊ आए और बिना मिले चले गए...

राज : क्या जाएँ गाँव...

कुछ देर तक चुप्पी रही, 30 सेकंड बिना बोले चले गए... मुझे लगा कि मुझे अब फोन रखने के लिए पूछना चाहिए। कुछ अर्जेंट होता तो वह खुद ही बताता। फिर उसी ने चुप्पी तोड़ी...

युवान : मेरी इंगेजमेंट है... इसी महीने... और तुम आ रहे हो!

राज : कमाल है! पहले शादी... उसके बाद इंगेजमेंट?

युवान : ताना मत मारो! तुम आ रहे हो न?

राज : कुछ... कह नहीं सकता... मेरा इंटरव्यू है...

युवान : कुछ कह नहीं सकता का क्या मतलब है? और अब किस चीज का इंटरव्यू है? बन तो गए इनकम टैक्स ऑफिसर?

राज : भारत में एक आईएएस नाम की भी चीज होती है...

युवान : वो मैं नहीं जानता, तुम आ रहे हो, वरना क्या मतलब है ऐसी इंगेजमेंट का!

राज : इतनी अहमियत है मेरी? शादी तो मेरे बिना ही कर ली थी, और...।

टूँ टूँ... फोन कट गया था। अंदर नेटवर्क कमजोर था इसलिए मैं बाहर आ गया और दुबारा कॉल किया।

युवान : तुम पिछली बातों को भूल नहीं सकते, कुरेदना जरूरी है?

राज : भूल तो रहा हूँ... वो सारी चीजें भूल रहा हूँ। उन सब चीजों का अच्छा इलाज मिला है मुझे, मेरा अकेलापन। ऐसा नहीं है कि मैं तुम से स्पेशली कट गया हूँ। सबसे दूर हूँ।

युवान : रजत, एक बात बताओ। किसी को ठंड लगती है तो वो गरम कपड़े पहनता है या अपने-आप को आग लगा लेता है?

राज : युवान, तुम एक बात बताओ। किसी हेलमेट पहने आदमी को सर में खुजली होती है तो वो हेलमेट के ऊपर से खुजाता है या हेलमेट निकाल के फेंक देता है?

युवान : मुझे तुमसे फिलॉसफिकल बहस नहीं करनी है। इंगेजमेंट इसी 26 को है। कार्ड भेज दूँगा।

राज : 26 फरवरी! शशांक के बर्थडे के दिन?

युवान : तुम्हें याद है उसका बर्थडे? विश भी कर देते पिछले साल!

राज : एक अमेजिंग चीज बताऊँ? साल में एक दिन मेरा भी बर्थडे आता है, पर जिंदगी सिर्फ एक-दूसरे को बर्थडे विश करने तक नहीं होती।

युवान : बड़ी अच्छी दोस्ती चल रही है हम तीनों की! 'वी द ब्रदर्स फ्रॉम डिफरेंट मदर्स' की? उसने तुम्हें ब्लॉक कर रखा है, तुमने मुझे ब्लॉक कर रखा है।

राज : मैंने तुम्हें ब्लॉक नहीं किया। मैंने अपनी आईडी ही डीएक्टिवेट कर रखी है।

युवान : तो? तीन महीने बाद मुझसे बात कर रहे हो! शशांक से तो कॉलेज के बाद से बात ही नहीं की तुमने।

राज : बीच में एक बार की थी। क्या फर्क पड़ता है?

युवान : क्या हुआ हमारे 'जिंदगी न मिलेगी दोबारा' वाले प्लान का। स्पेन छोड़ो हम तो साथ में नेपाल भी नहीं गए!

राज : सारी गलती मेरी थी? उस दिन क्या हुआ था?

युवान : उस दिन कुछ नहीं हुआ था रजत। कुछ भी नहीं। मैं भी बैठा हुआ था वहाँ पे। जितना हुआ उससे ज्यादा तुम दोनों अपने मन में सोच ले गए। सारी गलती तुम्हारी नहीं थी, पर क्या तुमने उसे समझने की कोशिश की? वो कहाँ उन चीजों को सीरियसली लेता था? क्यों निकले थे शशांक सुधार प्रोजेक्ट पर? जैसा था वो, वैसे ही उसे एक्सेप्ट करते। उसकी हर फीलिंग को शेयर न करते पर महसूस करते? मैं तो कुछ नहीं था, सबसे अच्छा दोस्त वो तुम्हें मानता था अपनी जिंदगी में।

राज : मैं काहे का दोस्त था? जो आदमी अपनी फोन की गैलरी तक मुझसे छुपाता है वो कैसे दोस्त हो सकता है मेरा? बाद में जब दिल्ली से वापस आया था, बीच में, मेरे रूम पर क्यों नहीं रुका था? जान-बूझकर होटल में रुका था। मैं पराया हो गया था? और जब मिलने गया... उसे पता है कि मुझे सिगरेट से सख्त नफरत है, वो पीना शुरू कर देता है और मेरे सामने पीता है, मुझे इस बहकावे का कम्फर्ट तो दे सकता था कि मेरे सामने नहीं पीता।

युवान : अपने प्रिंसिपल्स और ईगो से नीचे उतर के तुमने कभी ये जानने की कोशिश की कि वो कितना अकेला है? क्यों ऐसा हो गया वो? क्यों इतना बदल गया वो? क्योंकि पहले 'तुमने' उसका साथ छोड़ दिया। उसकी एक छोटी-सी गलती की वजह से। और तुम्हारे उस 'स्टेटमेंट' का कितना गहरा असर पड़ा उसपे, जानते हो? मेरे पास रात के दो बजे उसका फोन आता है, नशे की हालत में। कहता है कि ... .खैर.. हर आदमी अपने आप में अधूरा है रजत। कोई पूरा नहीं है। पहले भी तुम दोनों मैरिड कपल की तरह झगड़ते हुए मेरे पास आते थे, पर हमेशा साथ रहते थे। दिक्कत तो तब शुरू हुई जब दोनों में से एक ने झगड़ना बंद कर दिया।

राज : क्या करूँ? उसे दु:ख बटोरने में मजा आता है। पता है, बीएससी थर्ड ईयर की व्हाट्सएप्प कन्वर्सेशन सेव कर रखी है। वो सुना रहा था कि मैंने तब क्या बोला था। उस बात को अब तक लेकर बैठा है। मैं उस चीज की सफाई अब दूँ?

युवान : देखो, तर्क सबके पास हैं, पर कभी तुमने ये देखा कि उन तर्कों के पीछे तुम दोनों का अहं काम कर रहा है। अपनी-अपनी अकड़ में रिश्ते कुर्बान हो जाएँगे और हाथ में क्या रह जाएगा? सिर्फ तर्क। फिर बैठना अकेले और

रोज अपने तर्कों को धारदार करना। लेकिन सुनने वाला कोई नहीं होगा। तुम दोनों की ईगो में मैं पिसता हूँ। तुम्हें पता है, तुम दोनों के चक्कर में कितनी शामें बर्बाद हुई हैं मेरी! और सुन लो, कोई पोस्टमैन नहीं हूँ मैं... मुझे कहना था सो कह दिया।

युवान का स्वर धीमा हो गया था। उसकी आवाज में थकान उभर आई थी। चुंबक के दो सामान सिरों को जबरदस्ती मिलाने की थकान। पाँच गुजरे सालों की थकान। उसने एक ठंडी आह भरी, मगर फोन चलता रहा। हम दोनों एक-दूसरे की साँसें सुनते रहे। थोड़ी देर बाद मैंने ही चुप्पी तोड़ी।

राज : चलो, फिर होती रहेगी बात... फोन रखूँ अब?

युवान : मैं 'हाँ' समझूँ?

राज : अम्म... (एक गहरी साँस)...। कह नहीं सकता...

युवान : मैं फोन करूँगा...

***

टर्निंग पॉइंट

टैगोर लाइब्रेरी के सामने वाला पिया मिलन पार्क। जिस पार्क में कपल्स बैठते हैं, हम उसे यही कहते हैं। एक तरफ झाड़ियाँ हैं जहाँ ट्यूबवेल लगा हुआ है, दूसरी तरफ खाली मैदान है जहाँ सर्दियों में स्टूडेंट्स धूप लेते हैं। सामने लाइब्रेरी है, पीछे फव्वारे हैं जिसके पीछे से रास्ता साइंस डिपार्टमेंट की तरफ जाता है। हॉस्टल से आने वाले बच्चे इसी रास्ते से गुजरते हैं। आम के पेड़ के नीचे और पीछे फव्वारों की तरफ पीठ किए हम बैठे हुए हैं। पार्क में और कोई नहीं है। हम जल्दी आ गए हैं। मेरा कंधा है, उसका सिर है। और दो नदियाँ हैं जो अनवरत बहती जा रही हैं। सुबक-सुबककर उसे सारी बातें याद आ रही हैं। वह किसी छोटे बच्चे की तरह सुबक रही है, जिसकी टॉफी छीन ली गई हो। मुझे समझ नहीं आ रहा है कि उसे चुप कराने के लिए कौन-से शब्दों का चयन करूँ? मैं कुछ इंग्लिश में दिलासा दूँ? 'मूव ऑन' या 'जस्ट गेट ओवर इट'। मेरे अंदर कुछ दार्शनिक विचार भी आ रहे हैं, जैसे 'ध्यायतो विषयान्पुंसः...'' या सब नश्वर है टाइप, पर उससे आगे चलकर मुझे ही दिक्कत होगी। क्या मैं कहूँ कि सब ठीक हो जाएगा? कोई मर थोड़ी न गया है जो यह कहूँगा। फिर क्या कहूँ? मैं जरा-सा उस लड़के की बुराई करूँगा कि मेरे अपने नॉमिनेशन का सिग्नल जाएगा। यह तो मेरे अपने लाइन मारने जैसा हो जाएगा? मुझे महसूस हुआ कि मैं काफी संवेदनशील स्थिति में हूँ। मैं बस एक अच्छा इंसान

हूँ जो तुम्हारी तड़प नहीं देख पा रहा है। बस हम अच्छे दोस्त हैं। मूव ऑन। और क्या? सीधे बैठ जाता हूँ। वो बात अलग है कि उसे देखने के पहले दिन से मेरा उसपर झुकाव है। मैं कितना स्वार्थी हूँ, वह मेरे बगल बैठे रोए जा रही है और मैं हूँ कि अपने ही बारे में सोच रहा हूँ।

मैंने अपने शरीर का एक-एक रोआँ कैसे सीमित करके और अपने हाथों को कैसे बाँधकर रखा है! अपनी रीढ़ की हड्डी का पूरा प्रयोग करके एकदम सीधा बैठा हुआ हूँ। पर मैं अपनी इन आँखों का क्या करूँ जो किसी अंडे के ठेले के पास घूमते हुए कुत्ते की तरह उसे देख रही हैं। और उसकी आँखें? रो-रोकर लाल हो गई हैं। वह जो अभी रो रही हैं तो कल रात कितना रोई होंगी। उस बेवकूफ के लिए जो उस लड़की के साथ घूमने गया है। मुझे किसी पुरानी पढ़ी कविता की पंक्तियाँ याद आती हैं, '... तेरी रात कैसे गुजरी तेरी आँख कह रही है'..। सुबक-सुबक। मेरी आधी शर्ट गीली होकर नमकीन हो गई है। मैंने कल ही धोई थी। अब इसे शायद मैं कभी न धोऊँ। वह आँख, नाक और मुँह, तीनों से रो रही है। "पता है रज्जत, ये दोनों मुझसे छुप-छुप के रात के दो-दो बजे बातें करते थे। दो बजे, पता है दो बजे।" उसने मुझे उँगली के इशारे से बताया, ताकि मुझे विश्वास हो जाए। "हाँ दो बजे। टू ओ क्लॉक। मुझे पहले बता देते, मैं खुद अलग हो जाती, कम-से-कम ये धोखा तो न करते। मुझसे बिना बताए वो शॉपिंग पर गए तब भी मैंने कुछ नहीं कहा। मैंने कहा मेरी फ्रेंड है इट्स ओके। (उसने सिसकी ली- सुबक-सुबक) पता है रजत, वो जो रोमांटिक मैसेज मुझे करता था, सेम टाइम वो उसे भी करता था। डबल क्रॉस? मैं कुछ थी ही नहीं उसके लिए?(सुबक-सुबक) मैं कुछ भी नहीं थी?" और छोटी-छोटी बूँदें जो काफी देर से डबडबा रही थीं उनका बाँध टूट गया। आँसुओं ने उसके चेहरे को धो दिया और उसके चेहरे की मासूमियत और बढ़ा दी।

मेरा दाहिना हाथ अनायास ही उसके कंधे पर चला गया और उसके कंधे और बाजू को सहलाने लगा। बाएँ हाथ ने उसकी ठुड्डी को अपने हाथों में ले लिया। उसने भी अपने शरीर को ढीला छोड़ दिया है और मैं भी दाहिने हाथ से हल्की-हल्की थपकियाँ दे रहा हूँ। उसकी आँखें बंद हैं। हर बार अपने हाथों से उसकी आँखें पोंछ देता हूँ, हर बार चार बूँदें उसकी पलकों के किनारों से ढलक आती हैं। आज पहली बार मुझे अपने जेंटलमैन न होने पर अफसोस हुआ। रुमाल रखना चाहिए। कुछ देर यूँ ही खामोशी फैली रही। ऐसे मौकों पर

बातें बहुत हल्की हो जाती हैं और मौन से काम चलता है। कई सवाल मेरे जेहन में आए पर मैंने उन्हें मन में ही खारिज कर दिया। जैसे- क्या तुम अब भी उसे वापस पाना चाहती हो या क्या तुम उससे बदला लेना चाहती हो? क्या तुम्हारा प्यार-व्यार से विश्वास उठ चुका है? तुम्हें कब पता चला ये सब या तुम्हें उस गधे में दिखा क्या? या तुम कैसे मिले थे ताकि मैं जज कर सकूँ कि सच्चा प्यार था भी या नहीं या तुम लोगों में क्या-क्या हो चुका है? पर इन सवालों को मैंने मन में ही खारिज कर दिया। उसने चुपचाप अपनी आँखें बंद रखीं और मैंने भी कंधे और बाजू को सहलाता हुआ हाथ नहीं हटाया। उसने चेहरा ऊपर किया, मैंने धीरे-से हाथ हटाकर अपने-आप को पीछे कर लिया। एक खामोश आपसी अंडरस्टैंडिंग।

उसने अपने दोनों हाथों से अपनी आँखें देर तक मीचीं, एक गहरी साँस ली, चेहरा पोंछा, बाल खोले फिर बाल बाँधे और अपनी लाल आँखों से मेरी तरफ देखते हुए कहा, ''रज्जो!''

''ह्म्म्म!''

''क्या मैं बेवकूफ हूँ?''

माहौल में दो-तीन सेकंड की स्तब्धता रही। मैंने एक गहरी साँस लेने की एक्टिंग सिर्फ यह समझने के लिए की कि कहीं यह कमेंट मेरे लिए तो नहीं है। मेरे दिल का जवाब 'नहीं' होने पर मैंने आगे कंटिन्यू किया, ''तुम बेवकूफ हो या नहीं हो ये इस पे डिपेंड करता है कि अब तुम क्या करती हो?'' मैंने उसकी आँखों में देखा।

''अब मैं क्या करूँ रजत तुम बताओ? मैं क्लास में जाऊँगी, तो सब मुझे उसी निगाह से देखेंगे। वो देखो, ये वही लड़की है न जिसे रितेश ने डिच किया। कोचिंग में भी, अरे ये तो वही है न जिसे रितेश ने डंब किया। किसके लिए किया, वो देखो क्लास की महारानी दीपिका सिंह। मैं कैसे नजर मिलाऊँगी सबसे? सब मुझे बेचारी नजर से देखेंगे। लुक ऐट दैट बेचारी!'' प्रेरणा ने रोनी-सी सूरत बनाकर मेरी तरफ देखा।

''अरे, अब उनकी वजह से तुम क्लास अटैंड नहीं करोगी क्या? पागल!'' मैंने उसके सिर पर एक टप्पी दी। मैंने एक तिरछी निगाह घड़ी की तरफ डाली। क्लास का समय होने वाला था। पर आज उसकी यह हालत देखकर मुझे नहीं लगा कि हमें क्लास जाना चाहिए।

"तो मैं क्या करूँ, तुम बताओ... ?"

"अरे, तुम्हें तो कोई भी मिल जाएगा... इतनी सुंदर जो हो तुम!"

"सच?" उसने आँखों में चमक के साथ कहा। पर अगले ही पल चमक चली गई, "सुंदर तो वो हैं। कॉलेज की महारानी। रितेश तो उसी को सबसे सुंदर मानता है।" उसने बनावटी तकरार की और जवाब के लिए मेरी तरफ देखने लगी।

"एक्चुअली तुम्हारा और रितेश, दोनों का टेस्ट खराब है... हम्म।" मैंने व्यंग्य भरी मुस्कान फेंकी और फव्वारों की तरफ देखने लगा। फव्वारे अब ऊँचा उड़ने लगे थे।

उसने मेरा चेहरा घुमाकर अपनी तरफ किया, "तो तुम्हारे टेस्ट के हिसाब से 'मैं' सुंदर हूँ? बताओ जरा क्या अच्छा है मुझमें... ?"

मैंने उसकी तरफ शैतानी मुस्कुराहट से देखा, "तुम्हारा ये ढोलक जैसा पेट, घड़े जैसी गर्दन और बिल्ली जैसी शक्ल, बहूत सुंदल हो तुम!"

"कहाँ पेट है मेरा? जरा बताओ तो, एकदम स्लिम-स्लिम।" उसने अपने पेट को पिचकाते हुए और कमर को हिलाते हुए कहा।

"ऐसे उचक के बैठोगी तो किसी का भी पेट नहीं दिखेगा। हलवाई कहीं की।"

"और तुम! तुम तो बिलकुल ही देहाती हो। एक हैंकी नहीं रख सकते थे?"

"हाँ, तो तुम कौन-सा दुपट्टा लिए घूम रही हो? (मैंने फिल्मी सास की एक्टिंग में कहा) बिना दुपट्टे के अब तू कहाँ मुँह छुपाएगी कलमुँही?" मुझे लगा था कि मेरे इस ह्यूमर पर उसे हँसी आएगी पर उसे रितेश की ही याद आ गई। मुझे ही आगे कंटिन्यू करना पड़ा, "अरे यार, तुम क्यों उसी के बारे में सोचने लगी? तुम मेरी पार्टटाइम गर्लफ्रेंड बन जाना न!" मैंने मनाने के अंदाज में कहा।

"बट यू कांट बी माइ बॉयफ्रेंड रजत!"

"क्यों?" मैंने आँखें बड़ी करके पूछा।

"हम्मम! लेट मी सी, जरा दूर होना तो..." अब मजाक करने की बारी उसकी थी। होंठों पर उँगली रखकर मुझे ऊपर से नीचे तक देख रही थी। "उम्मम... क्योंकि तुम गोरे नहीं हो... और... तुम लंबे नहीं हो और... तुम्हारे

पास बाइक नहीं है।''

''माइ गॉड कितनी मटेरियलिस्टिक हो तुम! गोरा? उम्म... मैं फेयर एंड हैंडसम लगा लूँगा! पाएँ मर्दों वाला निखार सिर्फ सात दिनों में!'' मैंने आँखें चमकाते हुए कहा, ''हाहा... और तेरे से तो लंबा ही हूँ मैं, भैंस कहीं की...''

''नो! लड़के छह फीट वाले अच्छे लगते हैं।'' उसने उँगली दिखाते हुए कहा।

''तो कॉम्प्लान पीना शुरू कर दूँ क्या? और बाइक तो बस फर्स्ट सैलरी... ''

''हाहा, मैं मजाक कर रही हूँ पागल, तुम हर बात को इतना सीरियसली क्यों ले रहे हो? मजाक कर रही हूँ बाबा...''

''जाओ-जाओ, मटेरिअलिस्म क्वीन!'' मैंने बनावटी गुस्सा दिखाते हुए कहा।

''अच्छा गिव मी अ हग!'' उसने अपनी बाँहें फैलाते हुए कहा।

''श्योर!''

क्लास का समय हो गया था। बच्चे हॉस्टल की तरफ से निकलकर विभाग की ओर जा रहे थे। कुछ चौंककर देखने लगे। अब्बे ये क्या हो रहा, खुले में आलिंगन? लड़कों के चेहरों पर एक अद्भुत-सी मुस्कान है। मैं भी मुस्कुराकर जवाब दे रहा हूँ। शायद प्रेरणा को नहीं पता कि उसके पीछे क्या हो रहा है, या उसने जान-बूझकर क्लास के लड़कों के सामने मुझे हग किया है, यह जताने के लिए कि अब वह मेरे साथ है या यह सिर्फ एक इत्तेफाक है। कोई दोस्त 'भई वाह' कहकर गुजर रहा है। कोई आँख मारकर 'कैरी ऑन' कह रहा है। कोई इशारा कर रहा है कि 'लगे रहो बंधु'। युवान और शशांक भी उधर से गुजरे हैं। युवान ने थम्सअप का साइन दिया है। उसके चेहरे पर 'ये तो होना ही था' वाली मुस्कान है। उसने कहा था यह होगा। हमेशा उसके प्रेडिक्शन के हिसाब से ही चीजें क्यों होती हैं? शशांक दोनों हाथों से थम्स डाउन का साइन दे रहा है। जीभ निकालकर चिढ़ा रहा है, फिर कॉपी हिला रहा है कि कॉपी नहीं देगा। हट! जलनखोर कहीं का! क्या मुझे कॉपी नहीं मिलेगी!

प्रेरणा ने फिर पूछा, ''वो उसके इतने करीब कैसे चली गई?''

''वो सब छोड़ो, हम तुम्हें एक भविष्य संबंधी ज्ञान देते हैं।''

उसने भवें टेढ़ी करके पूछा, ''क्या?''

''आगे से तुम...'' (मैंने अपनी नाक मलते हुए कहा, दरअसल मैं अपनी शैतानी मुस्कुराहट छुपा रहा था।)

''हाँ मैं?''

''... इतनी ढीली टीशर्ट पहनकर किसी के इतने करीब मत जाना, कई प्राइवेट पार्ट्स विजिबल रेंज में आ जाते हैं।'' और मैं जल्दी से भाग खड़ा हुआ।

''हॉव!'' उसने तुरंत अपने गले पर हाथ रखते हुए कहा, ''तुमने मुझे पहले क्यों नहीं बताया?''

''अरे यार! तुम बड़ा ट्रजिकली रो रही थी। मैंने सोचा कि डिस्टर्ब न करें।''

''मैं कुछ फेंक के मारूँगी, रज्जो, सच बता रही हूँ।''

''अरे, तुम बहुत फ्लो में रो रही थी यार! मैंने आँखें बंद कर रखी थीं। सच में, गॉड प्रॉमिस... क्लास का टाइम हो गया है... चलें?''

''नहीं, तुम मुस्कुरा रहे हो!.. तुम झूठ बोल रहे हो...। तुम बहुत बदतमीज हो।''

***

दीवाना हुआ बादल

दिन गुजरे। हफ्ते और महीने भी गुजरे। लम्हे भी गुजरने लगे। हर सुबह गुड मॉर्निंग और हर रात गुड नाइट होने लगी थी। साथ बिताने वाले हर मौके मुझे पसंद हैं। जब तुम आती हो वो लम्हा मुझे बहुत पसंद है। मेरे चेहरे की रंगत खिल जाती है तुम्हें देखकर। हम पास आ रहे हैं। मौसम बदल रहा है। बारिश भी हुई और अब तो सर्दियाँ भी आ गई हैं। जिन-जिन त्योहारों के मुझे नाम भी नहीं पता, उन्हें ढूँढ़-ढूँढ़कर विश करने लगा हूँ। ईद-उल मिलाद, मिलादुन्नबी। वो सारे त्योहार मुझे पसंद हैं जिनमें गले लगकर बधाई देनी होती है। क्रिसमस, ईद और सबसे बढ़िया होली। उसमें तो रंग भी लगाना होता है। दिवाली में गले नहीं मिलते न... सो दिवाली बेकार त्योहार है। दिवाली में बस दीये जलाओ और लड्डू खाओ। यह भी भला कोई त्योहार हुआ? प्यार बाँटना चाहिए लोगों को। प्यार पर ही तो सबकुछ टिका है। पर क्या गारंटी है कि मैं तुमसे प्यार करता हूँ? क्या, क्या होता, क्या है ये प्यार, हाँ? बस तुम्हारे बारे में सोच-सोचकर बढ़ाए जा रहा हूँ इसे। मैं हमेशा खुद को समझाता रहता हूँ कि मेरा-तुम्हारा कोई मैच नहीं है। पर यह मन है कि तुम्हारे बारे में ही सोचता है। कहाँ मैं अवधी और कहाँ तुम पंजाबी!

ओए यारा! मिट्टी पाओ अवधी नू, तैनू कीं फर्क पैंदा है? थोड़ा असी थोड़ा तुस्सी, और क्या? हीही। सिर्फ तुम ही स्पेशल नहीं हो मेरे लिए, तुम्हारा

फोन नंबर जो जाने-अनजाने रट गया है मुझे या तुम्हारे मैसेज टाइप करने का स्टाइल, जो मैं पढ़कर बता सकता हूँ कि तुमने भेजा है या नहीं या वो सीट जहाँ तुम बैठती हो या कैंटीन का वो कॉर्नर जो हमने छका रखा है। पर्चियों पर बने वो तुम्हारे कार्टून जिनमें मैंने तुम्हें भैंस की तरह मोटी बनाया है और तुमने मुझे बंदर की तरह बनाकर वापस किया है, वो भी बहुत खास है मेरे लिए। पर फिर भी हमारा कोई मैच नहीं है। वो बात अलग है कि मेरी धड़कनें तब तक वेंटीलेटर पर रहती हैं जब तक क्लास में तुम आ नहीं जाती हो। कुछ करना नहीं होता है, बस तुम्हारी मुस्कान का जवाब देकर पहले शशांक की तरफ फिर अपनी कॉपी की तरफ देखना होता है। तुम मेरे दोस्तों से मुझे इतने हक से माँग ले जाती हो जितने हक से कोई रेल का सहयात्री अखबार माँग लेता है। पर इसका मतलब यह तो नहीं कि मैं खुद को तुम्हारे लायक समझता हूँ। हमारा कोई मैच नहीं है, फिर भी मैं दूसरे लड़कों के ड्रेसिंग सेंस को नोटिस करने लगा हूँ। कुछ-कुछ वैसे ही कॉम्बिनेशन बनाकर क्लास में भी आने लगा हूँ। जैसे तुमने देखा होगा, अभी वो शाहिद कपूर वाला स्टाइल। वो स्वेटर के नीचे से शर्ट निकालकर या गर्मियों में जींस के नीचे कोल्हापुरी चप्पल। तुम्हारी वजह से कितना बदल रहा हूँ मैं। पर यह सब मैं तुम्हें दिखाने के लिए थोड़ी न करता हूँ। एक पीयर प्रेशर है कि कहीं मैं पीछे न रह जाऊँ। हाँ, तुम भी एक-आध बार कह दो कि अच्छे लग रहे हो रजत, तो क्या बुराई है? तुम्हारे गुड नाइट के बिना मुझे नींद नहीं आती ऐसा भी नहीं। मैं यहाँ पढ़ने-लिखने आया हूँ। हर उस लड़के की तरह जो गाँव से पढ़ने-लिखने आता है। मतलब कुछ 'मेरा गाँव मेरा देश' जैसा नहीं कि मैं अपने गाँव का तारण करने जा रहा हूँ, पर प्रशांत भैया जैसे कुछ लोग मुझसे उम्मीद करते हैं कि मैं कुछ अच्छा करूँगा। कुछ बेहतर। कुछ दूसरों को बताने लायक। वो ये तो न कहें कि ठाकुर साहब ने भेजा था अपना लड़का बाहर पढ़ने को और वह वहाँ जाकर प्यार में बर्बाद हो गया। और मेरी मिसालें दी जाएँ कि देखो, वह जो भैंसों को चारा-पानी कर रहा है इसी को भेजा था पढ़ने, और बूढ़े लोग चिलम पीते हुए मजा लें। जब तुम गुनगुनाती धूप में घास पर बैठकर फिजिक्स प्रैक्टिकल का छूटा काम मेरी फाइल से छाप रही होती हो, तब मैं तुमपर चुपके से झुक आता हूँ। तब तुम्हारे बालों से कपिला पशु आहार की सौंधी खुशबू आती है। और मैं आँखें बंद कर लेता हूँ। देखो! मेरी तो तुलनाएँ भी देहाती हैं? कैसे मैच होगा हमारा? पर तुम

जब कह देती हो, हर रात को सोने से पहले, ''लव यू रज्जो' तो सारी खाई पट जाती है। हम और तुम एकदम बराबर आ जाते हैं। जब हम कैंपस में एक-दूसरे का हाथ पकड़कर साथ चलते हैं, तब वो मेरे लिए बड़ी बात होती है। मैं कभी कहता नहीं हूँ, एक्टिंग करता हूँ अपने दोस्तों के सामने तुम्हारे हाथ को अपने हाथ में अनजाने ही ले लेने की, तुम भी यह एक्टिंग करती हो रितेश और अपनी सहेलियों के सामने।

कभी-कभी सोचता हूँ कि तुम्हारे लिए कुछ लिखूँ। क्या लिखूँ? तुम्हारी तारीफ? लोग लिखते हैं प्यार में। पुराने लोग लिखते थे। मैं भी लिखूँ?... मैं कोई कविता लिखता हूँ, पर तुम्हें तो कविताएँ पसंद नहीं हैं। तुम तो हमेशा मेरी कविताओं का मजाक उड़ाती हो। क्या फर्क पड़ता है। मैं तुम्हें कभी दिखाऊँगा ही नहीं। और तुम्हें कभी बताऊँगा भी नहीं अपनी बेकार-सी फीलिंग्स के बारे में। चलो लिखते हैं...

''तुम आती हो तो लगता है, सहर आई है चौखट पर...।''

नहीं-नहीं, ये थोड़ा आउटडेटेड हो गया। मैं फ्री वर्स लिखूँगा।

''तुम आती हो तो लगता है बैलेंस आया है अकाउंट में...।''

हाँ, ये सही है...

''तुम आती हो तो लगता है बैलेंस आया है अकाउंट में,
और मैं उससे खरीद लेता हूँ कई मैडल,
जब तुम दूर से ही अपने छोटे-छोटे हाथ हिलाती हो,
और कहती हो, 'हाय रज्जो',
और पास आकर मेरी बाँहों में कूद जाती हो,
एक चहल-पहल सी छा जाती है हवाओं में,
मैं अमीर हो जाता हूँ और खरीदता हूँ कई मैडल,
तुम्हारे कंधे पर हाथ रखने के, तुम्हारे गाल खींचने के,
तुम्हें कंधे से पकड़कर झिंझोड़ देने का,
या गालों पर हल्की-सी चपत,
तुम्हें गले लगाने का रजत पदक,
जो किसी के देखने पर स्वर्ण पदक हो जाता है।
जब शहर में किसी घर की अलमारियाँ देखता हूँ,
वहाँ रखी ट्रॉफियाँ देख सोचता हूँ कि यहाँ के बच्चे कितने काबिल हैं,

गाँव की अलमारियाँ भी सजी होतीं, अगर वहाँ भी,
चम्मच दौड़ और मेंढक कूद जैसी प्रतियोगिताएँ होतीं...

मैं बहुत अमीर हो चुका हूँ और तुम्हें खबर भी नहीं। पर तुम्हारे सामने कभी इजहार नहीं करूँगा। और तुम्हारा हमेशा मजाक बनाऊँगा, तुम्हें नीचा दिखाऊँगा और तुम्हें चिढ़ाकर भागूँगा। मोटी कहीं की! हाँ, पता है तुम सीधे होकर बैठोगी और कहोगी कहाँ पेट निकला है बताओ? मुझे पता है, नहीं निकला है पर मैं जबरदस्ती चिढ़ाऊँगा। मेरा कॉपीराइट है। मैं बहुत बदतमीज हो गया हूँ आजकल। मेरे चेहरे पर रह-रहकर मुस्कुराहट छा रही है और अगल-बगल के लोग परेशान हैं। सामने टीवी चल रहा है और कोई तड़क-भड़क वाला आइटम सांग बज रहा है। मेरा मन उधर नहीं है। आज संडे है तो बार्बर की दुकान पर काफी भीड़ भी है। सब जल्दी में हैं। मेरी आँखें बंद हैं और इतनी सारी चीजें दिमाग में चल रही हैं, मेरे ख्यालों में एक सरगोश खामोशी है।

"भैया, कलम कितनी रखनी है?" नाई की कर्कश आवाज ने मुझे जगाया।

कुछ लोग कहते हैं कि उन्हें पढ़ते वक्त बहुत नींद आती है। मुझे बाल कटवाते वक्त बड़ी बुरी वाली आती है। इस बढ़िया नींद और प्रेरणा के खूबसूरत ख्याल को इस बदतमीज, कबाब में हड्डी ने डिस्टर्ब किया था। लड़का यही कोई 21-22 साल का था, जिसने अपने बालों पर भी काफी एक्सपेरिमेंट किए हुए थे।

"रुको एक मिनट, पूछ लेता हूँ।" मैंने उसे रुकने का इशारा करके प्रेरणा को फोन मिलाया। नाई ने अपने ललछऊँ बाल झपकाए और मुझे घूरने लगा। एक तो वैसे भी संडे है, ऊपर से यह और इंतजार करवा रहे हैं। प्रेरणा ने फोन तीन-चार घंटी के बाद उठाया। "सुनो बिल्ला, मेरे ऊपर फ्रेंच सूट करेगा?" फ्रेंच मुझे वैसे भी नहीं रखना था, फोन करने का उद्देश्य बस उस बेगैरत नाई को जताना था कि सुन ले बे घोंचू! किसी से मिलने जा रहा हूँ मैं, तेरी तरह सिंगल नहीं हूँ जो इतनी बेरहमी से उस्तरा चला रहा है। थोड़ा प्यार से कर भाई, यह शक्ल किसी को दिखानी है। काफी उम्र बीत गई है तेरे रेगमाल जैसे हाथों से गाल सहलवाते-सहलवाते, क्या पता कोई नाजुक स्पर्श हो इन गालों की किस्मत में?... समझे?

परंतु प्रेरणा का जवाब उतना ही कान के कीड़े झाड़ने वाला था।

''मतलब तुम अभी बाल कटवा रहे हो और मैं घर से निकल चुकी हूँ। मैं लौट जाऊँगी बता रही हूँ।'' उधर से धमकी आई।

''अरे तुम्हें मेरा गिफ्ट भी तो लेना है अभी। बस 15 मिनट लगेंगे मुझे।'' मैंने अपनों शब्दों को चाशनी में डुबोया और नाई की तरफ एक बड़ी-सी मुस्कान दी, ''देखा बे, कितना प्यार है?'' मुझे नहीं पता था कि वह बाद में मुझसे फेशियल के लिए पूछ लेगा। हमारे गाँव का नाई तो इससे भी होशियार है। आप जरा-सा नींद में गए नहीं की फेशियल कर देगा। सतर्क रहना पड़ता है। गाँव में नाई नहीं होता। नाऊ होता है, नाऊ। उसका काम बाल काटने के बाद गर्दन और खोपड़ी की जबरदस्त मालिश भी होता है, जो यहाँ के नाई नहीं करते। यहाँ के नाई बहुत बेगैरत हैं। बिना पूछे इनकी कंघी उठा लो तो भी ये घूरकर देखते हैं और माँगो तो ऐसी गंदी वाली कंघी ढूँढ़कर देंगे कि बाल झाड़ने का मन ही न करे।

''गिफ्ट मैंने कल ही ले लिया था। जल्दी आना। और लगोगे तुम बंदर ही, कोई भी शेव रखो।'' अपने कमेंट पर खनखनाई और फोन रख दिया। मेरे होंठों पर भी एक मुस्कान तैर गई। आसपास की खामोशी से लग रहा था कि घर से तो नहीं निकली थीं मैडम, बस मुझे हूल दी जा रही थी। इस कामना में कि लास्ट वाला कमेंट उसने न सुना हो, मैंने नाई की तरफ मुस्कुराकर देखा। उसने भी मुस्कुराकर जवाब दिया, ''तो न रखें फ्रेंच?''

***

''मैं आईटी पर 20 मिनट से हूँ। कहाँ हो तुम?''

''थोड़ी देर रुको... आ रहा हूँ!''

''कितना टाइम लगता है बाल कटवाने में? मैं घर से आ गई और तुम...''

''बाल कटवाने के बाद एक प्रोसेस होता है जिसे नहाना कहते हैं। शायद तुम्हें न पता हो।''

''हे-हे वैरी फनी!'' उसने मुँह बनाते हुए कहा, ''जल्दी आओ!''

''बस एक मिनट, सामने देखो...'' और मैंने फोन काट दिया।

मैं वहाँ पिछले 15 मिनट से था, और मैडम सिर्फ 2 मिनट 48 सेकंड पहले आकर हंगामा खड़ा कर रही थीं। उसने गहरे हरे रंग का सलवार सूट पहना हुआ था और बड़े-से सनग्लासेस लगा रखे थे। ब्लैक कलर का पर्स साइड स्ट्रैप

से लटका हुआ था। मैंने अनुमान किया कि मेरा गिफ्ट उसी में होगा। मैं आ तो पहले गया था बस देखना चाहता था कि वो इंतजार करती हुई कैसी लगती है। या हो सकता है उसे देखने के बाद मैं सोचूँ कि मुझे पहला डायलॉग क्या मारना है? यहाँ इनडायरेक्टली युवान बाबा का ज्ञान काम कर रहा था। रूल नंबर 47। "किसी लड़की से मिलने जाओ तो उसे थोड़ा इंतजार करवाओ। जितनी देर वो इंतजार करेगी उतनी देर तुम्हारे बारे में सोचेगी।" इस नियम पर भरोसा न होने के बावजूद मैंने उसे इंतजार करवाया। सर्दियों की सुबह इंतजार करना नहीं खलता है। लखनऊ शहर वैसे भी खूबसूरत है। रंग-बिरंगे स्वेटरों, स्कार्फों, मफलरों के बीच खिली गुनगुनाती धूप जरूर मादकता का एहसास कराती है। अगर आप किसी के प्यार में हैं तो लखनऊ आपको किसी परी-लोक से कम नहीं लगेगा। बस परियाँ यहाँ होंडा एक्टिवा और प्लेजर पर उड़ती हैं। आप आँखें बंद करके भी मजा ले सकते हैं, बशर्ते आपकी घ्राण शक्ति मजबूत होनी चाहिए।

मैंने उसे ऊपर से नीचे तक देखा और व्यंग्य में मुँह बनाया। तीखी मुस्कुराहट से ऊपर आसमान की तरफ देखने लगा। आसमान नीला था। मुझे पता था कि वह बेहद खूबसूरत लग रही थी, पर मैं तारीफ तो कर नहीं सकता था, मुझे मजाक ही उड़ाना था।

उसने भी अपने आप को ऊपर से नीचे तक देखा, फिर मेरी नजरों से देखा, फिर पूछा, "क्या? हँस क्या रहे हो?"

मैंने चुटकी ली, "कमाल मेकअप किया है तुमने, वाह!'

"ओहह प्लीज! आइ एम आ नेचुरल ब्यूटी! ओहके? हुँह!"

"रहने भी दो!"

हम पैदल-पैदल मानसरोवर रेस्त्राँ की तरफ चल पड़े। (युवान ने मुझे आसपास के सभी होटलों के स्पेशल मील्स, प्राइवेसी और एवरेज बजट की डिटेल्स पहले ही दे दी थी। इन सबमें सबसे बढ़िया मानसरोवर ही सेलेक्ट किया मैंने।)

चलते-चलते मैंने उसके गाल पर उँगली रगड़ते हुए कहा, "उफ कितना पाउडर है!" हम शारदा लाइब्रेरी के सामने थे। सड़क सुनसान थी। मुझे उसे छेड़ते हुए फलवाले ने देखा। वह मुझे देखकर मुस्कुराया। मैंने बड़े अधिकार से उसे अपने फलों की तरफ ध्यान देने को कहा। मैं कर्म कर रहा हूँ, तू फल

की चिंता कर।

एक-दूसरे को नाक-भौं से चिढ़ाते-चिढ़ाते हम रेस्त्राँ तक आ गए थे। मैंने उसके कंधे पर हाथ रखते हुए पूछा, "अच्छा, मैं कैसा लग लहा हूँ?"

उसने मेरे कंधे के नीचे आते हुए और चूहे की तरह अपनी आँखें चकमकाते हुए और मेरी नाक हिलाते हुए कहा, "तुम क्यूत लग लहे हो।"

"क्यूट? यार मैं इतना माचो टाइप रफ एंड टफ लुक रख के आया हूँ और तुम कह रही हो कि मैं क्यूट लग रहा हूँ।"

"तुम मेरे क्युटू-क्युटू हो।" उसने होंठ गोल किए और मेरे गाल खींचे।

"यार, ये लैदर जैकेट देखो, खड़े बाल देखो, रग्ड लुक देखो, कम-से-कम हैंडसम तो कह ही सकती हो।" मैंने अपनी दोनों बाँहें फैलाकर होमशॉप के सेल्समैन की तरह अपना प्रचार किया।

"नोइ! क्यूट लग ले हो!" उसने किसी अनिच्छुक ग्राहक की तरह अपनी गर्दन हिलाई और आगे बढ़ गई। मैं पीछे-पीछे चल पड़ा। मेरे अंदर एक गर्व मिश्रित मुस्कान खिली थी जिसे मैंने बाहर नहीं आने दिया। हम झगड़ते हुए रेस्त्राँ के पास आ गए थे। पार्किंग के पास के लोग हमें मुड़-मुड़कर देख रहे थे। गार्ड ने तुरंत सलाम किया। मैंने एक चीज नोटिस की है कि अगर आप किसी लड़की के साथ जाते हैं तो सिक्योरिटी गार्ड वगैरह ज्यादा इज्जत देने लगते हैं। वेटर भी तुरंत ऑर्डर लेने आता है। अंदर पहुँचकर मैं एक यक्ष प्रश्न में फँस गया। रेस्त्राँ में भीड़ ज्यादा नहीं थी और ठीक-ठाक प्राइवेसी दे रखी थी। गद्देदार सोफे, शीशे की मेजें और लाइटिंग हल्की ऑरेंज कलर की कर रखी थी। वेटर बाहर खड़ा था जो बुलाने पर ही आता था। घुसने पर ही वेटर ने मेरी तरफ मुस्कुराकर देखा कि बेटा आज तुम्हारा बड़ा वाला कटेगा। मैंने भी उसकी तरफ मुस्कुराकर देखा, स्साले मुस्कुरा क्या रहे हो, एक रुपया भी टिप नहीं छोड़ेंगे। आज रेस्त्राँ में घुसने से पहले ही मैंने माँ बाराही की कसम खाई थी कि सारे काम आईएमए पासआउट जेंटलमैन की तरह करूँगा। उसके बैठने से पहले ही मैंने शिद्दत से कुर्सी खींची और पूरी कोशिश की कि कुर्सी खींचते वक्त घिर्र से ना हो। यक्ष प्रश्न मेरे सामने यह आया कि मैं प्रेरणा के बगल बैठूँ या उसके सामने? सामने बैठूँगा तो मैं अपनी पारंपरिक धक्का-मुक्की, मार-पीट, उसकी प्लेट से छीना-झपटी नहीं कर पाऊँगा और बगल बैठूँगा तो उसे देख नहीं पाऊँगा। फिर मुझे अपनी जेंटलमैन प्रतिज्ञा याद आई और मैं तमीज और तहजीब

से उसके सामने बैठ गया। उसने अपने बड़े-से पर्स में से एक कार्ड निकाला और नीले रंग के रैपर में एक चौकोर-सा डब्बा निकाला।

"वाओ! दो गिफ्ट हैं क्या मेरे लिए?" मैंने उत्साह में अपने दोनों हाथ रगड़ते हुए कहा।

उसने 'हाँ' में सर हिलाया, "मैंने एक पोएम लिखी है तुम्हारे लिए, इस कार्ड में, जिसे तुम घर पर देखना। और ये..."

"तुमने तीन इम्पॉसिबल काम किए हैं मेरे लिए।" मैंने उसकी बात को बीच में ही काटा।

"कौन-से तीन इम्पॉसिबल काम?"

"हाँ... तीन नेक्स्ट-टू-इम्पॉसिबल काम-

1. तुमने कुछ लिखा है।

2. एक कविता।

3. मेरे ऊपर।"

"हाँ सच में, मैंने लिखी है।"

"मर जाऊँ क्या? अभी देख लूँ प्लीज?"

"नहीं, घर पर देखना!"

"अच्छा, गिफ्ट खोल के देख लूँ, अब गिफ्ट तो खोल के देख ही सकता हूँ?" मैंने बच्चों जैसे जिद की और टेबल पर अपनी उँगलियाँ बजाई। अगर युवान और शशांक यह जान जाएँगे कि मैं प्रेरणा के सामने बच्चा बन जाता हूँ तो मेरा बहुत मजाक उड़ाएँगे।

"अच्छा रुको, मैं दिखाती हूँ!" इतनी देर में वेटर सूप लाकर मेरे बगल में खड़ा हो गया।

मैंने उसे घूरकर देखा। वह मेरी तरफ मुस्कुराकर देख रहा था, "योर ऑर्डर सर!"

मैंने सलीके से उसकी तश्तरी से सूप बाउल उठाए और अपने और प्रेरणा के सामने रखे। फिर शालीनता से वेटर की तरफ देखा और यह एक्टिंग की कि मुझे यह सब तौर-तरीके पता हैं। मन-ही-मन मैं उससे कह रहा था, "स्साले ये किसके ऑर्डर पर लाया है, इसके पैसे नहीं पड़ते?"

उसने फिर दोहराया, "सर, मेनकोर्स में क्या लेंगे?" (वह अंदर-ही-अंदर मुझसे कह रहा था, "भक्क देहाती! ये मैम आते ही सबसे पहले सूप पसंद

करती हैं।")

प्रेरणा मेनू उठाकर देख रही थी। जहाँ उसकी नजर रुक रही थी, उसके राइट हैंड साइड प्राइस की तरफ मेरी नजर भी रुक रही थी। आप बाहर से कितने भी 'आई डोंट केयर' बने रहिए पर आपका सबकॉन्शस माइंड सर्विस टैक्स तक जोड़ लेता है। मैंने अपने-आपको व्यस्त और निर्लिप्त दिखाने के लिए अपना मोबाइल निकाला और पुराने पढ़े मैसेजेस को फिर से पढ़ने लगा।

"रज्जो... डोसा ऑर्डर करूँ?" उसने मेनू कार्ड में देखते हुए ही पूछा।

"हाँ, मुझे तो कुछ भी चलेगा।" (नहीं डोसा नहीं! वो ऐसे लपेटकर आता है, सांभर भी रहता है साथ में वो कद्दू वाला। छुरी-काँटे के साथ खाया जाता है। तुम देहाती कहीं के, रोटी-सब्जी की तरह खाओगे। नॉट गुड। नॉट गुड। और उसके साथ नारियल की चटनी होती है, जो एक चम्मच चाटने के बाद तुम फेंक दोगे। नहीं! नहीं! डोसा नॉट गुड।)

"अरे, वो डोसा मैंने कल ही खाया था, कुछ और ऑर्डर करो।" मैंने मोबाइल से नजर उचकाकर प्रेरणा की तरफ देखा। प्रेरणा के चेहरे पर अब भी कोई भाव नहीं था, ऐसा लग रहा था कि वह डिसाइड नहीं कर पा रही थी कि क्या ऑर्डर करे। बैरा अब भी वहीं खड़ा था।

"रज्जो! पनीर का कुछ? चिली पनीर?"

"हाँ, ठीक रहेगा।" (चिली पनीर में क्या होता है? कुछ नहीं! भक्क से भोंको, गप्प से अंदर। सस्ता, सुंदर, टिकाऊ पनीर→ चिली पनीर।)

"हाँ, चिली पनीर कर दो!" मैंने आत्मविश्वास के साथ बैरे की तरफ देखा। उसने भी मुझे करुणा भरी दृष्टि से देखा, जैसे कह रहा हो, "तेरे जैसे देहाती न! चिली पनीर ही खा के जाते हैं।"

"ठीक है भैया, चिली पनीर ड्राई विद फ्राइड राइस!... दोनों फुल रहेंगे।"

हम 10-15 सेकंड तक यूँ ही बैठे रहे। फिर उसने कहा, "अब गिफ्ट खोल के देखोगे भी कि मैंने क्या दिया है!"

"अरे! तुम दिखाने वाली थी न?"

"अच्छा ठीक है, ये रैपर पढ़ो, देखो मैंने क्या लिखा है।"

उसने धीरे-धीरे गिफ्ट खोलना शुरू किया। मेरे चेहरे की चमक बढ़ती जा रही थी। यह एक हरे रंग का खूबसूरत कॉफी मग था। सबसे पहले मेरे गंदे

दिमाग ने उसका दाम लगाया। फिर उसके बाद मैंने सोचा कि उसने कहाँ से लिया होगा। फिर उसके पीछे की उसकी भावनाओं के बारे में सोचा। इससे आगे मैं कुछ सोचता, उसने समेटकर रख दिया। अब हम दोनों फिर खाली बैठे हुए थे और कुछ करने को नहीं था। उसने अपने पर्स से कुछ तिलिस्मी चीजें निकालीं। एक छोटा शीशा, क्लिप और क्लेचर वगैरह। फिर अपनी जटाओं से स्टिक खींची तो वो भरभराकर उसके कंधे पर बिखर गईं। रेस्त्राँ में दूसरी तरफ एक कपल बैठा हुआ था और एक दोस्तों का ग्रुप बैठा हुआ था। कुछ मेजें खाली थीं। सभी मेजों पर चिली और टोमेटो सॉस, नमक और काली मिर्च पाउडर पहले से रखे हुए थे। एक और पारदर्शी चीज रखी हुई थी जो मुझे बाद में पता चली कि वाइट विनेगर मने सिरका है। उस जोड़े में बॉयफ्रेंड अपनी गर्लफ्रेंड को पुचकार-पुचकार कर अपने हाथों से खिला रहा था। मुझे उस लड़की को देखकर बकरीद के बकरे की याद आई। लड़कों के ग्रुप में एक-दो लड़कों ने पलट-पलटकर प्रेरणा को देखा, फिर मुझे देखा, फिर अपने ग्रुप में बातें करने लगे। लड़कों में एक आपसी मूक समझौता होता है जो लड़कियाँ कभी नहीं जान पाएँगी। मैंने प्रेरणा का हैंडबैग उठाया और मेज पर साइड में रख दिया, जिससे उन्हें प्रेरणा का चेहरा न दिखे। अब हम एकदम अकेले थे। वेटर भी अब अगले 15 मिनट नहीं आने वाला था। उसने अपने बाल खोल रखे थे और जलवे बिखेर रखे थे। उसकी आँखें मोबाइल स्क्रीन पर गड़ी हुई थीं। मेरी आँखें उसके गुलाबी चेहरे पर गड़ी हुई थीं। मेरे मन के बैकग्राउंड में दो गाने एक साथ बज रहे थे-

1. हे सेक्सी लेईडे, आइ लाइक योर ग्लो, योर बॉडी इस बैंगिंग, आउट ऑफ कंट्रोल...

2. खुलल केश गच्छिन, कमर राजधानी, अरे देवता ई मन कैसे मानी...

''क्या सोच रहे हो?'' उसने मोबाइल में देखते-देखते पूछा।

''कुछ नहीं, ये वेटर काफी लेट कर रहा है, नहीं... ?'' मैंने इधर-उधर देखते हुए कहा और अपने अंदर के भावों को दबाने की कोशिश की।

''हाँ... काफी लेट कर रहा है।'' वो अपने मोबाइल में ही घुसी हुई थी और शायद किसी को मैसेज कर रही थी।

अचानक ही वह काफी जोरों से हँसने लगी।

वह हँसे जा रही थी और टेबल भी पीट रही थी। मैं उसकी बेपरवाह हँसी के

पीछे के चुटकुले को बिना समझे ही हँसी में साथ देने की कोशिश करने लगा। मैंने भवें उचकाईं जिसका मतलब था, 'क्यों हँस रही हो?'

उसने अपना मोबाइल हिलाया, जिसका मतलब था, 'जोक है'।

मैंने हाथ का इशारा किया, 'तो सुनाओ'।

उसने मोबाइल में देखकर कंटिन्यू किया, "इलेक्शन और सेक्स में क्या कॉमन है... ?" फिर मोबाइल से नजरें उठाकर मेरी तरफ देखा और भवें उचकाईं।

...

इस शब्द की कल्पना मैंने कभी उसके मुँह से नहीं की थी, मुझे कुछ अटपटा लगा। कोई लड़की किसी लड़के से ऐसे ओपनली जिक्र कैसे कर सकती है? मैंने अपने होंठों पर लिबरल ढोंगी की मुस्कान चिपकाई और 'पता नहीं' में सर हिलाया।

...

"उम्मीदवार का खड़ा होना!" और हँसी छूट पड़ी। हीहीहाहा हेहे ऐऐऐ हैं ऐं? ऐं? (किसने भेजा होगा इसको ये मैसेज?)

"क्क... किसने भेजा तुम्हें ये मैसेज?"

"अरे ये एक दानिश है, मेरी कोचिंग का फ्रेंड है।"

"कौन-सी कोचिंग? अपनी कोचिंग में तो नहीं है।"

"अरे बैंकिंग वाली, छोड़ो तुम उसके पीछे क्यों पड़े हो, इधर आओ कुछ सेल्फी लेते हैं।"

मैंने मन में सोचा कि मैं उसके पीछे क्यों पड़ा हूँ। यद्यपि मुझे दुःख जरूर हुआ कि मैंने यहाँ आज तक एक रोमांटिक मैसेज नहीं भेजा है और लड़के नॉनवेज चुटकुले भेज रहे हैं। कितना पीछे हूँ मैं इस रेस में। रहूँगा मैं देहाती ही। हमेशा आउटडेटेड तरीके होंगे मेरे पास। मेरा मन किया कि अपनी इस असफलता पर मुँह फुलाकर बैठा रहूँ, परंतु सेल्फी के लालच में मैं उसके पास चला गया। सेल्फी और पास जाने का लालच।

वेटर हमारा मील ले आया था। अपनी जेंटलमैन-प्रतिज्ञा याद आते ही मैंने परोसना शुरू किया। पर मुझे तुरंत डाँट पड़ी।

"रज्जो! लर्न सम मैनर्स यार। पहले सामने वाले की प्लेट में डालते हैं! लालची कहीं के! पनीर देखा नहीं कि टूट पड़े!"

"वो मुझे भूख ज्यादा लगी थी इसलिए।" मैंने एक बेकार-सी एक्सक्यूज पेश की। उसने मुझे घूरकर देखा और मेरी बोलती बंद हो गई। मामला परोसा गया और मैंने धीरे-धीरे खाना शुरू किया। मेरे चम्मच, प्लेट और मुँह से आवाज नहीं आनी चाहिए थी। मैंने आज मिलने से पहले बहुत बार इस साथ की कल्पना की थी। कैसे हम बैठे होंगे। कैसे वो मुझे देख रही होगी और मैं उसे। मैंने सोचा था, ज्यादा नहीं पर कम-से-कम एक चम्मच मैं उसे अपने हाथों से खिलाऊँगा। बस एक टुकड़ा। मैंने सोचा था कि मैं कितने कॉन्फिडेंस में होऊँगा, इधर-उधर की हाँक रहा होऊँगा और बातों-ही-बातों में एक चम्मच उठाऊँगा और... पर हिम्मत ही नहीं हो रही थी। मेरी और उसकी दोनों की प्लेट का खाना लगभग खत्म हुआ जा रहा था, पर मेरी हिम्मत नहीं हो रही थी। मैंने कई बार रिहर्सल की। एक पनीर का टुकड़ा अपनी प्लेट से उठाने की, उसे चम्मच से काटा भी, फिर उसे और छोटा किया, कि वह कह देगी कि यह बड़ा है छोटा करो, तो मैंने उसे और छोटा किया, और ऐसा करते-करते मैंने कई छोटे टुकड़े खाए। पर हिम्मत नहीं हुई कि एक चम्मच उसके मुँह के पास ले जाया जाए। एक जा भी रहा था, तो उसने जैसे ही नजर उठाकर देखा मैंने गप्प से अपने मुँह के अंदर कर लिया। अंत में मैंने एकदम इसका उलट किया। जो हमारे रिश्ते के अनुकूल था पर वो नहीं था जो मैं चाहता था। मैंने जल्दी से अपनी प्लेट साफ की और प्रेरणा की प्लेट में भी छीनाझपटी करने लगा। यह वो बिलकुल नहीं है जो मैं चाहता हूँ, बस ये मेरी ऊर्जा और भावनाएँ हैं तुम्हारे लिए जो दूसरी तरह से प्रदर्शित होती हैं। हर व्यक्ति में इतना कॉन्फिडेंस नहीं होता कि वो वह कर पाए जो चाहता है। कभी-कभी ठीक इसका उलट होता है। मैं उठकर वॉशरूम चला आया। मैंने अपने चेहरे पर पानी के छींटे दिए। और अपनी बेबसी पर झुँझलाया। शीशे में अपने को देखकर कोसा भी। यहाँ मैं एक चम्मच नहीं उठा पा रहा हूँ और युवान ने तो मुझे बड़ी-बड़ी विद्याएँ बताई हैं। गुडबाय किस और फलाना-ढिमका। हग ठीक रहता है, इससे प्यार प्रदर्शित होता है, किस-विस लिजलिजी चीजें हैं। गीली चीजें हैं। गंदी चीजें हैं। यह सब मैसेज-वैसेज में ठीक रहता है। गले मिलना इसलिए ठीक होता है क्योंकि इसके लिए वह ही मुझे खींचती है, अगर इसकी शुरुआत भी मुझे करनी होती तो इसमें भी मेरी हिम्मत नहीं पड़ती। कई बार मिलने के एक घंटे बाद उसे ख्याल आता है, "अरे, आज तुमने मुझे हग नहीं किया।" बेवकूफ प्रेरणा नहीं,

बेवकूफ मैं हूँ। मैंने शीशे में अपने आप को देखा, और झल्लाया। फिलहाल मुझे इस 'अथातो चुमक्कड़ जिज्ञासा' की कोई जरूरत नहीं है।

मैं वापस आया तो प्रेरणा सौंफ और मिश्री फाँक रही थी। उसकी चेहरे की मुस्कुराहट से लग रहा था कि वह बिल दे चुकी है।

"यार ये क्या बात हुई, ट्रीट तो मेरी थी? तुम बिल कैसे दे सकती हो?"

"बैठो! बैठो!" उसने बेतकल्लुफी से एक आँख बंद करके मुझे बैठने का इशारा किया।

"क्या बैठूँ?" (मगर में बैठ गया।) वेटर भी अपनी टिप लेकर जा चुका था। मैं अपना माथा पकड़कर झुँझलाहट दिखा रहा था। पर मुझे बहुत गुस्सा भी नहीं आ रहा था। मैंने तिरछी नजर से बिल की तरफ देखा, मेरे 800 रुपए बच गए थे। मुझे अपने आप पर झुँझलाहट हुई कि मैं इतना धूर्त कैसे हो सकता हूँ? उसके बिल पे करने का मुझे बहुत दु:ख नहीं है।

"यार, मैंने भी तो अपने बर्थडे की ट्रीट नहीं दी थी?" प्रेरणा ने एक हल्की सफाई पेश की।

"ये क्या बात हुई, अभी मेरा था न?" मैंने अपने गुस्से में वजन लाने की कोशिश की। पर मेरी बदतमीज जेब कह रही थी, "ठीक है भाई।"

"अरे लड़ना बंद करो! मैंने कर दिया न, नेक्स्ट टाइम तुम कर देना, वैसे भी कैंटीन में तुम कहाँ पे करने देते हो?" उसने कंधे उचकाए।

"अरे कैंटीन में पे करता ही कौन है, वहाँ सेटिंग होती है अपनी दिलीप से!" कहकर मैंने आँख मारी। मामला शांत हुआ। उसके चेहरे पर भी हँसी के डिंपल थे, हलवाई डिंपल। मैंने गिफ्ट उठाकर अपने बैग में डाल लिया। बगल वाले कपल ने खाना खत्म करके आइसक्रीम ले ली थी। लड़का अपने हाथ से लड़की को खिला रहा था और लड़की अपने हाथ से लड़के को चटा रही थी। उनके इस सामूहिक टुच्चेपन का आनंद बगल वाला ग्रुप ले रहा था। प्रेरणा ने मुझे उनकी तरफ इशारा किया। मैंने उनकी तरफ देखा, फिर प्रेरणा की तरफ देखकर मुस्कुराया। अचानक मेरे दिमाग में एक विचार आया।

"प्रेरणा, कल मैं इकोनॉमिक्स पढ़ रहा था तो वहाँ मुझे..."

"पहले ये बताओ कि तुम इतना पढ़ते क्यों हो, ये आउट ऑफ सिलेबस चीजें?"

"अरे सुनो तो! मेरा इंटरेस्ट है बस...। तो मैं बार्टर सिस्टम पढ़ रहा था,

तुमने पढ़ा है बार्टर सिस्टम?''

उसने 'ना' में सर हिलाया।

''ये पैसे के आने के पहले का सिस्टम है। जैसे, अगर तुम्हारे पास गेहूँ है और तुम्हें चावल खरीदना है तो तुम ऐसे आदमी के पास जाओगे जिसके पास चावल है और उसे गेहूँ खरीदना है, मतलब डबल कोइंसिडेंस ऑफ वांट्स... ''

''हाँ तो!'' उसने सहमति में सर हिलाया।

''तो मतलब हमारे सारे रिश्ते बार्टर सिस्टम पर ही तो बने हैं, ये दुनिया पैसे के बजाय दरअसल बार्टर सिस्टम पर चल रही है...।''

''अब भला ये कन्क्लूजन कैसे निकाल लिया तुमने?''

''अच्छा चलो मान लो कि हम-तुम एक कपल हैं।''

''हाँ मान लिया।'' (इतनी जल्दी मान लिया? यही तो मनवाना है जिंदगीभर के लिए। एक बार और रिपीट करता हूँ।)

''मानो हम एक कपल हैं और आइसक्रीम खा रहे हैं, मैं वैनिला खा रहा हूँ और तुम स्ट्रॉबेरी खा रही हो।'' (मुझे इन्हीं दोनों वैरायटी के नाम पता थे।)

''नहीं, मैं डार्क फॉरेस्ट खाऊँगी!'' उसने अपनी चुलबुली आँखें मटकाईं। अब यह एक नया नाम बताया उसने।

''हाँ, ठीक है! अब अगर मुझे तुम्हारी डार्क फॉरेस्ट खानी है तो मैं तुम्हें अपनी वैनिला में से एक बाइट दूँगा और बदले में तुम मुझे डार्क फॉरेस्ट में से एक बाइट दोगी, तो क्या ये प्यार है?''

''नहीं, बार्टर सिस्टम!'' उसने एक अच्छे स्टूडेंट की तरह सर हिलाते हुए कहा।

''दैट्स अ गुड गल! इसमें हम दूसरे के पास जाते हैं, क्योंकि उससे हमारी जरूरत पूरी होती है और उसकी जरूरत हमसे पूरी होती है। बार्टर सिस्टम। लोग परिवार भी तो इसीलिए बनाते हैं।''

''बार्टर सिस्टम!'' उसने हाथ उठाकर नारा लगाते हुए कहा।

''ये दोनों एक-दूसरे की आइसक्रीम खा रहे हैं, तो क्या ये प्यार है?''

''नहीं बार्टर सिस्टम!'' उसने जोर से नारा लगाया।

''तो सवाल ये है कि क्या तुम मेरे साथ एक बार्टर सिस्टम में आना चाहोगी?''

''हाँ, बिलकुल, चलो!'' उसने फिर से नारा लगाया।

''चलो, बग़ल में आइसक्रीम पार्लर है वहाँ खाएँगे। और हाँ, इस बार बिल मैं दूँगा। सिर्फ मैं।'' मैंने उँगली दिखाई। तेजी से उठा और गेट की तरफ गया। दरवाजे का हैंडल सख्ती से पकड़कर कुछ राहत मिली। मुझे लगा कि मुझे दरवाजे के सहारे की जरूरत है। इस आखिरी सवाल पर मेरी दिल की धड़कनें बहुत बढ़ गई थीं। साँसें भी तेज हो गई थीं। यह सारा प्रपंच मैंने इसीलिए किया था। मुझे पता था कि बार्टर सिस्टम का ऑफर मैंने आइसक्रीम के लिए नहीं किया था, उसे क्या लगा था कि मैं आइसक्रीम के लिए पूछ रहा हूँ या फिर? क्या प्रेरणा को भी पता था? इतने बेपरवाह तरीके से हर बात के लिए 'हाँ'। क्या इसे पता नहीं कि लड़कियों की एक मुस्कुराहट पर लोग अरमानों के फ्लाईओवर बना लेते हैं। या यह एक 'हाँ' है। सोची-समझी 'हाँ'। मैं दरवाजे पर खड़ा अपनी साँसों को नॉर्मल कर रहा था कि उसने पीछे से आके मुझे मुक्का दिया, ''चलें मिस्टर इकोनॉमिस्ट!''

मैं इस नए डेवलपमेंट पर अपना रिएक्शन नहीं तैयार कर पा रहा था। मैं उसके पीछे-पीछे चला। वहाँ से निकलने पर उसने एक नया फरमान सुनाया।

''मुझे ड्रॉप करने की जरूरत नहीं है, एक क्लासमेट मुझे आईटी से पिक कर लेगा।''

''कौन क्लासमेट?''

''केविन!''

''केविन?''

(यार! वो दानिश था, ये केविन है, मैं रजत हूँ। हिंदू, मुस्लिम, सिख ईसाई, यह क्या हो रहा है भाई? इतनी धर्मनिरपेक्षता ठीक नहीं।)

''अरे फ्रेंड है यार, यहाँ से मैं कैट वाली कोचिंग निकलूँगी।''

''कैट? तुम तो कह रही थी कि अब सिर्फ बैंकिंग पर फोकस करोगी? छोड़ दिया था कैट तो?''

''बस, स्पीड टेस्ट कंटिन्यू कर रखा है। अब बोल रखा है उसे।''

''तो तुम क्या 'टाइम स्लॉट' ले के आई थी मेरे लिए? और आज तो संडे है?''

''आज स्पीड टेस्ट ही है। बताओ, न जाऊँ?''

''नहीं... जाओ! एसटी क्यों छोड़ोगी!''

"अच्छा रुको! वो आ जाए मैं मिलवाती हूँ उससे तुम्हें!" उसने मेरी आँखों में देखा, ताकि मुझे भरोसा हो जाए कि वह बस एक दोस्त है।

"अरे नहीं, तुम जाओ, मैं क्या मिलूँगा उससे..." (केविन? घर का नाम चाहे कमलेश हो, फेसबुक पर केविन बने फिरते हैं। पिक एंड ड्रॉप सर्विस चला रहे हैं! ड्राइवर कहीं का!)

***

"तुमसे मिलकर लौटने पर आज जनवरी के महीने में बारिश हुई है। यह प्यार नहीं तो और क्या है... वेस्टर्न साइक्लोनिक डिफरेंस?... और यह कॉफी मग! यह खूबसूरत कॉफी मग। भावनाओं से भरा हुआ। प्यारा, नाजुक कॉफी मग। कॉफी अभी बनाई जाए। तुरंत! यह मेरा आदेश है...। कॉफी किसमें फेंटी जाए? क्या नए कॉफी मग में? नहीं! किसी पुराने कप में। नए बेशकीमती, हरे, नाजुक कॉफी मग में तो कॉफी ऊपर से डाली जाएगी। जैसे आसमान से उतरती है संध्या सुंदरी धीरे... धीरे... धीरे... दूध तुरंत गरम होने के लिए रख दिया और कॉफी फेंटी जाने लगी। एक कविता भी तो थी मेरे लिए, क्या थी वो? मैंने उसका फोल्ड किया हुआ कार्ड खोला।

Happy birthday piggiie!
"Within you, I have found
The perfect friend
Sm1 I know who will be there till then,
And they are not just
thoughts I hope Will fulfill,
But thought that will
stand forever still...
With Lots of Love
Your Billa Pilla!

न जाने क्यों मुझे लगा कि मुझे कुछ फेसबुक पर डालना चाहिए। एक आजाद पंछी के माफिक कुछ, जिसने सारा आकाश पा लिया हो। जिसने फतह कर लिया मैदान-ए-कर्बला को! पर फेसबुक पर फैली अपनी सारी रिश्तेदारी और पटीदारी का खयाल आते ही मैंने अपनी भावनाओं को डिस्कब्रेक दिया।

फिर भी फेसबुक खोला। शशांक ने दो अपडेट्स डाले थे। पहला एक गाना था–

दिल होते जो... ... मेरे सीने में तीन,
एक भी ना देता मैं तुमको,
और बजाता मैं बीन...।

ओ त्तेरी! ये तो हम दोनों ने मिलकर बनाया था, स्साले ने मुझे क्रेडिट भी नहीं दिया, अब उसपर कमेंट कर-कर के लाइक्स बढ़वा रहा है। मैंने उसपर टिप्पणी की, "स्साले, मेरा क्रेडिट नहीं दिया?"

दूसरी पोस्ट में उसने हम तीनों की फोटो का कोलाज डाला था। एक चौड़ी फोटो जिसके तीन पार्टीशन थे। जिसमें किनारे-किनारे ये दोनों थे और बीच में मैं था। फोटो को जान-बूझकर ब्लैक एंड वाइट किया गया था, ताकि युवान के आगे हम दोनों नीग्रो न लगें। फोटो काफी ज्यादा एडिट की गई थी और हम तीनों ने चश्मा लगा रखा था। शशांक ने फोटो को टैगलाइन दी थी– "बॉडी, ब्यूटी एंड द ब्रेन– डेडली ट्रोइका"। एक घंटे के अंदर लाइक्स 100 के पार हो गए थे। बॉडीबिल्डर शशांक था, ब्यूटी युवान था और ब्रेन का टैग मुझे मिला था। हमने अपने ग्रुप को यही नाम दिया है। हालाँकि कोई जानता नहीं है अभी इस ग्रुप के बारे में, पर शायद कभी दूसरों को दिलचस्पी हो। सबसे पहले युवान का कमेंट आया–

"ओहो, भाई लोगों के साथ मैं भी स्मार्ट लग रहा हूँ।"

जबकि सही बात तो यह थी कि उसी की वजह से अब तक नब्बे लड़कियों के लाइक्स आ गए थे। बाकी लाइक्स कुछ दानवीर दोस्तों की कृपा से थे। शशांक ने उसके कमेंट पर जवाब दिया–

"ठीक है, ठीक है, साथ रहोगे... सीख जाओगे।"

अगला कमेंट प्रेरणा का आया–

"ये बीच में कौन बंदर है?"

उसकी टिप्पणी का जवाब शशांक ने दिया–

"ओह्हो! देख रहे हो युवान? अगल-बगल दो हैंडसम जेंटलमैन नहीं दिखाई दिए, दिखाई दिया तो सिर्फ रजत?"

#true love #made for each other.

मैं चुपचाप इन सबके कमेंट देख रहा था और मन-ही-मन मुस्कुरा रहा था। कॉफी के लिए दूध गरम हो रहा था। मैं गैस धीमी करके वापस आया।

प्रेरणा ने वापस जवाब दिया। #shashank, हाँ, बड़ी मुश्किल से मिलता है इतना सच्चा प्यार। #true love.

अब मुझसे जवाब दिए बिना रहा नहीं गया। मुझे लगा कि मेरे हस्तक्षेप की जरूरत है। बात ज्यादा आगे बढ़ रही है इसलिए मैंने कमेंट किया-

#prerna dixit citation needed.

मैं विकिपीडिया से चोरी किए अपने ह्यूमर पर मुस्कुराया, मोबाइल बगल में मेज पर रखा और नाचते हुए पीछे घूमा कि सामने शशांक खड़ा था। उसने एक हाथ से दरवाजे को एक तरफ झिड़का और दूसरे हाथ में पकड़ा मोबाइल देखते हुए बोला...

"ट्रू लव, हाँ... ?"

"अब्बे, तुझे चिढ़ा रही है बस।" (मोबाइल में देख रहा था, मतलब मुझे नाचते हुए नहीं देखा होगा?)

वह आया और धम्म से बिस्तर पर गिर गया। मुझे पानी की बोतल की तरफ इशारा करते हुए बोला-

"मतलब तुमने प्रोपोज नहीं किया अभी?"

"अब्बे नहीं यार!" मैंने प्रोपोज करने के ख्याल को झिड़कते हुए कहा। जैसे मैं जिंदगी में कभी करूँगा ही नहीं प्रोपोज-वपोज। वह घुटने पर बैठकर, मुँह में गुलाब दबाकर, छिछिछि। (गुलाब के काँटे चुभते नहीं होंगे? गुलाब कोई मुँह से खैंईंच ले सटाक से, लहूलुहान हो जाए आदमी।) मेरा दिमाग इतना ज्यादा कुछ सोच गया और मैं मुस्कुरा पड़ा। हीहीही। जब मैं अपने ख्यालों से वापस आया, शशांक कॉफी मग को हाथों में लेकर चारों ओर से निरीक्षण कर रहा था।

"ये कब लिया तुमने?"

"वो आज ही खरीदा है।" मैंने तुरंत झूठ बोल दिया।

"कितने का?"

"अरे वो... आ... तुम जान के क्या करोगे?" (अचानक से मेरे दिमाग में कोई दाम नहीं आया, ज्यादा बताऊँगा तो कहेगा कि लुट गए और कम बताऊँगा तो इनडायरेक्टली प्रेरणा की बेइज्जती।)

"ससुर बोतल पास करो, कॉफी मेरे लिए बन रही है न?" वह आराम से बिस्तर पर पैर फैलाकर लेट गया। अब भी मग को ध्यान से देख रहा था। मेरा

मन हो रहा था कि जल्दी से उससे छीनकर किचन में रख आऊँ, पर अगर मैं ज्यादा जोर दूँगा तो वो पकड़ लेगा कि मग प्रेरणा ने गिफ्ट किया है।

''नहीं! कॉफी तुम्हारे लिए बिलकुल नहीं बन रही है, तुमको एक बूँद भी नहीं मिलेगी।''

''क्यों?''

''स्साले, वो गाना तो हम दोनों ने मिलके बनाया था, उसका क्रेडिट नहीं दिया मुझे?''

''हाँ जाओ केस कर दो।'' वो ढिठाई से, चोरी ऊपर से सीनाजोरी की तर्ज पर बोला।

मैंने उसे पानी की बोतल पकड़ाई और कॉफी मग छीन लिया। पानी पीते वक्त अब भी उसकी नजर मग पर ही थी। मैंने उठाकर अपने टेबल लैंप के बगल रख दिया।

उसने पानी खत्म करके मग फिर उठा लिया और फिर उसे चारों तरफ से देखने लगा, जैसे कोई सुराग ढूँढ़ रहा हो।

''तुमने बताया नहीं, कितने का है?''

मेरे कुछ देर चुप रहने पर उसने फरमान सुनाया, ''ये हम लेंगे, तुम दूसरा ले लो!''

''अरे! हम देंगे ही नहीं!''

''अरे, तुम दूसरा ले लो न!''

''जबरदस्ती है क्या? वापस दो!'' मैंने मग लेने के लिए अपने हाथ आगे किए।

वह मग लेकर खड़ा हो गया और हाथ ऊपर कर दिए। अपनी छह फीट लंबाई का फायदा उठाया और मग को आठ फीट ऊपर लहराने लगा, ''यार, मैंने भी तो तुम्हें अपना डंबल दे रखा है, वो भी एकदम फ्री में?''

''वो तुम्हारे साइज के हिसाब से हल्का पड़ गया है, इसलिए तुमने मुझे दिया है! मग वापस करो!''

''और मैंने तुम्हें अपना पंचिंग बैग भी तो दिया है?''

''तो उसमें बालू तो मैंने भरी है न?''

''तो क्या? आखिर पंचिंग बैग तो मेरा है न?''

''ठीक है, ले लो अपना पंचिंग बैग, मेरा मग मुझे वापस करो! मैं कुछ

नहीं जानता।''

''एक कॉफी मग के लिए पंचिंग बैग वापस? ऐसा क्या खास है इसमें? गिफ्टेड है?'' उसने आँखें चमकाईं, ''अब तो नहीं दूँगा!''

''हम मार देंगे शशांक!''

उसने हाथ ऊपर कर रखे थे और मैं उचक रहा था। मैं जान-बूझकर थोड़ा-थोड़ा ही उचक रहा था, ताकि शशांक को लगे कि मैं इतना ही उचक सकता हूँ और अचानक मैं हाई जंप मारकर झपट लूँगा। और मैंने ऐसा ही किया। एक हाई जंप में मैंने मग उसके हाथ से अपने हाथ में ले लिया, और उसके हाथ से भी एक बित्ता ऊपर गया। जिस पल मेरे हाथ में मग आया, सेकंड के उस हिस्से में मेरे चेहरे पर जीत की झलक आई और शशांक को देखकर चिढ़ाया भी। पता नहीं कैसे, नीचे आते वक्त मेरा पैर उसके पैर पर पड़ा। हल्का-सा डिसबैलेंस और... खन्नननन!

शशांक ने मेरी तरफ देखा और मैंने शशांक की तरफ, फिर टूटे हुए मग की तरफ। और कमरे में एक मातम की खामोशी छा गई। एक पल के लिए मुझे कुछ समझ नहीं आया कि यह क्या हो गया। मैंने उस मासूम मग की तरफ देखा। हैंडल क्या, उसकी पेंदी तक बिखर गई थी। उसका एक-एक टुकड़ा पूरे कमरे में छिटक गया था। हाय मग! इतने प्यार से दिया गया मग! बेशकीमती मग! मेरी आँखों में आँसू आ गए। टूट गया? तोड़ दिया?

मैंने रुआँसी आँखों से जड़मूर्ति शशांक की तरफ देखा। वह हँसना चाहता था, पर मेरे रुआँसे चेहरे को देखकर उसके चेहरे के भाव गायब हो गए। मुझे लग गया कि यह दु:खी होने की एक्टिंग कर रहा है।

''शशांक! मरने से पहले तुम्हारी कोई आखिरी इच्छा हो तो अभी बता दो।''

पीछे दरवाजा खुला हुआ था और उसके दिमाग ने बहुत तेज काम किया। वह जल्दी से भागा। मैं उसके पीछे भागा। कप का टुकड़ा मेरे पैर में चुभ गया, मैं फिर भी भागा। उसने गलती की, नीचे जीने की ओर भागने के बजाय वह खुली छत की ओर भागा। छत सीमित थी। छत के कोने में वह पकड़ लिया गया। शायद वह खुद पकड़ लिया जाना चाहता था।

''मैं कुछ नहीं जानता! मुझे मेरा मग चाहिए वापस, बस! चाहे जो हो जाए। मुझे मग चाहिए। मग चाहिए।'' मैंने उसका कॉलर पकड़ लिया। मेरे सर पर खून सवार था।

''हाँ ले आएँगे! कितने का था?''

''मैं नहीं जानता! मुझे डिट्टो ऐसा ही चाहिए! सेम यही चाहिए!''

''अरे, ऐसा ही ले आएँगे यार।''

''अगर तुम्हें अपनी जान बचानी है तो ऐसा ही नहीं, एकदम यही लाना है, चाहे पूरा लखनऊ छान मारो, समझे!''

''ठीक है! ठीक है! मेरी भी एक शर्त है।''

''क्या?''

''ये जो कॉफी बन रही है, वो मैं पी के जाऊँगा!''

''ठीक है! पर मेरी एक और शर्त है, ये जो मेरे दिल के टुकड़े बिखरे हैं न पूरे कमरे में, तुम झाड़ू लगा के जाओगे!''

''और मैं अपना पंचिंग बैग ले के जाऊँगा।''

''और तुम जो ये मेरा पंच देख रहे हो न, ये खा के जाओगे!''

धप्प!!

''चलो डिजाइन तो देख लें, तभी तो लाएँगे वैसा।''

''हाँ, ध्यान से देख लो!''

''अच्छा सुनो, प्रेरणा ने दिया था न?''

''हाँ!''

''मुझे लग ही रहा था! भाई भाई भाई, एक गाना अभी-अभी बनाया है, सुनाएँ?''

''उससे रिलेटेड नहीं होना चाहिए।'' मैंने उँगली दिखाते हुए प्रेरणा की ओर इशारा किया।

''नहीं, उससे रिलेटेड नहीं है।''

मैंने मुँह टेढ़ा करके उसे सुनाने की हामी भरी।

''मग सूना सूना लागे...
मग सूना सूना लागे...
कोई रहे न जब अपना...''

''भक्क स्साले!''

***

आज मुझे शशांक पर बेइंतहा गुस्सा आ रहा था। अब ये मुझे कॉफी मग लाकर थोड़ी न देगा। कम-से-कम एक हफ्ता लगाएगा। आज प्रेरणा को भी

मैसेज करने में एक अजीब-सा अपराधबोध हो रहा है। जैसे वह पहला मैसेज यही करेगी, मेरा कॉफी मग कैसा है? और मैं सत्यवादी हरिश्चंद्र की तरह कहूँगा कि वो टूट गया, शशांक की वजह से!

कहीं शशांक ने उसे बता तो नहीं दिया फेसबुक पर? प्रेरणा ने बताया तो था कि उसकी फ्रेंड रिक्वेस्ट आई थी एफबी पर। मुझे अपने आप पर झुँझलाहट हुई कि मैंने क्यों उसे एक्सेप्ट करने के लिए हाँ बोल दिया था। यह कमीना सब बक देगा। मैंने शशांक को फोन किया और उसे दोस्ती टूटने और कयामत से कयामत तक की डबल वार्निंग दे डाली। उसने नहीं बताया था। शशांक थोड़ा फ्लर्ट टाइप तो है पर इतना बेवकूफ नहीं है। है वह मेरा दोस्त ही। जीनियस आदमी है। मेरा मूड कुछ फ्रेश हुआ। आज इतना कुछ हुआ। मुझे प्रेरणा से बात करनी है। या यूँ कहें कि बात आगे बढ़ानी है। उसने फेसबुक पर कमेंट किया था "#true love #made for each other." सबने देखा होगा यह... क्या यह सिर्फ शशांक को चिढ़ाने के लिए था या वह सच में मुझसे प्यार करती है? वह हमेशा मैसेज में लास्ट में लिखती है, "बाय! लव यू रज्जो!" क्या इसका मतलब है कि वो सच में मुझसे प्यार करती है? मैंने तो उसे अभी प्रोपोज भी नहीं किया, और मुझे प्रोपोज करना आता भी नहीं। पर मुझे आगे तो बढ़ना है। कम-से-कम उसपर अपने हक का लेवल तो बढ़ाना ही है। रात के साढ़े नौ बज रहे थे। यानी मेरे सोने में अभी आधे से एक घंटे का मार्जिन है। वह मुझसे कहती है, "रज्जो, तू इन्नी जल्दी क्यों सो जाता है?"

"क्योंकि मुझे सुबह पाँच बजे उठना होता है।"

"और पाँच बजे क्यों उठता है?"

"क्योंकि मैं रनिंग के लिए जाता हूँ!"

फिर वो चिढ़ाती है, "आह! द मैन विद फिक्स्ड शेड्यूल।"

फिर मैं उसके गाल खींचता हूँ, "तेरी तरह आलसी थोड़ी न हूँ मैं, मोटी कहीं की।"

कभी-कभी रात के दो बजे उठकर भी मैंने प्रेरणा को क्वेश्चन समझाए हैं। यह बचपन से मुझे सुबह उठने की आदत क्यों है? और यह आदत बदलना मुश्किल है। मैंने उसे मैसेज किया।

"बिल्ला... पिल्ला।" ये मेरा कोड वर्ड है।

टीप टीप! टीप टीप! एक मिनट की भी देर नहीं लगी कि उधर से मैसेज

आया।

"रज्जो मोटे!"

"क्या कर रही?"

"पढ़ री..."

"मुझे तुम्हें दो घूँसे मारने हैं पेट में, किभिस्क! किभिस्क! और गाल पर दो थप्पड़ भी...। ☺☺☺"

"तू हमेशा मुझे मारता ही क्यों रहता है?"

"क्योंकि तुम पे मेरा कॉपीराइट है... समझी?"

नोट: **घूँसा आग्रह की विषय वस्तु है। ☺☺☺"

"हाँ समझे! अभी तुम्हारा सोने का टाइम है तो तुम मझे डिस्टर्ब कर रे। हैं न? जाओ सोओ चुपचाप।"

"मैं तुम्हारे पास आके सो जाऊँ?"

"हेहे!! आ जा..."

"रजत ऑफिशियल स्लीपिंग मैनुअल्स: 1. तुम्हारी गोद में सर रखकर सोएँगे। 2. तुम्हें तकिया बनाएँगे और 3. तुम्हें लोरी सुनानी पड़ेगी... **टर्म्स एंड कंडीशंस अप्लाई!" (मैं जबरदस्ती की मार्केटिंग कर रहा था...)

"ठीक है... पर मुझे लोरी तो नहीं आती...।"

"नहीं! लोरी तो तुम्हें सुनानी पड़ेगी... ऐसे कैसे? फंडामेंटल राइट है मेरा, 'राइट टू लोरी' मैन! (मैं कितना ढीठ हो गया हूँ। इस समय अगर वह पूछती कि ये कौन-से क्लॉज में है तो मैं उसे राइट टू लाइफ में डिफाइन कर देता।)

"हाहा, ठीक है, मैं तुझे पोयम सुना दूँगी, आजा..."

"ठीक है...। मैं सूसू करके आता हूँ..."

"छि:! कित्ता गंदा है तू... मैं नी सुला री तुझे अपने पास।"

"लो! तुम्हीं कहती हो लर्न सम मैनर्स रज्जो! अब सोने से पहले सूसू करना तो गुड मैनर्स हुए न?"

"हाहाहा... तू कित्ता शैतान है!"

"वो तो मैं हूँ... और तुम्हें जिंदगीभर परेशान करूँगा।"

"हाँ, तुम मेरा जीना हराम करने आए हो न? चलो, अब मुझे पढ़ने दो!"

"हम्मम वो तो है। ठीक है, मुझे भी अब नींद आ रही है, बाय!"

"गुड नाइट... बाय! लव यू!"

"गुड नाइट! स्वीट ड्रीम्स!"

मैंने दो तीन बार 'लव यू टू' टाइप किया, फिर डिलीट किया, टाइप किया, फिर डिलीट किया... डिलीट ही कर दिया। हिम्मत नहीं हुई सेंड करने की। पूरी चैट फिर से पढ़ी। अपने ह्यूमर पर हँसा। दिनभर की खुमारी को याद किया, फिर सो गया।

***

पहला झटका

मैथमेटिक्स से लेकर फिजिक्स विभाग के बीच चौड़ी सीमेंटेड सड़क है, जिसपर हम हाथ पकड़कर साथ चलते हैं। उस सड़क पर दरारें पड़ गई हैं और बीच-बीच से दूब निकल आई है, जिसे हम दोनों कुचलते चलते हैं। बारिश के मौसम में यहाँ काई जम जाती है और छोटे-छोटे गड्ढों में पानी भर जाता है। तब सैंडल पहनकर छप-छप-छप चलना कितना सुहाना होता है! सर्दी की धूप में टैगोर लाइब्रेरी के सामने बने पार्क पर हरी घास पर बैठने का भी एक गुदगुदा एहसास होता है। वहाँ पत्थर की सिर्फ दो बैठकें हैं और अगर आपके भाग्य का गुरु नवम् भाव में है, तभी वो आपको खाली मिलेंगी। जब सूरज की रोशनी तुम्हारे गालों पर पड़ती है तब मैं अपनी उँगलियों की परछाईं से तुम्हारे चेहरे पर आकृति बनाता हूँ। तुम नोटिस नहीं करती हो। फिर मैं तुम्हारी छोटी-सी हथेली को अपने हाथों में लेता हूँ और उस पर पेन से एक फूल बनाता हूँ। तुम्हें गुदगुदी होती है तब भी तुम बनवाती हो। तुम उस फूल की ड्रॉइंग को सुपरवाइज करती रहती हो, फिर आँखें बंद कर लेती हो। मैं चुपके से उस फूल के नीचे लिख देता हूँ, 'प्रेरणा मोटी भैंस' और तब तुम चिल्लाती हो। मेरे पीछे भागती हो। हम भागते हुए गेट नंबर वन तक जाते हैं। वहाँ नेस्कैफे की नई-नई कॉफी शॉप खुली है। चाचा हमारी शक्ल देखकर जान जाते हैं कि बच्चे थके हुए हैं, इन्हें मैगी खिलाओ और कॉफी पिलाओ। मैं वहाँ रुकता हूँ, तुम हाँफती हुई

आती हो। मुझे डर नहीं लगता। मैं घूँसे खाने के लिए खड़ा रहता हूँ। क्या इसका मतलब है कि मैं तुमसे प्यार करता हूँ? नहीं तो! हम कॉफी पीते हैं और मैगी खाते हैं। गेट नंबर टू से गेट नंबर वन के बीच अशोक के ऊँचे पेड़ लगे हैं। वहाँ हमेशा छाँव रहती है। तुम कहती हो, "पता है रजत, यहाँ हमेशा हवाएँ चलती रहती हैं!" तुम ऐसे कहती हो जैसे तुमने कोई बड़ी खोज कर डाली हो।

"भक्क! ये सिर्फ तुम्हारा भरम हैं। हम ऐसे टाइम पर आते हैं कि यहाँ हवा चल रही होती है। बस!"

"मैंने तो हमेशा यहाँ हवा चलते हुए ऑब्जर्व किया है..."

"अच्छा!" कहकर मैं तुम्हारे कंधे पर एक मुक्का जमा देता हूँ। पूरे एलयू को तसदीक है कि तुम मेरी गर्लफ्रेंड हो। बस मुझे ही कन्फर्म नहीं है। अब जब हम हमेशा हाथ पकड़कर चलते हैं तो सब लोग ऐसा ही सोचेंगे ना! और जब तुम्हें कोई अपने हाथों से मुझे टिफिन खिलाते देखेगा तब तो उसे यकीन हो ही जाएगा। मैंने तुमसे यह बात कही तो तुम पहले तो हँसी, फिर कहा, "मुझे फर्क नहीं पड़ता लोग क्या सोचते हैं। सोचते हैं तो सोचने दो।" तुमने कंधे उचका दिए। मुझे समझ नहीं आया कि यह मेरे लिए पॉजिटिव बात है या नेगेटिव।

कंप्यूटर साइंस डिपार्टमेंट के सारे चपरासी उसे जानते हैं जबकि वो कंप्यूटर साइंस डिपार्टमेंट की नहीं है। उसकी इलेक्ट्रॉनिक्स क्लास और मेरी विजुअल बेसिक की क्लास के बीच एक घंटे हम दोनों खाली रहते हैं। तब हम साथ बैठते हैं। क्लास एकदम खाली होती है और हम एक कपल की तरह वहाँ बैठे होते हैं। क्या हम एक कपल हैं?

वह सामने, ऊँची वाली सीट पर बैठती है और मैं उसके सामने नीचे वाली सीट पर। मैं इतना ढीठ हो गया हूँ कि जब वह थोड़ा दूर बैठी होती है तब मैं उसकी कमर और पैर से पकड़कर उसे पास खींच लेता हूँ। मैं खुद को व्यस्त दिखाता हूँ कि कितना पढ़ रहा हूँ मैं, पर मेरा दिमाग लगा होता है उसके साथ खेलते रहने में, जैसे वह कोई टेडी बेयर हो। वह है भी किसी टेडी बेयर से ज्यादा खूबसूरत। दुनिया के किसी भी टेडी बेयर से ज्यादा खूबसूरत। मैं अपने टेडी बेयर को घूँसे जमाता रहता हूँ। ऐसे में मेरी क्लास का कोई दोस्त जब क्लास टाइमिंग से थोड़ा पहले आता है तो गेट पर से ही लौट जाता है। मेरी आँखों में देखता है, एक मुस्कान मारता है कि सर! आपकी प्राइवेसी डिस्टर्ब करने के लिए माफी चाहूँगा। जबकि मैं उसे बताना चाहता हूँ कि हम ऐसा कुछ

भी नहीं कर रहे थे। वो तो हम बस ऐसे ही बैठे थे। पर उस दो सेकंड में वो मुझे 'ऐश करो यार' की अनुमति देकर चला जाता है। फिर मेरी क्लास की कोई लड़की आती है। वह मुँह बनाती है। जल जाती है कि दूसरे बैच की लड़की उसकी क्लास में बैठी है या इसे कोई सीएस विंग की लड़की नहीं मिली थी, गर्लफ्रेंड बनाने को? वह आती है, रोष में अपना बैग पटकती है और क्लास से बाहर चली जाती है। हमारी प्राइवेसी में खलल वह भी नहीं डालती। बस बैग पटककर बता जाती है कि यह क्लास उसकी भी है। उसके जाने के बाद मैं और प्रेरणा हँसते हैं। हम दोनों की वजह से मेरी क्लास के बच्चे अब लेट आने लगे हैं। शशांक अब क्लास नहीं करता। वह घर से भी कम ही निकलता है, बस कोचिंग आता है। कभी-कभी प्रेरणा पहले आ जाती है और मेरी क्लास में बैठ जाती है। फिर मुझे मैसेज करती है, "कहाँ हो तुम? मैं कबसे यहाँ हूँ!"

मैं अभी घर से निकला ही था कि उसका मैसेज आया, "कहाँ हो तुम?"

यानी आज वह काफी पहले आ गई। अभी तो साढ़े आठ हो रहे हैं। मैंने वापस मैसेज किया- "इतनी जल्दी?"

"क्लास नहीं हुई। मैं तेरी क्लास में वेट कर री..."

मैं जब क्लास में घुसा, तब मैडम तीन-चार किताबें एक साथ खोले हुई थीं। मगर चला मोबाइल रही थीं। इस बार सामने वाली सीट पर नहीं, बैठने वाली सीट पर बैठी हुई थीं।

"क्या कर रही हो मस्तीखोरा?" मैं उसके बगल में धक्का मारते हुए बैठा।

"मस्तीखोरा? अब ये कौन-सा नया नाम ले के आए हो मेरे लिए?" उसने वापस कंधे से मुझे धक्का दिया।

"और क्या! दिनभर मस्ती ढूँढ़ती रहती हो तुम, मस्तीखोरा तो हो ही..."

"तुम ये हमेशा नए-नए नाम क्यों धरते रहते हो मेरे लिए?"

"तुम्हारी कैरेक्टरस्टिक्स को हाईलाइट करने के लिए," मैंने अपने बैग से माइक्रोप्रोसेसर की किताब निकालते हुए कहा।

उसने थोड़ी देर सोचा, फिर अचानक से मेरा दिया एक नाम ढूँढ़कर लाई, "अच्छा 'चीकू' क्यों?"

"उम्म... क्योंकि तुम्हारे दाँत खरगोश जैसे हैं।"

"और शोना-मोना?"

"अब 'शोना-मोना' का एक्सप्लेनेशन नहीं है मेरे पास। अच्छा तुम बताओ, ये मेरी कॉपी पर हर जगह साइन क्यों करती रहती हो?"

प्रेरणा ने किसी बहुत अमीर आदमी को गर्मी लगने की एक्टिंग करते हुए कहा, "अरे, तुम्हारे सारे काम मेरे ही साइन से होंगे न, इसलिए प्रैक्टिस कर रही हूँ! प्रैकठिस बेबी, प्रैकठिस!"

"चल भाग यहाँ से!" मैंने उसके पैर पर पैर मारे। अपनी माइक्रोप्रोसेसर 8086 के सर्किट डायग्राम में घुस गया। वह बैंकिंग की रीजनिंग लगाने लगी। फिर थोड़ी देर बाद मैंने ही बात छेड़ी-

"तुम बैंकिंग में जाओगी?"

"हाँ!" उसने आँखें चमकाईं।

"तुम क्या बनोगी, क्लर्क?" मुझे पता था कि इस डायलॉग में मैंने उसकी बेइज्जती की है।

"भक्क! मैं पीओ बनूँगी! बैंक मैनेजर, बेटा!"

"ऐसे जबरदस्ती बन जाओगी? पढ़ती-लिखती तो हो नहीं! कैट की एसटी से निकलेगा?" मेरे इस कैट की एसटी के विरोध में उसके केविन के साथ जाने का विरोध छुपा हुआ था।

"अब तुम ताना न मारो! मैंने छोड़ दी है कैट वाली एसटी। और मैं पढ़ तो रही हूँ!" उसने अपनी बुक बंद कर दी और मेरी तरफ देखने लगी, जैसे अपनी पिछले 15 मिनट की पढ़ाई का कन्फर्मेशन ले रही हो।

"ठीक है! ठीक है! फिर तुम मैनेजर बन जाओगी?" मैंने उसे चढ़ाना शुरू किया।

"हाँ... !" उसकी आँखों की चमक में डॉलर साइन, कार और बैंक बैलेंस, सब एक साथ आ गए। उसने अपने दोनों हाथ मिलाए और सपने देखने चालू किए, "मेरी खुद की कार होगी, और..."

"टाटा नैनो?"

"भक्क होंडा सिटी! मैं उससे जाऊँगी ऑफिस खुद ड्राइव करके।" मैंने उसे ट्रैफिक इंस्पेक्टर वाली नजरों से देखा और मन-ही-मन उसका डीएल रिजेक्ट किया। उसने आगे शुरू किया, "मम्मी-पापा की सिल्वर जुबली आने वाली है, मैं चाहती हूँ कि इसकी अरेंजमेंट मैं करूँ... ग्रैंड पार्टी होगी (उसने हाथों को काफी ग्रैंड एरिया में घुमाया। मैं थोड़ा पीछे हट गया ताकि उसे एरिया

कम न पड़े। उसने मुझे वापस खींच लिया)... पार्टी होगी, बड़ा-सा केक होगा, यम-यम!'' उसने केक को सपने में ही खाकर जीभ लपलपाई... मैंने भूखी नजरों से उसे देखा। सपने में ही खाना था तो मुझे भी खिला देती। मैंने उसे टोक दिया, ''अरे ओ मुंगेरीलाल, प्री तो क्वालीफाई हुआ नहीं, सपने शुरू हैं इनके!''

''मैं कर लूँगी यार,'' उसने मुझे सपने में डिस्टर्ब करने के लिए कुहनियाया। केक न मिलने से मेरी भावनाएँ आहत हो गई थीं। मैंने प्रतिघात शुरू किया...

''फिर मैं तुम्हारे बैंक में अकाउंट खुलवाऊँगा और रोज 100 रुपए निकालने के बहाने तुमसे मिलने आऊँगा। तुम्हारे पूरे स्टाफ को परेशान कर दूँगा।'' मैंने आँखें मटकाईं।

''अच्छा? फिर मैं तुम्हारे पैसे काट लूँगी।'' (अब लड़ाई शुरू)

''फिर मैं तुम्हारा फीडबैक बेकार लिख दूँगा।''

''उससे कुछ फर्क नहीं पड़ता, हम तुम्हारा फीडबैक फाड़ के फेंक देंगे। और पैसे काट लेंगे।''

''जबरदस्ती है क्या? भक्क तुम्हारे हाथ में नहीं होगा पैसे काटना। समझी?''

''तो क्या? तुम्हारा फोन नंबर तो होगा न, जो अकाउंट से लिंक होगा, उसपे रोज मैसेज भेजूँगी कि आपके दस रुपए काट लिए गए हैं।'' उसने होंठ दाँतों के नीचे दबाए और मेरे दस रुपए कटने पर शोक प्रकट किया।

''भक्क! हम खुलवाएँगे ही नहीं तुम्हारे बैंक में अकाउंट।''

''अब्बे चल!''

''फिर हम आईएएस बन जाएँगे और तुम्हारी पोस्टिंग अपने अंडर में करवा लेंगे। तुम्हें खूब परेशान करेंगे।'' मैंने अपनी आँखें बड़ी करके उसे डराना शुरू किया, जिससे वह अभी मुझसे माफी माँगे नहीं तो उसकी पनिशमेंट पोस्टिंग तय है। उसने मुझे भाव नहीं दिया और बात बदल दी। हमेशा अपनी चलाती है वह।

''रजत! तुमने वो 'जब वी मेट' देखी है?''

मैंने अपने दिमाग में पूरी 'जब वी मेट' फास्ट फॉरवर्ड की कि कहीं उसमें तो कोई ऐसा सीन नहीं है जिसपर यह मुझे चिढ़ा सके। फिल्म सेंसर होने के बाद ही मैंने 'हाँ' में सिर हिलाया।

''उसमें वो जो फ्लॉवर बास्केट वाली साइकिल पर वो दोनों घूमते हैं। देखा है न? मुझे तुम्हारे साथ वैसे घूमना है।''

''अच्छा? हम तुम्हें लाद के नहीं घूमेंगे।''

''क्या?''

''दो साइकिलें होंगी, हम दोनों रेस करेंगे फिर।'' मैंने अपनी टर्म्स एंड कंडीशंस क्लियर कर दीं।

''नहीं, दो नहीं होंगी, एक ही होगी... तुम चलाओगे, मैं बैठूँगी, इट विल बी सो रोमैंटिक।'' उसने मुझे घूरकर देखा। मुझे ऑर्डर एक्सेप्ट करना पड़ा।

''ये सपना लखनऊ में पूरा होने से रहा...'' (घर वाले क्या कहेंगे, तुम्हें लखनऊ ड्राइवरी करने भेजा था? वो भी साइकिल की...)

''कहीं बाहर चलेंगे न... जैसे नैनीताल? हाँ...''

''हाँ, ये सही रहेगा,'' मैंने भी सपने में पैडल मारने शुरू किए। प्रेरणा के बारे में सबसे खूबसूरत बात यह है कि जब वो कोई चीज इमेजिन करती है तो वह कल्पना उसके चेहरे पर आ जाती है। जैसे इस समय उसका चेहरा नैनीताल हुआ जा रहा था। मिस नैनीताल का फोन बजा।

टीप टीप! टीप टीप!

''कौन है बेवकूफ जो मुझे साइकिल चलाते वक्त डिस्टर्ब कर रहा है?''

उसने मोबाइल उठाया, और अनलॉक खोलते हुए कहा, ''शशांक का मैसेज है।''

''शशांक का मैसेज! तुम्हारे फोन पे?'' (इसे क्यों मैसेज कर रहा है वो?)

''उसने तो कहा कि मेरा नंबर उसने तुमसे लिया है।''

''मुझसे? हाँ, एक बार ऐसे ही लिया था।'' मैंने अपने दिमाग पर जोर डालते हुए कहा।

''मैसेज क्या है?''

''जोक है...''

(साला इसे जोक क्यों भेज रहा है?)

''देखें उसके मैसेज?'' मैंने प्रेरणा से मोबाइल माँगा। उसने बेतकल्लुफी से मुझे पास कर दिया। मैसेज ज्यादातर गुड मॉर्निंग या गुड नाइट के थे या कुछ चुटकुले। थोड़ी-बहुत बातचीत थी, जिसमें उसका अंदाज फ्लर्टी था। मुझे कोफ्त हुई कि शशांक फ्लर्टी मैसेजेज प्रेरणा को क्यों कर रहा है, जबकि उसका तो अभी वैष्णवी से चल रहा है। अभी कुछ ही दिन पहले तो मैंने उन दोनों को

इंट्रोड्यूस करवाया है और वैष्णवी उसके कमरे पर भी आ-जा चुकी है। फिर वह प्रेरणा को फ्लर्ट वाले मैसेज क्यों भेज रहा है? मुझे शशांक पर गुस्सा आया, जो धीरे-धीरे नॉर्मल हुआ... अरे नहीं! शशांक के कुछ गिने-चुने दोस्त ही हैं, और लड़कियों के नाम पर तो एक भी नहीं है। उसके लिए प्रेरणा को मैसेज भेजना लाजिमी है। और फिर दोनों मेरी ही वजह से तो जुड़े हैं। यह उसके लिए आम है। उसका सेंस ऑफ ह्यूमर ही ऐसा है कि वह फ्लर्टी हो जाता है। वह जानबूझकर ऐसा नहीं कर रहा, सबसे ऐसा ही है। अच्छी बात यह है कि प्रेरणा ने उसके फ्लर्ट का कोई रिस्पांस नहीं दिया है। पर शशांक को ध्यान रखना चाहिए था। मेरी फीलिंग्स की थोड़ी कद्र करनी चाहिए थी।

''तुम ये शशांक से मैसेजिंग कम करो।'' मैंने फोन वापस करते हुए कहा।

''मैं करती ही कहाँ हूँ! फिर भी सब मेरे बारे में उल्टा-सीधा कहते हैं।'' उसके चेहरे पर दर्द की एक रेखा उभर आई।

''क्या? कौन तुम्हें उल्टा-सीधा कहता है?''

''रितेश!'' उसने रुआँसी आवाज में कहा।

''क्या कहा उसने?''

उसने अपना मोबाइल उठाया और उसका मैसेज पढ़ते हुए कहा,

''एक है जिसके साथ तुम पूरा दिन कॉलेज में रहती हो, एक है जिसके साथ तुम चैटिंग करती हो, कोई कैरेक्टर है कि नहीं तुम्हारा?''

उसकी आँखें डबडबा गई थीं, ''खुद उसके साथ घूम रा ऐ और मुझे कह रा ऐ।''

''चैट किससे करती रहती हो बोला?''

''शशांक से... कह रहा था कि दोनों दोस्तों को टहला रही हो तुम।''

मैंने एक गहरी साँस ली। अपनी ठुड्डी अपने हाथों पर रखकर सोचने लगा- 'हम्म... रितेश का अभी बहुत हो गया।'

***

युवान को फोन किया तो पता चला शशांक भी उसी के घर पर है। मैंने सीधे वहीं मिलने का निर्णय किया। दरवाजा युवान ने खोला और शशांक पीछे खड़ा ब्रश कर रहा था। ''महाराज की जय हो'' कहकर मैं अंदर आ गया। मुझे अजीब लगा कि शशांक दिन में ग्यारह बजे ब्रश क्यों कर रहा है। वह वापस

बेसिन पर कुल्ला करने चला गया। युवान वापस जाकर सोफे पर बैठ गया और अपनी केमिस्ट्री की फाइल का काम करने लगा। अजीब बात है, शांति से पढ़ रहा है। सोफे के पीछे, काँच की अलमारियों में मैडल लगे थे, जिनमें युवान का एक भी नहीं था। सारी उसकी बहनों के लाए हुए थे, जिनका इस्तेमाल उसे जलील करने के लिए होता था। अलमारी के बगल में, पीछे आँगन की तरफ दरवाजा था जहाँ से शशांक झाँक-झाँककर ब्रश कर रहा था। ब्लू डेनिम जींस और ब्लैक शर्ट में था। लोअर-टीशर्ट में भी नहीं था कि जिससे लगे कि सोकर उठा हो। घर से ब्रश करके नहीं आया है क्या? या कहीं आंटी कचौरियाँ तो नहीं बना रही हैं? एक बार को मेरी जीभ लपलपा उठी। मैंने युवान की तरफ देखा। युवान ने अपनी नेवी ब्लू शर्ट की बाँहें कुहनी तक चढ़ा रखी थीं ताकि उसका नया बनवाया हुआ टैटू दिख जाए। मैं दो मिनट तक वहीं बैठा रहा। वह अपने फाइल के डायग्राम बनाने में मशगूल रहा। मुझे खटका हुआ, कहीं अंकल घर पर तो नहीं हैं जो यह इतना पढ़ाकू हुआ जा रहा है? परंतु ऐसा भी नहीं था। शशांक ने मुँह धोया, कुल्ला किया, जीभ चटचटाई, फिर मंजन निकालकर वापस रगड़ने लगा, इस बार और जोर से। मैंने युवान को कुहनियाया, "अबे, ये क्या हो रहा है, दोबारा ब्रश क्यों कर रहा है?"

उसने बिना देखे ही जवाब दिया, "पिछले आधे घंटे से यही चल रहा है, चौथी बार है।"

"मैटर क्या है?"

"भाईजान वैष्णवी से मिलने गए थे।"

"अच्छा! तभी ब्लैक शर्ट, फिर क्या हुआ... ?

"मैंने कहा था कि किस-विस्स करके आना..."

"फिर?"

युवान ने फाइल के बीच में पेन लगाकर फाइल बंद की और मेरी तरफ देखा, "फिर क्या... हालत देख ही रहे हो" वो तेजी से हँस पड़ा।

"अबे भो भाट नई ऐ!" शशांक ब्रश करते हुए ही बोला।

"अब चुप ही रहो तुम!" युवान ने उसे वही आँगन में रुके रहने और कुल्ला करने का इशारा किया।

शशांक कुल्ला करने लगा। युवान ड्रॉइंग में मशगूल रहा, थोड़ी अपनी बाँहें और चढ़ा लीं। जब मैंने काफी देर तक उसके टैटू को इग्नोर किया तो झुँझलाकर

अपना हाथ मेरी आँखों के सामने लाते हुए बोला, "कइसा लग रहा है?"

"परमानेंट है?"

"हाँ, और क्या!" उसने गर्व के साथ बताया।

"कॉन्ग्रैचुलेशंस! सरकारी नौकरी गई तुम्हारी!"

"हैं? ऐसा क्या?"

"और क्या, विजिबल पार्ट पर टैटू अलाउड नहीं है।"

"अरे, हम छुपा लेंगे यार!" उसने बाँहों से अपना टैटू छुपाते हुए कहा।

"तो बनवाया ही क्यों था?"

युवान ने पीछे सोफे पर अपनी पीठ टिकाई और थोड़ा चौड़ा होकर बोला, "इसका अलग ही स्वैग है भाई, अपना अलग क्लास है..."

"क्लास? ये इन्फेरियरिटी कॉम्प्लेक्स की निशानी है!"

"अब ये तुम्हारी कौन-सी नई फिलॉसफी है?" युवान ने मुँह बनाया। शशांक भी ब्रश करते-करते कमरे के अंदर आ गया, फिलॉसफी सुनने। उसने पंखा बंद कर दिया ताकि मेरी बात ध्यान से सुन सके। शशांक जब मेरी बात ध्यान से सुनने लगता है तब मुझे बहुत अलर्ट होना पड़ता है, क्योंकि या तो यह पकड़ लेगा कि मैं ज्ञान कहाँ से चिपका रहा हूँ या अगर थ्योरी मेरी अपनी होगी तो कुछ फर्जी बकैती देगा। जैसे कोई कट्टर भाजपाई सारे तर्क खत्म होने पर 'गाय-गलौज' पर उतर आता है, ठीक उसी प्रकार शशांक तर्क खत्म हो जाने पर अंटा-पंटा थ्योरी देने लगता था। इसीलिए इसका नंबर मेरे फोन में ऑर्गुमेंट किंग नाम से सेव था। मैंने थ्योरी शुरू की,

"देखो, ऐसे समझो, जब हम स्कूल में पढ़ते थे, तब जो सबसे कॉन्फिडेंट और नॉलेज से भरे टीचर होते थे, वे शांति से सिंपल तरीके से आते थे। चुपचाप सामने आ के बैठते और कहीं से भी पढ़ाना शुरू कर देते। क्यों? क्योंकि उन्हें सब कुछ आता था।"

"मगर जिन ससुरों को कुछ नहीं आता था, वो क्लास में डंडा लेकर आते थे, भगल बनाए रहते थे, मार डिसिप्लिन-विस्प्लिन, एकदम कड़क, कि कोई बच्चा सवाल न कर ले। और जो सबसे प्रभावशाली टीचर थे उनके व्यक्तित्व में ही वो बात थी कि क्लास शांत रहती थी, उन्हें डंडे की क्या जरूरत, उन्हें ये एक्स्ट्रा स्वैग बनाने की क्या जरूरत? उन्हें इस बाहरी तामझाम की क्या जरूरत? तो भैया, बात जो है वो व्यक्तित्व में होनी चाहिए। ये एक्स्ट्रा स्वैग, ये गोल्ड चैन

और ये एप्पल फोन, ये सब इन्फेरियरिटी कॉम्प्लेक्स दिखाता है, कि आपको अपने-आप पर भरोसा नहीं है और आप इन बाहर की चीजों से अपना भौकाल बनाना चाहते हैं। समझे? अब गांधी जी पैदल चलने के बजाय अगर 'हमर' से चलते तब तुम उनकी इज्जत ज्यादा करते? या हमर की क्या औकात, गांधी जी की पर्सनैलिटी के सामने?''

मैंने पॉइंट ही इतना तगड़ा दिया था कि युवान को कोई जवाब नहीं सूझा। मैंने उसे आधा कन्विंस कर ही लिया था। वह हाथ अपनी ठुड्डी पर ले गया, एग्री होने वाला 'हम्म' करने ही वाला था कि बीच में शशांक कूद पड़ा। मुझे उँगली से इशारा किया कि रुको, हम जवाब दे रहे हैं, और फिर कुल्ला करके आया।

''देखो ऐसा है भैया कि अब तुम नई थ्योरी सुनो! देखो भाई की गाड़ी में है स्वैग, और तुम तो चीजों का चयन उपयोगिता के आधार पर करते हो। है न? हाँ, तो कल से भाई तुम बाइक मत छूना, हमी दोनों को इन्फीरियर रहने दो, तुम न... साइकिल से चलो।''

''अब यार ये तो ज्यादती है। ये तो फर्जी फिलॉसफी है... ये तो नहीं कहा मैंने!''

''नहीं-नहीं, तुम्हारे व्यक्तित्व में ही वो बात है यार कि मतलब... एफजी की क्या औकात है।''

''भक्क, एफजी कहाँ ले आए बीच में, वो...''

युवान ने कुढ़कर एक घूँसा सोफे पर जमाया। ''बस! शांत रहो दोनों... और तुम पंखा चलाओ यार, यहाँ हमारी सरकारी नौकरी चली गई और तुम दोनों झगड़े जा रहे हो...''

''हाँ तो क्या तुम्हारे लिए दो मिनट का मौन धारण करें बे?'' यह डायलॉग मेरे और शशांक के मुँह से एक साथ निकला। हमने एक-दूसरे को देखा और फिर हाई फाइव दिया। शशांक को लगा कि उसके दाँतों में अब भी कुछ फँसा है। वह वापस बेसिन पर चला गया, जाते वक्त पंखा चला गया। युवान सोफे पर ऊपर पैर रखकर बैठ गया और अपनी फाइल का काम करने लगा।

''एक मिनट यार, तुम दोनों के चक्कर में मैं भूल ही गया कि मैं आया किस काम से था। कुछ बहुत सीरियस डिसकस करना था... मगर यहाँ आओ तो अलग ही कहानी शुरू हो जाती है!''

उसने अपनी फाइल से नजरें उठाईं और मेरी तरफ उत्सुकता से देखा, ''क्या मैटर है?''

''मैटर रितेश के बारे में है।''

शशांक के कान खड़े हो गए। वह भी बगल आकर बैठ गया। युवान ने फाइल बंद कर दी। दोनों मुझे घेरकर बैठ गए। मैंने बात शुरू की।

''यार प्रेरणा बता रही...''

पूरी बात युवान ने ध्यान से सुनी। चेहरे पर गंभीरता उतर आई। उसने सिर्फ भवें उचकाईं और लो टोन में बोला, ''इंटरेस्टिंग!''

अगर आप युवान के पास कोई भी स्त्री-जनित समस्या लेकर जाते हैं, तो उसके पास पूछने को दो ही प्रश्न होते हैं,

1. लड़का कौन है?

2. मारना कब है?

गले पर हाथ फेरते हुए मेरी तरफ देखा। पहली चीज तो तय थी। दूसरी चीज मुझे या शशांक को तय करनी थी। शशांक जरूरत से ज्यादा ओवररियेक्ट कर रहा था। ''रितेश ने प्रेरणा से उसकी बुराई कैसे कर दी। उसने कहा था कि उस शशांक से दूर रहो, वो अच्छा लड़का नहीं है। रजत फिर भी ठीक है।''

''अब्बे जब वो उसको छोड़ चुका है, तब कॉउंसलर काहे बना हुआ है?'' शशांक ने झल्लाते हुए कहा, '' मेरे बारे में और क्या कहा उसने?''

''यही कि शशांक बहुत ईगोइस्ट टाइप का है। हर जगह अपना अंग प्रदर्शन, बाइसेप्स, ट्राइसेप्स दिखाता रहता है। अपने में ही रहता है।''

''अच्छा? है तो दिखाएँगे ही ना? उसके पास क्या है दिखाने को?'' शशांक ने अपनी हाफ टीशर्ट की बाँहें थोड़ी और ऊपर चढ़ा दीं।

''तुम दोनों प्रेरणा से मिलो, रितेश की सारी डिटेल लो, कहाँ कोचिंग करता हैं, कहाँ रहता है, जिम कब जाता है, पूरा शेड्यूल लो, फिर डिसाइड करो कब मारें इसे? करके मुझे बताओ, मैं आ जाऊँगा।'' युवान ने अपनी उँगलियाँ चटकाते हुए कहा।

''यार, मारना ठीक नहीं रहेगा। बातचीत से समझा देंगे। झगड़ा करने का कोई मतलब नहीं है।'' मैंने बीच में अपनी राय रखी।

''डरते हैं क्या उससे? आज मेरे बारे में ये बोला है, कल कुछ और बोलेगा, प्रेरणा के बारे में उल्टा-सीधा उड़ाएगा। मैं कह रहा हूँ अभी मार दो!''

शशांक दहक रहा था।

मैंने युवान की ओर देखा, भवें टेढ़ी करके शशांक की ओर इशारा किया कि यह इतना एक्साइटेड क्यों हो रहा है। युवान ने एक आँख बंद की और गर्दन हिलाई। मतलब था, "होने दो! ज्यादा रिस्क नहीं है मारने में"। मैंने कंधे उचका दिए।

"ठीक है, मार तो देंगे, लीड कौन करेगा? मैं तो करूँगा नहीं।" युवान ने यह एक प्रैक्टिकल क्वेश्चन पूछा था। मैंने शशांक की तरफ देखा कि यही ज्यादा उछल रहे हैं।

"मैं लीड करूँगा, और कौन करेगा?" शशांक ने हम दोनों को घूरा। वह मारने पर आमादा था। उसके 14 इंची बाइसेप्स फड़कने लगे थे।

युवान ने एक लंबी साँस भरी। फिर मेरी तरफ देखकर, "ठीक है मारेंगे स्साले को, जाओ प्रेरणा से उसकी डिटेल्स लो।"

बात तय हुई। युवान ने वापस फाइल खोल ली। मैं पैर ऊपर करके बैठ गया और एक गहरी साँस लेते हुए बोला, "यार युवान! मेरा तो समझ में आता है, इसका भी समझ में आता है, तुम क्यों मारोगे उसे? तुम्हारा नहीं समझ आ रहा है।"

युवान ने अपनी दाढ़ी पर हाथ फेरा और वजह सोचने की कोशिश की।

"मैं?"

"हाँ तुम!" मैंने कन्फर्म किया।

उसने अपने दिमाग पर जोर डाला, उसे वजह नहीं मिली। फिर ऊपर पंखे की तरफ देखा, वहाँ भी कोई 'वजह' नहीं थी। मुँह बनाया, फिर मेरी तरफ देखा, "फिलहाल मेरे पास कोई सॉलिड रीजन तो नहीं है पर तात्कालिक कारण ये हो सकता है कि मुझे स्साले की शकल ही नहीं पसंद।"

मैंने शशांक की ओर देखा और शशांक ने मेरी ओर, फिर हम तीनों अचानक हँस पड़े। हाहाहा... स्साले!

मैंने युवान को छोड़ शशांक की ओर रुख किया,

"अबे तुम वो छोड़ो, ये बताओ कि वैष्णवी के साथ क्या हुआ जो... पिछले एक घंटे से स्वच्छता अभियान चल रहा था?"

उसने युवान की तरफ देखा। उसने भी गर्दन उचकाई, "बताओ! बताओ!" उसे वजह बतानी ही पड़ी। शशांक ने अपना माथा पकड़ा, जैसे कोई बहुत बड़ा

कांड हो गया हो उससे। हम दोनों की तरफ देखकर रोनी सूरत बनाकर बोला,

"अरे यार! मैंने उसे दूध पीती बच्ची समझा था, वो तो दारू पीती बच्ची निकली यार!"

"हाहाहा...। अच्छा तभी किस में मजा नहीं आया... हाहाहाहा।" मैंने और युवान ने एक-दूसरे को हाई फाइव दिया। च..च..च...

"अबे तो सुबह-सुबह पिए बैठी थी क्या? हाहाहाहा..."

मैं और युवान सोफे पर लोट-पोट हुए जा रहे थे। शशांक शरम में लाल हुआ जा रहा था।

"नहीं, स्मेल आ रही थी भाई, कल रात को पी होगी..."

"भक्क! सच में?" हम दोनों स्मॉल टाउन संस्कार से आने के कारण सिगरेट-शराब से बहुत दूर थे और युवान भी नहीं पीता था, इसलिए ये हमारे लिए बड़ी बात थी। फिर भी मैंने उसे चिढ़ाया,

"तो क्या दिक्कत है? शीशे से शीशा टकराए जो भी हो अंजाम..."

"अरे भक्क, सिगरेट और शराब हमें तुम पे नहीं बर्दाश्त जबकि तुम मेरे दोस्त हो, और उसे जिसे हमें किस करना है उस पे कैसे बर्दाश्त कर सकते हैं बे?"

"हाँ यार! मामला तो गंभीर है। गलत बात है ये। बैड मैनर्स।" मैंने और युवान ने एक साथ गर्दन हिलाई। हम दोनों ने गंभीर होने की एक्टिंग की। शशांक सच में गंभीर था।

"कह रही थी कि उसे किसी बुआ के लड़के ने पिलाई थी। अबे ये किस तरह के बुआ के लड़के हैं जो बहनों को दारू पिलाते घूम रहे हैं भाई?"

"अरे भाई आजकल ये बुआ-चाची के... प्रैक्टिकल का शेड्यूल आ गया है। तुम्हारा केमिस्ट्री कब है?" मैंने युवान की तरफ देखा। दोनों मेरे इस अजीब-से डायलॉग से चौंक गए। दोनों ने मुझे घूरकर गर्दन उचकाई। मैंने पीछे इशारा किया। आंटी चाय लेकर खड़ी थीं।

"हाँ, वो इसी सत्रह से शुरू है, मैंने अपना देखा नहीं।" युवान ने तुरंत फाइल खोल ली। शशांक ने कूदकर आंटी के हाथ से ट्रे ले ली। सर्व करने लगा। आंटी चली गईं। दोनों ने मुझे थम्सअप का साइन दिया, जान बचाने के लिए। चलते-चलते मैंने शशांक को एक बार और छेड़ा,

"यार, वैष्णवी तो कह रही थी कि शशांक के हाथ मजदूरों जैसे हैं।"

"हाँ तो उसके ताजमहल पर मजदूरी भी तो इन्हीं ने की है...।" उसने

अपनी उँगलियाँ चमकाईं।

''भक्क स्साले!''

***

''नहीं! नहीं! नहीं! तुम लोग ऐसा कुछ नहीं करोगे। मैं नहीं बताऊँगी कुछ।'' प्रेरणा दो कदम पीछे हट गई।

''नहीं, मारेंगे नहीं, बस समझाएँगे प्यार से।'' (शशांक ने मुझे घूरकर देखा, ''प्यार से?'')

''नहीं, तुम लोग मेरा नाम लोगे कि मैंने बताया ये सब...''

''अब ये तो बताना पड़ेगा न कि कहाँ से पता चला ये सब, और उसने कहा तो है ही न ये सब?'' मैंने प्रेरणा की आँखों में कन्फर्म करने के लिए देखा।

''हाँ, पर तुम लोग मारोगे नहीं उसे बिलकुल।''

''नहीं, टच भी नहीं करेंगे... बस उसे एक 'कोड ऑफ कंडक्ट' देंगे कि दूसरी लड़कियों को ऐसे रेस्पेक्ट देनी चाहिए, और किसी के बारे में उल्टा-सीधा नहीं उड़ाना चाहिए, छुएँगे भी नहीं आपके सैंया जी को...''

शशांक ने मेरा हाथ जोर से दबाया, मैंने उसे चुप रहने का इशारा किया। धीरे-धीरे प्रेरणा ने उसकी सारी डिटेल दे दी। एक-एक करके हम सुनते चले गए और शशांक अपने दिमाग में प्लान बनाता चला गया। उसके जाने के बाद शशांक मुझे एक तरफ कोने में ले गया,

''क्या बोल रहे थे तुम, मारेंगे नहीं, हाथ भी नहीं लगाएँगे?''

मैंने इधर देखा, फिर उधर देखा, फिर उसकी आँखों में देखा, ''अरे मारेंगे तो उसे घर में घुस के, वो तो प्रेरणा के सामने बोल रहे थे।''

शशांक चहक उठा, ''ये हुई न कुछ मैन टू मैन बात!'' हाई फाइव। ''जे बात लड़के!''

***

शशांक ने डिसाइड किया कि हम शाम में रितेश को उसकी कोचिंग के बाहर घेरेंगे। कपूरथला पर। शाम को सात बजे उसने मुझे और युवान को आईटी पर मिलने बुलाया। शाम के सात बजे गए थे और मैं इन दोनों का इंतजार कर रहा था। शशांक का फोन बहुत देर से नॉट रीचेबल जा रहा था। युवान का उठ नहीं रहा था। जरूर गाड़ी चला रहा होगा। आईटी पर रोज की तरह ही शाम वाली चकल्लस चल रही थी। चाय और फोटोकॉपी की दुकानें ओवरलोडेड

थीं। भीड़ इतनी होती है कि लड़के सड़क किनारे पार्किंग (अवैध) में खड़े होकर चाय पीते हैं। अंदर बैठना भी कौन चाहता है, जब बाहर सड़कों पर और अगल-बगल से एलयू हॉस्टल और आईटी कॉलेज की अप्सराओं के जलवे निकलते हों। कोचिंग भी इसी समय छूटती हैं, शॉपिंग भी इसी समय होती है। आइलाइनर, मस्कारा-वसकारा की खदानें हैं यहाँ पर। दर्जी, पार्लर, मैचिंग सेंटर और बीच-बीच में होजरी की दुकानें। सब इंतजाम हैं यहाँ पर। आईटी चौराहे पर लड़के टेंशन-लेस, वरी-लेस होने आते हैं, क्योंकि लड़कियाँ स्लीवलेस, बैकलेस में आती हैं। कभी-कभी कोई कैरेक्टरलेस बात भी हो जाती है। पर हल्की मान-मनौव्वल और लखनवी तमीज से मैटर सँभाल लिया जाता है। मैं एक फोटोकॉपी की दुकान के सामने किसी बाइक पर बैठा, इन दोनों का इंतजार कर रहा था। सामने आईटी की लड़कियों का एक ग्रुप फोटोकॉपी करवा रहा था। उनकी हाथ की किताबें देखकर लग रहा था कि साइंस की हैं। आईटी की लड़कियों का एक अलग जलवा है, वे जल्दी किसी को भाव नहीं देतीं। मैं कभी मोबाइल में तो कभी नजरें उठाकर उनकी तरफ देख रहा था। पुरुष प्रवृत्ति। एक-दो पलट-पलटकर देख भी रही थीं। अचानक सब पलट-पलटकर देखने लगीं। मुझे पता चल गया कि मेरे पीछे टॉम क्रूज आ चुके हैं। यह कृपा वहीं से आ रही है। इसके साथ तो कहीं खड़ा होने लायक नहीं है। बचे-खुचे चांसेज भी ले डूबता है। गुस्से में था। भनभनाया हुआ था। मेरा हाथ पकड़ा, किनारे ले गया।

"बात हुई शशांक से?"

"फोन नॉट रीचेबल जा रहा है।" स्थिति से अनजान, मैंने आराम से जवाब दिया।

"पता है, मैं आज कोचिंग छोड़ के आया हूँ, 500 रुपए गए मेरी कोचिंग के!"

"क्या, कह क्या रहा है? रुको मैं फिर से फोन मिलाता हूँ।"

बात हुई। फोन स्पीकर पर करके। पाँच मिनट तक चली। शशांक जी तर्क पर तर्क दे रहे थे। उसके हर सेंटेंस पर हम दोनों एक-दूसरे को देख रहे थे। "अच्छा ठीक है" कहकर मैंने फोन रख दिया।

युवान ने अपने होंठ चबाए और मेरी तरफ 'लानत है शशांक पर' वाली नजर से देखा। मैंने भी अपनी भड़ास निकाली।

"इतना सोच-सोच के, कि ये होगा तो ये हो जाएगा, वहाँ घेरेंगे तो वो प्रॉब्लम आएगी। ऐसे लड़ाई नहीं होती। स्साला मारने जा रहे हैं कि म्यूच्युअल फंड में इन्वेस्ट करने जा रहे हैं?"

"देखो शशांक है फट्टू, एक बात हम बता दें, वो कभी मार नहीं सकता। क्योंकि वो कुछ भी करने से पहले सोचता बहुत है। बस बॉडी-बॉडी है, अंदर से वो डरता बहुत है। जब वहाँ तुम मुझे घर पर घूर रहे थे, तभी मुझे ये बात पता थी, इसीलिए मैंने इशारा किया था कि अभी उछलने दो, डील आखिर में हम दोनों को करना है। खैर, शाम तो बर्बाद हुई मेरी, अब बताओ करना क्या है?"

"चाय पीते-पीते बात करें?" मैंने उसका हाथ पकड़ा और चाय की दुकान पर अंदर चला आया।

"एक बात बताओ मुझे, हम उसे कोचिंग, जिम और इधर-उधर मारने का क्यों सोच रहे हैं? भैया, दो चाय देना! कटिंग!"

"मतलब?" युवान ने कन्फ्यूज भाव से मुझे देखा।

"मतलब ऐसा लग रहा है कि हम लोग कुछ गलत करने जा रहे हैं। चुपके-से कोई अपराध। ऐसे कहीं भी घेर के मारना। हम उससे कहाँ जुड़े हैं?"

"एलयू में!" युवान ने घूरते हुए कहा कि अब कोई नई फिलॉसफी मत देना।

"हाँ, तो सीधे कैंपस में मिलते हैं न उससे (मैंने मेज पर हाथ पटकते हुए कहा), लैब में ही मिलेंगे। पूछताछ करेंगे। वैसे... मैं तो मारने के पक्ष में नहीं हूँ, मगर कुछ उल्टा-पुल्टा बतियाया तो रसीट देंगे!' मैंने 'क्या कहते हो' वाली भवें उचकाईं।

"लैब में?"

"नहीं! एक जन उसे लैब से निकाल के बाहर पार्किंग में ले आएगा। वहाँ बाकी दो खड़े रहेंगे। वहीं बात होगी।" मैंने 'अब तो ठीक है' वाली नजर से देखा। पर वो 100 परसेंट श्योर होना चाहता था, क्योंकि चीजें उसके तरीके से नहीं, मेरे तरीके से हो रही थीं।

उसका तरीका है- 1. मारो, 2. खत्म।

मेरा तरीका- 1. बातचीत टू ∞।

"लीड कौन करेगा, मतलब लाएगा कौन पार्किंग तक?"

''मैं और कौन? ऑब्वियस्ली मैटर मेरा है।''

''पर कैंपस में मारना थोड़ा रिस्की है। वो प्रणव का दोस्त है। और प्रणव कोई छोटा-मोटा आदमी नहीं है। लैब में वो भी होगा। उसके सामने लैब से निकाल के... मारना... समझ रहे हो?'' युवान ने मेरी आँखों में झाँककर मुझे बात की गहराई का अंदाजा लगवाना चाहा।

''प्रणव मेरा भी दोस्त है। पुरबिहों का लीडर है न वो? गोंडा भी पूरब में ही आता है। उसे मैं हैंडल कर लूँगा। और जहाँ तक है... मारने की नौबत नहीं आएगी। बस ये शशांक एक्स्ट्रा एक्साइटेड न हो...''

''हाँ, शशांक का देखना पड़ेगा।''

''और शशांक के बारे में एक और बात करनी है तुमसे... बहुत सीरियस।''

मेरे मोबाइल में एक मैसेज फ्लैश हुआ। छाया जी का था, 'तू आज बैडमिंटन खेलने क्यों नहीं आया?' मैं हौले-से मुस्कुराया और मोबाइल अंदर रख लिया। जवाब नहीं दिया।

''किसका मैसेज है?'' युवान ने भवें उचकाते हुए कहा।

''अरे कोई नहीं... बस ऐसे ही।'' मैंने बात टालते हुए कहा।

''अच्छा ठीक है, मैं निकलता हूँ, मुझे अमृता से मिलने जाना है। वैसे ही आज काफी टाइम खराब हो गया। शशांक को बता देना प्लान चेंज के बारे में।'' यह कहकर वह बाइक पर बैठ गया।

***

अगली सुबह मैं और युवान फिजिक्स प्रैक्टिकल लैब के सामने पार्किंग में खड़े थे। शशांक का इंतजार हो रहा था। मुझे अंदर ही अंदर डर लग रहा था और रितेश पर दया आ रही थी। युवान में बिलकुल दया नहीं थी, वह खड़ा अपने हाथ माँज रहा था, जैसे मारने से पहले वार्मअप की जरूरत हो।

''तुम क्या कह रहे थे शशांक के बारे में? क्या जरूरी बात?''

मैंने अगल-बगल देखा, शशांक कहीं आ तो नहीं रहा, फिर उसे एक तरफ ले जाकर बोला-

''तुम्हें पता है, ये शशांक पीडी को फ्लर्ट भरे मैसेज करता है?''

''तुमने खुद देखे?''

''हाँ! इसे कुछ मेरी परवाह करनी चाहिए थी या नहीं?''

"तुमने भी तो वैष्णवी को फ्लर्ट भरे मैसेज किए थे?"

"उसने बताया?"

युवान ने पलकें झपकाईं।

"वो फर्स्ट ईयर की बात थी यार, जब ये दोनों नहीं मिले थे, तब की। और तब ये मजाक था बस..."

"देखो! जब कोई अफेयर चलता है न, तो नए-पुराने सारे गड़े मुर्दे उखड़ते हैं। और लड़कों का इमेजिनेशन वैसे भी बहुत स्ट्रांग होता है, वो पता नहीं क्या-क्या इमेजिन कर लेते हैं। अभी शशांक इस मुद्दे को नहीं उठा रहा है तो तुम भी शांत रहो!"

"मगर?"

"मगर-वगर कुछ नहीं, शशांक में ईगो बहुत है, तुममें भी है, नाहक में झगड़ा हो जाएगा... और वैसे भी वैष्णवी से उसका कुछ पक्का नहीं है कितना चलेगा... तो बस अब इस बात को हवा मत देना।"

युवान बाबा से प्रेमशास्त्र में शास्त्रार्थ करना बेवकूफी है। उसकी सलाह गुरु वात्स्यायन की सलाह के बराबर होती है। मैं चुप रहा। शशांक सामने से आ रहा था। हम तीनों प्रैक्टिकल टाइम खत्म होने का इंतजार करने लगे। "जाओ, ले आओ उसे यार, अभी जब सब लड़के एक साथ निकलेंगे तो सबके सामने मारोगे क्या?" युवान ने कहा।

मैं बाइक से उठा, अपनी सारी इच्छाशक्ति बटोरी और लैब की तरफ चल पड़ा। डार्करूम नंबर-तीन में पाँच-छह लोग ही थे। वह अकेले प्रैक्टिकल सेट कर रहा था। न उसके अगल-बगल रहने वाली गोपिकाएँ थीं, न असिस्टेंट सुदामा। सब अपना-अपना करने में मस्त थे। मैं उसके बगल में खड़ा हो गया। मैंने ध्यान दिया कि वह गलत तरीके से जोड़ रहा था, पर फिलहाल मैं उसे प्रैक्टिकल समझाने नहीं आया था। मैं खट-खट-खट एक-एक तार उधेड़ने लगा। उसने मेरी तरफ देखा, मैंने उसकी तरफ एक विद्रूप मुस्कान से देखा।

"आओ बाहर आओ, तुमसे कुछ बात करनी है।" मैंने उसके कंधे पर हाथ रखते हुए कहा। वह सहम-सा गया। उसके चेहरे का रंग जर्द पड़ गया। उड़े हुए रंग से लग रहा था, जैसे उसे पता हो कि रजत उसे पीटने वाला है। शायद प्रेरणा ने उसे बता दिया हो। उसके चेहरे पर हवाइयाँ उड़ रही थीं।

"कहाँ ले... च..चल रहे हो?"

"अरे आओ यार, कुछ करेंगे थोड़ी न... आओ!" अपने पीछे आने को बोलकर मैं मुड़ा।

"भाई बा... बैग ले लूँ?" उसने व्याकुलता से मुझसे पूछा।

मैंने उसे ऊपर से नीचे तक देखा। उसकी हीरो जैसी पर्सनैलिटी और अभी भूत बनने वाली शक्ल की ओर देखा।

"हाँ ले लो..." (क्या पता तुम वापस आते वक्त बैग उठाने की हालत में न रहो।)

उसे पीछे आने को बोलकर मैं आगे-आगे चला आया।

***

शशांक : अबे अकेले आए हो? कहाँ है वो?

रजत : आ रहा है पीछे... पीछे...

शशांक : अबे वो भाग जाएगा, पीछे से।

रजत : कब तक भागेगा?

युवान शांतचित्त भाव से पीछे बाइक पर बैठा अपने हाथ सहलाते हुए वार्मअप कर रहा था। अँगड़ाई लेकर उँगलियाँ चटका रहा था, जैसे उसका एथलेटिक्स का मैच होने वाला हो। पीछे से रितेश आता हुआ दिखाई दिया। शशांक कूदकर मेरे बगल आकर खड़ा हो गया। मैंने युवान की तरफ, 'देख रहे हो इन्हें' वाली नजर से देखा। युवान ने 'पहले इन्हें ही उछल लेने दो' का इशारा किया। रितेश सिर झुकाकर आ रहा था, जैसे मार खाने के लिए खुद को तैयार कर रहा हो या अपने डायलॉग, कि अपनी सफाई में क्या बोलना है। रितेश को पकड़ने से पहले मैंने शशांक को पकड़ना उचित समझा। उसे हाथ पकड़कर थोड़ा पीछे किया। लीड मुझे ही करना था, वरना अगर इन दोनों में से किसी ने किया तो कन्हैया धूल में लोटते हुए कन्हैया हो जाएँगे। पार्किंग सुनसान थी। हम चारों के अलावा कोई नहीं था। दिन के ग्यारह बज रहे थे और धूप हम तीनों के चेहरे पर पड़ रही थी। युवान पीछे छाँव में बाइक पर धीरोदात्त बैठा था। उसके मन के भाव थे कि जब तुम दोनों की बातचीत हो जाए तो मुझे बता देना। शशांक ने अपनी ब्लैक शर्ट की बाँहें कुछ ज्यादा ही ऊपर तक चढ़ा ली थीं। रितेश मुझसे और शशांक से एक फुट सुरक्षित दूरी पर आकर खड़ा हो गया। मैंने सीधे उसकी आँखों में देखा।

रजत : मैं बोलूँ... या तुम खुद ही बताओगे?

रितेश : देखो भ... भाई मैं ड... डरता नहीं हूँ किसी से...

शशांक : हाँ तो क्या हम लोग हैलोवीन की ड्रेस पहन के आए हैं भोसड़ीके कि... हम्म... तुम्हें डराना ही हमारा काम है? (उसने सी ग्रेड पिक्चरों के भूत की तरह हाथ हिलाए।)

मैंने और युवान ने एक साथ एक-दूसरे की तरफ देखा। युवान ने 'पीछे लो शशांक को, नहीं तो साला कॉमेडी शुरू कर देगा' का इशारा किया। मैंने शशांक के कंधे को हल्का-सा पीछे की तरफ खींचते हुए कहा, ''तुमने क्या कहा है हॉस्टल में जाकर... कि रजत हमारे छोड़े हुए माल के साथ घूम रहा है?

रितेश : ऐसा मैंने कु... कुछ नहीं कहा है रजत भाई। कि... किसने कहा तुमसे? मेरी तुम से क्या दुश्मनी है? प्रेरणा खुश रहे तुम्हारे साथ... मुझे उल्टा गी... गिलटी नहीं फील होगा... हा... हॉस्टल के लड़के बस लड़ाई लगवा रहे हैं...

शशांक : और तुम बहुत करियर काउंसलर बने हुए हो? प्रेरणा से कहे कि शशांक अच्छा लड़का नहीं है। उससे दूर रहो, बहुत ईगोइस्ट है। तुम होते कौन हो बे? मैट्रिमोनियल चला रहे हो, भोसड़ीके?

रितेश : भाई, मैंने ऐसा कुछ नहीं कहा है, किसने कहा तुमसे?

रजत : प्रेरणा ने और किसने?

रितेश : भाई वो झू... झूठ बोल रही है, मैं ऐसा क्यों बोलूँगा?

मैंने उसके कॉलर पकड़ लिए।

रजत : झूठ वो नहीं तुम बोल रहे हो! उसको झूठी न कहो तुम!''

रितेश : भाई, वो बस मुझसे बदला लेने के लिए ऐसा बोल रही है। तुमसे पिटवाना चाहती है मुझे और कुछ नहीं। मैंने ऐसा कुछ भी नहीं कहा है, अभी बुलवा के पुछवा लो उससे। अगर मैंने ऐसा कुछ बोला हो तो...

रजत : अच्छा, उसकी बात का भरोसा न करूँ, तुम्हारी बात का करूँ?

रितेश : भाई, बुलवा लो न यहीं पर! मेरे सामने बोल के दिखाए कि मैंने ऐसा कुछ कहा है।

मैंने अभी तक गुस्से में उसके कॉलर पकड़े हुए थे। उसकी घिग्घी बँधी थी, आवाज रुँधी हुई निकल रही थी। युवान जो काफी देर से पीछे बाइक पर बैठा हमारी बातचीत से बोर हो रहा था, अपना मोबाइल जेब से निकाकर बोला,

''नंबर देना लड़की का! नंबर क्या है?''

मैंने उसे विस्मय से देखा कि भाई नाम ले लो! प्रेरणा या पीडी बोल दो, पर उसने नाम लेकर प्रेरणा को इज्जत देने से इंकार कर दिया।

"बुलाएँ लड़की को यहीं पे, सामने बात हो जाए, नंबर बोलो!" उसने मेरी तरफ देखकर जोर दिया।

"86044..." यह एक साथ मेरे और रितेश के मुँह से निकला।

मैंने उसे घूरकर देखा कि तुम मत लो उसका नंबर अपने मुँह से समझे? और पीछे धक्का देकर उसका कॉलर छोड़ दिया। युवान ने अपनी फिसलती मुस्कान को दबाते हुए कहा, "आगे?"

शशांक ने उसके हाथ से मोबाइल लिया और आगे का नंबर डायल कर दिया। स्साला उसे भी नंबर रटा हुआ है। रितेश इस समय इन दोनों से दूर और मेरे पास खड़ा हुआ था। जैसे मैं उसका लँगोटिया यार हूँ और इन दोनों से उसे मैं ही बचाऊँगा। मुझे उसकी इस करीबी से कोफ्त हो रही थी।

नंबर डायल हुआ। घंटी जाने लगी।

रितेश ने मेरी तरफ देखकर 'नहीं' में गर्दन हिलाई। मैंने उसे 'तुम चुप रहो' वाली नजर से देखा, मुझे भी पता है कि अननोन नंबर नहीं उठाएगी। यह चीज तुम मत बताओ मुझे। समझे? मगर फोन उठ गया।

शशांक : हेलो, हाँ प्रेरणा!... रितेश तो कह रहा है कि उसने ऐसा कुछ नहीं कहा है... तुम लैब में ही हो न... नहीं मतलब पार्किंग... रजत... !

शशांक ने थोड़ी देर समझने की कोशिश की, फिर मेरी तरफ देखा, "फोन कट गया भाई।"

रितेश ने मेरी तरफ देखकर कहा, "देखा भाई! वो झूठ बोल रही थी।"

मैंने युवान की तरफ देखा।

"तुम अपने नंबर से मिलाओ," उसने मुझसे कहा और रितेश को रुके रहने का इशारा किया।

"दा नंबर यू आर ट्राइंग टू रीच इस करेंटली स्विच ऑफ, यू कैन लीव ए वॉइस मैसेज बाई डायलिंग स्टार फॉलोड बाय द मोबाइल नंबर". दोबारा कॉल किया, वही जवाब... "दा नंबर यू आर ट्राइंग टू रीच इस करेंटली स्विच ऑफ, यू कैन लीव ए..."

मैंने किसी बेवकूफ की तरह इन तीनों की ओर देखा, जैसे जमीन खिसक रही हो मेरे नीचे से, और चेहरे पर बिना कोई भाव लिए, मुँह से निकला,

''स्विच ऑफ है।'' रितेश ने इस बार अपने सही होने की कोई सफाई नहीं दी। मैंने उसे जाने का इशारा किया। शशांक ने प्रतिरोध किया, मगर मैंने कहा, ''जाने दो।'' मन में कहा, 'जाओ! सही लड़की का चुनाव किए हो तुम।'

भारी कदमों से एक-एक पल गिनता हुआ आया और युवान के बगल बैठ गया। ऐसा लग रहा था कि समय रुक गया है। ऐसे महसूस होने लगा, जैसे मेरे धड़ के ऊपर से मेरा सिर हटाकर एक बड़ा-सा 'सी' रख दिया गया है। ये दोनों बोलते रहे, मगर मुझे कुछ समझ नहीं आ रहा था। जैसे मेरे कानों में कुछ नहीं जा रहा था।

युवान : भाई, बहुत बड़ा वाला बनाया है उसने हम तीनों को।

शशांक : तुम तो एक साल से बन ही रहे थे, आज हम भी बन गए।

युवान : तुमसे कोई प्यार-व्यार नहीं था उसे। सिर्फ इसे जलाने के लिए तुम्हारे साथ चलती थी। कॉलेज में सिर्फ उसका स्टैंडर्ड मेंटेन रहे इसलिए तुम्हारे साथ दोस्ती-वोस्ती... जो भी था। अब देखना, वापस भी नहीं आएगी तुम्हारे पास। इससे ही बदला लेने के लिए उसने हमारे कान भरे।

शशांक : भाई, लड़कियाँ चाहती हैं कि भले उनका एक ही बॉयफ्रेंड हो मगर चार-पाँच लोग उनके आगे-पीछे घूमते रहें। ये तमन्ना होती है सबकी भाई...

मेरे अंदर कोई चीख-चीखकर कह रहा था कि यह सब गलत है, यह झूठ है। बस एक मिसअंडरस्टैंडिंग है। प्रेरणा सबके जैसी नहीं है, जैसा युवान बता रहा है। मैं उनकी बातें बीच में ही छोड़कर उठ खड़ा हुआ।

युवान भी उतर पड़ा और मेरे पीछे आया, मेरा हाथ पकड़कर बोला, ''कसम है तुम्हें मेरी! अब तुम उसे कॉन्टेक्ट नहीं करोगे! अगर वो करती है तो करे, मगर तुम नहीं जाओगे उसके पास।

''नहीं मगर...''

''अगर-मगर कुछ नहीं, ये सब नहीं... उसे आना है तो वो आए, वो अपनी सफाई दे तो दे... मगर अब तुम नहीं जाओगे उसके पीछे... ठीक है?''

''हाँ... ठीक है!''

युवान ने हाथ मिलाकर कसम ले ली थी। ''मैं जा रहा हूँ, मिलने, अमृता से, तुम रजत को घर छोड़ देना, ठीक है!'' उसने शशांक को इशारा किया।

***

बहुत दिनों से धूल खाती साइकिल को आज निकाल लाया हूँ, अपने-आप को अपनी औकात याद दिलाने। भागना चाहता था, इन सबसे। तेज और तेज। पर साइकिल की चेन उतर गई। एक लात मारने पर टूट भी गई। वही चेन जिसके उतरने पर छोटे शहरो में कोचिंग से लौटते वक्त कितने रिश्ते बनते हैं और दोस्ती शुरू होती है। वही चेन एक लात मारने पर टूट भी गई। पर इस साइकिल को मुझे ही घिर्राना है। औकात है मेरी यह। लाकर पटक दिया है, पार्क के एक कोने में।

अँधेरा हो गया है। पार्क सुनसान है। सामने की सड़क पर गाड़ियाँ चलनी बंद हो गई हैं। पीछे विवेकानंद अस्पताल की एंबुलेंस कभी-कभी निकल पड़ती है। लाश ढूँढ़ने। पर मेरी साँसें तो चल रही हैं। यह एंबुलेंस भी मुझे रिजेक्ट कर देगी... जो कहते हैं कि अकेलेपन में प्रकृति गुनगुनाती है, वे जरूर प्यार में होते होंगे। प्यार उन्हें बहरा कर देता है। मुझे तो बस झींगुर का शोर सुनाई दे रहा है। बेंच का एक पाया टूटा हुआ है, मैं दूसरी तरफ टिका बैठा हुआ हूँ। सामने तेजी से बहते नाले को देख रहा हूँ। अँधेरा और गहरा गया है। तेजी से बहता हुआ नाले का पानी भी साफ लगने लगता है, मैं भी तेजी से बहा जा रहा था। उसके प्यार में। कितना अच्छा लग रहा था तुम्हारा साथ। हाय, आइ एम प्रेरणा, प्रेरणा दीक्षित।

... बट यू कांट बी माइ बॉयफ्रेंड रजत! क्यों? क्योंकि तुम गोरे नहीं हो, और तुम लंबे नहीं हो और तुम्हारे पास बाइक नहीं है। माइ गॉड, कितनी मटेरियलिस्टिक हो तुम। गोरा? उम्म... मैं फेयर एंड हैंडसम लगा लूँगा! पाएँ मर्दों वाला निखार सिर्फ सात दिनों में! हा-हा... और तेरे से तो लंबा ही हूँ मैं, भैंस कहीं की... नो! लड़के छह फीट वाले अच्छे लगते हैं। तो कॉम्प्लान पीना शुरू कर दूँ क्या? और बाइक तो बस फर्स्ट सैलरी... हा-हा, मैं मजाक कर रही हूँ पागल, तुम हर बात को इतना सीरियसली क्यों लेते हो? मजाक कर रही हूँ बाबा...

नहीं, तुम मजाक नहीं कर रही थी। मजाक नहीं कर रही थी तुम। मुस्कुराइए कि आप लखनऊ में हैं। नहीं, मैं नहीं मुस्कुरा पा रहा। और यह पास खड़ी गाय भी नहीं मुस्कुरा रही। कोई नहीं मुस्कुरा रहा लखनऊ में। झूठ है यह वाक्य ही। ...सामने नाला बह रहा है। बहे जा रहा है। क्या यह रुक नहीं सकता? एक कुत्ता और कुतिया क्रीड़ा कर रहे हैं। वो क्रीड़ा कर रहे हैं और मुझे अच्छा

नहीं लग रहा। मेरी बेंच के नीचे एक ढेला भी पड़ा है... कुतिया मुझे देखकर मुस्कुरा रही है क्या? वो ये कह रही है, ''देखो, यह कुत्ता कैसे मेरे आगे-पीछे नाच रहा है!'' कुत्ते मेरे भाई! छोड़ दो उसे। तुम पछताओगे। तुम अच्छे लड़के हो, इन चक्करों में मत पड़ो। वो मटक रही है, उसका तो काम ही है मटकना। तुम क्या पीछे-पीछे सूँघ रहे हो? तुमको अपनी सेल्फ रेस्पेक्ट का ख्याल नहीं है? तुम यहाँ सूँघने आए थे? क्या कहके इसने तुम्हें भटकाया होगा? हाय, आइ एम प्रेरणा, प्रेरणा लेब्राडोर! हाहाहा। ये कितना बढ़िया जोक सोचा मैंने! हाहा... पर तुम्हें ऐसे आसानी से क्रीड़ा करने का कोई अधिकार नहीं है। क्यों? क्योंकि तुम गोरे नहीं हो... और तुम लंबे नहीं हो... और अगर कुत्तों की कोई बाइक होती न भाई तो वो भी नहीं है तुम्हारे पास। और इसलिए तुम इस ढेले के भागीदार बनते हो!

क्याँ..क्याँ... क्याँ...।

अब पार्क में सिर्फ मैं और गाय बचे हैं। 10 बज गए हैं। सामने नाला अब भी बह रहा है। गहरा है क्या? क्या कोई इसमें डूबकर मर सकता है? उठकर देखता हूँ...

''गहरा नहीं है, कूदोगे ससुर तो हमें ही उठाना पड़ेगा!'' पीछे से किसी की आवाज आई।

वो मेरी बेंच के पीछे खड़ा था। काफी देर से खड़ा होगा। वो आगे आकर मेरे बगल में बैठने लगा। मुझे पता है, बेंच टूटी हुई है।

धप्प!

''स्साले बता नहीं पा रहे थे कि टूटी हुई है?''

''मैंने कहा था मेरे बगल बैठने के लिए?'' मैं उसे अवॉइड करके दूसरी तरफ देखने लगा, फिर हाथों में सिर लिए बैठ गया। वह पाँच मिनट तक चुपचाप बैठा रहा।

''हे बिग गाय!''

''शशांक प्लीज यार, मुझे छेड़ो मत!''

''मैं तुमसे नहीं, उस गाय से कह रहा हूँ, देखो कितनी बड़ी है, हे बिग गाय!'' उसने इशारा करते हुए कहा।

न चाहते हुए भी मुझसे एक मुस्कान फिसल गई। मैं फिर भी चुप रहा।

''चेक, चेक, माइक टेस्टिंग...। हमसे का भूल हुई जो ई सजा हमका

मिली...।'' वे दोनों हाथ उठाकर गा रहा था। मैंने कोई प्रतिक्रिया नहीं दी।

''ओके नेक्स्ट... तू मेरा मिलना समझ लेना इक सपना था... तुझको तो मिल ही गया जो तेरा अपना था... इट्स डीजे शशांक प्रेजेंट्स...। गले हम 'बम' को... सॉरी, गले हम 'रम' को लगाएँगे सनम... आज के बाद... शेक दा बूटी बिच...। आज के बाद...''

''मैं सुन नहीं रहा हूँ बिलकुल... और मैं रेटिंग भी नहीं दूँगा...।'' मैंने कानों में उँगली डालते हुए कहा।

''ओक्के नेक्स्ट... 'जीता' था जिसके लिए, जिसके लिए 'मारता' था, इक ऐसी 'लुक्खी' थी, जिसे मैं प्यार करता था... इक ऐसी 'लुक्खी' थी जिसे मैं प्यार करता था...''

''शशांक! उसकी बुराई नहीं!'' मैंने उँगली दिखाई।

''तुम तो नहीं सुन रहे थे?'' उसने मेरी गर्दन खींचते हुए कहा।

''हाँ, तो नहीं सुन रहे हैं तो क्या तुम कुछ भी परोस दोगे? तुम्हें पता है मुझपे क्या गुजर रही है? तुम्हें सुनना है?''

''सॉरी, मैं उस चिड़िया को देख रहा हूँ!'' उसने किसी चिड़िया की तरफ इशारा करते हुए कहा।

''हाँ तो जाओ उस चिड़िया के पास!''

''डोंट डिस्टर्ब मैन!'' उसने मेरे गले से अपना हाथ नहीं हटाया। मैं उसकी गोद में गिर गया।

''शशांक! पीडी चाहिए भाई!''

''पीडी करप्ट हो गई है भाई!''

मेरे आँसू फिर हँसी से भीग गए। ''... स्साले कहाँ से लाते हो ये ह्यूमर...?''

उसने कॉलर उचकाई... मैंने शर्ट की बाँहों से आँखें पोंछीं और वापस घर की तरफ चल दिया। वह मेरे कंधे पर हाथ रखे चल रहा था।

''वैसे, तुम यहाँ कैसे?''

''युवान ने कहा था तुम पर नजर रखने के लिए।''

''अच्छा चलो मुझे प्रशांत भैया के यहाँ छोड़ दो!''

***

आवारा

आज छाया जी का बर्थडे है और सुबह से तीन फोन प्रशांत भैया के और एक फोन छाया जी का आ चुका है। सीनियर्स के साथ नजदीकियाँ बढ़ने के कई फायदे हैं। एक तो अपनी क्लास के बच्चों पर थोड़ा प्रभाव हो जाता है और दूसरा, इम्तेहान के समय प्रोफेसर्स से थोड़ी सहूलियत मिल जाती है।

छात्रसंघ के चुनाव होने वाले हैं तो थोड़ी-बहुत गहमागहमी वातावरण में देखी जा सकती है। हर घटना को चुनावी समीकरण से जोड़कर देखा जाता है। हर हॉस्टल के सामने आलोक सिंह 'भाऊ', विवेक सिंह 'बाबा' और ऐसे ही कई 'दादा', 'चच्चा', 'बच्चा' के पोस्टर्स लगे हुए हैं। लोकल चुनाव के लिए आपका नाम सांस्कृतिक हो न हो परंतु उपनाम अवश्य ही ऐसा होना चाहिए जिससे लोग आसानी से स्वयं को आपसे जोड़ सकें। एक दिन पूरा शहर एक छात्र नेता के पोस्टर्स से रंग जाता है, अगले दिन किसी अन्य छात्र नेता के रंग से। हमारे लोकप्रिय प्रतिनिधि एवं कुशल नेता हमारे बीच से निकल रहे हैं और हमें पता ही नहीं चलता। वे हमें रास्ता रोक-रोककर जागरूक करते हैं। छाया जी आजकल बहुत व्यस्त रहती हैं। अध्यक्ष पद के लिए एसएफआई के आलोक सिंह भाऊ पूरी मेहनत कर रहे हैं और प्रचार का कार्यभार छाया जी के हाथों में हैं। जब वह शाम को बैडमिंटन लेकर आती हैं तो चेहरे पर तनाव झलक जाता है। प्रशांत भैया तब उनके चेहरे को अपने हाथों में लेकर कहते हैं, "क्यों

कर रही हो ये सब? तुम्हें पता है मुझे पसंद नहीं।" और वह कहती हैं कि मुझे खुशी मिलती है इसमें। आइ एम ऐन एम्पावर्ड वुमन। इस समय हम और नेहा एक-दूसरे को देखकर मुस्कुरा रहे होते हैं। वे दोनों कहते हैं कि वो सिर्फ दोस्त हैं पर सबको पता है कि उनके बीच में कुछ चल रहा है। चुनाव प्रचार के सिलसिले में वह आलोक सिंह 'भाऊ' के साथ कैंपस में अक्सर दिख जाती हैं। प्रशांत भैया को यह बात अखरती तो है पर वह चुप रहते हैं। सबकी अपनी जिंदगी है। किसी को टोकना नहीं चाहिए। उन्होंने एक बंडल विजिटिंग कार्ड मुझे भी दिए थे अपने विभाग में बाँटने के लिए। मैं उनसे कहता हूँ कि आज फिर बाँटना भूल गया तो वह नाराज नहीं होतीं। बस हल्का-सा मुस्कुराकर भवों से डाँट देती हैं। बैडमिंटन खेलना भी उन्होंने बंद कर दिया है। अब बैडमिंटन सिर्फ प्रशांत भैया और उनकी दोस्त नेहा खेलती हैं। पहले हम चारों खेलते थे। हम, मेरी कोचिंग शुरू होने के एक घंटे पहले मठ के पीछे वाले पार्क में मिलते हैं। मैं और प्रशांत भैया पैदल आते हैं और वह और उनकी दोस्त नेहा स्कूटी से आते हैं, रैकेट लेकर। एक घंटे की चुहल के बाद हम आईटी पर जाकर गोलगप्पे खाते हैं और मैं अपनी कोचिंग चला जाता हूँ। इन दोस्तों का एक अजीब रिवाज है- गोलगप्पे खुद न खाकर एक-दूसरे को अपने हाथों से खिलाना। ऐसा मानना है कि इससे आपस में प्यार बढ़ता है। प्यार बढ़ने का तो मुझे पता नहीं पर गोलगप्पे वाला जरूर कन्फ्यूज रहता है कि पेमेंट कौन करेगा! मैं यह धीरे-धीरे नोटिस कर रहा हूँ कि छाया जी का हाथ आजकल बाकियों की तुलना में मेरे मुँह के पास ज्यादा आ रहा है। मैं इसकी भरपाई प्रशांत भैया को ज्यादा खिलाकर कर देता हूँ। ये लोग जब एक-दूसरे से प्यार बढ़ा रहे होते हैं तो मैं एक-आध गोलगप्पा अपने मुँह में डाल लेता हूँ। आखिर मैं खुद से भी तो प्यार करता हूँ। आजकल वह किसी डांस क्लब में सालसा सीख रही हैं। डांस का प्रशांत भैया मजाक उड़ाते हैं और कहते हैं कि नचैयों-गवैयों का प्रयोजन सिर्फ पेट भरे होने पर ही है। जो कला जीवनयापन में सहायक न हो वह फिजूल है। ललित कलाएँ रसिकों के लिए हैं। असल जिंदगी बहुत कठोर और नीरस है। फिर हमारे गाँव की फुलिया का उदाहरण देते हैं, गरीबी की वजह से जिसके आँचल का दूध सूख गया है। और जिंदा रहने के लिए उसके और उसके बच्चे की जद्दोजहद बरकरार है। उनकी बातें सुनकर मुझे खुद पर शक हो जाता है कि मेरी कविता भी ललित कला ही है। जीवनोपयोगी नहीं। ऐसे में

छाया जी मेरे कंधे पर हाथ रखकर कहती हैं कि यह भी तो तुम्हारे ही गाँव का है, इसे तो नहीं दिखी कोई फुलिया-वुलिया, तुम्हीं बहुत आदर्श व्यक्ति बने रहते हो। इस नोक-झोंक में छाया जी मुझे अपनी साइड ले लेती हैं। मैं और छाया जी एक तरफ हो जाते हैं। अब जो डांस सीख रही हैं उसे वापस आकर रिहर्सल भी करनी होती है, तो इसके लिए सबसे अच्छा मुर्गा उन्हें मैं मिला। मैं अभी तक जान नहीं पाया कि यह डांस है क्या? बस काफी छूना, पकड़ना और घूमना होता है, जिसे मैं एंजॉय करता हूँ। मैं अक्सर स्टेप्स भूल जाता हूँ और गड़बड़ कर देता हूँ। इसलिए मुझे लड़की का रोल मिला है और वह लड़के का पार्ट प्ले करती हैं। वन-टू-थ्री रोल।

उनका फोन साढ़े तीन बजे आया।

छाया जी : तुम आ रहे हो न?

रजत : हाँ, कोशिश करता हूँ आने की।

छाया जी: कोशिश... ? हेल्लो! बर्थडे है मेरा और तू कोशिश करेगा? तेरे बिना केक नी काटूँगी मैं... समझा?

रजत : ठीक है, ठीक है, मैं आऊँगा। पक्का!

छाया जी : मेहमान की तरह मत आना, प्रशांत के साथ जल्दी आ जाना, हेल्प करनी है मेरी।

रजत : ठीक है, पहले आ जाऊँगा! अब खुश?

फोन रखकर मैं आर्चीज में चला आया, कुछ ठीक-ठाक सा ढूँढ़ने के लिए। आर्चीज वालों ने बढ़िया बाजार बना रखा है हमारी भावनाओं पर। विश्व का सबसे बड़ा बाजार भावनाओं का ही है। समझ नहीं आ रहा है कि छाया जी के लिए क्या लूँ? किस हैसियत से लूँ? यहाँ आधे तोहफों में तो दिल बना हुआ है... वो मुझे डांस सिखाती हैं न? हाँ, डांस टीचर! दिल जिगर के अलावा बाकी चीजों को बाजार अहमियत नहीं देता, क्योंकि वो बिकाऊ नहीं। इसलिए टीचर इत्यादि के लिए ज्यादा विकल्प नहीं थे।

टीप टीप! टीप टीप!

प्रेरणा का मैसेज था, 'रजत! तुमसे बात करनी है।'

मैंने कोई जवाब नहीं दिया। अगला मैसेज फ्लैश हुआ-

'क्या हम मिल सकते हैं?'

रजत : नहीं!

उसका मैसेज वापस नहीं आया। मैंने पिछले एक हफ्ते से उससे बात नहीं की है। शुरू के चार दिन तो उसका ही फोन नहीं आया और जब आया तो मैंने नहीं उठाया। वह अब कोचिंग भी नहीं आती। आजकल लैब के आखिरी दिन चल रहे हैं तो युवान मेरे साथ लैब में रहता है। उसके साथ होने पर मुझे एक सिक्योरिटी होती है। उसी के साथ बाइक से आता हूँ, उसी के साथ वापस, ताकि कोई बीच में रास्ता न रोक सके। शशांक नहीं आता। उसके पापा ने उसे बीएससी से दूर होकर एसएससी की तैयारी करने को कहा है। कॉलेज खत्म हो रहा है और करियर के रास्ते सामने मुँहबाए खड़े हैं।

छाया जी का हॉस्टल कमरे से ज्यादा दूर नहीं था। हॉस्टल क्या था, एक प्राइवेट छात्रावास था। तीन मंजिला इमारत थी जिसमें सामने एक लोहे का ऊँचा गेट लगा था। गेट से घुसकर एक हल्का-सा बरामदा था और अंदर जाने के लिए एक लोहे का चैनल लगा हुआ था। अभी तक मैंने गर्ल्स हॉस्टल को सिर्फ बाहर से देखा था, अंदर कभी नहीं गया था। इसलिए घुसते वक्त अंदर से 'नो मैंस लैंड' और 'प्रवेश निषेध' जैसा भाव आ रहा था। मेरे हाथ में आर्चीज का बड़ा-सा थैला था जिसके अंदर 'माइ टीचर' का कार्ड था। कार्ड में कुछ अच्छी-अच्छी बातें और एक तुरंत बनाई कविता डाल दी थी। अंदर बहुत सारी लड़कियों से घिर जाने की आशंका से मैं डर-डरकर चल रहा था। प्रशांत भैया ने धक्का दिया, "चलिए चीफ गेस्ट साहब, काहे डर रहे हैं?"

"चीफ गेस्ट?"

"हाँ भाई, फोन पर तो मुझसे ज्यादा तुम्हारे बारे में पूछ रही थी कि रजत आ रहा है कि नहीं, उससे कह देना कि गिफ्ट वगैरह नहीं लाएगा, बस खुद आ जाएगा।"

"अरे ऐसे कैसे नहीं लाएँगे गिफ्ट?" मैंने आर्चीज का थैला लहराते हुए कहा। (पहले बता दिया होता तो ये 250 का चोक नहीं लगता।)

चैनल के अंदर की तरफ बर्थडे गर्ल खड़ी थीं, सबका स्वागत कर रही थीं। उन्होंने एक नीले रंग का सूट पहन रखा था और एक बड़ी-सी बिंदी लगा रखी थी... वो ढीली टीशर्ट में ज्यादा बेहतर लगती हैं जब वो डांस करती हैं। आज उनके बर्थडे के साथ-साथ हग डे भी था। गुलगुल।

हाथ मिलाने से पहले ही मैंने फिरौती की रकम की तरह उनका बर्थडे गिफ्ट आगे कर दिया। उन्होंने हल्का-सा चेहरा तिरछा किया और नाक फुलाई, जिसका

मतलब था, 'इसकी क्या जरूरत थी' और गिफ्ट एक तरफ टेबल पर रख दिया। उस टेबल पर दर्जनों गिफ्ट रखे हुए थे। अंदर जाकर मैंने पाया कि वहाँ कई लड़के पहले से थे, जिससे मेरा 'चीफगेस्टपन' काफूर हो गया। ज्यादातर लोग प्रशांत भैया के परिचित थे, जिनमें उनके रूम पार्टनर राहुल भैया भी थे जो लगातार फोन पर अपने 'बाबू, शोना' से चिपके हुए थे। मेरा परिचय सिर्फ भैया, छाया जी और नेहा से था। मैं धीरे-धीरे किनारे हो गया और चुपचाप माहौल का निरीक्षण करने लगा। महिला वार्डन कहीं बाहर गई हुई थीं, तभी हम जैसे पुरुष अंदर आ पाए थे। पार्टी धूमधाम से थी। हम सब अंडाकार आँगन में इकट्ठा थे, जिसके चारों तरफ कमरे थे। एक तरफ कॉमन किचन था, दूसरी तरफ प्रसाधन। हम ग्राउंड फ्लोर पर थे। ऊपर जाली लगी थी और तीसरी मंजिल तक आर्किटेक्चर ऐसा ही था। ऊपरी मंजिल की मादाओं ने अपने कमरे बंद कर रखे थे और नीचे के कमरों की सरगना बर्थडे गर्ल स्वयं थीं। धीरे-धीरे सारे मेहमान आते गए। वो लम्हा भी आया जब आप एक फर्जी-सी स्माइल मारकर खुद का परिचय देते हैं और जब नवपरिचितों से कहीं अलग मिलते हैं तो उससे भी फर्जी स्माइल मारते हैं। आलोक, अनुपम, अशोक, और ऐसे ही कई नाम न याद रखने लायक लोगों से मेरा परिचय हुआ।

धीरे-धीरे बर्थडे कम और एसएफआई का अधिवेशन ज्यादा लगने लगा। भैया और नेहा काफी व्यस्त थे, सारी व्यस्वस्था उन दोनों ने मिलकर की थीं और मैं एक किनारे, चेहरे पर 'कुछ काम हो तो बताइए' का भाव लिए खड़ा था। मैं स्वयं को सभ्य, शालीन, नहीं-नहीं पहले आप, माहौल से अलग दिखा रहा था पर ऐसा नहीं था कि आस-पास घूम रही पुडिंग, पैटीज और मफिन पर मेरा ध्यान न हो। मेरा सारा ध्यान तीन किलो के उस चॉकलेट केक ने खींच रखा था। उस पर 22 मोमबत्तियाँ लगाई गई थीं। पहले मोमबत्तियाँ 23 थीं पर एकबारगी छाया जी वहाँ से गुजरीं और एक मोमबत्ती गायब हो गई। वो मेरे सामने ही था। मुझे बुला रहा था। जब मैं उसे अपने मुँह में रखूँगा और जब वो मेरी जीभ और तालू को छुएगा... आह लजीज लपलप। उसकी कल्पना मुझे आतुर किए दे रही थी। ठीक-ठाक माहौल बन गया था। इतना खर्च किसी एक आम लड़की के लिए बड़ी बात थी। केक काटा गया, ताली बजी, गाना गाया गया। सबसे पहले प्रशांत भैया को खिलाया, फिर उन्होंने उन्हें। फिर एक-दूसरे के मुँह में ठूँसा गया और चेहरे पर पोता गया। जब भी स्वादिष्ट केक की बर्बादी

होती है, मुझे अपार कष्ट होता है। मैं किनारे खड़ा ताली बजा रहा था। ''ओए! तू वहाँ किनारे क्या कर रहा है? इधर आ।''

मेरे मुँह में भी केक आया। लपलप। एक पीस खाने के बाद मैंने दूसरे की कामना की। मेरी कविवर प्रसिद्धि मुझसे पहले पहुँच जाती है तो मैंने एक कविता भी सुनाई। कवि प्रजाति सबसे निरीह प्रजाति होती है, हर समूह में कोई-न-कोई कवि-शायर निकल ही आता है। आलोक सिंह 'भाऊ' ने भी एक कविता छाया जी के लिए पढ़ी। इसके बाद मेजबान किचन में चले गए। लड़कियाँ हॉस्टल के गेट बंद होने की मजबूरी बताकर धीरे धीरे जाने लगीं। साढ़े सात बज गए थे। बाकी सब कमरे में बैठकर इधर-उधर की बातें करने लगे। मैं भी कभी-कभी अपनी राय रख देता था।

''रजत! तुम अच्छी कविता लिखते हो, नाइस! गहराई है उसमें।'' आलोक जी ने स्कॉच खोलते हुए कहा। यह उन्होंने इसलिए बोला था ताकि मैं उनकी वाली की तारीफ कर दूँ।

''जी धन्यवाद! आपकी भी अच्छी थी।'' (पाश की नकल मारी है आपने।)

''तुमने सार्त्र को पढ़ा है?'' (अब उन्होंने ज्ञान बाण फेंकना शुरू किए।)

''जी नहीं!''

''मार्क्स को?''

''जी नहीं, बस नाम सुना है।'' मैंने सर्वहारा जैसा फील करते हुए जवाब दिया।

''ओहह, अभी तक तुमने मार्क्स को नहीं पढ़ा! तो जीवन में क्या किया? यू मस्ट रीड। छाया! ग्रुप जॉइन करवाओ रजत को भई!''

छाया जी किचन में खड़ी थीं, वहीं से मेरी तरफ प्यार से देखा और 'ये नहीं करेगा' का इशारा कर दिया।

''जी, समय मिलने पर जरूर पढ़ूँगा।'' मैंने सफाई पेश की।

जब चर्चा राजनैतिक होने लगी तो मैंने स्नैक्स पर फोकस किया जो बढ़िया थे। कुछ क्रांति वगैरह की बातें कर रहे थे। मैं सोच रहा था कि बस अब यह आधा साल बचा है मेरे ग्रेजुएशन का, इसके बाद ही क्रांति-व्रांति हो। तमाम राजनैतिक समीकरणों की बात हो रही थी। ''देखो, शोध छात्रों के वोट हम दिलवा देंगे, पर वो होते ही कितने हैं? निर्णायक वोट फर्स्ट ईयर वालों का होगा

क्योंकि सबसे ज्यादा वही कॉलेज आते हैं। बॉयज हॉस्टल में तो क्षेत्रवाद चलेगा वहाँ वोट बँट जाएँगे। पुरबिहा पुरबिहा को ही वोट देगा चाहे जो कर लो।''

''यार! वो सब तो ठीक है, पर ये बताओ हमारे पोस्टर्स कौन खराब कर देता है? कई जगह देखा मैंने। खासकर गेट नंबर चार की तरफ।''

(मुझे पता था कि ये शशांक की कारस्तानी थी। मैंने उसे टोका भी था। जहाँ-जहाँ आलोक सिंह 'भाऊ' लिखा था, वहाँ वो एक 'भाऊ' और जोड़ देता था। आलोक सिंह 'भाऊ भाऊ'।)

एक राउंड कॉफी का चला। बचा हुआ केक कटकर फिर से आया। मार्क्सवादियों ने एक-एक पैग क्रांति ली और घर को चले गए। अब सिर्फ हम चार ही बचे थे। पौने नौ बज चुके थे। कमरे में दो बेड पड़े हुए थे। एक छाया जी का था, दूसरा नेहा का। प्रशांत भैया और नेहा के मैनर्स की जगह थकान ने ले ली थी। वे दोनों एक ही बेड पर टाँग फैलाकर पसर गए थे और पार्टी कैसे गुजरी की बातें कर रहे थे। उन्हें इस बात का मलाल था कि इतनी दूर से मँगवाई गई 'मफिंस' किसी ने नहीं खाई थीं। मैं छाया जी के बेड पर आलथी-पालथी मारकर बैठा था और सोच रहा था कि एक-दो तो मैं अब भी खा सकता हूँ। माँगूँ क्या? छाया जी दीवाल पर टेक लेकर और अपने पैर मेरी गोद में रखे बैठी हुई थीं। हम डांस करते-करते एक-दूसरे से काफी खुल गए हैं। हम अक्सर एक-दूसरे के कंधे पर हाथ रखते हैं। आस-पास फैली खुशबू मुझमें शक पैदा कर रही थी कि शायद इन लोगों ने भी थोड़ी-थोड़ी बियर चढ़ा ली है। प्रशांत भैया ने भी पी होगी? पता नहीं। यह खुशबू मुझसे कह रही थी कि अब यहाँ से चलना चाहिए। छाया जी सारे गिफ्ट्स उलट-पलट रही थीं। मेरे अंदर एक चाह भी थी कि वह मेरा कार्ड खोलकर देखें। वह वही कर रही थीं।

''देखूँ तो रजत ने क्या दिया है!'' सारे गिफ्ट्स छोड़कर मेरा कार्ड खोज रही थीं। मैं यह सोचकर झेंप रहा था कि जब वो माइ टीचर का कार्ड पढ़ेंगी...

''हाहाहा... माइ टीचर... हाउ स्वीट!'' हँसते-हँसते उन्होंने आगे आकर मेरे गाल खींच दिए। अजीब तो लगा, पर मुस्कुरा दिया। मैंने प्रशांत भैया की तरफ देखा पर वह नेहा को हैंडीकैम में तस्वीरें दिखाने में व्यस्त थे।

छाया : अच्छी गई पार्टी क्यों... ? सब आए थे...

प्रशांत : हाँ, आए तो सब थे, ये आलोक कब से शायर हो गया... ?

प्रशांत भैया का वाक्य, प्रश्न कम व्यंग्य ज्यादा था।

छाया : अरे वो शेर वगैरह मारता रहता है अपने भाषण में। तुम बताओ तुम्हारे राहुल का क्या सीन है? पूरे टाइम फोन पर था बंदा।

छायाजी ने बात पलट दी।

प्रशांत : राहुल पागल है। बस एक बार मिला है उस दिल्ली की लड़की से। वो भी सेमिनार में। पगलाया है प्यार में। पूरी शाम बात करता है। कहता है कि वो डीयू आने वाला है। जिस दिन मैं मिलूँगा उस लड़की से, बता दूँगा इस झूठे की सारी असलियत। कोई स्कॉलरशिप नहीं मिली है इसे। दिल्ली नहीं जा पाएगा। न ही इसने सिगरेट छोड़ी है।

वो हैंडीकैम में देखते हुए ही बोल रहे थे।

रजत : तो अब मैं चलूँ? काफी टाइम हो गया है।

छाया जी ने मेरी तरफ चौंककर देखा, जैसे मैंने कोई कुफ्र कर दिया हो।

"ऐसे... अभी कैसे जा सकते हो तुम? अभी हमने फोटो भी नहीं खींची और आज तो नाइटआउट का प्लान है। प्रशांत, रोको इसे!"

"अरे नहीं... मुझे जाना है।" मैं धीरे-धीरे बिस्तर से उठने लगा। छाया जी ने झटके से मेरा हाथ पकड़ लिया, जैसे मैं भागने वाला हूँ।

प्रशांत : हाँ रजत! रुक जाओ आज। अगर जाना जरूरी न हो तो?

छाया : जरूरी क्या... ही विल स्टे।

न जाने क्यों मुझे यह आग्रह अच्छा लगा। वापस जाकर सोना ही तो है। जान लें! नाइटआउट क्या बला है। उन्होंने खींचकर बैठा दिया।

टीप टीप! टीप टीप! प्रेरणा का मैसेज था।

'मैं सामने बैठी हूँ और तू फोन में घुसा है?'

मैं इसका जवाब देता इससे पहले छाया जी उठीं और मोबाइल छीनकर नेहा की तरफ फेंक दिया।

छाया : फोन को दूर रख, चल कुछ फोटोज खींचते हैं।

मेरे फोन पर कॉल आने लगी। नेहा ने काट दिया।

रजत : अरे देख लें कहीं घर से तो नहीं है।

नेहा : नहीं, नंबर से है कोई 8604...

"काट दे, काट दे ... गर्लफ्रेंड का होएगा... बड़ी आई... !" छाया जी ने मुझे फोन से दूर करते हुए कहा।

फोटो सेशन शुरू हुआ। सबसे पहले व्यक्ति की अलग-अलग तस्वीरें, फिर

कैमरे को ऑटो शटर पर रखकर दो-तीन ग्रुप फोटो, फिर तीन लोगों का ग्रुप और अंततः दो-दो का। मैंने नोटिस किया कि हर तस्वीर में छाया जी मेरे पास थीं। बेपरवाह तरीके से हम नजदीक आकर फोटो खिंचवा रहे थे। फिर उन्होंने एक अप्रत्याशित माँग रखी।

"रज्जत, तू मुझे उठा सकता है?"

"उठा... इन द सेंस... ?" (उठाईगीर समझा है क्या?)

"एक फोटो के लिए... ?" आवाज की लरज कह रही थी कि उन्होंने जाम छलकाए हैं।

"प्रश्न सकने का है या चाहने का?"

"तू सोच!" उन्होंने मस्ती में अपनी गर्दन हिलाते हुए कहा।

"हाँ। उठा... सकता... तो... हूँ... ?" (एक एक शब्द प्रशांत भैया का मुँह देखकर बाहर आ रहा था।)

प्रशांत भैया नेहा के साथ नाइटआउट प्लान कर रहे थे। बीच-बीच में पॉकेट जोक्स मारकर सबको हँसा भी रहे थे। वह हल्का-सा मुस्कुराए और दूसरी तरफ देखने लगे। नेहा ने फोटो खींची। कमाल है यह शहर भी। जब से आया हूँ यहाँ की लड़कियाँ मुझसे मजदूरी करवा रही हैं। एक ने अपने पूर्व बॉयफ्रेंड से भिड़वा दिया और ये...। कुछ लोग सोचते हैं कि लड़कियाँ फूल-सी होती हैं, बाँहों में हैं अगर, तो सीने तक उठा लो। ऐसे मनचलों के लिए ज्ञान है- कि भाई, भारी होती हैं, बहुत भारी होती हैं।

हम बात कर ही रहे थे कि अचानक लाइट चली गई। पूरे कमरे में अँधेरा हो गया।

छाया : ओह्ह शिट...

नेहा : व्हाट द हेल्ल...

प्रशांत : या अल्लाह...

... और सब हँस पड़े। प्रशांत भैया ने एक पॉकेट जोक और मारा। प्रशांत भैया के पॉकेट जोक्स कुछ कमाल के नहीं होते हैं पर जोक खत्म करके वह खुद बहुत तेजी से हँस पड़ते हैं और हमें उनके सम्मान में हँसना पड़ता है। मुझे लगता है कि जब लड़कियों को जोक समझ नहीं आता वो तब भी हँसती हैं, ताकि बाकी लोगों को लगे कि उन्हें भी समझ में आ गया। मैं कुछ देर वहीं बैठा रहा, फिर बाहर आँगन में चला आया। पीछे प्रशांत भैया के चुटकुलों और

हँसने की आवाजें आ रही थीं। आँगन में भी काफी अँधेरा था। तीसरी मंजिल पर किसी ने इमरजेंसी लाइट जलाई थी। एक हल्की-सी रोशनी की रेखा आ रही थी। मैंने अपनी घड़ी को उस रोशनी की रेखा में लाते हुए देखा। धुँधलके में आभास हुआ, साढ़े नौ बज रहे थे। मोबाइल तो मेरा छीन ही लिया गया था। मझे पता नहीं चला कि कब छाया जी मेरे पीछे-पीछे चली आई थीं। उन्होंने मेरे कंधे पर हाथ रखके हल्का-सा दबाते हुए पूछा, "एन्जॉइंग?"

मैंने पलटकर उनके कंधे पर हाथ रखकर कहा, 'एक्चुअली आइ एम ट्राइंग।" एक हल्की-सी मुस्कुराहट के बाद मैंने असहज महसूस किया और अपने हाथ वापस खींच लिए। माहौल में एक अजीब-सी गुस्ताख खामोशी थी। कानों में तैरती सरगोश खामोशी को मैं तोड़ना चाहता था, पर जैसे खामोशी चाहती हो कि खामोश ही रहे। कोई शब्द न हो। हम यूँ ही खड़े रहे। 20-30 सेकंड बाद दिमाग में एक प्रश्न उभरा, "फोटोज अपलोड कर दी एफबी पे?"

"हाँ! कर भी दी और आधे घंटे में 100 लाइक्स भी आ गए।"

"100 लाइक्स? दिल में छेद-वेद है क्या आपके... ?"

"हाहा... नहीं पगले!" उन्होंने मेरे गाल पर चपत दी, "वो छोड़ो...। तुम मुझे दिखाओ कि तुमने अभी तक कितना सीखा है?"

"क्या कितना सीखा है?"

उन्होंने मेरे हाथ को अपनी कमर पर रखते हुए इशारा किया, "ये कितना सीखा है?"

"अभी?"

"और क्या... देखूँ तुम कुछ सीख भी रहे हो या बस मजे ले रहे हो?" उनकी आवाज लहराई।

"अरे, अभी इस अँधेरे में कहाँ? आप तो जानती ही हैं कि मैं स्टेप्स भूल जाता हूँ..."

"तुम बर्थडे गर्ल की विश मना कर रहे हो? हम्म!" उन्होंने झूठी नाराजगी दिखाई।

"अच्छा... आइए फिर।" हम आँगन के बीचों-बीच आ गए। अब वो रोशनी की रेखा भी नहीं थी मेरे चेहरे पर। अब सिर्फ अँधेरा था। बिना म्यूजिक के डांस कितना तबाही का सबब हो सकता है, पता चलने वाला था। मैंने अपने

जूते उतारने चाहे।

''नहीं नहीं नहीं... ऐसे नहीं... आज तुम लड़के का पार्ट प्ले करोगे।''

''अच्छा!... ठीक है।'' दिमाग का कोई हिस्सा कहने लगा, ''बेटा रजत! अब कुछ गलत होने वाला है। निकल चलो यहाँ से। यह भी कोई समय है, सालसा की लालसा इतनी रात को? 9:30 बज रहे हैं। इस समय तो पिता जी भी आरटीआई डाल सकते हैं कि कहाँ हो? प्रेरणा को धोखा दे रहे हो या प्रशांत भैया को?'' एक तरफ दिमाग में यह सब चल रहा था, दूसरी तरफ हाथ कमर में जा चुके थे और चेहरा चेहरे के सामने आ चुका था। अब बस इधर-उधर हिलना था बिना म्यूजिक के। उन्हें स्टेप्स बेहतर आते थे तो मैंने अपने शरीर को उनपर ढीला छोड़ दिया। पीछे कमरे में प्रशांत भैया और नेहा के कहकहे सुनाई पड़ रहे थे। मेरा दिमाग चकरघिन्नी की तरह सही, गलत में नाच रहा था।

उन्होंने अपनी सैंडल उतारी और अपना बायाँ पैर मेरे दाहिने पैर पर रखा। यह कामसूत्र के 'क्लाइंबिंग द ट्री' पोज का पहला स्टेप है न? छि:! मैं क्या-क्या पढ़ता रहता हूँ। उनके दोनों पैर मेरे पैरों पर आ चुके थे और सारा भार मेरे ऊपर। दोनों के अंग स्पर्श कर रहे थे या मेरे अंग उनके अंगों को दबा रहे थे। शरीर की गर्मी को मैं महसूस कर सकता था। बिना म्यूजिक के भूले हुए स्टेप्स चलते जा रहे थे। फिर धीरे होते गए और रुक गए। न चाहते हुए भी सिहरन और कँपकँपी बढ़ती जा रही थी। दिमाग सुन्न हुआ। हर सेकंड यह डर बढ़ा कि मैं कुछ गलत करने जा रहा हूँ। दिल के अंदर जैसे छेद होता जा रहा हो, जैसे पहले वाइवा के समय हुआ था या पहले बोर्ड एग्जाम के समय। अब शरीर बस हल्का-हल्का हिल रहे थे। सामने के होंठों ने लापरवाह तरीके से घूमना शुरू किया। होंठों के मामले में इतनी लापरवाही पहले कभी नहीं देखी गई थी। बेपरवाह और गैरजिम्मेदार होंठ। रोयें एफिल टावर हुए। दिल की अदालत बैठी। तीन सेकंड तक मुकदमा चला और उतनी ही देर तक अपराध। आरोप : विश्वासघात, बेवफाई। अपराध : आदर्शों से समझौता। निर्णय : दोषी। सजा : कुचल दो! जूते उनके नंगे पैरों के नीचे से निकले और कचकचा के उनके ऊपर रख दिए गए। एक तेज चीख। आह!

''सॉरी-सॉरी... गलती से पड़ गया।'' साँसें तेज थीं... बहुत तेज... ''आइ एम रियली सॉरी।''

''क्या हुआ? कौन चिल्लाया... ?'' प्रशांत भैया भागते हुए आए। वह दर्द

से चीखकर आँगन में ही बैठ गईं।

"अरे वो... हाँह! अँधेरे में गलती से पैर पड़ गया। हाँह!" मैंने अपने होंठ पोंछते हुए कहा।

"हाँफ क्यों रहे हो?"

"अरे वो मैं जा रहा हूँ..." "क्यों?" लाइट आ गई।

"अरे वो... क्या है कि मकान मालिक गेट जल्दी बंद कर देते हैं... हाँह।"

"तो हाँफ क्यों रहे हो?"

"सॉरी भैया, वो पापा का फोन आया था..."

प्रशांत : फोन तो नेहा के पास है न तुम्हारा?

रजत : वो पहले ही आया था।

प्रशांत : ठीक है जाओ। कल बात करेंगे। पहुँच के फोन करना। नेहा इसका फोन दे दो।

नेहा : बहुत थक गए हैं सब, नाइटआउट का आइडिया कैंसिल ही करो...

वापस आते वक्त नजर छाया जी की नजर से मिली। मैंने तुरंत नजरें नीची कर लीं। मेरी दोबारा देखने की हिम्मत नहीं हुई। बाहर तेज बारिश हो रही थी। भीगता हुआ निकला। इन्फाइडल!

***

ऐतिहासिक इजहार

इंप्रूवमेंट के पेपर हो रहे थे। मैंने और शशांक ने इंप्रूवमेंट डीबीएमएस में डाला था। नवंबर की दुपहरी थी, दो बज रहे थे। पेपर थोड़ी देर पहले ही छूटा था। हम दोनों साथ-साथ वापस लौट रहे थे।

शशांक : तुम्हारी बात हुई प्रेरणा से? पूछ रही थी कि रजत कैसा है।

रजत : नहीं मेरी बात नहीं हुई। (मेरे सबकुछ खत्म करने के बाद तुम क्यों बात कर रहे हो?)

शशांक : वो हमेशा तुम्हारे बारे में पूछती है... कि कहाँ है, कैसा है, रितेश वाले केस के बाद से बात नहीं की तुमने?

रजत : मुझे उससे कोई बात नहीं करनी है, तुमने वो लड़की नोटिस की जो अभी-अभी गई, नीली छतरी लेकर? ये इधर से...

शशांक : हाँ स्वीट थी, चुनमुन-चुनमुन, मगर तुम उसे नोटिस करो जो सामने आ रही है बिना किसी छतरी के...

उधर मत देखो, इधर से चलते हैं। सामने दीपिका और उसकी सहेलियों का ग्रुप आ रहा था। उनके पीछे प्रेरणा भी थी। शशांक ने उसी की तरफ इशारा किया था। और मैंने उधर से ही उसका ध्यान भटकाने के लिए नीली छतरी वाली का जिक्र किया था। पर स्साले ने उसी को नोटिस किया। मैं पिछले दो हफ्तों से उसके सामने नहीं पड़ रहा था। अब हम अशोक वाटिका से कॉमर्स विभाग की

तरफ घूम चुके थे और सिर्फ पीछे पलट सकते थे। अगल-बगल कोई सड़क नहीं गई थी। हम फुटबॉल ग्राउंड के बगल-बगल चल रहे थे। सड़क की दूसरी तरफ साइकोलॉजी डिपार्टमेंट था, जहाँ बच्चे घेरा बनाकर कोई नोटिस देख रहे थे। मेरे पीछे सीएस विंग के लड़कों का जत्था चल रहा था। ''पेपर बहुत टफ आया था, हाँ तो इंप्रूवमेंट हमेशा नॉर्मल से टफ रहेगा।'' वो ऐसी बातें कर रहे थे। सामने से दीपिका, उसकी सहेलिया और उसके पीछे प्रेरणा पास आती जा रही थी। पता नहीं क्यों उसे देखकर मेरे दिल में धक्-धक् होने लगी। तेज, बहुत तेज। मैंने बहुत बार इसकी कल्पना की थी कि वह आएगी और मैं दूसरी तरफ देखता हुआ निकल जाऊँगा। मैं अवॉइड करने में उस्ताद रहूँगा। मैं शशांक से कोई चर्चा करने लगूँगा और हाथ हिला-हिलाकर बात करूँगा, खुद को व्यस्त और खुश दिखाऊँगा, तुम्हारे बिना मर नहीं रहा हूँ मैं। पर शशांक के सामने मेरे दिमाग में कोई मुद्दा ही नहीं आ रहा था। एक शब्द भी नहीं आ रहा था उससे बात करने को। दिलो-दिमाग में छाई थी तो बस वह। काश, युवान यहाँ होता, प्रेरणा की हिम्मत ही न होती मेरे सामने आने की। आती तो युवान उसे सुना देता। युवान के पास कितने बेहतर तर्क होते हैं। वो यहाँ होता तो दिखा देता कि प्रेरणा ने मुझे धोखा दिया है। उसने... उसने... उसने मुझसे धोखा किया है। उसने... पर मेरे मुँह पर तर्क क्यों नहीं आ रहे हैं? मेरे अंदर उसे अवॉइड करने की हिम्मत क्यों नहीं आ रही है? मेरे दिमाग में उसके खिलाफ कोई बात क्यों नहीं आ रही है? यह युवान क्यों नहीं है मेरे पास? वह पास आती जा रही है। शशांक तो प्रेरणा का ही पक्ष लेगा। स्साला उसका दोस्त बन गया है। लाइन मारता है। वह पास आती जा रही थी। मेरी धड़कनें बढ़ती जा रही थीं। बस किसी तरह मेरे बगल से गुजरकर निकल जाए। मेरी साँसें बढ़ती चली जा रही थीं। वह बस तीन मीटर की दूरी पर थी, अपनी लीक छोड़कर मेरी तरफ बढ़ने लगी। मैंने शशांक का हाथ पकड़ा और अपना रास्ता छोड़ सड़क से उतरने लगा। वह मेरी तरफ आने लगी। मैं दूसरी तरफ देखने लगा। दीपिका और उसकी सहेलियाँ रुककर देख रही हैं, मैं जिस तरफ मुड़ रहा हूँ वह भी उस तरफ मुड़ रही है, मेरा रास्ता रोक रही है। यह क्या हो रहा है? पीछे मेरे दोस्त देख रहे हैं।

प्रेरणा : कब तक मुझसे बात नहीं करोगे?

रजत : मेरा कॉलर छोड़ो! लोग देख रहे हैं...

प्रेरणा : मेरी तरफ देखो...

रजत : कॉलर छोड़ो!

प्रेरणा : लोग देख रहे हैं तो देखने दो... मुझे नी परवाह है, तुम ऐसे अवॉइड करोगे तो मैं मर जाऊँगी। ऊपर आसमान की तरफ मत देखो! सामने देखो!

रजत : (शशांक की तरफ देखकर) तुम... जाओ मैं आता हूँ...।

शशांक आगे इस तरह जा रहा है जैसे बुद्ध के बताए मार्ग पर चल रहा हो, पीछे मुड़कर भी नहीं देख रहा है। फुटबॉल खेल रहे कुछ लड़के रुककर देख रहे हैं। प्रेरणा ने शर्ट छोड़ दी है, हाथ पकड़ लिया है। मैं पीछे मुड़ गया हूँ। उसने हाथ ऐंठकर मुझे वापस सामने मोड़ दिया है। मैं गुस्से से उसकी आँखों में देखता हूँ। वह मुड़ गई है, मेरा हाथ पकड़कर अपनी ही तरफ ले जा रही है। मैं सोच रहा हूँ कि हम शशांक की तरफ क्यों जा रहे हैं, पर शशांक काफी आगे निकल गया है। हम टैगोर लाइब्रेरी के सामने वाले पार्क की तरफ जा रहे हैं। मैं दूसरी तरफ देखकर चल रहा हूँ। नाराज होने की पुरजोर कोशिश कर रहा हूँ। सारे तर्क जुटा रहा हूँ। सोच रहा हूँ कि काश, पार्क में बनी बेंच पर कोई बैठा हो। काश, वो खाली न हो। मुझे दूर से ही दिख गया है कि वो खाली है। आज के दिन उसे भी खाली रहना था। वो मेरा हाथ पकड़े आगे-आगे चल रही है। मैंने हाथ छुड़ाने की कोशिश की है, उसने नहीं छोड़ा है। मैं देख रहा हूँ कि कौन-कौन मुझे इस तरह देख रहा है। जो देख रहा है वह समझदार होने की एक्टिंग कर रहा है। समझ रहा है कि इन दोनों का तो यह नॉर्मल सीन है। मैं उनको जाकर कह देना चाहता हूँ कि नहीं, यह नॉर्मल नहीं है, अब मुझे इस आगे चल रही लड़की से कोई मतलब नहीं है। मैं तुम्हारा पुराना दोस्त रजत हूँ। मगर उसके हाथों में मेरा हाथ कुछ और कह रहा है। वो मुझे घसीटे आगे-आगे चली जा रही है। बेंच पर पहले मुझे बिठाकर फिर बैठी है। मुझे नहीं पता था कि मैं इतना कमजोर हूँ। मेरी आँखों में बूँदें आ गई हैं। मैंने जोर से आँखें मीच ली हैं। मगर पलकें पूरा भार सँभाल नहीं पाईं। मैंने एक हाथ से दोनों आँखों को मींच लिया है। वह मेरा हाथ हटा रही है, मैं नहीं हटाने दे रहा हूँ। फिर मैंने अपना हाथ हटा लिया है और उसकी तरफ देखा है। और मेरी आँखें लाल हैं। मेरे सारे शब्द, सारे तर्क गायब हो गए हैं। बस मुँह से इतना निकला है, ''झूठी हो तुम!''

वह सटकर मेरे पास आ गई है। उसने मेरी आँखें पोंछ दी हैं।

''हाँ, मैं झूठी हूँ, मुझे इधर की बात उधर नहीं करनी चाहिए थी। मैंने तुम्हें

ऐसी बात बताई जिसपे तुम ओफ्फेंड होते ही होते, पर मैं गलत नहीं हूँ, मैं बस उस समय रितेश को फेस नहीं करना चाहती थी। तुम्हें मुझे माफ नहीं करना है तो मत करो... मैं दूर हो जाऊँगी तुमसे।''

मैं उसकी तरफ आश्चर्य से देखता हूँ। ये धोखेबाज लोग अपनी बात रखने में इतने फ्लूएंट कैसे होते हैं? मेरे मुँह से तो शब्द ही नहीं निकल रहे हैं।

''मैं को... कौन होता हूँ तुम्हें माफ करने वाला!''

''तुम्हें पता है कि मैंने तुम्हें कितना मिस किया है इन दिनों?... लगातार...''

''या यू मस्ट!'' मैं दूसरी तरफ देखने लगा हूँ। जान-बूझकर।

''अब तुम तो इतना रूडली बात मत करो मुझसे?'' उसने हाथों से मेरा चेहरा सामने किया है।

''दूर भी करती ओ, हक भी जताती ओ, आई डोंट अप्रीसियेट आइरनी एनीमोर।... हूँ हूँ हूँ...''

''कौन दूर करता है तुम्हें... हाँ?'' पास आई और मुझे बाँहों में भर लिया...

***

युवान के पैर में मोच आई थी। मार-पिटाई करता रहेगा तो और होगा क्या! जिनके लिए लड़कियाँ खुद आपस में लड़ जाती हों, उसे क्या जरूरत है गैंग लेकर चलने की? युवान मियाँ सोफे पर बैठे, मेज पर पैर रखे कराह रहे थे। आह... अजीब नाटक ले लिया यार! आह... लेकिन प्रेमज्ञान का दरिया बराबर बह रहा था।

युवान ने मुझे सब समझा दिया था। बात अब आगे बढ़नी ही चाहिए। अब क्लियर कर ही लो कि तुम दोनों का सीन क्या है? ये बाँहों में बाँहें बहुत हो गईं। (वह समझाने में बिजी था, मैं आंटी की बनाई कचौरियाँ उड़ाने में। आंटी की कचौरियाँ मम्मी के टक्कर की थीं। हर बार आंटी आकर प्लेट में दो कचौरियाँ डाल देती थीं, हर बार मैं कहता था, 'आंटी, कचौरियाँ बहुत अच्छी बनी हैं' ताकि दो और मिल जाएँ। अभागा शशांक अपने गाँव गया था। उसके हिस्से की भी मैं ही उड़ा रहा था।)

''देखो, तुम लोग दोस्ती से काफी आगे बढ़ आए हो। पूरे कॉलेज को पता है कि तुम दोनों साथ हो। हग करते हो ओपनली... एसएमएस में आई लव यू भी हो चुका है?''

"नहीं, आई लव यू नहीं हुआ है, लव यू,लव यू होता है, 'आई' लगाना बाकी है अभी।" मैंने सिर खुजाते हुए कहा।

"अमा कंप्यूटर का पेपर है क्या जो अल्गोरिदम से चलोगे? सीधा पॉइंट पर आओ न!"

"प्यार में स्टेप मार्किंग नहीं होती?" मैंने बच्चों जैसे पूछा।

"नहीं! तुम पुराने बॉलीवुड हीरो की तरह कहोगे क्या कि बागों में बहार है, फूलों में करार है टाइप? जिसमें वो लास्ट में न-ना-ना करेगी? वो सच में 'ना' कर देगी भाई!"

"ऐं? अइसा क्या? ओके! मैं समझ गया!" मैंने चुटकियाँ बजाते हुए कहा। (मैं कुछ नहीं समझा था।)

"देखो! लखनऊ में उपस्थित पिया मिलन का सबसे सस्ता, सुंदर, टिकाऊ तरीका है सायबर कैफे!"

"सायबर कैफे? अब्बे पार्कों और होटलों में क्या कर्फ्यू लगा है? खुद तो जीरो डिग्री लाउंज में जाते हो, मुझे सायबर कैफे भेज रहे हो... और इसमें टिकाऊ क्या है?"

"एक तो पहली बात, जब तक 'हाँ' न हो तब तक मैं पैसे खर्च करवाने के मूड में नहीं हूँ और दूसरा, वहाँ वो प्राइवेसी नहीं मिलती। यहाँ चीजें एक 'हाँ' के बाद काफी आगे तक जा सकती हैं।" युवान ने एक आँख दबाते हुए कहा, "और 'फ्रेंच-किस' तक तो जाना ही कम-से-कम..."

"भक्क! फ्रेंच-वेंच नहीं, समझे! निश्छल प्रेम है मेरा!... फ्रेंच बता रहे हैं... इंडियन रहो!"

"अमा! भारतीय संविधान यहाँ फ्रांस से तीन कॉन्सेप्ट ले सकता है और तुम एक चुम्मा नहीं ले सकते?"

"हाहाहा... भक्क...। अच्छा ये सब छोड़ो... गिफ्ट वगैरह?" (मैंने सारी प्रायिकताओं और सँभावनाओं का अध्ययन किया था।)

"गिफ्ट? नहीं गिफ्ट-विफ्ट कुछ नहीं... गिफ्ट अभी रहने दो... जब तक 'हाँ' न हो, पैसा मत खर्च करो, साइबर कैफे जाओ आराम से..."

"अब्बे साइबर कैफे नहीं। इतना दिमाग है उसके पास, समझ जाएगी। कल से नंबर ब्लॉक हो जाएगा।"

"यही तो टेस्ट है, पता सबको सब होता है। ये केवल फिल्मों और जेन

ऑस्टेन की नावेल में होता है कि प्यार धीरे-धीरे पनप रहा है। लड़की को पहले दिन से पता होता है कि लड़का इंटरेस्टेड है। जब कोई लड़का लड़की से कॉपी माँगता है तो लड़की को पता होता है कि वो तो पढ़ने में अच्छी है नहीं, कॉपी क्यों माँगी जा रही है? पर्पज सबका वही है, अंतर सिर्फ पैकेजिंग का है! वजह सोचो वजह, क्या बोलोगे?'' (युवान के इसी ज्ञान की वजह से तो नतमस्तक होना पड़ता है। चरण कहाँ हैं इनके? फिलहाल एक चरण टूटा हुआ था।)

''यार, फॉर्म भरना है एसएससी का। उसे भी भरना होगा। ये सही रहेगा?''

''यार, फॉर्म तो मुझे भी भरना है एसएससी का। खाली होना तो मेरा भी भर देना।''

''तुम्हें? तुम क्यों भरोगे भला? भगवान का दिया सबकुछ है। तुम काहे भरोगे फॉर्म?''

(ये डायलॉग मारते वक्त मैं 'सबकुछ' पर ज्यादा फोकस करता था। बाप का दिया बना-बनाया कॉलेज बिजनेस है। पैसा है। पर्सनैलिटी है, हलवासिया में बैठे-बैठे हॉलीवुड का लुक दे रहे हैं। एक आम अकेले तनहा भारतीय लड़के को और क्या चाहिए? और तो और, बाइक भी है इनके पास। खैर, बाइक तो मेरी और शशांक की है, जब तक इन्हें चोट लगी है।)

''अरे यार, तुम तो जानते ही हो हमारे बापजान 'अमृता' के लिए कभी राजी नहीं होंगे। सोच रहा हूँ कि पढ़-लिख ही लूँ।''

''करेंगे क्या इस बिजनेस का? देख तो तुम ही रहे हो?''

''करेंगे क्या?... घर से निकाल देंगे, सारा बिजनेस किसी संस्था को दान कर देंगे। एक दिन जब मिलने आओगे तो जहाँ हमारी बाइक खड़ी रहती है, वहाँ हम बैठे मिलेंगे। वो जो एफजी का स्टाइलिश हेलमेट देख रहे हो न? उसी को उल्टा करके भीख माँगेंगे!''

मुझे इमेजिन करके हँसी आ गई और वह सीरियस था। ये बातचीत हमें एहसास दिला रही थी कि अब हम ग्रेजुएट हो रहे हैं। बड़े हो रहे हैं। कुछ दिनों में शायद नई जिम्मेदारियाँ भी हों। मुझे तो यी भी शक था कि वह अमृता के लिए सीरियस है भी या नहीं। अमृता भाभी से मैं एक ही बार मिला था। बहुत शालीन लगी थीं मुझे। खैर, लड़कियों के मामले में युवान का क्या है, लड़कियाँ तो आती-जाती रहती हैं।

"यार, फॉर्म तो भरना है एसएससी का। अपने फैसले लेने के लिए अपने पैरों पर खड़ा होना होगा भाई!" युवान के चेहरे पर संजीदगी तैर रही थी।

मैंने गुलाबी पट्टी से बँधे उसके पैरों की तरफ देखा, "फिलहाल तो नहीं ही खड़े हो सकते मेरे दोस्त!"

वह हँस दिया। फिर कुछ सोचते हुए बोला, "जाओगे किससे?"

मैंने शकुनिया हँसी हँसी और अँगड़ाई लेते हुए कहा, "भाई की बाइक तो खाली है न?"

"भाई की बाइक और उसकी टंकी दोनों खाली हैं।"

"भरवा दूँगा मेरे दोस्त!"

... ...

वह कॉलेज से लौटते हुए ऑटो स्टैंड की तरफ जा रही थी। मैं उसे पीछे से ही पहचान सकता हूँ। क्या यह कोई गलत बात है? धीमे-धीमे अपने में खोई हुई जा रही थी। ब्लू जींस, पिंक जैकेट। उस पर वाइट और पिंक कलर का डिजाइनर मफलर। स्पोर्ट्स शूज पहने हुए थे। इयरफोन लगा रहता है कान में। लफंगों को दिखाने के लिए कि वह उनके कमेंट्स नहीं सुन रही है, हालाँकि वो हमेशा ऑफ रहता है। बीच-बीच में कुछ सोचकर उँगलियाँ हिला रही थी। वह अकेले चलते हुए अच्छी नहीं लगती, मेरे साथ अच्छी लगती है। अकेले आगे-पीछे होता उसका हाथ सूना लग रहा है, जब मेरे हाथों में होता है तो स्थिर होता है। मेरी उँगलियों के पोरों में एकदम फिट हो जाती हैं उसकी उँगलियाँ। आज सुबह हम कॉलेज में भी नहीं मिले थे, क्योंकि प्लान के हिसाब से चलना था। आज उसने अपना टिफिन अकेले खाया होगा। फिजिक्स क्लास से इलेक्ट्रॉनिक्स क्लास के बीच का एक घंटा वह बोर हुई होगी। मेरे डिपार्टमेंट पूछने गई होगी और डिपार्टमेंट की लड़कियों ने उसे अकेले देखकर मुँह बनाया होगा। "कहाँ हो?" का एक मैसेज मेरे फोन में पड़ा है, जिसका रिप्लाई मैंने नहीं दिया है। बदले में गुस्से वाली स्माइली भी आई है। कुछ लोग सही कहते हैं कि दुनिया की हर चीज के पीछे कोई न कोई वजह होती है।

मैं युवान की यामाहा एफजी से पीछे-पीछे चल रहा था। सड़क पर कम ही लोग हैं। सर्दियों का मौसम खुशनुमा होता है। आसमान में हल्की बदरी है जिससे विजिबिलिटी पुअर है। यूँ तो मैं ट्रैफिक नियमों का दिल से पालन करता हूँ पर युवान ने जान-बूझकर हेलमेट नहीं दिया है। मुझे बस बगल में

जाकर बाइक रोकनी है और सात-आठ बार प्रैक्टिस किया डायलॉग मारना है। यहाँ रोकूँ ? अच्छा यह पेड़ क्रॉस हो जाए फिर रोकता हूँ। चीं से गाड़ी रुकी। (डिस्कब्रेक चप्प से पकड़ता है। पर इतना बैलेंस बनाना मुझे आता है।)

वह ठिठक गई।

''मैडम! कहीं छोड़ दें ? या कहीं का न छोड़ें ?''

''व्हाट द फ्फ्फ...। हा... हा... हा ऐसे छेड़ोगे तुम मुझे ? बंदर लग रहे हो!'' उसने मेरे गाल खींचते हुए कहा।

''जवाब नहीं दिया गया है मैम!''

वह चहककर बाइक पर बैठ गई और मेरा सिर झिंझोड़ते हुए कहा, ''उम्म्म्म कहीं का न छोड़ो... हेहे...।'' मैंने दूसरे गियर में बाइक हल्के झटके से उठाई और निकल चला।

''यार, तुम इतनी जल्दी बैठ गई, अगल-बगल वाले सोचेंगे कि लड़की कितनी जल्दी पट गई...''

''मैं पट गई! मैं पट गई!'' वह बच्चों की तरह फुदकी।

''सीधे बैठो भैंस! डिसबैलंस हो जाएगा।''

''तुम कहाँ थे सुबह से ?'' उसने मुझे एक तगड़ा मुक्का मारते हुए कहा।

''कुछ नहीं, मैं एक सेमिनार में गया था, यहीं पास में।'' मैंने बहुत फॉर्मल तरीके से जवाब दिया। (लव गुरु की सेमिनार।)

''मुझे बिना बताए ? वैसे हम जा कहाँ रहे हैं ?''

(बिना सोचे बैठ गई थी ? क्या ऐसे किसी की बाइक पर बैठ जाती है ? नहीं गधे, तुम स्पेशल हो। घर छोड़ो। वापस आओ। युवान को झूठ बोल देना।)

''मुझे फॉर्म भरना है एसएससी का, तुम तो भूल गई होगी... इसलिए सोचा तुमको भी लिए चलें, साथ में भर देंगे।''

''तुम मुझे 'सायबर कैफे' लेकर जा रे ओ ?'' उसने 'सायबर कैफे' को लंबा खींचते हुए कहा। उसके लहजे में मासूमियत और शैतानी दोनों थी।

चीं...

''उतरो! उतरो! हम अकेले जाएँगे।''

''चल रही हूँ, बाबा! ज्यादा एटीट्यूड न मारो।''

''नहीं उतरो...''

''चल रहे हैं ना...''

(हैं! तैयार हो गई... इन्नी जल्दी... 'युवान टेस्ट' पास? तथास्तु! ओके, ठीक है। दैट्स ऑल। अब इसको घर ड्रॉप कर देना चाहिए। बस ठीक है, ज्यादा कामदेव बनने की जरूरत नहीं है। प्यार है, ऐसे ही रहना चाहिए... सिंपल और प्लेटॉनिक। गाड़ी में तेल भराओ और युवान को वापस करो।)

"तुम्हें घर छोड़ दूँ? फॉर्म भर दूँगा तुम्हारा।"

"किन्नी नौटंकी करते हो तुम... चल तो रही हूँ!" मुझे एक मुक्का और पड़ा।

मैं गाड़ी धीरे-धीरे चला रहा था कि काश, कोई जान-पहचान का मुझे देख ले और थोड़ा भौकाल हो जाए। तब हॉस्टल में जाने पर बातें होंगी, "हम्म... हम्म कहाँ घूम रहे हो आजकल?" और मैं तिरछी स्माइल से कहूँगा, "अरे कहीं नहीं।" प्रेमी की जरूरत प्रेम से ज्यादा इज्जत मेंटनेंस की है। खैर, किसी मुए ने नहीं देखा। वही चिर-परिचित साइबर कैफे गणपति के सामने गाड़ी रोकी। लो नाम भी गणपति है... यहीं होना है श्री गणेश? मैं अक्सर वहाँ जाता था, मगर अकेले। वहाँ जोड़े भी खूब आया करते थे। मैं आगे-आगे स्टाइल मारते हुए चला। ऑपरेटर मुझे प्रेरणा के साथ देखकर मुस्कुराया। (स्साले मुस्कुरा क्या रहे हो? आँय? फ़ॉर्म भरने आए हैं एसएससी का। अभी प्रिंटआउट मारेंगे वहाँ से तब देख लेना, कुत्ते!)

"एक घंटे के लिए चाहिए? 20 रुपए।" उसने कुटिल मुस्कान के साथ कहा।

(20 रुपए? स्साले रोज तो 15 होते हैं, लड़की के साथ 20? स्साले ध्यान से देख लो, भाभी है तुम्हारी... कोई ऐसी-वैसी लड़की नहीं है। समझे!)

लेकिन मेरे मुँह से बस इतना ही निकला, "हाँ, बस आधे घंटे का काम है।" अब प्रेरणा के सामने पाँच रुपए के लिए झंझट करूँ?

उसने मुझे ऐसे देखा जैसे कह रहा हो, बस आधे घंटे? बड़े महत्वाकांक्षी आदमी हो! और मैंने उसे ऐसे देखा जैसे कह रहा हूँ कि बेटा, बाद में मिलना।

केबिन इतना छोटा था कि दो लोग बैठें तो उनके पूरे शरीर लगभग चिपके रहें। दिसंबर की ठंड थी तो इतनी करीबी गर्मी दे रहे थी। ऐसे मौकों पर मेरा हाथ उसके कंधे पर रहता है, हमेशा। साइड हग कहते हैं इसे। बड़े शहरों में सबके साथ चलता है। साथ में फॉर्म भरने का एक प्रॉफिट यह है कि संभावित

ससुराल का एड्रेस और भावी सास-ससुर के नाम याद हो जाते हैं। दुःखद यह था कि मुझे भी अपना ग्राम कचरावाँ और पोस्ट बछरावाँ, थाना सहित उसके सामने भरना पड़ा। इसका सबकुछ सॉफिस्टिकेटेड है और मेरा पूरा जीवन ही देहाती है। मेरे एसबीआई के डेबिट कार्ड पर भी एक देहाती महिला बनी है शॉपिंग बैग्स लेकर... मैं कब जेंटलमैन बनूँगा यार? उसे हँसी आ रही थी और वह डेबिट कार्ड पर लिखा नंबर बोलते-बोलते भूल जा रही थी। तीन बार में पूरा बोला गया और दो बार पेज एक्सपायर हुआ।

"मुझे तुम्हारे कार्ड का नंबर याद हो गया है, अब बस सिक्योरकोड चाहिए, फिर तुम्हें चूना लगा सकती हूँ।" उसने आँखें चमकाते हुए कहा।

"वो तुम्हें कभी नहीं मिलेगा।" मैंने पासवर्ड बहुत तेजी से टाइप करते हुए कहा। उसे पता भी नहीं चला कि पासवर्ड में उसका नाम है। अब मैं कंप्यूटर के सामने तो सॉफिस्टिकेटेड ही हूँ।

फॉर्म भर लिया गया। पहले अपना, जिसके सौ रुपए भरने पड़े। उसके बाद उसका, जो फ्री था। इन अमीरजादी का फॉर्म फ्री? पैसा हम गरीबों से लूट रही है सरकार? वीमेन एंपावरमेंट? ओके!

दोनों फॉर्म 15 मिनट में भर लिए गए। स्पीड है मेरी। (अब? अब उठो और चलो घर। ज्यादा दिमाग न चलाओ समझे?)

"मेरा काम तो हो गया, तुम्हें कुछ करना है इस पे?" मैंने मॉनिटर की तरफ इशारा करते हुए कहा!

"कुछ कर्र लो!" उसने शरारती आँखों से मुझे देखा।

"भक्क भैंस!" मैंने उसके कंधे पर एक मुक्का मारा, उसने जवाब नहीं दिया। फिर मैंने उसके गाल खींचे पर हर बार की तरह इस बार उसने मेरे गाल नहीं खींचे। हर चीज का बदला लेने वाली प्रेरणा, चुप रही... चीजें स्लो मोशन में जाने लगीं। जो हाथ उसके गाल को खींचने गए थे। वो वहीं रह गए... उसके गालों को सहलाया, फिर कंधे पर उतर गए, फिर उसके हाथों से होते हुए मेरे पास वापस आ गए। दो मिनट खामोशी में बीते। तीन-चार डायलॉग्स मेरे दिमाग में आए पर मैंने उन्हें मन में ही खारिज कर दिया।

"तुम्हारा ये मफलर बहुत अच्छा लग रहा है, सूट कर रहा है तुम पे! कहाँ से लिया?" (बताओ तो ऐसा ही कुछ मैं भी तुम्हें गिफ्ट दूँ।)

"ये? ये मेरे पापा ने मुझे गिफ्ट किया!" कहते हुए उसने मेरे कंधे पर

सर रख दिया। (बेटा, उसका बाप लटका हुआ है मफलर में साँप बनके, ज्यादा इधर-उधर किए न तो डस लेगा। अब कोई ऐसा फर्जी क्वेश्चन मत पूछना।)

दो मिनट बिना कुछ बोले बीत गए और कंप्यूटर ने भी मौके की नजाकत को समझते हुए स्क्रीनसेवर चला दिया। कंप्यूटर पर स्क्रीन सेवर चल रहा है, 'दा टाइम इस नाउ' मैं स्क्रीन सेवर को ऊपर-नीचे जाते देख रहा हूँ। उसका सर अब भी मेरे कंधे पर है। गले से एक काला धागा लटक रहा है। चेहरा पहले से ज्यादा गोरा लग रहा है। बैठे-बैठे ब्राइटनेस बढ़ा रही है क्या ये? पूरा केबिन महक रहा है। खूब डिओ मारकर आई है। नर्वस कर रही है मुझे! शैतान... जैकेट की चैन खुली है। खुलती ही जा रही है। ये सलमान खान हुई जा रही है क्या? स्टार्टिंग कैसे करूँ मैं? मुहूर्त का समय निकला जा रहा है जजमान! कन्या को बताइए!... उहूँ... कानों में बालियाँ चमक रही हैं, सोने की हैं क्या? हाँ, ये पूछकर तुम और मूड का कबाड़ा कर दो! गरीब आदमी! जो बात कहनी है उसमें देर न करो! आगे बढ़ो बालवीर! कह भी दो! मत चूको चौहान! मैंने खुद को पंप करना शुरू किया। कोई फायदा नहीं। उसका चेहरा मेरे गले से लग रहा था और मैं पिघलता जा रहा था। नशा-सा हो रहा था। अकेली लड़की खुली तिजोरी की तरह होती है। कुछ देर की और खामोशी और...

"प्रेरणा! आई लव यू रे! सीरियसली!" उसके चेहरे को हाथों में लेते हुए कहा।

उसने मासूमियत से मेरी आँखों में देखा। फिर वापस मेरे कंधे पर सर रख दिया। मुझे पता नहीं क्यों ऐसा लगा जैसे वह मेरी आँखों में झूठ देखना चाहती है। उसे शायद सच दिखता है और वह आँखें फेर लेती है। अपना सारा तन मेरी बाँहों में देकर चेहरा दूसरी तरफ कर रखा है... जवाब नहीं दिया है। क्या वह नाराज हो गई है? उसने आँखें बंद कर ली हैं... क्यों? क्या ये कोई सिग्नल है? वह लुढ़ककर मेरे ऊपर आ गई है। दो मिनट और बीत गए हैं। केबिन लॉक्ड है अंदर से... सामने चल रहा इंटरनेट भी चुप है। नेट न्यूट्रलिटी है। बस घड़ी और साँसें चल रही हैं...

वह किसी सोए हुए बच्चे से ज्यादा खूबसूरत लग रही थी, मैं किसी सोकर उठे बच्चे से ज्यादा चौंका हुआ था। क्या करूँ? प्रोटोकॉल ही नहीं पता। आगे क्या करना है? यह युवान मुझे सारी चीजें नहीं बताता। पहले यह इसके बाप का नागपाश हटाओ यहाँ से, सफोकेट कर रहा है। मफलर हटा दिया है। जैकेट

भी निकाल के सामने डेस्क पर रख दी है। कोई प्रतिक्रिया नहीं। अजीब-सी बात है... जैकेट निकालने से गर्मी और बढ़ गई है। आँखें अब भी बंद हैं। अंदर कुरता है, सफेद... झक्क सफेद। कुर्ते के कॉलर पर चिकन का वर्क है। दूध जैसा गोरा गला है और कंधे से नीचे उतरने पर तिल है। धागे से लटके शिव जी नीचे जाकर खो गए हैं। उसकी आँखें अब भी बंद हैं। कुछ बाल कान के आगे आ गए हैं। मैंने उन्हें वापस कान के ऊपर चढ़ा दिया है। आँखें अब भी बंद हैं... यह कोई सोने का टाइम है? दिन में भी 10 बजे तक सोती है। शैतान! मैंने शैतान को और पास खींच लिया। और पास... और पास... शैतान की साँसें बहुत गर्म हैं... ! होंठ गालों से रगड़ रहे हैं...। हाथ सैलानी हो गए हैं, बस चलते जा रहे हैं, खोजते जा रहे हैं नई-नई जगह... साँसों के आवेग उठ-उठकर गिर रहे हैं... उँगलियाँ कहीं पहुँचना नहीं चाहतीं, बस चलती जा रही हैं... टूरिस्ट हो गई हैं, और उसकी सिहरती सिसकियाँ उन्हें वीजा ऑन अराइवल दे रही हैं... आँखें बंद हुई जा रही हैं। तुम यह क्या कर रहे हो रजत? घर चलो चुपचाप। यह गलत है, यह सब प्रिंसिपल्स के खिलाफ है। ऐसे नहीं होता है। शैतान के साथ यह सब गलत है... मेरे होंठ वापस आ गए।

'क्या होना चाहिए' और 'क्या हो रहा है' में उलझा मैं, अपनी जिंदगी के राजीव चौक पर खड़ा था। एक तरफ मेरे दोनों हाथों में प्रिंसिपल्स और उम्मीदों के लगेज थे, दूसरी तरफ किसी मेट्रो की भीड़ जैसी उसकी नर्मियाँ मुझे अपने साथ बहाए लिए जा रही थीं। मैं बहा जा रहा था। मेरा दिल बागी हुआ जा रहा था। होंठ आगे गए और वापस आए... कोई आवाज नहीं हुई। वापस आओ होंठो! यह सब नहीं होता भारत में। भारतीय तो आज कुछ होगा ही नहीं... सब फ्रेंच होगा। दोनों के होंठ देशद्रोही हो चले थे...

...

...

...

और वह उठ खड़ी हुई।

"क्या हुआ?" अब मेरी साँसें तेज थीं।

"मुझे घर जाना है।"

"हाँ, मैं ड्रॉप कर रहा हूँ।"

"नहीं बस, स्टैंड तक छोड़ दो..."

"नहीं, मैं छोड़ रहा हूँ ना।"

"चलो... बस!"

***

आज फिर जीने की तमन्ना है

ट्विंकल! ट्विंकल! ट्विंकल!

मैंने उसकी डोरबेल बजाई। दिन शनिवार था, मतलब एक केंद्रीय सरकारी कर्मचारी की छुट्टी, इसलिए मुझे पूरी उम्मीद थी कि वह घर पर ही होगी। उसकी बूढ़ी और उलझे बालों वाली मकान मालकिन ने यह बात कन्फर्म भी की थी। जब मैंने गेट का चैनल खोला तब उस बूढ़ी औरत ने मुझे ऐसे घूरकर देखा जैसे यह घर किसी के आने के लिए बना ही न हो। बस नौकरों के लिए ही हो। कुत्ता तो मुझे कोई दिखा नहीं उस बड़े-से अहाते में पर बाहर कुत्तों से सावधान का बोर्ड बड़ी बेहयाई से लगाया गया था। घास के ऊपर बेंत की कुर्सी डालकर, शरीर पर लोशन मलकर, वह औरत धूप खा रही थी। फरवरी की खुनक धूप का मजा ले रही थी। आयकर विभाग में रहते-रहते नजर कुछ ऐसी हो गई है कि सब स्साले चोर ही नजर आते हैं। यह जो इतना बड़ा बंगला इतने पॉश एरिया में बना हुआ है, यह किसी के सैलरी के पैसों से तो आया नहीं होगा, और न ही ये लोशन जो यह शरीर पर मलकर पसरी हुई है। सब गले तक करप्शन में डूबे हुए हैं, ऊपर से हर आम आदमी को नौकर की नजरों से देखती इनकी आँखें। ब्लडी जेंट्री! घास के घेराव के बाद फूलों की क्यारियाँ थीं, जहाँ एक माली पौधों की निराई कर रहा था। पहले क्यारियों को भौंर रहा था फिर बड़े ढेलों को उलटे खुरपे से तोड़ रहा था। मेरे दिमाग में शायर अदम

गोंडवी की पंक्तियाँ सुगबुगा गईं, "वो जिसके हाथ में छाले हैं, पैरों में बिवाईं है, उसी के दम से रौनक आपके बंगले में आई है।" मैं चारों ओर मुआयना करना चाह ही रहा था कि बुढ़िया ने मुझे ऊपर दिशा के कमरे का रास्ता दिखा दिया। गैराज के बगल से ही घुमावदार सीढ़ियाँ ऊपर उसके कमरे को गई थीं। घर दो ही मंजिल का था। ऊपर खुली छत थी। मेरी आँखें आसपास दिशा की यामाहा आरवनफाइव को ढूँढ़ रही थीं, जो दिख नहीं रही थी। सुबह-सुबह यह लड़की कहाँ चली गई ? मैं बताकर भी तो नहीं आया हूँ। मेरा सरप्राइज मेरे लिए ही शॉक न बन जाए। पहले मैंने सोचा था कि सीधा लखनऊ जाऊँगा युवान की इंगेजमेंट में। लौटते वक्त शायद इससे मिलूँ। फिर दिल ने कहा अब और देर नहीं। जिंदगी किसी का इंतजार नहीं करती। उसे खो चुका हूँ, इसे नहीं खोऊँगा और अब जब सभी अपनी-अपनी जिंदगी में सेटल हो रहे हैं तो मुझे भी अपने बारे में सोचना चाहिए। मुझे भी अब आगे बढ़ना चाहिए। मैं कब तक जिऊँगा अपने बीते कल के साये में। दिशा अच्छी लड़की है... सोचना शुरू कर दो अपने बारे में, अब तो इक्का-दुक्का बाल भी झड़ने लगे हैं।

जब युवान को पता चला था कि मैं सीधा लखनऊ आने के बजाय दिल्ली जा रहा हूँ, कितना नाटक किया था उसने। उसका नाटक याद करके मेरे चेहरे पर हँसी उभर आई। मैंने मुड़कर अहाते की तरफ देखा तो बुढ़िया मुझे ही घूर रही थी। मैं चुपचाप सीढ़ियाँ चढ़ने लगा। चूँकि मेरे हाथ में कोई सामान तो था नहीं तो लोहे की घुमावदार सीढ़िया मैं झन झन झन चढ़ गया। उसके दरवाजे पर बड़ा-सा प्लेकार्ड लगा था। प्लेकार्ड पर लाल रंग के बड़े-से होंठ बने हुए थे जिनपर उँगली रखी हुई थी। नीचे लिखा हुआ था- श्श्श... कीप साइलेंस। डेविल इनसाइड। पृष्ठभूमि में धुआँ-धुआँ था। प्लेकार्ड पर डेविल इनसाइड देखकर मुझे यकीन हो गया कि हाँ यह दिशा का ही कमरा है। डेविल अंदर ही होगी। पर उसी प्लेकार्ड का मजाक उड़ाती हुई बगल में विंडबेल लगी थी जो हल्की-सी हवा चलने पर गुनगुना पड़ती थी। यह विंडबेल मैंने ही भिजवाई थी इस बर्थडे पर। कार्ड पर लिखकर भेजा था कि जब भी हवा चलने पर यह गुनगुनाएगी तुम्हें मेरी याद आएगी।... यह सब कहने की बातें हैं, शुरू के चार-पाँच दिन याद आती हैं और उसके बाद आदत हो जाती है। फिर भी उसने लगाया तो अपने दरवाजे पर! दिन में एक बार तो मैं याद आता ही होऊँगा। आज उसे झटका लगेगा कि विंडबेल वाला खुद ही दरवाजे पर खड़ा है।

मैंने दूसरी बार घंटी बजाई और घड़ी की तरफ देखा, सुबह के साढ़े 11 बज रहे थे। बड़े से बड़ा पार्टी जीव इस समय उठ जाता है। दो बार बेल बजा चुका हूँ, कोई जवाब नहीं आया है। पता नहीं किस दैवीय प्रेरणा से प्रभावित होकर मैंने दो पैकेट दूध खरीद लिए हैं। अगर यह घर पर नहीं हुई तो ये दोनों पैकेट उसी नागिन को पिला दूँगा जो नीचे धूप सेंक रही है। मैं यह सोच ही रहा था कि कुछ खटका हुआ। अंदर कदमों की आहट से लगा कि कोई आ रहा है। आहट पास आती गई, मैंने अपने-आप को तैयार किया। पहले ऊपर चिटकनी खुली। फिर सामने का नॉब घूमा। 'चें... ' की आवाज से दरवाजा आधा खुला। आधे खुले दरवाजे से एक नंगा हाथ बाहर आया जो शायद उसी का था।

मैंने उस हाथ में दूध का एक पैकेट थमा दिया। पैकेट के ठंडे एहसास से वो हाथ सिहर गया और बाहर झाँकने के लिए पूरा शरीर, दरवाजे के फ्रेम पर तिरछा झूल आया। शरीर दिशा का ही था। एक आँख बंद, दूसरी आधी खुली, चेहरे पर नींद का साया, मुँह में घुसा हुआ ब्रश, शरीर पर लटकी ढीली काली स्फैगिटी, नीचे नीली हाफ पैंट, पैरों में चप्पल और हाथ में दूध का पैकेट। जैसा कि मैंने मन में दो-तीन बार कह रखा था, उसकी आँखों में देखकर दोहराया, ''व्हाट अ प्लीजेंट सरप्राइज!''

जाहिर है, उसने मुझे अहमदाबाद से डेल्ही अचानक सामने एक्सपेक्ट नहीं किया था। उसकी अधखुली और बंद दोनों आँखें खुल गईं और मुँह से निकला, ''ढउरज आज फश्चिम...'' उसके मुँह में अभी मंजन का झाग ही भरा हुआ था जो बोलने पर उसकी ठुड्डी पर छिटक आया। मैंने अपने अँगूठे से उसकी ठुड्डी का झाग पोंछते हुए कहा, ''जाओ कुल्ला करो पहले!''

हम अभी उसके दरवाजे पर ही थे। मैंने उसे प्यार से दरवाजे के एक तरफ लुढ़काया और अंदर इस तरह घुस गया जैसे यह मेरा ही घर हो। वह पीछे-पीछे आई। अब भी कन्फ्यूज थी। मैं आराम से बेड पर बैठ गया और वह सामने हाथ में दूध का पैकेट लिए, अपनी आँखों पर यकीन करने की कोशिश कर रही थी। ''ठुम यहाँ थिसे ? मैंने कहा, ''नाइस हाउस! गुड!'' और थम्ब्स अप का साइन दिया, और वह अब भी मुझे बड़ी-बड़ी आँखों से देख रही थी और असमंजस में टूथब्रश को कूच रही थी। मैंने उसे बड़े अधिकार से वॉशरूम की तरफ जाने का इशारा किया, ''अमा जाओ यार!''

उसने दूध का पैकेट डाइनिंग टेबल पर रखा और वॉशरूम की तरफ जाने

लगी, जाने से पहले एक बार फिर पलटकर देखा और भवों से "ऐसे कैसे ?" का इशारा किया। मैं उसे इस हालत में पाकर मुस्कुराया। अपने हाथ का दूध का पैकेट भी जाकर डाइनिंग टेबल पर रख दिया और चारों ओर घर की सजावट का अवलोकन करने लगा। कमरे में पड़ा सिंगल बेड कह रहा था कि वह अकेली रहती है, पर सामने पड़ा डाइनिंग टेबल कह रहा था कि पहले उसकी रूमपार्टनर्स थीं। दीवार पर टँगी ये ट्रैकिंग, वाटर राफ्टिंग और ग्लाइडिंग की तस्वीरें कह रही हैं कि यह एक खुली हवा का जिंदादिल प्राणी है, पर अब इस शांत एरिया में इस खूसट के घर कमरा लेना बता रहा है कि अब ये थक गया है और अकेला रहना चाहता है। इसे शांति चाहिए। मेज पर लैपटॉप स्लीप मोड में चला गया था, मतलब पढ़ते-पढ़ते बिस्तर पर गिरी हैं मैडम। तीन-चार किताबें एक साथ खुली हुई थीं और नोट्स में एक पन्ना मुड़ा हुआ था। पढ़ते-पढ़ते किसी टॉपिक पर पीएचडी कर लेने की इच्छा सबसे बुरी साबित होती है एस्पिरेंट के लिए। स्टूडेंट भूल जाता है कि सिविल सर्वेंट एक जनरलिस्ट है न कि स्पेशलिस्ट और यह गलती बहुत भारी पड़ती है। मैंने मुड़े हुए पन्ने को खोला और सरसरी निगाह से नोट्स की ओर देखा। राइटिंग चिड़िया की टाँग की तरह थी मैडम की। उसकी राइटिंग अच्छी थी। ओफ्फ... मैं क्यों याद करता हूँ उस चार साल पुरानी लड़की को ?

बगल में मोबाइल पड़ा हुआ था, जिसमें दिशा का आज का शेड्यूल स्क्रीनसेवर पर फ्लैश कर रहा था। मैंने मोबाइल उठाकर अपने हाथ में लिया और एक तिरछी-सी मुस्कान मेरे चेहरे पर खिंच गई। बिस्तर पर बिना तह किया कंबल पड़ा था जो आधा फर्श पर लटक रहा था। वहाँ अब भी उसकी अँगड़ाई भरी नींद सिमटी पड़ी थी। उसने मुझे बताया है कि कैसे वह सोते-सोते बेड से नीचे गिर पड़ती है, धप्प से! मुझे लगा कि मुझे कंबल को तह कर देना चाहिए। कंबल मोड़कर मैं खिड़की के पास आकर खड़ा हो गया और यह जानने की कोशिश करने लगा कि उसकी सुबह कैसे होती होगी? सामने गुलमोहर का खूबसूरत पेड़ था जिसमें फूल खिले हुए थे। खिड़की से बाहर बरामदा दिखाई दिया जहाँ उसका पेपर वाला रोज 'द हिंदू' फेंक जाता है। वहाँ आज और कल, दोनों के अखबार पड़े हुए थे। हम्म! मतलब पढ़ाई में ढिलाई हो रही है। मैं बाहर झाँक ही रहा था कि पीछे से उसकी आवाज आई!

"म्हारो साजन पधारो म्हारे देश। आज सूरज पश्चिम से निकला है

क्या?''

बिना मुड़े और बिना उसकी तरफ देखे ही मैंने जवाब दिया, ''रोज निकलता है, शुक्र और अरुण ग्रह पर।'' मैंने खिड़की व परदे बंद किए और उसकी तरफ मुड़ा। उसने ऊपर एक हल्का-सा कार्डिगन और नीचे फुल लोअर पहन ली थी। (मैंने उसे ऊपर से नीचे तक देखा और मन में कहा, 'कवच और ढाल भी पहन आती, ऐसा लग रहा है जैसे अटैक ही करने आया था मैं!')

मैं बेड के पास आ गया। वह पास आई। अपने दोनों हाथ मेरे हाथों में दिए, एक बड़ी-सी स्माइल की ताजगी के साथ कहा, ''हाय!''

''हग भी नहीं करोगी?'' इस बार मैंने अपने दोनों हाथ उसकी तरफ बढ़ाए।

''नहीं, बिलकुल नहीं!'' यह उसने हग करते हुए कहा।

''अब भी नाराज हो मुझसे?''

''नहीं... हाँ थोड़ा-सा। पर तुम... तुम यहाँ कैसे?'' वह थोड़ा पीछे हटते हुए बोली।

मैंने एक गहरी साँस ली और उसे कुर्सी खींचने का इशारा करते हुए कहा, ''युवान की इंगेजमेंट है। कल शाम को, तो लखनऊ जा रहा हूँ। मैंने सोचा जहाँपनाह से मिलता चलूँ।''

''फाइनली! तुम तीनों मिल रहे हो (फिर थोड़ा रुककर) एक मिनट, शशांक आ रहा है न?''

''हाँ, शायद आ रहा है। पता नहीं।''

''फाइनली तुम तीनों का साथ घूमने वाला द ग्रेट प्लान, ब्लूप्रिंट से हकीकत में आएगा।''

''हाँ, उम्मीद तो है... छोड़ो उन दोनों को। हमारी बात करो न।''

''अरे नहीं, तुम लोग बहुत दिन बाद मिल रहे हो न... मैं तो आ ही जाती हूँ अहमदाबाद!'' उसके चेहरे पर व्यंग्य मिश्रित मुस्कान घिर आई। उसकी आँखें कह रही थीं कि आखिरी वाक्य में बहुत तीखी उलाहना दी है उसने।

''मतलब तुम खुश नहीं हो मेरे सरप्राइज से?'' मैंने बनावटी नाराजगी जताई और बेड पर बैठ गया।

''नाह! आई एम हैप्पी... पर यार पहले बताते तो मैं तुम्हारे लिए तैयार रहती।''

"फिर सरप्राइज कहाँ रहता?"

"हाँ, पर तुमसे मिलने का मतलब है पूरा दिन तुम्हारे साथ...।"

मैंने उसकी तरफ मुस्कुराकर देखा और मन में सोचा, 'यहाँ मैं पूरी जिंदगी की सोच रहा हूँ और तुम दिन कह रही हो।'

"क्या हँस क्या रहे हो? हम कुछ प्लान करते, अभी मुझे जाना है एक घंटे में..."

"जाना... कहाँ जाना है?" मैंने विस्मय में पूछा।

उसके चेहरे के भावों में थोड़ा परिवर्तन हुआ जैसे उसे कुछ याद आया हो। विषाद की कुछ रेखाएँ उसके माथे पर घिर आईं।

"अरे, कुँवारी थोड़ी न मरना है? शादी भी तो करनी है न! अब कुछ लोग तो भाव ही नहीं दिए, सोचना पड़ता है भई!"

"अच्छा! तो लड़का देखने जा रही हो?"

"हाँ यार, मम्मी का बड़ा प्रेशर है कि मिल लो एक बार, आरपीएस में है!" वह डाइनिंग टेबल की तरफ कुर्सी खींचने गई, कुर्सी खींचकर मेरे सामने लगाते हुए पूछा, "ये दूध के पैकेट किसलिए लाए हो?"

"कोई राजस्थानी खीर बहुत अच्छी बनाता है, और मुझे भूख भी लगी थी तो..." मैंने अपना पेट सहलाया।

उसने चेहरे पर बेतकल्लुफी भरी हँसी फेंकते हुए साँस भरी और बात बदलते हुए कहा, "उसका नाम सिद्धार्थ है। आरपीएस में है।"

"ओहहो, रंगीलो राजस्थान! पगड़ी-वगड़ी बाँध के आएगा क्या?"

"अरे यार अब मजाक मत उड़ाओ। मुझे पता होता कि तुम आ रहे हो तो मैं उससे अपॉइंटमेंट कैंसिल कर देती। कई दिनों से टाल रही हूँ, आज फिर टाल देती।" फिर बुदबुदाई, "ये मम्मी भी पीछे पड़ी हैं, मुझे नहीं करनी शादी-वादी।"

"पर तुमने तो कहा कि तुम उससे आज नहीं मिल सकती, कल मिलोगी?

"मैंने कब कहा?"

" अपना फोन चेक करो बालिके!" मैंने अँगड़ाई ली और दूसरी तरफ देखने लगा।

"हैं? ये मैंने कब कहा।" उसने अपने दिमाग पर जोर डाला, फिर मेरे

चेहरे पर कॉन्फिडेंस भरी कुटिल मुस्कान देखकर अपने फोन की तरफ भागी। मैसेज चेक करते हुए बोली-

"अर्जेंट वर्क टुडे। कैच यू टुमारो!... ये मैसेज? सेंट फिफ्टीन मिनट्स एगो! ये मैंने कब किया? हाव! तुमने किया?"

मैंने किसी फाइव स्टार होटल के दरबान की तरह अपना सिर झुकाया और सम्मान के लिए दो शब्द कहे, "आपको अपने फोन का पैटर्न लॉक बदलते रहना चाहिए, मैडम!"

"अब तुम नहीं बचोगे राज!"

"पर तुमने कहा था कि तुम्हें पता होता तो तुम अपॉइंटमेंट कैंसिल कर देती?"

"फिर भी ये चीटिंग है।" उसने मुझे फेंककर मारने के लिए टेबल पर पड़ी हिस्ट्री की स्पेक्ट्रम उठा ली।

"पर तुम्हें तो शादी ही नहीं करनी थी न? वो बुक नहीं प्लीज, वो बहुत भारी है, मेरी नहीं तो कम-से-कम इतिहास की तो इज्जत करो! इतिहास बिखर जाएगा यार!"

मुझे पता था कि यह दिशा है और अभी कुछ-न-कुछ तो उड़ता हुआ मेरे सिर के आस-पास से गुजरेगा। उसके दूसरे हाथ में मोबाइल तो था ही। उसका निशाना भी अच्छा है। उसका रौद्र रूप देखकर मैं बेड के नीचे घुस गया और वहीं से सुलह की शर्तें पेश कीं, "देखो दिशा! तुम्हारा फोन महँगा है, कुछ भी टूटा तो कम-से-कम दस हजार का खर्च आएगा। इसलिए गुस्सा थूक दो। तुम मुझे घूँसे मार सकती हो।" दो मिनट तक कोई आवाज नहीं आई। उसने मांडवाली में कोई इंटरेस्ट नहीं लिया था। फिर मैंने झाँककर देखा तो वह हँस रही थी।

"मैंने एक इंस्पेक्टर को इतना डरा हुआ कभी नहीं देखा। हाहाहा... वो भी बेड के नीचे। हाहाहा! अंडरकवर ऑफिसर तो देखा था, आज अंडर द बेड ऑफिसर भी देख लिया, हाहाहा!"

"अरे तुमसे इंस्पेक्टर क्या शिव जी डर जाएँ!... हाँ नहीं तो... वैसे तुम आदत डाल लो, एक ऑफिसर को डराने-धमकाने की।" मैं बेड के नीचे से ऊपर आ गया। उसने बनावटी गुस्से में अपना मुँह फुलाया और मुझे घूँसा मारकर कहा, "तुमने ऐसा क्यों किया?" मैं किसी शातिर अपराधी की तरह

मुस्कुरा दिया।

"अच्छा! रंगीलो राजस्थान? तुम्हें सब पता था फिर भी मेरा मजा ले रहे थे?" मुझे एक घूँसा और मारकर वह सामने वाली कुर्सी पर बैठ गई।

"अरे, मेरे खुद के होते हुए मैं तुम्हें किसी और के पास कैसे जाने देता?" मैंने उसकी कुर्सी अपने पास खींचते हुए कहा। उसकी आँखों में प्यारभरी निगाहों से झाँका।

"तुम कहाँ हो मेरे पास, आवारा इंसान?" उसने मेरी आँखों में वापस देखा।

मैंने उसके दोनों हाथों को अपने हाथों में लेते हुए कहा, "मैं हूँ तो तुम्हारे पास। अभी तुम्हारे सामने।"

"तो मैं क्या करूँ तुम्हारा?"

"अरे? कमी क्या है मुझमें? घूस नहीं लेता हूँ तो क्या हुआ, ठीक-ठाक सैलरी है मेरी! खुश रहोगी तुम!" मैंने अपने हाथ उठाकर अपना प्रचार किया।

"अरे तुम यूपी वालों का क्या भरोसा? नाइंटी परसेंट लोगों का तो दिल ही टूटा रहता है! पता नहीं वादा करके निभाओ या नहीं?"

"अरे, मैं वादा निभाऊँगा यार! गंगा मैया की कसम जी!"

उसने मेरी आँखों में झाँका जैसे कह रही हो, पक्का?

"अरे मान लो ना यार! तुम्हारे उधर तो कोई नदी भी नहीं है कसम खाने लायक! हेहे। हम लोग गंगा मैया का मान रखते हैं जी।"

"हाँ वो तो गंगा मैया की हालत देख के दिख जाता है। क्यों करूँ तुम्हारा प्रपोजल एक्सेप्ट?"

"क्यूँ करो एक्सेप्ट, मैंने बेसुरी आवाज में गाना शुरू किया, "..अरे अगरा से जाकर घघरा ले आईब, जोयपुर से जाकर चोली ले आईब,

लखनऊ में शॉपिंग कराईब हो ओ,

इक बेरी प्यार से, सइयाँ जी कोहि दा, टबेरा में तोहके घुमाईब हो ओ..."

उसकी खिलखिलाती हुई हँसी देखने लायक थी। वह कुर्सी सहित गिरने वाली थी।

"दिशा!" नीचे से मकान मालकिन की तेज कर्कश आवाज आई। हम हँसते-हँसते बिस्तर पर आ गए थे। वह मेरी गोद में थी।

''श्शश!'' उसने मेरे होंठों पर उँगली रखते हुए कहा, ताकि नीचे आंटी की आवाज साफ सुन सके। उसके गाल मेरे होंठों के पास ही थे और कान बाहर दरवाजे की तरफ।

''दिशा! इतना शोर क्यों हो रहा है?''

''सॉरी आंटी, वो टीवी का वॉल्यूम तेज हो गया था।'' उसने कमरे से ही आवाज लगाई। मुझे उसके झूठ पर हँसी आ गई। उसने अपना हाथ मेरे मुँह पर रख दिया।

''ठीक है। ध्यान रखो।'' पीछे से आंटी की वापस कमरे में जाती हुई आवाज आई।

''जी आंटी!''उसने मेरी तरफ देखा फिर अचानक खिलखिलाकर हँसने लगी।

''अब तुम क्यों हँस रही हो?''

''राज! घर में टीवी ही नहीं है। वॉल्यूम किसका तेज हुआ था? हाहाहा।'' हम दोनों फिर हँसी में डूब गए। हँसते-हँसते वह मेरे ऊपर झुक आई थी। मैं खुद कितने दिनों बाद इतने बेबाक तरीके से हँसा था। ऐसी बेलौस हँसी हम कॉलेज में हँसा करते थे। मैंने उसकी बच्चों जैसी निश्छल हँसी को देखा। उसके गालों पर डिंपल आ गए थे। वही हलवाई डिंपल। पता नहीं क्यों मुझे लगा कि मुझे इस बच्चे को चूम लेना चाहिए। दिशा ने भी कोई विरोध नहीं किया। उसने अपनी आँखें बंद कर लीं, जैसे उसने इसका इंतजार किया हो। मैंने कभी नहीं सोचा था कि दिशा जो बाहर से इतनी सख्त है, छूने पर इतनी नर्म हो जाएगी। पर इसकी और वजह है। वह मुझसे प्यार करती है, उसके अंदर मेरे लिए फीलिंग्स हैं और मुझे इसका फायदा उठाने का कोई अधिकार नहीं। पहले मुझे उसे अधिकार देने होंगे, उसकी भावनाओं को सम्मान देना होगा और पिछली बार जो मैंने उसे हर्ट किया उसके लिए उससे माफी माँगनी होगी। मैंने अपने होंठ वापस लिए और उसके बालों पर हाथ फेरते हुए कहा,

''तो तुमने मुझे माफ कर दिया?''

वह उठी और तकरार करते हुए बोली, ''हाँ माफ कर दिया, वैसे भी मेरा दिल बहुत बड़ा है।''

''तो उसमें एक छोटा-सा प्लॉट हमें दे दो! हम अपनी कुटिया डाल के रह लेंगे!''

''नहीं, अब हम नहीं देते किसी को अपना दिल, लोग सँभाल नहीं पाते!

हुँह!''

''अइसा है मैडम! प्यार से माँग रहे हैं। दे दो! वरना हम इनकम टैक्स वाले हैं, रेड मार देंगे!''

''अच्छा... रेड?'' उसने अपनी बाँहें चढ़ाईं, ''देखें, तुम्हारी रेड, बेड के नीचे छुपे हुए ऑफिसर!''

''अकेली लड़की खुली तिजोरी की तरह होती है, मैं तुम्हें लूट सकता हूँ, हुहाहा!'' मैंने अपने हाथ शक्ति कपूर की तरह हिलाए।

''अच्छा... तो तुम मुझ पे अटैक करोगे? आ जाओ?... आ जाओ, आ जाओ! एक तो मेरी डेट कैंसिल किए, ऊपर से मुझ पे धौंस जमा रहे हो। ठीक से प्रोपोज भी नहीं कर रहे हो। मुँह देखो इनका... शादी करेंगे मुझसे!'' मुझे बिस्तर पर पटककर खुद मेरे ऊपर चढ़ गई।

''हाँ, तो कमी क्या है मुझमें? मिलेगा नहीं मेरे जैसा?'' मैंने लेटे-लेटे ही कहा। वह मेरे ऊपर बैठी हुई थी। उसने मेरी उँगलियों में अपनी उँगलियाँ डालीं और मरोड़ने लगी।

''अटैक करोगे?''

''मैं वो बस लड़कियों पर अपनी पावर नहीं दिखा रहा हूँ! बहुत पॉवर है मुझमें।''

''नहीं, नहीं, दिखाओ, दिखाओ!''

''तुम क्या मुझे चाभी लगा रही हो कि मैं तुम पे अटैक करूँ?''

''तुम कर ही नहीं सकते!''

''ये एक चौहान का हाथ है बेटा। पछताओगी तुम!''

''मेरे पीछे वो सर्टिफिकेट दिख रहा है, वो दीवाल पे?''

''मेरे ऊपर से उठोगी तब तो कुछ दिखेगा मुझे?

वह थोड़ा-सा तिरछा हो गई और मैं पढ़ने लगा, सर्टिफिकेट ऑफ ऑफिशियल डान ग्रेड। भक्क! मुझे पागल कुत्ते ने काटा है जो तुमसे शादी करूँगा?''

उसने भवें उचकाईं, ''अब बोलो पृथ्वीराज चौहान?''

''अरे चौहान की ऐसी कि तैसी, मुझे नहीं करनी शादी। नहीं, करनी ही नहीं है। मैं वापस ले रहा हूँ अपना प्रपोजल।''

''डर गए?''

''अरे, आजकल की बीवियाँ वैसे ही अपने पतियों को बेल्ट से पीटती हैं और तुम खुद ही ब्लैक बेल्ट हो, तुमसे कौन करेगा शादी?''

''अरे, तुम ये भी तो देखो कि तुम्हें बीवी के साथ बॉडीगार्ड मिल रही है।''

''हाँ, ये बात भी सही है। क्या सीखा था? ताइक्वांडो?''

''कराटे! इंटर में चैंपियनशिप जीती थी। उसी का है, ब्लैक बेल्ट नहीं है!''

''जो भी है। फिलहाल मैं काफी डर गया हूँ और अब तुम मेरे ऊपर से उतरो!''

''तो मतलब तुम मुझ पे अटैक नहीं करोगे? सो सैड!''

''नहीं, बिलकुल नहीं... और क्या खाली पेट मेहनत करवाओगी मुझसे?''

''ठीक है! क्या खाओगे? मुझे ज्यादा कुछ बनाना नहीं आता!''

''मुझे भूख तो लगी है। एक मिनट, तुम कैसी बीवी बनोगी यार? तुम मुझे भूखा मार दोगी क्या?''

''अरे, मेरा हसबैंड मेरी हेल्प करेगा न!'' उसने मेरी आँखों में देखकर कन्फर्म किया, ''करेगा न?''

मैंने उसे देखा, फिर उसके पीछे टँगे सर्टिफिकेट को देखा और कहा, ''हेल्प? अरे मैम मैं खुद ही बनाऊँगा!''

''छो स्वीट!'' उसने मेरे गाल खींचते हुए कहा और मेरा चश्मा जो अभी तक उसकी टीशर्ट में लगा था, निकालकर मुझे पहना दिया।

''अब उतर जाओ ऊपर से और चाय चढ़ाओ!''

''हाँ चाय तो मैंने भी नहीं पी है।''

***

हम दोनों अब उसके किचन में आ गए हैं। तय यह हुआ है कि पहले हम दोनों मिलकर चिली पनीर और फ्राइड राइस बनाएँगे। फिर शाम को वह मुझे घुमाने ले जाएगी। रात को लखनऊ मेल से लखनऊ। (हद है, मैंने अभी तक चिली पनीर बनाना ही सीखा है। उसे बहुत पसंद था और मैंने उसके लिए ही सीखा था।) हम दोनों क्या, मैं बनाऊँगा और दिशा हेल्प करेगी। चाय पीते-पीते सारी बातें हो रही हैं। मैं पीछे की दीवार पर टेक लेकर खड़ा हूँ और वह टाँड़

पर आलथी-पालथी मारकर पुरखिन बनी बैठी है। बातें हैं कि खत्म ही नहीं हो रही हैं। वह ज्यादा बोल रही है, मैं ज्यादा सुन रहा हूँ। मैंने कभी उससे इतनी बातें नहीं की थीं। दिशा जो आधे घंटे पहले एकदम सीरियस थी, उसके राग-रंग ही बदल गए हैं। एकदम पहले वाली दिशा बन गई है। बेधड़क, बेफिक्र, बिंदास। हर बात में चहक रही है। यार, ये चीज न हम ऐसे करेंगे। वो चीज हम वैसे करेंगे। पर यार, घर वालों को मनाना काफी टफ होगा! नहीं? तुम ट्रांसफर लखनऊ ले रहे थे न? लखनऊ मैं गई हूँ एक बार। जब मैं फर्स्ट ईयर में थी। तुम्हारा ग्रेड बढ़ा है न? अब तुम आईटीओ हो गए हो न? अच्छा, तुम्हारा पूरा नाम राजरजत सिंह चौहान है न? इस हिसाब से मेरा नाम हो जाएगा, दिशा रजत चौहान! हईं? उसकी आँखें चमक उठीं। उसने किसी डायरेक्टर की तरह मुझे सीन समझाते हुए कहा, "विजय दीनानाथ चौहान, हईं! दिशा रजत चौहान, हईं?" फिर अपने डायलॉग पर खुद ही खुश हो गई, "हाँ, ये सही रहेगा।"

"नहीं, तुम्हें रजत नहीं मिलेगा, बस चौहान मिलेगा!" मैंने उसे बीच में टोका।

"अरे चलो! मैं ले लूँगी! कम-से-कम फेसबुक पर तो डालूँगी ही- दिशा रजत चौहान। हईं? लाइक्स थाउजेंड के पार! ये एकदम सही रहेगा।" उसने खुद ही ताली बजा ली।

मैंने भी अपनी तरफ से एक बेकार-सा ऑफर दिया, "ये कैसा रहेगा, शादी के कार्ड पे- दिशा धायल वेड्स रजत घायल!"

"नाह ये बेकार है!" उसने हाथ हिलाकर मेरा आइडिया रिजेक्ट किया।

"मुझे तो फनी लगा!"

"नाह बेकार है। राज! तुम मुझे पहले अपनी एग्जेक्ट उम्र बताओ!"

"तुम पहले टाँड़ पर से उतरो! तुम्हें ऊपर चढ़ के बैठने की बीमारी है क्या? अभी थोड़ी देर पहले मेरे ऊपर थी?"

"हाहा!" उसने अपने होंठो पर बच्चों जैसी हँसी बिखेर दी।

"हँसो नहीं, अभी तक सारे काम मैंने ही किए हैं, तुमने कुछ नहीं किया, बैठे-बैठे एप्पल खा रही हो!"

"अरे, मैं ऊपर से सुपरवाइज कर रही हूँ न, कि पनीर सही से भुन रही है या नहीं?" उसने एक धूर्तता भरी स्माइल दी और भवें मटकाईं।

"नहीं! तुम पनीर बीन-बीन के खा रही हो, मैं देख रहा हूँ।" मैंने उसकी

नाक हिलाई।

"जब तुम पास होते तो मुझे लगता ही नहीं है कि मैं बड़ी हुई हूँ, क्योंकि तुम इतने मैच्योर जो हो।"

"अच्छा?... वो काली मिर्च पास करो!"

"पता नहीं क्यों तुम्हारा बड़प्पन देख के मेरे अंदर बचपना आ जाता है। जैसे लगता है, मैं गलतियाँ करती रहूँ और तुम सँभाल लोगे।" उसने काली मिर्च का डिब्बा थमाते हुए कहा।

"ये तुम्हारी कामचोरी है, नीचे उतरो और सलाद के लिए प्याज काटो!" मैंने उसे स्प्रिंक्लर वापस कर दिया और चलाने के लिए इशारा किया, "जरा लैडल देना तो!'

"अच्छा, तुम सच में बड़े हो गए हो क्या, इतने मैच्योर टाइप? या फिर एक्टिंग करते रहते हो बड़े बनने की? मैं तो ऑफिस में बहुत सीरियस बनी रहती हूँ। किसी से सीधे मुँह बात ही नहीं, मैडम! मैडम! मैडम! हाहाहा।" उसने ऑफिस में अपने रवैये की नकल उतारी, फिर खिलखिलाई। मैंने उसे घूरकर देखा जिसका मतलब था, "अच्छा! मेरी सादगी एक्टिंग लगती है?"

उसने खुद ही सफाई पेश की, "हाँ, तुम तो हो गए हो मैच्योर, तुम्हारे आर्टिकल्स पढ़े हैं मैंने। काफी लेवल के होते हैं। वैसे तुम्हारी ऐज क्या है? कितना सोचते हो तुम!"

"27"

"27 की तो मैं भी हूँ!" उसने उतारने के लिए दोनों हाथ आगे बढ़ाते हुए कहा। जिसका मतलब था, उतारो मुझे। आज इन्हें काफी बदमाशी सूझ रही है।

"मंथ?"

"अगस्त!"

"तुम अगस्त? मैं फेब! मतलब तुम बड़े हो मुझसे छह महीना! फिर ठीक है।"

"बढ़िया है, अब मुझे कराटे किड की लात नहीं खानी पड़ेगी।" उसका अक्टूबर था और वह मुझसे दो महीने छोटी थी। ओफ्फो! मैं क्यों याद कर रहा हूँ उसे? और अब जब उसका दूर-दूर तक पता नहीं है। और मुझे दिशा से अपने लिए बात करनी है। इस बेमतलब और बे-टाइम की तुलना के लिए मैं अपने दिमाग पर झुँझलाया। वह क्यों नहीं जाती मेरे दिमाग से? चुप रहो मेरे

बेवकूफ दिमाग।

"तुम बीच-बीच में क्या सोचने लगते हो? तुम बीच-बीच में कहीं खो जाते हो। मैंने कई बार देखा है। कोचिंग में भी तुम होते तो थे पर होते नहीं थे।"

"अरे कुछ नहीं, ये बताओ कि किचन पूरा साफ कैसे है? मतलब तुम्हें ऑफिस के बाद इतना टाइम मिल जाता है?" मैंने चारों तरफ नजरें फिराते हुए कहा।

"अरे वो मेड आती है न शाम को... तो वही... !"

"ओह्ह! हम्म्म..."

"पर तुम्हारे साथ तो हमें मेड की जरूरत नहीं पड़ेगी, है न?"

"क्योंकि तुम्हारा सारा काम तो मैं करूँगा, है न?" मैंने उसे गाल पर चपत लगाई और सलाद धुलने का इशारा किया।

"अरे तुम मेरा सारा काम कर देना, मैं तुम्हारा सारा काम कर दूँगी!"

"हाँ, फिर तो वी विल बी लिटरली 'मेड' फॉर ईच अदर।"

"हाहाहा!" वो हँस पड़ी और सलाद सिंक में छिटक गए। "ये पंच सही था एकदम! हाहाहा, तुमने तुरंत बनाया?"

"हाँ! और क्या?

(शशांक का था, हमने साथ में एग करी बनाते वक्त बनाया था। हम दोनों मेड फॉर ईच अदर थे। पर उसने भी मेरे कई पंच चुराए हैं।)

"अच्छा, तुम्हें मुझमें क्या पसंद आया?"

इस प्रश्न का सीधा मतलब था कि जल्दी से मेरी तारीफ करना शुरू करो। किसी भी दुनिया की किसी भी लड़की के इस प्रश्न का बस यही मतलब होता है। मैंने उसे घूरकर देखा, जिसका मतलब था, 'कामधाम कुछ करना नहीं है, तारीफ कर दो बस इनकी'। उसने अपने दोनों हाथ आगे कर दिए, "मेरा सारा काम हो गया" और फिर कड़ाही में झाँककर बोली, "डिश भी लगभग तैयार है।" फिर सलाद की तरफ इशारा किया जो उसने करीने से काट दिए थे।

मैंने कड़ाही की तरफ देखा, अभी थोड़ी कसर रह गई थी। फिर उसकी ओर मुखातिब हुआ, "मेरा ऐसा कोई जज करने का क्राइटेरिया नहीं था।"

"फिर भी, देख के बताओ मुझे!" उसने अपने फिगर की तरफ इशारा करके गर्दन मटकाई।

''हम्म सोचने दो मुझे, लेट मी थिंक, आ... तुम गोरी हो?''

''हाँ वो तो मैं हूँ!''

''और... तुम लंबी हो।''

''लंबी?'' झट से आकर मेरे बगल खड़ी हुई। नापते हुए बोली, ''तुम्हारे ही जितनी तो हूँ''

''और... अम्म...। तुम्हारे पास बाइक भी है।''

''बाइक? अब ये कोण-सा क्राइटेरिया है? ये तो पहली बार सुना मैंने। और बाइक तो बेच दी मैंने।''

''क्या?... बेच दी? फिर तो मुझे तुम्हारे बारे में दोबारा सोचना पड़ेगा।''

''हैं? ऐसा क्या है, वापस ले लेंगे यार...।'' वो मेरी तरफ 90 अंश के कोण पर खड़ी थी और मैं कड़ाही में देखते हुए बातें कर रहा था।

''अरे, मजाक कर रहा था, अच्छा किया बेच दिया, वैसे भी तुम डग्गामार चलाती थी!''

''मैं? और डग्गामार? उसे जिगजैग ड्राइविंग कहते हैं।''

''अरे जो भी हो, मेरी हालत खराब रहती थी। चिपक के बैठा रहता था मैं, सर नीचे करके।''

''तुम्हारे चिपकने के लिए ही तो इस तरह चलाती थी।''

''अच्छा... ?''

''और क्या!''

मैंने लाल होते पनीर को देखा, अच्छी महक आ रही थी। व्यंजन तैयार था। गैस बंद कर दी। उसकी तरफ घूमा तो वह मुझे ही देख रही थी। मैंने आँखों से ही पूछा, 'क्या?'

दिशा ने जवाब दिया, ''कुछ नहीं!' पर उसकी आँखें कह रही थीं, पिछले स्टेटमेंट की तरफ ध्यान दो। मैंने ध्यान दिया। एक हाथ बढ़ाया। वह आकर लिपट गई।

''आई लव यू राज!''

चार साल की दोस्ती की परिणति इन चार शब्दों में हुई।

''आई लव यू टू दिशा! (प्रेरणा! प्रेरणा! प्रेरणा! प्रेरणा! प्रेरणा! चोप्प स्साले चोप्प! धोखा दे रहे हो उसे? हाँ, तो वही छोड़कर गई थी मुझे। नहीं, तुम छोड़कर आए थे उसे। तुम! हाँ तुम! गलती उसकी थी। चार साल हो गए

हैं। मुझे कोई सफाई नहीं देनी।) मैंने दिशा को और कसकर भींच लिया। वह मुझमें सिमटी हुई थी। उसे पता नहीं चला कि मैं अपने-आप से कितना लड़ रहा हूँ। मैंने उसकी पीठ का कपड़ा अपनी मुट्ठी में भींच लिया। उसने ढीला होकर छूटना चाहा। मैंने और कसकर भींच लिया। कुछ पल खामोशी के बीते। साँसें सामान्य हुईं। हम थोड़ा दूर हुए। चेहरे पर हँसी वापस घिर आई। बनावटी हँसी।

"अरे टेस्ट तो करें कैसा बना है, दो प्लेट निकालो!" मैंने कपबोर्ड की तरफ इशारा किया। महक से ही लग रहा था कि टोमेटो प्यूरी ने अपना काम कर दिया है।

"दो प्लेट क्यों? अब तो हम एक ही में खाएँगे..."

"अच्छा ठीक है! इधर रखो, गैस के पास। नहीं तो गिरेगा। रुको! रुको! धनिया की पत्ती है?"

"नहीं!"

"ठीक है, कोई नई... चम्मच हटाओ, मैं डाल रहा हूँ।" (पहले सामने वाले की प्लेट में डालते हैं रज्जो! पनीर देखी नहीं कि शुरू हो गए। चुप रहो प्रेरणा!)

"ये लो!" मैंने उसकी तरफ प्लेट बढ़ाई। वह फिर टाँड़ पर चढ़कर, बर्नर के बगल बैठ गई थी। मैं उसके सामने खड़ा था।

"अपने हाथ से खिलाओ न!"

...

"गरम है, फूँक के खिलाओ... !"

...

"स्स्स... वाओ तुम्हारा हाथ तो कमाल है यार! मैंने किसी रेस्त्राँ में नहीं खाया इतना बढ़िया। रुको, मैं तुम्हें खिलाती हूँ।" ("तुम्हारे हाथ में तो जादू है रज्जो! सारा मैं अकेले ही खाऊँगी।" यह उसने कहा था।)

...

उसने एक चम्मच मेरे मुँह में डाला। डिश वाकई अच्छी बनी थी। पर पिछली बार ज्यादा अच्छी बनी थी। क्योंकि पिछली बार अमीनाबाद के खड़े मसाले पड़े थे और मुझे हर दो मिनट पर ताने देने के लिए शशांक था। "अच्छा! चिली पनीर बनाई जा रही है मैडम के लिए? आज अगर मेरे और युवान के

लिए एग करी न बनी तो हम भूल जाएँगे कि हमारा एक दोस्त भी है।''

''हाँ, और अगली बार तुम किचन में घुसे तो यही करछुल फेंक के मारेंगे!'' साला चिली पनीर भी खाया था और एग करी भी। युवान व्यस्तता के चलते नहीं आ पाया था, उसका हिस्सा भी इसी ने खाया था। युवान शुरू से ही बिजी रहता था। मैं फिर ख्यालों में खो गया। मैंने एक चम्मच भी नहीं खाया था, प्रेरणा पूरा खा गई थी।

दिशा ने मेरे कंधे पर हाथ रखा, मेरा चेहरा अपनी तरफ किया और मेरी आँखों में देखते हुए पूछा, ''तुम कब मिस दीक्षित के खयालों से निकलोगे?''

''पता नहीं कब निकलूँगा... शायद निकलूँ भी या नहीं...।''

''क्या? कौन?'' मैं दिशा के इस अस्वाभाविक प्रश्न और अपने इस बेतुके उत्तर पर सकपका गया। यह क्या कहा मैंने अभी-अभी और यह क्या पूछा दिशा ने अभी-अभी। इससे पहले कि मैं कुछ बोलता, वह अगला चम्मच मेरे मुँह के पास ले आई। खाते हुए मैं उसके भावों और आँखों की दृढ़ता को देख रहा था, और समझ नहीं पा रहा था कि क्या कहूँ।

''उसका पूरा नाम क्या था?'' दिशा ने मेरी आँखों में देखते हुए पूछा। दिशा की आँखों में एक गंभीरता की खामोशी थी।

''प्रेरणा... प्रेरणा दीक्षित।'' ये शब्द बोलते हुए मेरे पैर कितना काँप रहे थे यह मैं ही जानता हूँ। दिल-दिमाग में तो यह नाम अक्सर आता रहता है पर होंठों पर ये नाम दो-तीन साल बाद लिया था। दिशा को यह सब कहाँ से पता चला?

''तुम्हें मिस... दीक्षित के बारे में कैसे पता?''

''लास्ट टाइम जब हम कैब में थे और दीक्षित का नाम लेने पर तुम्हारी आवाज का टोन और चेहरे का रंग दोनों बदल गए थे, मैं तभी समझ गई थी।''

''हम्म, नाइस ऑब्जरवेशन। खैर... शाम को हम कहाँ जा रहे हैं?'' बात को टालने की एक बेकार कोशिश।

''शाम को हम कहीं नहीं जा रहे हैं। तुम मुझे बताओ कहानी क्या है? तुम्हें ऐसे नहीं देख सकती मैं!''

''कहानी थोड़ा लंबी है। क्या करोगी जान के?'' मैं उसे एक तरफ करके फिल्टर से पानी लेने लगा।

''तो शॉर्ट में समझाओ। मुझे जानना है।'' वह अब भी मुझे ही देख रही

थी। मैंने उसके हाथ से प्लेट लेकर एक तरफ रख दी, अपने दोनों हाथ उसके कंधे पर रखे और एक गहरी साँस ली।

''मेरी कोई 'जीता था जिसके लिए' टाइप स्टोरी नहीं थी... बस थी... तो थी।''

''मुझे जानना है...''

मैंने उसकी आँखों में देखा, फिर आँखें बंद करके अंदर झाँका, कहानी को समेटने की कोशिश की...

''फर्ज करो...। आ... देखो... अम्म... हम दोनों, वो और मैं... प्यार के हाईवे पर बहुत तेज जा रहे थे...। तेज... बहुत तेज। वो आगे-आगे... मैं उसके पीछे-पीछे...। वो अचानक मुड़ गई...। मैं ठुक गया। तकलीफ इस बात की है कि डिपर तो दे देती यार, कम-से-कम से ये एक्सीडेंट तो न होता? हाहाहा।'' एक बेकार हँसी। एक दर्दभरी बेकार हँसी। न चाहते हुए भी मेरे चेहरे पर एक टीस उभर आई, जिसे मैंने एक फिजूल-सी मुस्कान से ढँक लिया। दिशा को इसकी उम्मीद थी। वह चाहती थी कि मैं अपने मन का गुबार निकालकर अपने-आप को हल्का करूँ। मुझे नहीं पता था कि वह मेरे अतीत में इतने तस्कीन से रुचि लेगी। मुझे यह भी नहीं पता था कि सारी बातें मुझे इतने तरतीब से याद होंगी। मुझे लगता था कि मैं इन सब यादों को बंद कर कहीं फेंक देना चाहता हूँ पर असली बात यह थी कि मैं किसी से बहुत विस्तार में चर्चा करना चाहता था। मैं चाहता था कि कोई सुने मेरी कहानी। कोई जाने मेरी तरफ वाला पार्ट भी। जानना चाहता था, मैं गलत हूँ या नहीं। मुझे पता था, मैं सिर्फ वही बातें बताऊँगा जो मुझे सही साबित करें। पता नहीं दिशा इतने रुझान से क्यों सुन रही थी? वो मुझे ढूँढ़ रही थी या उसे? या अपना भविष्य? पता नहीं... मैं खुद हैरान हूँ कि मुझे सारी बातें तारीख के साथ कैसे याद हैं?

...

...

...

''उसके बाद तुमने उससे कोई कॉन्टेक्ट किया फिर?''

''इस मामले में उसने मेरी बहुत हेल्प की। मुझे उसका फोन नंबर होंठों पर रटा हुआ था। मैं रोज खुद को कसमें देता था कि आज फोन नहीं करूँगा। फोन अपने-आप उठ जाता था, उँगलियों पर तो जैसे अल्गोरिथम फीड थी, अपने

आप नंबर टाइप हो जाता था और कॉल पर क्लिक होने से पहले ही काट देता था। फोन स्विच ऑफ कर देता था। बैटरी निकाल देता था। फोन घर पर भूल जाता था कि उसे कॉल करने का खयाल न आए। एक साल बाद जब फोन किया भी, तब उसका नंबर चेंज हो चुका था।''

''और उसने? उसने कभी कॉन्टेक्ट किया?''

''व्हाट्सएप्प पर उसका एक मैसेज आया था। एक साल, तेरह दिन बाद।''

''क्या मैसेज था?''

''वेटिंग फॉर दिस मैसेज। दिस मे टेक अ व्हाइल। लर्न मोर।'' और जिंदगी ने तब तक इतना सिखा दिया था कि ''लर्न मोर'' की इच्छा नहीं हुई।

''मतलब बिना पढ़े डिलीट?''

''हाँ, बिना पढ़े डिलीट। मैंने उसके लगातार छह-सात मैसेज बिना पढ़े डिलीट किए थे। अपना नंबर चेंज किया। फिर कोई कॉल या मैसेज नहीं। कोई लिंक ही नहीं। और फिर मैं दिल्ली चला आया। तुमसे मिला।

''और अगर अब वो तुम्हें मिल जाए... तो तुम क्या करोगे?'' दिशा के चेहरे पर कौतूहल उभर आया था। वह जानना चाहती थी कि अब वह मेरे लिए कितना जरूरी रह गई है। वह जानना चाहती थी कि वह मुझपे भरोसा कर तो सकती है? दिशा के अंदर मेरे लिया इतना प्यार, उसकी आँखों में मेरे लिए इतनी परवाह देखकर एकबारगी मन हुआ कि झूठ बोल दूँ। 'मैं भूल गया प्रेरणा को, नहीं मैटर करती अब वो मेरे लिए।' इससे पहले कि मैं कुछ कहूँ उसने टोक दिया, ''सच कहना!''

उसके चेहरे पर सर्द खामोशी छाई थी। मैंने उसकी तरफ देखा, फिर दूसरी तरफ देखने लगा। जैसे उसकी आँखों में देखकर नहीं कह पाऊँगा। खड़े-खड़े कहना तो बहुत मुश्किल है। उसका हाथ पकड़ा और ड्रॉइंग रूम में ले आया। डाइनिंग टेबल से कुर्सी घुमाकर बैठ गया। उसे अपने सामने खड़े रखा। अपने दोनों हाथ उसकी कमर पर लपेट दिए और सिर उसके सीने में छुपा लिया। उसकी आँखों से छुपने के लिए उसका सीना सबसे सुरक्षित जगह लगी। दिशा ने मेरे बालों में हाथ फिराए और मेरे बोलने का इंतजार किया।

''मुझे नहीं पता कि मैं क्या करूँगा? सच में नहीं पता। उसका एक मैसेज आ जाए तो दो-तीन दिन के ट्रॉमा में रहूँगा मैं। जब उसकी कॉल आती थी,

उसका नंबर फ्लैश होता था मेरे मोबाइल पे, अपने फोन से ज्यादा मैं वाइब्रेट होता था। उसने एक 'न' बोला था और पूरा मैकेनिक्स का पेपर खराब हुआ था मेरा। उसने एक बार रिक्वेस्ट की थी और मैथमेटिकल मेथड का पेपर पढ़कर पढ़ाया था मैंने उसे। वो मिलेगी तो मुझे नहीं पता कि मैं उससे क्या कहूँगा? मेरे पास पूछने को बहुत सारे सवाल हैं। बताने को बहुत सारी बातें है। और शुरू करने को पूरी जिंदगी है। पर मुझे नहीं पता कि मैं क्या करूँगा। मुझे सच में नहीं पता। पर मैं अब उसे हक नहीं दूँगा। उसे क्यों ऐसा लगता है कि मुझपे पहला हक उसका है। उसे इतना कॉन्फिडेंस कैसे है कि वो मेरी जरा-सी भी कद्र नहीं करेगी और मैं उसका गुलाम बना रहूँगा? वो शायद सही भी हो... पर मैं उम्मीद करता हूँ कि वो आगे बढ़ गई हो। और मैं भी अब आगे बढ़ना चाहता हूँ, इसीलिए तो तुम्हारे पास आया हूँ। अतीत में कुछ नहीं रखा, अभी तुम हो न मेरे पास, दिशा, तुम हो न मेरे पास? मैं आगे बढ़ना चाहता हूँ। मैं तुम्हारे पास आया हूँ।''

अपनी बात कहते-कहते मैं भावों में इतना बह गया कि दिशा की तरफ देखा ही नहीं। मेरी बातें उसके दर्द से जितनी बाहर होती जा रही थीं, उतना मेरे चेहरे को अपने सीने पर दबाती चली जा रही थी। मैंने साँस लेने में तकलीफ महसूस की। थोड़ा-सा ढीला छूटकर उसके चेहरे की ओर देखा। उसका चेहरा गुलाबी से पीला पड़ता जा रहा था, और आँखों में छोटी-छोटी बूँदें भर आई थीं। मुझे लगा कि उसे आगोश में लेने की जरूरत है। मुझे उसके साथ खड़े होने की जरूरत है। ऐसे नहीं चलेगा कि वह खड़ी रहे और मैं बैठा रहूँ। मैं बराबर खड़ा हुआ, उसके चेहरे को हाथ में लेते हुए पूछा, ''क्या हुआ?''

''तुम मुझसे प्यार तो करते हो न राज?'' रुँधे हुए गले से आवाज आई।

मैंने उसे गले लगाते हुए हामी भरी, ''हम्मम!''

यह वही दिलासा है जो हर ग्राहक सब्जी खरीदने से पहले अपने-आप को देता है। भैया सब्जियाँ ताजा हैं न? सब्जी वाला क्या जवाब देगा? मैं भी अपनी भावनाओं को पानी मारकर लाया हूँ। हाँ मैडम, एक दम ताजा हैं...

''मुझे नहीं पता उसका क्या केस था पर मैं उसे थैंक्स कहूँगी, मुझे मेरा 'अंडर द बेड ऑफिसर' देने के लिए।'' वह हल्का-सा खुनखुनाई। और मुझे और कसकर भींच लिया।

''अच्छा! अंडर द बेड? अभी मैं जा रहा हूँ कल युवान की इंगेजमेंट में,

वहाँ सुंदर-सुंदर लड़कियाँ होंगी, मुझे कोई दूसरी मिल गई तो ? रात भी बितानी है, कुछ भी हो सकता है, आफ्टर ऑल लखनऊ परियों का शहर।'' मैंने थोड़ा पीछे हटकर उसे छेड़ना चाहा।

''कहीं भी जाओ, कहीं भी रात बिता के आओ, वापस मेरे ही पास आना... लौटकर मेरे ही पास आना। बस!'' उसने सिसकी ली और सिर मेरे कंधे पर रख दिया।

''अरे, मैं तो मजाक कर रहा था, मुझे नहीं पता था कि मेरा कराटे किड इतना इमोशनल होगा।''

उसने कोई जवाब नहीं दिया। कुछ देर ऐसे ही खामोशी रही। मैंने संजीदा होकर पूछा, ''क्या हुआ... ?''

''कुछ नहीं... बस ऐसे ही... रहो...।'' उसने धीमी-सी आवाज में कहा और खुद को मेरे ऊपर ढीला छोड़ दिया। हम यूँ ही एक-दूसरे पर आलंब खड़े रहे। साँसों की धुन पर कुछ लम्हे थिरके और हम लम्हों पर धीरे-धीरे सरकते हुए बेड तक आ गए। वक्त भारी था और हमसे खड़ा न रहा गया। मैंने उसे धीरे-से ठेस देकर बेड पर लिटा दिया, फिर खुद उसके शरीर से 'गुणा' का निशान बनाते हुए उस पर घिर गया। कुछ देर यूँ ही एक-दूसरे के शरीर में बढ़ते साँसों के आवेग को महसूस करते रहे। फिर एक-दूसरे की तरफ करवट ली, समानांतर हो गए और आँखों में देखने लगे। उसने मुझमें और मैंने उसमें अपना भविष्य देखा। खामोशी मुस्कुराती रही। उसने आँखों ही आँखों में सवाल किया, 'क्या... ?' मैंने हाथ उसकी कमर पर रखा और आँखें बंद करके एक लंबी साँस ली। फिर होंठों ने कोई कविता लिखी।

'मेरा दिल कैद हो गया है, जमानत ले लो... चलो अब आओ करो दस्तखत अमानत ले लो... '

उसने आगे की कविता का इंतजार नहीं किया। वह नजदीक लुढ़क आई। होंठों ने दस्तखत लिए। एक लंबा दस्तखत। सबकुछ अपने नाम करने वाला दस्तखत। मैंने ठहरकर साँस लेने की कोशिश की...। आराम से... आराम से, आय से अधिक संपत्ति अच्छी बात नहीं। मेरी साँसें उसकी गर्दन पर गुदगुदी करने लगीं...। करवटें और करवटें... साथ-साथ करवटें। हस्ताक्षर। प्रति-हस्ताक्षर...। कंधे से नीचे उतरने पर तिल नहीं है। चुप बेवकूफ!... *

***

दूसरा झटका

नहीं करना चाहता मैं तुमसे बात। क्यों करूँ तुमसे बात? जो बात खत्म हो गई है उसे क्यों घसीट रहा हूँ मैं? आखिर फायदा क्या है इन सब का। तुम वापस तो नहीं आ जाओगी! कल युवान आया था, कह रहा था कि हर शनिवार स्पीड टेस्ट देने साथ चलेंगे। उसकी बाइक से। हर शनिवार मुझे उसकी शक्ल देखनी पड़ेगी। अपनी बाइक की धौंस दिखाने की कोई जरूरत नहीं है। लखनऊ में ऑटो चलना बंद नहीं हुए हैं। अगले शनिवार मैं मोबाइल ही स्विच ऑफ कर लूँगा। हाँ, डर लगता है मुझे दोस्ती से अब। फ्रेंडशिप, यह शब्द सुन-सुनकर पक चुका हूँ मैं। तुमने इस शब्द को जार-जार कर दिया है। यह फ्रॉडशिप है। यह ऐसा शिप है जो डूबेगा ही डूबेगा। थक गया हूँ मैं इस दोहरी जिंदगी से। आई डोंट केयर एनीमोर का यह नाटक करते-करते। मेरा मकान मालिक कहता है कि रातभर लाइट क्यों जलती रहती है तुम्हारे कमरे की, आईएएस बनने का इरादा है? रात के तीन बजे गेट खोलकर कहाँ निकल जाते हो? उस बेवकूफ को क्या पता कि सुबह तीन बजे मॉर्निंग वाक का अपना ही मजा है। ओस आँखों से गिरती है। सुबह-सुबह योग करने वाले बूढ़े एक-दूसरे के साथ हँसते हैं। मैं अपने-आप पर हँसता हूँ। मैं बहुत बिजी रहता हूँ। सुबह जो बच्चे पार्क में खेलने आते हैं, उन्हें बॉल उठा-उठाकर देता हूँ। भैया! हमारा एक प्लेयर कम है। आप फील्डिंग कर देंगे? हाँ बेटा, क्यों नहीं। जिंदगीभर फील्डिंग ही तो की

है। बैटिंग कहाँ की? अपनी जिंदगी की कहानी में भी सपोर्टिंग रोल में था। तुमने कहा कि तुम्हें बिजी लोग पसंद हैं। देखो, अब मैं इतना बिजी हूँ कि तुमसे भी बात करने का मन नहीं करता। कोचिंग में कल एक लड़की बैठी थी मेरे बगल। युवान की भाषा में, 'साथ चलेगी, दस की जलेगी' टाइप। कल से आगे बैठूँगा, कोई जरूरत नहीं दोस्ती बढ़ाने की। अंजाम मालूम है क्या होगा... उसे पता भी नहीं कि 'कहाँ से हो आप? घर में कितने भाई-बहन हैं' टाइप बातों से शुरुआत नहीं की जाती। गँवार कहीं की! बात करते-करते अपनी नेलपेंट से पोती उँगलियाँ भी लहरा रही थी, उसे क्या बताऊँ कि मेरे पास एक लड़की थी जिसके पास भरा-पूरा कलेक्शन था नेलपेंट्स का।

सुंदर थी पर गँवार थी। फर्जी इंप्रेस थी। हाँ तो एसएससी की कोचिंग में लड़कियाँ नॉलेज से ही इंप्रेस होंगी न? तुम्हारी तरह स्वैग से नहीं होतीं। नए-नए शब्द ईजाद किए हैं तुम लोगों ने। फीचर्स नहीं अच्छे हैं, स्वैग नहीं है। पता नहीं क्या मतलब है इनका? नहीं है ये स्वांग मेरे पास। युवान और रितेश जैसे लड़कों के पास होगा।

नहीं आना है मुझे शशांक और युवान के बनाए 'दा ट्रोइका मरीन ड्राइव प्लान्स' पर। कॉलेज खत्म हो चुका है और हम अब ऑफिशियली बेरोजगार हैं। इन दोनों की तरह मेरी जिंदगी में खुशियाँ ही खुशियाँ नहीं भरी हैं। नौकरी नहीं मिलेगी तो गाँव में इतने खेत भी नहीं हैं मेरे पास। नहीं मिलना है मुझे तुमसे भी। हाय, आइ एम प्रेरणा, प्रेरणा दीक्षित से। प्रेरणा दीक्षित फीलिंग एक्साइटेड विद अफसाना सिद्दीकी एंड फाइव अदर्स से। प्रेरणा दीक्षित हैविंग फन विद दिस दिस दिस ऐट हुक्का लाउन्ज से। तीन बार आईडी डीएक्टिवेट करके एक्टिवेट कर चुका हूँ। तुम्हारा नंबर डिलीट कर दिया है। पर क्या करूँ, दिमाग में छपा हुआ है। दो-तीन अलग नंबर्स से मिक्स करके याद करता हूँ ताकि ओरिजिनल नंबर भूल जाऊँ, पर क्या करूँ भूलता ही नहीं है।

तुम कहती हो कि तुम मुझे मिस करती हो, तुम मुझसे बात करना चाहती हो। मैं भी तुमसे बात करना चाहता था। हर पल, हर वक्त। हँसना चाहता था, शेयर करना चाहता मेरे फर्जी के जोक्स। महसूस करना चाहता हर महसूस करने लायक इमोशन... और वो जो तुमने कहा था कि 'जब वी मेट' की तरह बास्केट में फूलों भरी साइकिल पर घूमना। किसी हिल स्टेशन पर। हम जरूर पूरा करेंगे यह सपना रज्जो। वो भी। फिर तुमने कहा कि तुम बिजी हो। तुम बिजी हो घर

के कामों में, दोस्तों में, रिश्तेदारों में। कपड़े प्रेस करवा के, डिओ मारकर बैठा हूँ। क्योंकि तुम आने वाली हो मिलने 11 बजे। 10:50 पर तुम कहती हो कि तुम नहीं आ सकती, कोई घर पर आ गया है। कल पक्का, गॉड प्रॉमिस। मेरा ओवरस्मार्ट दिमाग यह कैलकुलेट करना चाहता है कि घर से तो तुम्हें 10:30 पर ही निकल लेना चाहिए था। मैं अपने दिमाग को डाँटता हूँ, 'चुप बे! सही ही कह रही होगी वो।' तुम अगले दिन भी नहीं आती। मैं मानने को तैयार हूँ कि आज भी कोई आ गया होगा, अतिथि देवो भवः, पर तुम बताना भी भूल जाती हो। कितनी भुलक्कड़ हो गई हो तुम इन दिनों? तुम भूल गई कि मेरी तीन मिस्ड कॉल्स पड़ी हैं तुम्हारे फोन पर। तुम भूल गई कि मेरे तीन मैसजेस पड़े हैं, जिनका तुमने जवाब नहीं दिया है। और यह झूठा बीएसएनएल कह रहा है कि वो डेलिवर्ड हो गए हैं। तुम कहती हो कि मैं बहुत ईगोइस्ट हूँ। समझता नहीं हूँ। कभी समझाओ तो, मैं बचपन से ही बहुत इंटेलीजेंट हूँ। मैं समझ जाऊँगा। तुम मुझे नाराज करके अगले दिन नॉर्मली बिहैव नहीं कर सकती। मत मनाओ पर कम-से-कम एक्सेप्ट तो करो कि तुमने कोई नाराज करने वाला काम किया है।

और फिर तुमने क्या कहा? कहा कि मेरी जिंदगी में कोई और आ गया है। और तुम मुझे कोई घटिया-सा भूल जाने लायक नाम बताती हो। कोई खान। तुमको क्या लगता है बे... कि मैं उसका नाम याद रखूँगा? कितनी आसान बात है। कितने रहस्यमय तरीके से लड़की के बड़े भैया लोग उसके बॉयफ्रेंड निकलते हैं। तो जाओ खनखनाओ अपने खान के साथ, मुझे क्या बता रही हो! लड़कियों में बातचीत का कोई प्रोटोकॉल होता है क्या? जैसे वह पूछती होगी, तुम्हारा कोई बॉयफ्रेंड है? जवाब तो आप गेस कर ही सकते हैं, भारत का सेक्स रेश्यो देखकर। अगला सवाल होगा- तो क्या तुम्हारे पास कोई स्टॉक में है, जो तुम्हारा स्टेटस और इमोशनल कॉन्फिडेंस मेंटेन कर सके? जिसे बॉहों में बाँहें डालकर चलने से या गले मिलकर संतुष्ट किया जा सके? मुझे बताओ प्रेरणा! मुझे जवाब दो!

उस दिन क्या हुआ था, फेयरवेल के दिन? मैंने पूरी तैयारी की थी कि यह दिन हम साथ बिताएँगे और तुमने क्या कहा... कि तुमसे कोई मिलने आ रहा है और तुम उससे मिलने जा रही हो। वो भैया अचानक तुम्हारे लिए इतने इंपोर्टेंट हो गए? ऐसे लास्ट मोमेंट पर किसी का प्लान नहीं कैंसिल किया जाता। ऐसे

नहीं होता है प्रेरणा। लर्न सम मैनर्स। तुम्हें भी मैनर्स सीखने चाहिए।

"यू डोंट अंडरस्टैंड रजत!"

आई अंडरस्टैंड, बट आई डोंट वांट टू बी 'दा अंडरस्टैंडिंग वन' एवरीटाइम। अँग्रेजी न पेलो हमसे। तुमसे बहुत ज्यादा आती है। ठीक है? ऐसे किसी का दिल नहीं तोड़ते प्रेरणा। ये गुड मैनर्स नहीं हैं। वापस आ जाओ न! मैं अब भी तुम्हारा इंतजार करता हूँ। वहीं हमारी कॉर्नर वाली जगह पर। गेट नंबर एक से गेट नंबर दो तक पहुँचने में 15 मिनट लग जाते हैं अब, क्योंकि मेरे पीछे दौड़ने के लिए तुम नहीं होती हो। हाँ, यहाँ सच में हमेशा हवाएँ चलती रहती हैं। सही कह रही थी तुम। तुम शर्त जीत गई। आओ अपनी ट्रॉफी ले जाओ! तुम्हारी खोज सही रही, चलो पेटेंट करवाते हैं इसे। कैंटीन का दिलीप मेरे लिए अब दर्दभरे गाने बजाता है स्साला। इस बखत भी बिना माँगे एक कटिंग चाय रखकर चला गया है। मुझे अकेले देखकर इशारे से पूछता है कि तुम कहाँ हो। उसे विश्वास नहीं होता कि तुम छोड़कर चली गई। वह कई सालों से काम कर रहा है यहाँ पर। उसके सामने सैकड़ों जोड़े टूटे हैं। पर उसे तुम्हारे जाने पर विश्वास नहीं होता। तुम उसे एक्स्ट्रा टिप जो देती थी। पसंद करता था वह तुम्हें। पर तुम... तुमने तो अपने एथिक्स पहले ही क्लियर कर दिए थे, मैं ही औकात से बढ़कर सपने देखने लगा था। तुम्हारी दिल्लगी को प्यार समझने लगा था। मजाक-मजाक में ही कहा था तुमने...

"बट यू कांट बी माइ बॉयफ्रेंड, रजत!"

"क्यों?"

"क्योंकि तुम गोरे नहीं हो... हाहाहा... और तुम लंबे नहीं हो।"

हाँ, ऐसे ही कहा था तुमने, मेरी मेमोरी बहुत स्ट्रांग है। भूलता नहीं हूँ मैं।

"... और तुम्हारे पास बाइक नहीं है... मजाक कर रही हूँ बाबा डोंट बी सो सीरियस।"

मजाक में भी अंतरतम ही बाहर आता है, सबकॉन्शियस माइंड ही चलता है, प्रेरणा। मजाक नहीं कर रही थी तुम। तुमने क्या कहा था? कि तुमने एक कविता लिखी थी मेरे लिए। पर पता है प्रेरणा, आज क्या हुआ... मैंने तुम्हारी कविता की लाइनें गूगल सर्च पर डाल दीं। मुझे पता चला कि तुम तो बहुत बड़ी कवयित्री हो। एमेलिया ट्रेसी के नाम से लिखती हो। तुमने सोचा होगा कि मैं इतना बड़ा बेवकूफ हूँ कि कभी जान नहीं पाऊँगा। वहाँ पर यह कविता 'पोएम

फॉर बेस्ट फ्रेंड ऑन हर बर्थडे' नाम से पड़ी थी। तुमने पता है क्या किया होगा? तुमने बस मुझसे मिलने से 15 मिनट पहले गूगल सर्च किया होगा, 'बर्थडे पोएम फॉर अ फ्रेंड', नहीं-नहीं तुमने किया होगा, 'पोएम फॉर अ पार्ट टाइम, हैंड होल्डिंगफ्रेंड'। बस! नहीं मैं बताता हूँ तुमने क्या सर्च किया होगा, 'पोएम फॉर अ देहाती बॉय फ्रॉम गोंडा हू इज सो ईजी टू मेक फूल, ही इज सच आ लूजर' तब गूगल ने कहा होगा, 'नो सर्च रिजल्ट्स फाउंड, डिड यू मीन राजरजत सिंह चौहान?' गूगल भी जानता है कि मैं लूजर हूँ। और फिर तुमने 'मेक गूगल सर्च रिजल्ट्स मोर इन्क्लूसिव' कर दिया।

किसी के लिए दिल में कोई भाव उठे यह बहुत बड़ी बात होती है प्रेरणा दीक्षित। तुम्हें क्या पता कि सामने वाले के लिए दो शब्द जेहन में छप जाना कितना खूबसूरत एहसास होता है। मेरी डायरी तुम्हारी कविताओं से भरी पड़ी है... तुम्हें क्या खबर? पर तुम्हारा क्या...

तुम्हारा क्या, जरा-सा मुस्कुराए और कह डाला, किसी की भावनाओं पर समय बर्बाद क्या करना?

तुम्हारे जर्फ में जो न ढला, उसे हक क्या जीने का? उसे फिर तर्क क्या देना, उसे फिर याद क्या करना?

गलतियाँ मेरी थीं, गलतियाँ मेरी थीं प्रेरणा दीक्षित...

तुम तो सिर्फ एहसान किया करते थे। कभी पहचान लेते थे, कभी अनजान किया करते थे।

तेरी हर बेरुखी को मैं बना लेता था इक आदत, और तुम नई आदतों से मुझे हैरान किया करते थे।

... सामने रखी दिलीप की दी हुई चाय ठंडी हो गई थी। एक हाथ मारने पर मेज पर फैल भी गई। फोन बजने लगा। नहीं उठाया। दुबारा बजा। युवान का था। देखकर वापस रख दिया। दिलीप आया, मेज पर फैली चाय देखकर पूछा, "ई कइसे गिर गई गुरुजी?" मैंने झूठ बोल दिया, "गलती से हाथ लग गया।" फोन फिर से बजा। दिलीप मुझे ही घूर रहा था। मैंने फोन उठा लिया। वह "मैं दूसरी लेकर आता हूँ", कहकर चला गया।

फोन पर युवान की आवाज आई। "शशांक के रूम पर मिलो, कुछ बात करनी है!"

इससे पहले कि मैं कुछ और पूछता, उसने फोन काट दिया। मुझे वितृष्णा

हुई कि उसके रूम पर मिलने को क्यों कह रहा है? मेरे रूम पर नहीं आ सकता? फिर भी मैंने आने के लिए 'हाँ' कर दी थी।

***

साइको

यात्रीगण कृपया ध्यान दें। देहरादून से चलकर हरिद्वार, मुरादाबाद, बरेली के रास्ते हावड़ा को जाने वाली, गाड़ी संख्या 13010, दून एक्सप्रेस अपने निर्धारित समय से एक घंटे देरी से जाएगी। आपकी असुविधा के लिए हमें खेद है। योर काइंड अटेंशन... पों। पों...। घिस्स्स... दूर चाभी-छल्ले की दुकान में टीवी के चलने की आवाज। कोई पहाड़ी गाना बज रहा है। सिर्फ हल्की-हल्की आवाज आ रही है। टीवी के दृश्यों से लग रहा है कि किसी की बेटी विदा हो गई और वह उसकी याद में रो रहा है। बेवकूफ! नहीं मैं गाना देख नहीं रहा। लेटे-लेटे, खुली हुई आँख वहाँ तक जा रही है तो दिख रहा है। दिमाग ने मुझसे बिना पूछे गाने का मतलब भी निकाल लिया और निर्णय भी सुना दिया... बेवकूफ!

''चाय गरम। स्पेशल चाय गरम। चाय गरम। एह! रास्ते में क्यों पड़ा हुआ है... ?''

''हुँह?''

''बगल में कुत्ता मूत रहा है! तुझे दिख नहीं रहा... ?''

''हुँह?''

''मरना ही है तो पटरी पर जाकर लेट न... !'' चायवाला घुड़की देकर चला गया। फ्रीडम ऑफ एक्सप्रेशन।

कुत्ता मूत रहा है। छींटे मेरे मुँह पर आ रहे हैं। मुझे कोई फर्क नहीं

पड़ता।

"वी आर सॉरी टू इन्फॉर्म यू दैट, बोर्ड हैज नॉट रेकमेंडेड एनी कैंडिडेट फॉर एयर फोर्स। फिर भी मैं आप लोगों से कहूँगा कि अपना दिल छोटा न करें। अगली बार फिर प्रयास करें। शायद आपकी प्रतिभा आपको कहीं और ले जाना चाहती हो। आप जानते हैं, कई लोग जो एसएसबी में सेलेक्ट नहीं हुए उन्होंने अपनी जिंदगी में बहुत बेहतर किया। अमिताभ बच्चन, ऐश्वर्या राय... ।" ब्ला-ब्ला...। अच्छी-अच्छी बातें...। हर बार यही बोलते हैं... बिना किसी मतलब के... सार के। निस्सार...। निस्सार।

एसएसबी सिर्फ पाँच दिन की होती है। घर वालों को नहीं पता कि बाकी दो दिन कहाँ रहा लड़का। लड़का, जो वापस जाने के बारे में नहीं सोच रहा। विचारशून्य-सा उठा। बगल पड़े धूल से सने अपने बैग की तरफ देखा। इसकी क्या जरूरत? फेंक दो इसे! फिर कुछ सोचकर उठा लिया। मानव मोह। चला आया स्टेशन से बाहर। आउट ऑफ स्टेशन। हर जगह भीड़। अकेले आदमी के लिए जगह नहीं। एक उजाड़-से पार्क में बैठ गया। एक ही बेंच, सामने तीन तरफ कूड़ा पड़ा हुआ। बगल में कोई फूलोंवाली झाड़ी है जिसकी छाया में पड़ी इकलौती लोहे की बेंच पर बैठ गया। तर्कों और यादों के वही बेतरतीब-से सिलसिले। सिलेक्शन क्यों नहीं हुआ... ? स्क्रीन इन हुआ, जीडी में सबसे अच्छा बोला... पीएबीटी भी क्वालीफाई किया...

"बट यू कांट बी ऐन ऑफिसर रज्जत!"

"क्यों?"

"क्योंकि तुम गोरे नहीं हो... और तुम लंबे नहीं हो। और तुम्हारे पास बाइक नहीं है।"

एक बदहवास हँसी। फर्जी जिए जा रहे हो तुम! क्या कर लोगे कुछ बनकर? कुछ पाकर? दुनिया बदल दोगे? निस्सार। अपने आसपास जो चीजें देख रहे हो न, वो सब खोखली हैं। सब अनायास ही जी रहे हैं। साँस चल रही है इसलिए जीना पड़ता है। मर जाओ यार। वो बुढ़िया देख रहे हो। उचक-उचक के फूल तोड़ती हुई बुढ़िया। बेवकूफ बुढ़िया! सोचती है कि इस पेड़ से फूल तोड़कर उस पत्थर पर चढ़ा देगी तो अमर हो जाएगी...। बेवकूफ! क्या कहेगी भगवान के पास जाकर? "हाय! आइ एम बुढ़िया! बुढ़िया दीक्षित!" एक दानवी हँसी। एक अट्टहास। मेरा सेंस ऑफ ह्यूमर इतना अच्छा है मुझे पता ही नहीं

था। मर जाऊँगा तो दुनिया से एक टैलेंट चला जाएगा यार। खोखली जिंदगी। राजरजत सिंह चौहान! क्या उद्देश्य है तुम्हारे जीने का? हर जगह से रिजेक्टेड। नॉट रेकमेंडेड। लगातार चौथी एसएसबी में पाँचवें दिन निकाले गए। कॉन्फ्रेंस आउट। क्या करोगे जीकर? और क्यों कर रहे हो यह दौड़भाग? तुझे कौन-सा बूढ़ी माँ के इलाज और जवान बहन की शादी के लिए पैसे जुटाने हैं?

निस्सार। दो ही दोस्त बनाए थे जिंदगी में। दोनों तुझे छोड़कर चले गए! शर्म नहीं आती अपने-आप पर? प्यार ढूँढ़ने निकला था बेवकूफ। प्यार एक लग्जरी है जिसे तुम जैसा गरीब अफ्फोर्ड नहीं कर सकता। वह सुंदर है। सुंदरता एक पूँजी है। एक पूँजी दूसरी पूँजी के पास ही जाएगी। तेरे पास क्यों आएगी बे! तेरे पास क्या है बे! ग्रेजुएशन की डिग्री है पर नौकरी नहीं। ग्रेजुएशन के कोर्स इस लायक बनाए ही नहीं गए कि उनपर कोई नौकरी दे। लाप्लास थ्योरम से कौन-सी असल जिंदगी की प्रॉब्लम सुलझाएगा बे! हम्मम... तुझे इस जिंदगी से कुछ नहीं मिलेगा, क्यों? क्योंकि तुम गोरे नहीं हो। और तुम लंबे नहीं हो और तुम्हारे पास बाइक नहीं है। हेहेहे... हाहाहा। अट्टहास। पूँजी ही पूँजी को खींचती है यह बात एडम स्मिथ ने अठारहवीं शताब्दी में बताई थी। तुझे अभी तक समझ नहीं आई! देहाती! देख! एडम स्मिथ भी ऊपर बैठकर हँस रहा है तेरे पर...

बकवास! सिर फट रहा है। शरीर में दर्द है। पर आँखों में नींद नहीं है। मैं मर जाऊँ क्या? कोई रोएगा?... अगल-बगल नजर फिराई। कोई रोने वाला नजर नहीं आया। एक फटेहाल कुत्ता टहलता हुआ गुजरा। तू रोएगा क्या बे? उसने इग्नोर कर दिया।

पार्क से भी उठकर निकल आया। बाजार की तरफ। भीड़। आम लोग। बुआ और मौसियाँ। अपना निकलता हुआ पेट और छिटकता हुआ अधेड़पन छुपाती हुईं, मानो अपने बगलवालों से कह देना चाहती हैं कि साथ चल रहे बच्चे उनके नहीं हैं। हममें अब भी आग है। घर से थैला देकर भगाए गए बुड्ढे। निस्सार, निस्सार...। हुँह!

एक सफेद तिकोने पत्थर की ईयररिंग्स बिक रही हैं। उसके कानों पर बहुत फबेंगी। खरीद लूँ? बेकार आइडिया। मॉल में चला आया। शॉपिंग कॉम्प्लेक्स। एक अलग तरह की भीड़। युवा भीड़। युवा जोड़े। बार्टर सिस्टम। पुते हुए चेहरे। रँगे हुए होंठ। थोपी हुई मुस्कान। लेटेस्ट फैशन। धोती के नीचे सब नंगे...। सब

नंगे! सामने से एक युगल बाँहों में बाँहें डाले फिल्म देखने जा रहा है। कॉरिडोर के दरवाजे के पास मैं पड़ा हुआ हूँ, बेंच पर। बगल में डस्टबिन है। मेरे कपड़े गंदे हैं और मेरा बैग धूल से सना हुआ है। कोई मुझे नहीं देख रहा है। मेरे जैसे लोग धीरे-धीरे पारदर्शी होते जा रहे हैं। मैं सबको घूर रहा हूँ। लड़का, लड़की के कानों में उधार ली हुई कुछ पंक्तियाँ मारता है। लड़की मुस्कुरा पड़ती है। "तुम बहुत रोमैंटिक हो!" और चिपक जाती है। लड़का उसकी नंगी कमर में हाथ डाल देता है। ये दोनों कॉर्नर की सीट लेंगे और अँधेरा होने पर यह उसकी टीशर्ट में हाथ डालेगा। सरकार ने इसके उचित प्रबंध किए हैं और बस 30 रुपया एंटरटेनमेंट टैक्स लिया है लड़के से। लड़की, लड़के के कानों में कहती है, "यू नॉटी!" यह दुनिया नॉटी होती जा रही है। सही कहते थे युवान तुम। तुम हमेशा सही थे। तुम्हारा तरीका हमेशा सही था। मेरे जैसे लोग बेवकूफ हैं। बेवकूफ ही रहेंगे। हम जैसे लोग जो संस्कारों के बोझ से दबे जा रहे हैं। उन्हें ढो रहे हैं। सिगरेट नहीं छूनी है, बियर नहीं छूनी है, कहाँ छूना है, कहाँ नहीं छूना है। मेरे जैसों को देहाती कहा जाता है। उन्हें जिंदगी में कुछ नहीं मिलेगा। नौकरी मिली? मिली नौकरी? कुछ भी नहीं उखाड़ पाए इस 21 साल की जिंदगी में...। अपना चश्मा उतारा, मोड़कर जेब में रखा और उन दोनों को भिखारी की तरह देखने लगा। लड़के ने जाते-जाते मुझसे थोड़ी दूर पर एप्पी फिज्ज की शीशी फेंकी है। मेरी आँखों ने देख लिया है, शीशी में अभी थोड़ा-सा बचा हुआ है। क्या मैं उठाकर पी लूँ? मेरे हाथ नहीं गए मगर मेरा मन उठा लाया है और पी रहा है। उसे दूसरों की जूठन पीने की आदत है। नहीं! अभी इतने बुरे दिन नहीं आए। अपना पर्स खोलकर देखता हूँ। अब भी 437 रुपए और एक वैष्णो देवी का चाँदी का सिक्का है। घर जाने के लिए पैसे बचे हैं अभी। घर वापस जाऊँ क्या?... बगल में एक 'हॉन्टेड हाउस' है। वहाँ दूसरा 'जोड़ा' जा रहा है। 120 रुपया टिकट है। लड़का उन दोनों के 240 रुपए चुकाएगा। यहाँ लोगों के पास खाने के पैसे नहीं हैं, वह डरने के पैसे दे रहा है। अजीब शौक है। उसके बाप ने लोगों से डरा-डराकर लूटे होंगे, इसलिए वो डरने आया है। बात सिर्फ इतनी नहीं है। बात आगे भी है। अंदर सिर्फ हूहू-हाहा और चिरचिराती लाइटिंग से बात नहीं बनेगी। अँधेरे में 14-15 साल का लड़का, जो अभी वहाँ रेलिंग के पास खड़ा बीड़ी पी रहा है, अंदर मुखौटा पहनकर आएगा और 'हाऊ' से करेगा। लड़की डरकर लड़के की गोद में कूद जाएगी। लड़के के 240 रुपए तर जाएँगे।

और सरकार इसपर चौदह परसेंट टैक्स लेगी। 'गोदीकूदन टैक्स'। यह सारा इंतजाम इस गोदीकूदन के लिए ही बना है। बाहर खड़ा बीड़ी पीता हुआ लड़का यह बात जानता है। उसका रोज का काम 'हाऊ' करना है। रोज यहाँ दर्जनों जोड़े 'हाऊ' कराने आते हैं। आज तक कोई भी लड़की उसकी गोद में नहीं कूदी। सब पैसेवालों की गोद में कूदती हैं। लड़कियाँ जानती हैं कहाँ कूदना है। हम भूतों का काम सिर्फ 'हाऊ' करना है। हम जैसे लोग सिर्फ 'हाऊ' करने के लिए ही पैदा हुए हैं। हाऊ-हाऊ।

टीना निन्न टिन, टिन्न!! माता जी कॉलिंग।

फोन उठाते ही पूछेंगी, "सिलेक्शन हुआ?" अगर हुआ होता तो मैं खुद फोन न करता? आपके फोन का इंतजार करता? बेवकूफ औरत! प्रसाद माने बैठी होंगी। एक उत्तरी माता का। दो बरम बाबा का। तीन मिस कॉल आ चुकी हैं। नहीं उठाऊँगा। पुलिसवाले घर आकर पूछेंगे कि आपने उससे आखिरी बार कब बात की थी। तफ्तीश होगी। फिर नाक में रुई भरे मैं आऊँगा। सब रोएँगे। कौन-कौन रोएगा? लगभग सभी। मेरे बारे में अच्छी-अच्छी बातें करेंगे। अच्छा लड़का था रजत। बस गोरा और लंबा नहीं था, बाकी सब ठीक था उसमें... सबसे हँसकर बात करता था और पैर छूता था। पैर छूना मेरे करैक्टर का प्रमाणपत्र माना जाएगा। हमें लगा था कि वह कुछ करेगा जिंदगी में पर उसके अंदर कोई अफसर जैसी क्वालिटी ही नहीं थी। इसीलिए तो निकाल दिया गया। जिसे सेना से ही निकाल दिया जाए वो क्या देशसेवा करेगा बाबा।

टीना निन्न टिन, टीना निन्न टिन, टीना निन्न टिन, टिन्न!!

पिता जी कॉलिंग!

कई महीनों से बातचीत न होने के बावजूद लगा कि कुछ मतलब की बात करेंगे। फोन उठा। सिर्फ 'हूँ' की आवाज आई। कोई बात नहीं हुई। पाँच-छह सेकंड की चुप्पी के बाद कहा, "दून एक्सप्रेस लगी हुई है, चले आओ।" फिर दो-तीन सेकंड की चुप्पी। 'टूँ-टूँ' की आवाज से पता चला कि फोन कट गया है। सिर्फ एक 'हूँ' से इन्हें कैसे समझ में आ सकता है कि मैं किस हालात से गुजर रहा हूँ? जैसे कोई तार जुड़ा हो हमारे बीच। कोई बातचीत नहीं, सिर्फ एक आदेश पारित कर दिया, "चले आओ!"

आदेश की नाफरमानी आज तक नहीं हुई। कैसे होगी? उठा। कपड़े झाड़े और अपने धूल से सने बैग की तरफ देखा। ट्रेन। भीड़। शोर। जनरल डिब्बा।

एक सीट मिली। खाली।

"क्या मैं यहाँ बैठ सकता हूँ?"

"हैं?" उस भद्र महिला ने अपनी आँखें तरेरते हुए कहा। "ऐसे कैसे बैठाएँगे? यहाँ मेरा लड़का बैठा हुआ है।" एक माँ का प्यार जगा। बच्चा छोटा था और ऊपर खेल रहा था।

"मैं उसे गोद में ले लूँ?" बात सिर्फ मन में आई, पर इस स्वार्थ के क्षण में जगे प्रबल मोह को देखकर मन में ही रह गई।

"अंकल मैं ऊपर सामान के बगल बैठ सकता हूँ?"

"नहीं-नहीं! उसमें टूटने वाला सामान है?"

पूछने पर सामान हमेशा टूटने वाला ही होता है, चाहे अंदर रुई भरी हो। बाकी लोग दूसरी तरफ देखने लगे, कहीं उनसे एडजस्टमेंट की पेशकश न हो। इनक्रेडिबल इंडिया। सारी रात दरवाजे के पास बैठे-बैठे बीती। इंजन से आते गरम झोंकों और शोर मचाकर पास होती ट्रेनों ने नींद नहीं आने दी। बातों और यादों के वही बेतरतीब-से सिलसिले। अब क्या करूँगा? ऐसा लग रहा है कि अपने सर्टिफिकेट और कागजात लेकर किसी मंडी में आकर खड़ा हूँ। घर जाने का मतलब घर लौट जाना। शायद वापस लखनऊ न जा पाना। "ग्रेजुएशन हो ही चुका है, अब जो तैयारी करनी है यहीं से करो!" ऐसा एक और आदेश पारित हो गया तो माँ कितना विरोध कर पाएगी! पिता जी का क्या है, एक फरमान सुना दिया। दिल वैसे भी पत्थर का ही है। अपने फैसलों में दुबारा कभी सोचा नहीं। जो कहेंगे करना ही होगा। ऐसी कौन-सी संजीवनी बूटी लेकर लौट रहा हूँ जो मेरा स्वागत होगा! अंततः मैं एक हारा हुआ आदमी हूँ। तो अब... ? भूल जाऊँ पुराना सब... पढ़ूँ फिर से? नौकरी के लिए? अलग से कंप्टीशन की तैयारी के लिए? 'उसे' पाने के लिए? हुँह। प्रशांत भैया के लिए जिन्हें मुझसे उम्मीदें हैं? चार लोगों को सुनाने के लिए कि हमारा बेटा यह बन गया। वे लोग जो घर सिर्फ पैर छुआने आते हैं या लड्डू खाने आते हैं। मैं जिंदगी में चाहे जितना बड़ा तीर मार लूँ उनकी रिश्तेदारी में ऐसा कोई न कोई जरूर होगा जिसने वैसा तीर मारा होगा। मैं चाहे गोवर्धन पर्वत उठा लूँ वे बिन माँगी सलाह जरूर दे जाएँगे, "और मेहनत करो बेटा"। किसके लिए करूँ? उन पैर छुऔनों और लड्डूखोरों के लिए?

सुबह के चार बजने को थे। ट्रेन का गोंडा स्टॉप नहीं था। घर से सबसे पास

फैजाबाद जंक्शन पड़ने वाला था। फैजाबाद ही उतरने का फैसला किया। ट्रेन की भड़भड़ से आँख खुली। अयोध्या का सरयू पुल पार हो रहा था। दादाजी के मरने पर हम लाश फूँकने यहीं आए थे। कुछ घंटे और, और मैं घर पहुँच जाऊँगा। पुरानी बातों की याद। एक साल बाद वापस जा रहा हूँ। बॉलीवुड के चूतिया निर्देशकों को लगता है कि गाँववाले हर ट्रेन के गुजरने पर, सरसों के खेतों से गाते हुए निकलते हैं। ऐसा नहीं है। उन्हें कोई फर्क नहीं पड़ता कि कौन-सा परदेसी कितने साल बाद आया है। ऐसी रूमानी कल्पना सिर्फ मुंबइया एसी में बैठी रखैलें कर सकती हैं, दुपहरी में तपने वाले किसान नहीं।

स्टेशन से बाहर निकला। किसी टीटी ने टिकट नहीं जाँचा, न ट्रेन में न स्टेशन पर। जब तक कोई जाँचे न, लगता है बेवकूफ बन गए। एक बूढ़े कुली ने मेरा सामान उठाना चाहा, मैंने उसे मना कर दिया। क्यों? क्योंकि वह गोरा नहीं था और वह लंबा नहीं था और उसके पास बाइक भी नहीं थी। ऐसे लोग विश्वसनीय नहीं होते। ऐसे लोगों को अपना कोई दिल नहीं देता, सामान क्या देगा? सुबह के साढ़े चार बज रहे थे। सर्द हवाएँ चुभ रही थीं। दूर-दूर तक कोई रिक्शा, ऑटोरिक्शा नहीं। प्लेटफॉर्म पर चार-छह लोग टहल रहे थे। बाहर निकलने पर हल्की धुँध और अँधेरा पसरा हुआ था। सामने शर्मा होटल का एक बड़ा-सा बैनर लगा हुआ था जिसके अंदर की तीन राडों में से केवल दो रॉडें जल रही थीं और एक रॉड दगा कर गई थी। एक मरियल-सा कुत्ता मुझे सूँघकर गया और दुसरे कुत्तों को जाकर इस नई सूचना के बारे में बताया। अलसाए कुत्तों ने पलटकर देखा और लेटे-लेटे ही भौंकना शुरू किया। मेरे प्रतिक्रिया न देने पर एक्टिंग करने लगे कि वे मुझपर नहीं किसी और बात पर भौंक रहे थे। सुबह सात बजे से पहले कोई सवारी नहीं मिलेगी। अभी यह शहर सो रहा है। दूर-दूर तक सुनसान और उजाड़। पार्किंग के बीच लगा इकलौता लैंपपोस्ट रोशनी से चिरचिरा रहा था... खैर, तीन-चार घंटे और सही। तब तक चाय-पानी की दुकान भी खुल जाएगी। शायद मैं सरयू में नहा भी लूँ। अब भी रात है। मैंने बैग को और सख्ती से पकड़ लिया। सिर नीचे किए, कदम घिर्राते हुए चल रहा था। मुझे नहीं मालूम मैं किधर जा रहा था। शायद कोई चाय की दुकान? फिलहाल तो दूर-दूर तक सन्नाटा और अँधेरा पसरा हुआ था। बैरिकेडिंग पार करके सड़क पर आ गया। दुकानों के शटर बंद थे। हलचल के नाम पर सिर्फ नाली का पानी बह रहा था। एक पुरानी बोलेरो खड़ी थी, जिसके डिपर जल रहे

थे और जिसका ड्राइवर मोबाइल में कुछ देख रहा था। उसकी तरफ ध्यान दिए बिना मैं बगल से आगे बढ़ा।

"अब अगवा कहाँ जात हौ?"

चिर-परिचित आवाज थी। पलटकर देखा। चिर-परिचित गाड़ी। गाड़ी संख्या भी चिर-परिचित थी। वापस आया। डिग्गी खोली, बैग रखा। घूमकर आया और आगे की सीट पर बैठ गया। गाड़ी चल पड़ी। कोई बातचीत नहीं। सब समझा हुआ है।

दोनों सामने देख रहे हैं। न उन्होंने कुछ कहा न मैंने। सवाल छोटे हो गए हैं। फैजाबाद पार हुआ। अयोध्या पार हुआ।

गाड़ी कितनी खंझड़ हो गई है। सर्विसिंग क्यों नहीं करवाते? गाड़ी का सीट कवर बदलवाया है। यह कैसा अजीब-सा रंग चुना है? मैं पूछना चाहता था, फिर खुद ही अपने सवालों को मन में ही लगाम दी। यह कोई पूछने का समय है?

आँखें नींदा रही हैं, फिर भी गाड़ी चला रहे हैं। सनक है कि रजत को गाड़ी नहीं छूने देंगे। अकड़ इतनी कि बाहर सड़क पर खड़े थे, अंदर स्टेशन पर नहीं आ सकते थे। और मान लो मैं किसी और रास्ते से निकलता? मान लो मैं फैजाबाद उतरता ही नहीं? शक्ल कैसी हो गई है। ख्याल क्यों नहीं रखते अपना? चेहरे पर झुर्रियाँ आ रही हैं। शर्ट ढीली होकर लटक रही है। दुबले हो गए हैं। यह वही आदमी है जिसका पूरे घर पर आतंक है। मुझसे ज्यादा डिजिटली एक्टिव रहते हैं। ट्रेन का रनिंग स्टेटस देखने के चक्कर में रातभर जागे होंगे। खुद क्यों आए हैं? गुन्नू को भेज देते।

आधे घंटे के सफर के बाद उन्होंने पूछा, "सीट मिली थी?"

"हाँ, मिल गई थी!" मैंने झूठ बोल दिया। और कोई 'बात' बात करने लायक थी ही नहीं। दोनों यह बात जानते हैं। एक ही जीन है।

"गाना-वाना है मोबाइल मा? बजाओ!... लीड वा पड़ी है नीचे!" प्रश्न, आग्रह और आदेश, तीनों का मिक्सचर पिता जी एक साथ देते हैं। किसी भोले आदमी को यह सीखने में समय लगेगा कि उनकी कोई भी बात सिर्फ और सिर्फ आदेश होती है। आग्रह तो कभी नहीं होती। उनकी बात ऐसे होती है जैसे लोडेड बंदूक खोपड़ी के सामने रखेंगे और कहेंगे, तुम्हारे लिए तो जिंदगी के सारे रास्ते खुले हैं। मैंने कभी तुमपर बंदिशें नहीं लगाईं।

मैंने लीड को अपने स्मार्टफोन में कनेक्ट किया। म्यूज़िक प्लेयर पर गया और आखिरी बजे हुए गाने पर क्लिक कर दिया। मोबाइल उठाकर एक तरफ रख दिया। खिड़की का शीशा नीचे कर, बाहर की तरफ देखने लगा। हेमंत कुमार की कशिश भरी आवाज पूरी गाड़ी में गूँज गई।

"जाने वो कैसे लोग थे जिनके प्यार को प्यार मिला! हमने तो जब कलियाँ माँगी, काँटों का हार मिला... आ आ..."

"ये का टुनटुना लगाया है... ? बदलो इसे!" अपने आप में भुनभुनाए, "अबहिं से दर्द सुन रहे हैं!"

मैंने बेमन से अपना मोबाइल उठाया और नेक्स्ट पर क्लिक कर दिया। अगला गाना मुकेश की आवाज में बजा।

"जो प्यार तूने मुझको दिया था, वो प्यार तेरा मैं लौटा रहा हूँ, अब कोई तुझको शिकवा न होगा तेरी जिंदगी से चला जा रहा हूँ..."

"ये क्या ऊटपटांग गाने हैं तुम्हारे फोन में? ढंग के गाने नहीं हैं क्या?"

"पुराने पसंद नहीं आपको?" मैंने दूसरी तरफ देखते हुए कहा।

"पुराने में भी अच्छे गाने होते हैं, तुम्हें आजकल के गाने सुनने चाहिए या पुराने? बदलौ!" पिता जी का स्वर और गाड़ी की गति, दोनों तेज हो गई थी।

मैंने शफल मोड ऑन कर दिया ताकि गाने पूरी लिस्ट में कहीं से भी बज सकें। और नेक्स्ट पर क्लिक कर दिया।

"तू जो नहीं है तो कुछ भी नहीं है, ये माना कि महफिल जवाँ है हसीं है..."

पिता जी का चेहरा गर्म होता देखकर मैंने गाना फिर बदल दिया, नेक्स्ट!

"मैंने दिल से कहा ढूँढ़ लाना खुशी, नासमझ लाया गम तो ये गम ही सही..."

इसके बाद कोई गाना नहीं बजा। पिता जी ने झटके से तार खींचकर अलग किया और मोबाइल पीछे डिग्गी की तरफ फेंक दिया। मेरी पीछे देखने की हिम्मत नहीं हुई। आवाज से लगा कि पीछे के शीशे से टकराकर वहीं बिखर गया है। स्क्रीन चली गई होगी यह तो तय है। इसके बाद घर पहुँचने तक कोई बात नहीं हुई। घर पहुँचते-पहुँचते छह बज गए थे। सूरज की रोशनी साथ लेकर आया था मैं गाँव में। इस बीच मन में कई कौतूहल जगे जो मन में ही रह गए। जैसे, अपनी डेरी के सामने से निकलते वक्त कि यह बड़ा वाला गेट कब लगा?

हम लोगों का जो नया प्लांट लगा है वो इसी में है या गुन्नू वाली जमीन पर? या नुक्कड़ पर यह नई दुकान किसने खोली? प्रशांत भैया की माता जी नहीं रहीं। उनके घर का क्या हाल है? पर बात मन में ही रह गई। यह सब तो शाम को गुन्नू भी बता देगा। पुराने हस्पताल वाला पीपल पार होने पर लगा कि अब बाँस की कोठी आएगी और उसके बाद घर। बाँस की कोठी पार होने पर अपना घर दिखाई दिया और एक साथ कई बेतरतीब यादों ने मुझपर हमला किया जिसे मेरी उदासी की ढाल ने काट दिया। घर का गेट नन्हे ने खोला। उसके चेहरे पर एक अधखिली मुस्कान थी। छोटे मालिक को बहुत दिनों बाद देखने की मुस्कान। मैंने भी जवाब में एक नींदभरी मुस्कान दी। वह खुश हो गया। मेरे और उसके बीच कई राज दफन हैं। मेरे आने पर उसे पता होता है कि हम रात को चक्की पर मीट का प्रोग्राम बनाएँगे। उसकी हँसी को देखकर मुझे उसके पौवे के जुगाड़ और भक्तिन से उसके विवाहेतर संबंध तक की सुध हो आई। एक अद्धी शीशी और एक बंडल बीड़ी की व्यवस्था करने पर वह गाँवभर की कहानियों का जखीरा खोलता है। उसे सबके घरों की अंदर की बात पता है। सुबह हो आई थी फिर भी मेरे शरीर पर नींद का कब्जा था। छह नमस्ते और दर्जनभर पैरों को छूने के बाद मैंने बिस्तर की ओर रुख किया। सोने से पहले नन्हे को गाड़ी की डिग्गी की तरफ इशारा किया। वह समझ गया। मेरे नींद में जाने से पहले पिता जी के चिल्लाने की आवाजें सुनाई दीं। शायद माँ पर चिल्ला रहे थे। ''*#% तुम्हारा बेटा... तुमने बिगाड़ रखा है। *#%@ मैं नहीं बर्दाश्त करूँगा *#@...Ó'

मैंने तकिए को जोर से अपने कानों पर दबाया। ''हुँह... तुम्हारा बेटा। जब तक बेटा नालायक है, तुम्हारा बेटा, तुम्हारा लाडला। अगर किसी लायक बन गया तो यही लोग गाते फिरेंगे, मेरा बेटा, मेरा खून! हुँह... स्वार्थी रिश्ते। असफलता का कोई पिता नहीं होता और सफलता के सब सगे होते हैं। हुँह...

कब नींद आई पता ही नहीं चला। बेसुध, सारी थकावट उतार देने वाली नींद। जब होश आया तो दिन के 11 बज रहे थे। अभी आधी नींद में ही था, और दादी के मंदिर की घंटियाँ सुनाई पड़ रही थीं। आँख खुली नहीं थी। ऐसा लग रहा था, किसी वजह से नींद टूटी थी। मैंने अपने सीने पर कोई दस-पंद्रह किलो का वजन महसूस किया। एक आँख खुली तो अपने ऊपर एक छोटी सी धुँधली आकृति नजर आई और कानों में माँ की आवाज पड़ी,

"रीतू! उठि जाओ ओकरे ऊपर से, नाही तो उठ्ते खन तुहैं पीट दे!"

ऋतु ने ढीठ की तरह ऊपर बैठे हुए ही जवाब दिया, "हम ना उठब!"

"काहे न उठबो बहिनी?" मैंने उसको चौंकाते हुए पकड़ लिया कि अब मैं जग गया हूँ। मैंने उसके दोनों हाथ पकड़ लिए थे कि अब उसका बचकर भागना मुश्किल है, पर उसके चेहरे पर डर का एक कतरा भी नहीं आया। वह मेरे जगने का ही इंतजार कर रही थी।

"पहिले बताओ कि तू हमरे ताईं ऊ चंपक लायौ?"

चंपक? दिमाग पर जोर डालने पर याद आया कि आखिरी बार मैंने उसे बच्चों की मैग्जीन 'चंपक' लाने का वादा किया था, और तब उसने गाना गया था, 'परदेसी मेरे यारा, वादा निभाना...।' मैं वादा भूल गया था, मैंने बात बदलने की कोशिश की।

"तू कोने क्लास माँ पहुँच गयू बहिनी?"

"फिफ्थ!" ऋतु ने गर्व के साथ बताया।

"तो अब तू बड़ी होय गयू है, यंग लेडी! अब तू कहानी के किताब पढ़िहौ? चलो उतरो ऊपर से!"

"हमका उल्लू न बनाओ, पहिले ई बताओ, लायौ कि नाई लायौ, हमसे कहेव रहा कि अबकी ले अइबो?" ऋतु का स्वर रुआँसा हो गया।

"जाओ, देखो चाय बनी कि नाहीं? ओहके बाद बताइब," कहकर मैंने ऋतु को नीचे उतार दिया।

"धोखेबाज! धोखेबाज! रजत भैया धोखेबाज!" का नारा लगाती हुई वह रसोई की तरफ चली गई। मैं उठा और अपने बैग की तरफ गया ताकि कपड़े बदल सकूँ। दो दिन से वही पहने हुए चीकट हो गए हैं। बैग खोला। वह खाली था। सारे कपड़े वॉशिंग मशीन में जा चुके थे। बरामदे में आया। चावल बीनती हुई माँ की तरफ देखा, उन्होंने खटिया की तरफ इशारा कर दिया। गुन्नू की लोअर-टीशर्ट पहननी थी और जो मैंने पहना है वो भी उतारकर धुलने के लिए देना था। माँ ने इसका भी इशारा किया। गुन्नू का पूरा नाम गणेश है। पर यहाँ गाँव में किसी का नाम नहीं होता। या तो पद होता है जैसे दद्दा, ताऊ, चाचा, लंबरदार। या जाति होती है, जैसे यादव, गुप्ता, मिसिर, या तोड़े-मरोड़े उपनाम होते हैं जैसे गुन्नू। गुन्नू चाचा का लड़का है। घर बाहर का सारा काम वही देखता है। पिता जी का सिर्फ नाम है, सारी डेरी उसी के भरोसे चल रही है। मैंने

गुन्नू की लोअर-टीशर्ट पहन ली, जो मुझे काफी ढीली आई। पता नहीं मैं दुबला हुआ हूँ या वह मोटा, उसे देखने पर ही पता चलेगा। ऋतु ने चाय दी। मैंने चाय की दो-तीन चुस्कियाँ ले लीं, तब तक वह वहीं खड़ी इठला रही थी।

"का है?" मैंने उसे कोंचते हुए पूछा।

वह कुछ नहीं बोली, वहीं इठलाती रही और जोर से खींसें निपोरने लगी। जैसे कुछ बात है और ज्यादा कुरेदने पर ही बताएगी।

"का बात है पराया धन?" मैं और गुन्नू उसे पराया धन चिढ़ाते हैं। वह मेरे और गुन्नू के बीच इकलौती बहन है। हमारे चाचा और पिता जी ने फैमिली प्लानिंग शायद वेन डायग्राम बनाकर की थी। बेटे दोनों के एक-एक और बेटी कॉमन में। इकलौती है इसलिए दुलार के साथ उसकी खिंचाई भी सबसे ज्यादा होती है।

वो चिल्लाई, "अम्मा देखौ, रजत भैया हमें फिर पराया धन चिढ़ावत हैं।"

"तो? तू तो है ही पराया धन! लड़कियाँ तो पराया धन होती हैं।"

"पराया धन तो तू हउ, पिता जी तुहें दिल्ली भेजे के बात करत रहे!" ऋतु ने हाथ मटकाकर कहा।

"का?"

"अउर का? हम अपने काने से सुनें। चाहे मम्मी से पूछ लो!" ऋतु ने अपनी दलील की पुष्टि की।

"अच्छा, अब्बै पूछित है!"

"अरे, उनका न बोलकारौ, उनकै निराजल है आज!"

"निराजल काहे?"

"अरे, कुछ धोखेबाजेन के लंबी उमर ताईं!"

मैंने ऋतुपर्णा को एक तरफ झटका और सीधा माता जी की तरफ गया। जिससे आगे जिंदगी में कोई उम्मीद नजर नहीं आ रही हो, उसकी लंबी उम्र के लिए कोई निर्जला व्रत रख रहा था। माता जी अब भी चावल बीन रही थी। दादी कुर्सी पर बैठे-बैठे सुंदरकांड का पाठ कर रही थी। मैं माता जी से मुखातिब हुआ और ऋतु दादी जी की कुर्सी के पीछे खड़ी हो गई। दादी जी ने हिंदू धर्म के कर्मकांडों को अपने हिसाब से अपडेट कर लिया है। चाय पीते-पीते जप करती हैं। मंत्रों में मिठास आ जाती है।

"हमें नहीं जाना है दिल्ली-विल्ली! हम लखनऊ में ही रहेंगे! जान लीजिए! हम कह दिए, सो कह दिए!" मैंने अपनी पूरी ताकत इस संवाद में झोंक दी।

"तो दिल्ली के जाए का कहत है तुहें?" माँ ने उल्टा प्रश्न दागा। दादी जी ने भी अपनी निगाहें किताब में से उठाईं और चश्मे से मेरी ओर झाँका। एक दोहा मेरे चेहरे पर पढ़ गईं।

"यहै ऋतुआ कहत रही कि पिता जी दिल्ली भेजे का कहत है!" मैंने ऋतु की तरफ इशारा किया। वह दादी जी के गले में हाथ डाले किताब पढ़ने की एक्टिंग कर रही थी। दादी जी की पक्की चेली है। खुद को आनंदी बहू समझती है। जब दादी जी चलती हैं तब वह पीछे-पीछे 'दादी सा' का बैकग्राउंड म्यूजिक देती चलती है। टीवी सीरियल देख-देखकर दिमाग खराब हो गया है।

"नहीं अइसा तो कुछ नाय कहिन हैं। ऋतुआ तुहें उल्लू बनावत होए!" मम्मी मेरे उल्लू बनने के खयाल पर मुस्कुराईं। मैंने ऋतु की तरफ देखा। वो वहाँ से गायब हो चुकी थी। दरवाजे से भागती हुई दिखी। दौड़ाकर पकड़ी गई। बरामदे में पीटी गई। लात के भूत बात से थोड़ी न मानते हैं।

घर से बाहर निकला। धूप खिल आई थी। चाचा जी पाइप लगाए ट्रैक्टर की धुलाई कर रहे थे। मेरे मन में एक कुढ़न हुई। आने वाली नस्लें हमसे इस बात से चिढ़ेंगी कि हम साफ पानी से अपनी गाड़ियाँ धोते थे, जबकि उनके पास पीने को साफ पानी नहीं होगा। मन में बुदबुदाया। दूसरी तरफ चाची जी घास पर अखबार रखे उकड़ू बैठी हुई थीं। बिपाशा की सेहत का राज पढ़ रही थीं। करिए होम डेकोरेट, जानिए वास्तु टिप्स और ऐसी ही तमाम गरमागरम मसालेदार खबरें वह जान लेना चाहती थीं। मेरे आने की सूचना घर में सबको थी। बस शेरू को इत्तिला नहीं दी गई थी। वो मुझे देखते ही पूँछ हिलाकर नाचने लगा। उसकी खुशी समा ही नहीं रही थी। मेरे ऊपर ही चढ़ जाना चाहता था। गेट के पास चिर-परिचित मोटरसाइकिल राजदूत की आवाज हुई। शेरू भाग के अंदर हो गया। मुझे यकीन हो गया कि गेट पर गुन्नू ही होगा। इसीलिए शेरू की यह हालत है। दोनों के बीच छत्तीस का आँकड़ा है। गुन्नू मोटरसाइकिल लाकर वहीं रोकेगा जहाँ शेरू बैठा होगा और उसकी पूँछ पर चढ़ा देगा। इसलिए शेरू सतर्क रहता है, गुन्नू को दूर से ही देखकर कल्टी हो लेता है और फिर छत पर जाकर मोर्चा सँभालता है। डबल सायलेंसर राजदूत अंदर आई। जलती हुई हेडलाइट बता रही थी कि गाड़ी रात में भी चली है। गुन्नू ने उसमें हॉकी स्टिक के लिए

भी स्टैंड लगवाया है। मैंने नजरें राजदूत के चारों तरफ घुमाईं। क्या यह बाइक है ? नहीं ! ये बस एक मोटरसाइकिल है। बाइक सुहागन होती है। पीछे थोड़ा-सा उठी होती है और उसपर गर्लफ्रेंड बैठती है। यह मोटरसाइकिल विधवा है।

मेरे दिमाग में क्या चल रहा था उससे बेखबर, गुन्नू मुझे गले लगाने के लिए लपका। उसके चेहरे पर बड़ी-सी मुस्कान खिली हुई थी।

"अरे दद्दा! सुबह पहुँचे आप ?" वह चहकते हुए आगे बढ़ा। मैंने ट्रेक्टर की तरफ इशारा किया, ताकि वह जान जाए कि चाचा खड़े हैं। उसने तुरंत पोजीशन बदल दी और सादर चरण स्पर्श किए। घर में इन सब चीजों का बहुत ध्यान रखा जाता है। अगर गुन्नू मुझसे एक भी दिन बड़ा होता न तो मुझे उसके पैर छूने पड़ते। अंदर ही अंदर चाहे कितनी भी गलबहियाँ दोस्ती हो, बाहर सबके सामने शिष्टाचार करना पड़ता है। ऊपर से आस-पड़ोस के लोगों को मुझमें पता नहीं कौन-सा आदर्श नजर आता है जो अपने बच्चों को मेरा उदाहरण देते रहते हैं। अपने अच्छे-खासे हैंडसम बेटों को मेरे पैर छूने को कहते हैं। उन्हें क्या पता कि मैं कितना बड़ा लूजर हूँ।

"रिजर्वेशन था या जनरल में आए?"

"अरे यार... क्या बताएँ!"

हम बात कर ही रहे थे की पिता जी बगल से गुजरे। हम दोनों सावधान की मुद्रा में आ गए। पिता जी मुझे इग्नोर करके गुन्नू से ही मुखातिब हुए।

"आज महाजन के लड़के की शादी है, बरात चले जाना। इसको भी लिए जाना (मेरी तरफ इशारा किया)। हमारा बता देना कि कई जगह जाना था इसलिए नहीं जा पाए।"

गुन्नू ने गर्दन हिलाई, "जी ताऊ जी!"

"कहाँ जाना है बरात, किसकी बरात है ?" मुझे लगा कि मुझे भी जाने को बोला है तो मुझे हक है जानने का। गुन्नू ने मेरा हाथ जोर से दबा दिया, धीरे से कान में कहा, "आप हर बार लड़कर ही जाएँगे का यहाँ से ?"

पिता जी मेरी तरफ पलटे, उलाहना भरी नजर से देखा, "ताखा मा रखा है कार्ड, जाओ पढ़ लो, अतना पढ़े-लिखे तो हईये हो..."

तेजी से बाहर चले गए। व्यंग्य मार गए थे। जता गए थे कि मेरी पढ़ाई पर काफी पैसा बर्बाद कर चुके हैं।

मैंने गुन्नू का हाथ झिड़का, "मुझे नहीं जाना किसी बरात-वरात में।"

"अरे दद्दा, ताऊ जी को छोड़िए, बरात का ऑफर काहे रिजेक्ट कर रहे हैं?"

"अरे कहाँ बरात-वरात, आज सुबह ही इतना सफर करके आए हैं।"

"टेंशन न लीजिए, सब व्यवस्था है हमारे पास," गुन्नू ने एक आँख दबाते हुए कहा, "यादव की स्कार्पियो रोक लिए हैं। बस हम, आप, यादव जिसकी गाड़ी है और वो अपना असिस्टेंट अनवांटेड। चार लोग। बस!"

"अनवांटेड?"

"अरे वही रहुला, लंबी कहानी है, बाद में बताएँगे। और कोई व्यवस्था चाहिए हो तो बताइए वो भी हो जाएगी।" गुन्नू ने टोन धीमी करके कहा, जैसे किसी स्पेशल चीज की तरफ इशारा कर रहा हो।

"अरे नहीं यार गुन्नू, मेरा मूड उतरा हुआ है, मेरा बिलकुल मन नहीं है जाने का।"

गुन्नू ने मेरा हाथ पकड़ा और किनारे ले आया, "अरे भैया, शादी-बियाह का मौसम है, लगन-रसम का मौसम है, का पता कोई कन्या-वन्या मिल जाए आपको भी। बरात जहाँ जा रही है वो वैसे भी बहुत जबराट इलाका है।"

"अच्छा?" मैंने बात हँसी में टाल दी। मुझे नहीं पता था कि आज जो होने वाला था वो मेरी जिंदगी की दिशा और दशा, दोनों बदल देगा।

***

शाम के सात बज रहे हैं। यादव स्कार्पियो लेकर आ गया है। यही कोई 20-21 साल का लौंडा। गुन्नू आगे की सीट पर बैठा है जो उसकी पारंपरिक सीट है। बगल में एक पन्नी में बरात में चेंज करने के लिए कपड़े रख लिए हैं। बीच की सीट पर ड्राइवर के पीछे मैं बैठा हूँ। राहुल का इंतजार है। गुन्नू ने गाड़ी बरात वाले घर से थोड़ी दूर मूँजे की आड़ में लगवाई है, ताकि इक्का-दुक्का बराती छिटककर हमारी गाड़ी में न बैठ जाएँ और हमारी प्राइवेसी में खलल न पड़े। इधर से जो भी गुजर रहा है वह गुन्नू जी को 'जयराम भैया' करके जा रहा है। फिर मुझे देखकर रुकना चाहता है। मेरा हालचाल लेता है। "अरे भैया, आप कब आए? रुकीहौ कुछ दिन कि चले जइहो?" मैं मुस्कुराकर जवाब देता हूँ, "नहीं, अभी रुकूँगा।" गुन्नू उन्हें आँखों से ही 'कट लो' का इशारा करता है। वे कट लेते हैं। मैंने ध्यान दिया, गाँववालों को बदलाव पसंद नहीं है। उन्होंने बरात के लिए वही कपड़े पहने हैं जो पिछले साल पहने थे। या शायद बदलाव के लिए उनके पास पैसे नहीं हैं। गुन्नू ने नई शर्ट-पेंट सिलवाई है और बदलने

के लिए पन्नी में कोट-पैंट रखा हुआ है। गुन्नू सबको हाथों से आगे बढ़ने का इशारा कर रहा है, सीधे बरात वाले घर पहुँचो, यहाँ मत रुको! और हमरी गाड़ी में बैठने का तो सोचना भी मत।

''मैं वहीं जाऊँ? मेरी वजह से सब बार-बार रुक रहे हैं।'' मैंने सबसे मिल आने का सुझाव दिया।

''अरे छोड़ो। अभइन हुवाँ कोई न होए, अभइन दूल्हा का कुवाँ पर घुमा रहे होइहें।'' यादव ने कहा।

अभी वही चल रहा होगा, 'आवा रे भवानी माता बैठा मोरे अँगना' गुन्नू ने यह लोकगीत गाकर और ताली पीटकर सुनाया। वह और यादव एक साथ हँसने लगे। पलटकर मेरी तरफ देखा, और जब जाना कि मुझे मजा नहीं आया तो उसने सफाई दी,

''अरे, बस इस स्साले 'अनवांटेड' का वेट कर रहे हैं, ये आ जाए बस चल दें। हमको दूल्हे से क्या मतलब?''

''पहले ये बताओ कि रहुला का नाम तुमने अनवांटेड काहे रखा है?'' पीछे के शीशे में राहुल दूर से आता हुआ दिखा।

गुन्नू पीछे मेरी ओर पलटा, ''वो इसलिए दद्दा, क्यूँकि इस स्साले के सारे काम अनवांटेड ही रहते हैं। ये गाँव का सबसे गैरजरूरी आदमी हैं। एहके बप्पा रोज कहत हैं कि ई सार हमरे जिव का काल पैदा होइ गवा है। टोटल लौंडियाबाजी। एक लड़की नहीं बची होगी गाँव की इससे। यहीं एलबीएस में नाम लिखवा लिया है, कॉलेज नहीं जाता। हर दूसरे दिन 15 रुपए का आइडिया का नेटपैक करा लेगा और सोय-उठके दिनभर का इसका एकसूत्रीय कार्यक्रम रहता है। जय हिंदुत्व, जय राजपुताना, गौ माता अउ फलाना-ढिमाका। तन पर नहीं है लत्ता, पान खाएँ अलबत्ता वाला हाल है। जबसे हमने इसको बताया है कि अनवांटेड बहुत भौकाली नाम है, सलमान खान वाली वांटेड से भी जबरजस्त, तब से स्साले ने फेसबुक पर अपना नाम ठाकुर राहुल सिंह चौहान 'अनवांटेड' कर लिया है। जबकि सच तो ये है कि 'अनवांटेड सेवेंटी टू' गर्भनिरोधक गोली का प्रचार देख के हमने इसका नाम रखा था।''

मेरी हँसी छूट गई, ''जब उसे पता चलेगा, बहुत गहरा सदमा पहुँचेगा उसको।''

''अरे छोड़िए न, यहाँ तो हर आदमी फेसबुक पर जाते ही अँग्रेजी भूँकने

लगता है! अभी देखिए, आते ही आपसे कैसे कड़क हो के हाथ मिलाएगा और थोड़ी देर बाद आपकी आईडी लेकर फ्रेंड रिक्वेस्ट भेजेगा, फिर आपको टैग करके पोस्ट डालेगा। सिर्फ अपना लाइक बढ़ाने के लिए।''

राहुल बरात के हिसाब से तैयार होकर आया था। वुडलैंड के जूते, डेनिम की जैकेट। क्लीन शेव, चश्मा-वश्मा। कान में ईयरफोन भी लगाए हुए था। उसने आगे बढ़कर गुन्नू से हेलो किया।

''क्या बे! भारतीय संस्कृति के पुजारी, लौंडिया-वौंडिया हैं क्या हम जो हमसे हेलो करोगे? पैर छुओ पैर!'' शर्मिंदा होकर राहुल को गुन्नू के पैर छूने पड़े। राहुल उम्र में गुन्नू से एक साल छोटा था और रिश्ते में भी भतीजा लगता था।

''पीछे बैठो!'' गुन्नू ने आदेश दिया।

राहुल ने दरवाजा खोला और मेरे बगल बैठ गया, तो गुन्नू ने आदेश दिया, ''सबसे पीछे!''

राहुल ने मेरी तरफ देखा। मैंने उसे आँखों से वहीं बैठे रहने का इशारा किया। राहुल, गुन्नू की सीट के पीछे और मेरे बगल बैठा था। उसे गुन्नू की शक्ल नहीं दिख रही थी। मुझे दोनों की शक्ल दिख रही थी। गुन्नू ने मेरी तरफ देखा और राहुल को छकाने पर मुस्कुरा दिया। मैंने अपनी मुस्कुराहट दबा ली क्योंकि मेरी मुस्कुराहट राहुल को दिख जाती। और मैं वैसे भी बड़ा था, मुझे किसी के पक्ष में नहीं होना था।

''अब अइसा है यादव जी! गाड़ी कहीं रुकेगी नहीं, आप जानते हैं!'' गुन्नू ने यादव को इंस्ट्रक्शन दिया। गाड़ी चलने ही वाली थी कि सामने से चाचा आते हुए दिखाई दिए। उनके साथ सात-सात साल के गोलू और भोलू भी थे, जिनकी आँखों से एक्स्ट्रा काजल और बरात जाने की लालसा टपक रही थी। गुन्नू ने अपने मुँह पर हाथ रखा और यादव को इशारा किया, ''यादव! गाड़ी पीछे ले।''

इससे पहले कि यादव गाड़ी पीछे लेता, चाचा गाड़ी रोक चुके थे। गुन्नू की तमाम दलीलों के बावजूद वह गोलू और भोलू को हमारे सुपुर्द करके चले गए। उन दोनों को डिग्गी में सेट किया गया। गाड़ी चली। गाँव के बाहर निकलते ही गुन्नू ने गाड़ी रुकवाई और डिग्गी से उतारकर दोनों को एक-एक झापड़ रसीद किया।

"गुन्नू भैया माल काहे लहे हैं?' उनकी तुतलाती आवाज में उनके आँसू और काजल मिक्स हो गए थे।

"मार कहाँ रहे हैं बेटा? ये तो हमारी गाड़ी में चढ़ने का टिकट है। और बिना टिकट यात्रा करना कानूनन अपराध है। ई तो हम तुम दोनों का टिकट बना रहे हैं। बरात जाएँगे? मुँह देखें भैया का? हग के सौंच लेते हो? बरात जाएँगे?" गुन्नू दोनों के कान ऐंठ रहा था और वे दोनों ऐंठे जा रहे थे।

राहुल ने गुन्नू को मेरी तरफ इशारा करके कुहनियाया। गुन्नू ने मेरी बुझी हुई आँखों की तरफ देखा और दोनों को वार्निंग देकर छोड़ दिया। "आज के दिन तुम दोनों अपनी आँखें और कान बंद रखोगे, समझे? और जो भी देखे वो घर पर किसी को बताए न, तो हमसे बुरा कोई नहीं होगा।" धमकी उन दोनों के जेहन में अंदर तक बैठ गई थी। वे दोनों पीछे की सीट पर बैठ गए। अपने होंठों पर उँगली रख ली। गुन्नू ने उनकी तरफ देखा, "हाँ, ऐसे ही रहना चाहिए!" गुन्नू को कुछ अटपटा लगा कि मैंने उसे इन दोनों को मारने पर डाँटा नहीं। कोई और मौका होता तो उसे डाँट पड़ती। पर मेरा मन कहीं और ही खोया-खोया था। वितृष्णा से भरा हुआ, इन सब से उचटा हुआ था। फोन की स्क्रीन फ्लैश हुई। टीप टीप! टीप टीप! मैंने मोबाइल उठाकर देखा। युवान का मैसेज था। मोबाइल की स्क्रीन टूटी नहीं थी। बस स्क्रीन गार्ड गया था। मैसेज चेक किया। "तुमने शशांक को अनफ्रेंड किया है? ये अच्छा नहीं किया तुमने!" मैंने मोबाइल स्विच ऑफ किया। जेब में रख लिया। सहज होने के भाव चेहरे पर लाने की कोशिश करने लगा।

गाड़ी ने स्पीड पकड़ी और गुन्नू और अनवांटेड की बातों ने अपने-अपने रंग। गाँव भर की चकल्लस शुरू हुई। गुन्नू चटखारे लेकर बता रहा था। बात-बात में आँख दबा देता था। राहुल उसका साथ ताली मारकर देता था। दोनों में कमला पसंद और पान बहार का लेनदेन भी हुआ। यादव ने सिगरेट जलानी चाही, तो गुन्नू ने इशारे से रोक दिया, "दद्दा के सामने नहीं"। उसने पान बहार से काम चलाया। सिगरेट के धुएँ से मुझे व्यक्तिगत नफरत है, मैं बर्दाश्त नहीं कर पाता, यह बात गुन्नू जानता है। गुन्नू पीछे मुड़ा और एक नया प्रसंग शुरू किया।

"भैया! अबकी जाने नहीं का हुआ?

"का भवा?

"हुआ ई... अरे मैकुवा आपन, दुकान खोलिस है कंपूटर का। सब व्यवस्था राखत है ओहमे, गाना अउर बीडीओ भरे वाली। तौ, बजट गए, कहिन 'महाभारत' भर दियो यहमा! बजट पेनड्राइव अउर सीडी लिहिन है नई-नई। हम अउर अनवांटेड हउवें बैठ रहें।

बजट हमारे महावीर चाचा का नाम रखा गया है जो भाजपा के लोकल प्रवक्ता हैं। बहुत धार्मिक आदमी हैं। लेकिन उनसे जब भी कुछ कहो कि चाचा यह काम होना है तो उँगलियाँ झटकाकर कहेंगे, "बजट बनेगा तो काम होगा!" हमने कहा, "चाचा नल लगवाना है!' "बजट बनेगा तो काम होगा!" एक बार चाची ने कहा कि हमका एक बेटा चही तब भी कहने लगे, "बजट बनेगा तो काम होगा!" बस, तब से इनका नाम हम लोगों ने बजट रख दिया। बजट बनेगा तो काम होगा।

"हाँ तो भइया बजट पहुँचे आपन पेन ड्राइव लैके, मैकुवा से कहिन कि महाभारत डाल दियो एहमा। मैकुवा जान नाइ पाइस। ओकरे दुकान पर सब उहे डरवावे आवत रहे। कूट भाषा मा 'महाभारत' कहत रहे। हम अनवांटेड का इशारा किहेन कि बतायो न। मैकुवा डार दिहिस। वहै का कहत हैं? ऊ नंगी सेक्सी?"

"बीएफ! चच्चू बीएफ!" राहुल ने याद दिलाया।

"हाँ देखेव दद्दा! अनवांटेड का ई नाम जरूर याद रहे।" गुन्नू ने खिंचाई की।

"अरे छोड़ो चच्चू, आगे बताओ!" राहुल उतावला हुआ जा रहा था। यह प्रसंग कई बार सुन चुका होगा पर गुन्नू के सुनाने के अंदाज का कायल है।

गुन्नू ने आगे कंटिन्यू किया, "हाँ तो दद्दा, हम अउर अनवांटेड पीछे-पीछे चल दिए। बजट सपरिवार टीवी लगाकर बैठे। अपने साथ एक अउर मित्र को लिवा लाए थे। धार्मिक परिचर्चा साथ ही हो। हम अउर अनवांटेड खिड़की के पीछे से झाँक रहे थे। अब भइया टीवी चालू हुआ। सीन शुरू हुआ। चाची कहिन, 'लागत है अबसी महाभारत मा सब विदेशी कलाकार हैं।' बजट ठहरे भाजपाई! हाँके का शुरू किहिन। 'अउर क्या? विदेशी तो हमेशा हमारी सभ्यता के कायल रहे हैं। भारत जगत गुरु ऐसे ही थोड़ी न है।'...

"अब दद्दा, ऊह-आह शुरू हुआ, सुहराना शुरू हुआ। अब हमरी अउर अनवांटेड की हँसी रुके न। हम दोनों एक-दुसरे के मुँह को दबा रहे थे। बजट

को काटो तो खून नहीं। कह रहे हैं, 'ये कुंती प्रसंग पहले ही दिखा रहे हैं क्या ? बहुत डिटेल में दिखा रहे हैं।' लपक के टीवी बंद किया। अउर हम औ अनवांटेड वहाँ से हँसते हुए भगे।''

''हे ! हे ! हे !आह ! आह !आह !'' उस पल को याद करके गुन्नू और राहुल गाड़ी में ही लोटपोट हो रहे थे। उस हँसी के माहौल में यादव भी पूरा डूब गया था। मेरे चेहरे से भी एक मुस्कान फिसल गई थी। पूरी गाड़ी का माहौल झूम गया था। बस पीछे गोलू और भोलू अपने होंठों पर उँगली रखे बैठे हुए थे। गुन्नू ने उन्हें हँसकर उँगली नीचे करने का इशारा किया। उन्होंने उँगली नीचे कर ली। गुन्नू ने मेरी तरफ एक कहकहा फेंका। मैंने जवाब नहीं दिया।

''लेकिन दद्दा एक बात है, बजट पेनड्राइव वापस नहीं किए।''

''हाँ चच्चू, वापस नहीं किए, रात में मंथन किए होंगे कि ये प्रसंग तो छूट ही गया था, हाहाहा, चाची के साथ देखेंगे।'' राहुल ने भी बात पुरवाई। दोनों ने हँसी की उम्मीद से मुझे देखा, मगर इस बार मेरे चेहरे पर हँसी नहीं आई। मेरी आँखों में वापस जिंदगी की निस्सारता उतर आई। निस्सार निस्सार ! गुन्नू ने मेरे चेहरे की ओर देखा और कुछ अनमना-सा हो गया।

''गाड़ी रोको यादव !''

गाड़ी रुकी।

''आगे जाओ अनवांटेड ! हम दद्दा के पास बैठेंगे !'' राहुल ने बात मानी, चुपचाप सीट एक्सचेंज कर ली। गाड़ी चल पड़ी। गुन्नू ने मेरे हाथों को अपने हाथों को अपने हाथों में लिया, ''सुबह से हम देख रहे हैं दद्दा, का हो गया है आपको ? एकदम खोए-खोए लग रहे हैं आप !''

''अरे अइसा कुछ नहीं है गुन्नू, हम ठीक हैं।'' मैंने उसके हाथ को बगल में रखते हुए कहा।

''अरे है कैसे नहीं ? चुटकुलों पर हँस नहीं रहे हैं, गोलू-भोलू को मारने पर हमको डाँट नहीं रहे हैं, ई का है ? आज आपके नाम पर हमने बछरावाँ वालों से मैच ले लिया कि हमारा ओपनर बैट्समैन लौट आया है। और आप दोनों मैच में जीरो पर आउट हो गए। हमने सिंगल लेकर आपको स्ट्राइक दिया कि अब तो बारिश शुरू और आप अइसा लग रहा था जैसे बैट ही नहीं उठ रहा हो। का हुआ का है ? हमको बताएँगे ?''

मैंने आँखें बंद कीं और एक गहरी साँस भरी। गुन्नू के कंधे पर हाथ रखा

और साँस छोड़ दी। अपनी उदास आँखें उसकी आँखों में डालता हुआ बोला, ''यार गुन्नू! खेल के नियम ही नहीं समझ में आ रहे यार!''

''मतलब?''

''ये खेल जिसे जिंदगी कहते हैं, मैं हारता जा रहा हूँ यार। जिंदगी छह की छह बाउंसर मार रही है। मैं क्या करूँ गुन्नू?''

यादव ने गाड़ी की स्पीड धीमी कर दी थी। वह भी इस बातचीत को सुन लेना चाहता था, जैसे कोई ज्ञान की बात छुपी हो इसमें। राहुल भी पीछे के शीशे में मुझे ही देख रहा था। दो पल की खामोशी आ गई गाड़ी में।

''दद्दा, आप हार इसलिए रहे हैं, क्यूँकि आप गेंदबाज को बहुत सम्मान दे रहे हैं... आप कब तक झुकेंगे? आप तो हमेशा से आगे बढ़के हुक करने वालों में से थे। हमको नहीं पता कि आप कौन-सा इंटरव्यू और इम्तेहान में फेल हुए हैं पर हम को पता है कि आप उसका तोड़ निकाल लेंगे। यहाँ पर किसी भी चीज का सबसे पहले तोड़ आप ही निकालते थे। आपका तरीका ही हमेशा से हम लोगों का तरीका रहा है। ये लखनऊ जाकर आप पता नहीं कैसे बैकफुट पर आ गए, नहीं तो आप तो हाफ पिच पर जाकर हिट करते थे। हमारे लीडर तो आप थे। एक बात हम और बता दें आपको जो कोई नहीं बताएगा। आप सिर्फ अपने लिए नहीं लड़ रहे हैं। आप एक एक्सपेरिमेंट हैं। अगर आप सक्सेसफुल हुए तो आपके पीछे 50 लड़के गाँव से भेजे जाएँगे आगे पढ़ने को और अगर नहीं हुए तो पचासों को हल-बैल में नाध दिया जाएगा। कि चलो करो चारा-पानी...''

गुन्नू के चेहरे पर गंभीरता छाई हुई थी। उसने जो कहा था शायद उसमें कहीं उसके अपने सफल न हो पाने का मलाल भी छुपा था। राहुल और यादव ने शायद कभी गुन्नू का पिघला हुआ रूप नहीं देखा था इसलिए वे भौंचक्कियाए हुए थे। माहौल में एक स्तब्धता छाई हुई थी। गुन्नू ने गहरी बात कही थी और उसके सम्मान में दो मिनट की खामोशी जायज थी, पर जब माहौल ज्यादा गंभीर होने लगा तो मुझे लगा कि मुझे ही इससे हल्का करने की जरूरत है। आखिर मैं ही कभी इनका लीडर था।

''तो फिर गुन्नू! बुलाओ कल बछरावाँ वालों को, और बाउंड्री थोड़ी और लंबी करवाओ, दौड़ाते हैं उनके फील्डरों को पूरे मैदान में।''

''जे हुई न बात!'' गुन्नू के चेहरे पर जोश आ गया। माहौल में वापस

खनक लौट आई।

"और ये डिफेंस का एसएसबी वगैरह मत दिया कीजिए, वो आपके लायक नहीं है, आप किसी और चीज के लिए बने हैं। सिबिल वगैरह देखिए।"

***

ललल उग्चिक उग्चिक उग्चिक उग्चिक।

घम्मड घम्मड घम्मड घम। काक पूक पुक! टें टें टें काक पूक पुक! ब्राजील... ला ला ला ला... ला ला ला ला ब्राजील... आज मेरे यार की शादी है, आज मेरे यार की शादी है... लगता है जैसे सारे संसार की शादी है... आज मेरे यार की शादी है... डीजे विकी! डीजे विकी! वक्त है खूबसूरत, आहा! बड़ा शुभ लगन मुहूरत, आहा! देखो क्या खूब जमी है, दूल्हे की भोली सूरत आहा... सैय्याँ धाएँ धाएँ धाएँ धाएँ धाएँ हो सैय्याँ धाएँ धाएँ धाएँ धाएँ।

ई स्साला गाना कौन चेंज किया? रोक तो स्साले डीजे को! आगे ही आगे भाग रहा है। दुलहा का गाड़ी पीछे छूट गया। रोक सारे को!... आहा चिकनिक चिकनिक चिकनिक! आहा चिकनिक चिकनिक चिकनिक!, यारा नइयो इश्क बीमारी, चंगी नैय्यो इश्क बीमारी। हो जाएगी बल्ले बल्ले! हो जाएगी बल्ले बल्ले! आहा चिकनिक चिकनिक चिकनिक! आहा चिकनिक चिकनिक चिकनिक। काक पूक पुक! टें टें टें काक पूक पुक। ब्राजील... ये स्साला फिर गाना कौन चेंज किया? एक बजने नहीं दे रहा है ठीक से!

"दद्दा! फोन बज रहा है आपका।" "क्या... ??" "फोन! दद्दा फोन!" "क्या? सुनाई नहीं दे रहा है!"

... कोई रपट लिखा दो इसकी, कोई रोको दारू विस्की, ये हाथ में लेकर पिस्टल! हो जाता जादा रिस्की... इसके आते ही खिसको। जो नाचे न ये नचा दे, ये करा दे, तमंचे पर डिस्को, तमंचे पर डिस्को, तमंचे पर डिस डिस डिस...

"कुछ नहीं, कुछ नहीं... आपका फोन हमरे पास है, जनवासे पहुँच के ले लीजिएगा... ये रहुलवा कहाँ गया?" "अरे ऊ सबसे आगे नाच रहा है। द्वारचार तक नाचते हुए जाएगा।"... चुनरी चुनरी! चुनरी चुनरी! आजा न छू ले मेरी चुनरी सनम...। कुछ न मैं बोलूँ तुझे मेरी कसम... आई जवानी सर पर मेरे... आई जवानी सर पर मेरे... तेरे पे क्या करूँ जवानी तेरे हम आजा...

"देख रहे हैं दद्दा, कैसे 'चुनरी चुनरी' कर रहा है। सबसे ज्यादा डांस उहाँ करेगा जहाँ सब छत से झाँक रही हैं। वहाँ! लोट-लोट के करेगा। एक-दो

की चुनरी तो छू ही आएगा... आप नहीं करेंगे डांस?'' ''नहीं मैं ऐसे ही ठीक हूँ, वैसे भी हमरे दोनों हाथ में गोलू और भोलू हैं। इन्हें खाना खिलवा के सुला दें''

... ये देश है वीर जवानों का, अलबेलों का मस्तानों का, इस देश का यारो! आहा!...

''अरे दद्दा उहाँ कहाँ जा रहे हैं, समधी मिलन में माला पहेनना है कि द्वारचार में गारी खा के नैनमटक्का करना है?'' ''मतलब?'' ''आप इधर चलिए, अपनी लोगन की व्यवस्था इधर है...''

''अरे यार ठीक किए जो वहाँ से लिए आए। इतना शोर था कि कान ही फटे जा रहे थे। कौन व्यवस्था?''

गुन्नू ने मेरी तरफ देखा, फिर दो फीट नीचे गोलू-भोलू की तरफ देखा। ''एह गोलू-भोलू! कान बंद कर रे!'' दोनों वैसे ही आधी नींद में थे। कान बंद कर लिए। गुन्नू ने अपनी एक आँख बंद की और मेरे कान के पास मुँह लाकर बोला, ''अरे... दुर्जनपुर की नचनिया है। बहुत कँटीली औरत है। जहरीला डांस करती है। रसीली। जनवासे में व्यवस्था है... चलिए तो...''

चलो!... आज ये भी सही!

रात गहरी हो गई थी। राहुल का डांस और गुन्नू का झूमता अंदाज अवगत करा रहे थे कि दोनों ने थोड़ी-थोड़ी लगा ली है। शादी मंडप से दूर हम जनवासे की ओर लौट रहे थे। पीछे भड़कीले गानों की क्षीण होती झमक कानों में पड़ रही थी। सड़क खाली थी और अगल-बगल पसरा हुआ हुहुआता अँधेरा था। जहाँ बरात टिकाई गई थी, वो खाली कराया गया खेत था। उसके पीछे नाच की व्यवस्था थी। गुन्नू के पैर डगमगा रहे थे।

''दद्दा, फोन बज रहा था आपका। कोई अननोन नंबर था।''

मैंने फोन उठाया, 8604---- हम्मम... एक पल को साँस रुकी और आँखें मींच लीं। हम्मम... मैंने तुरंत अपना टोन बदला और रोष जताते हुए पूछा, ''फोन ऑन के किहिस रहा हमार?''

''अरे वहे कोई गोलू-भोलू मा से किहिस रहा, गेम खेले ताईं।''

''फोन में कोई गेम नहीं है मेरे! समझे?'' मैंने गोलू-भोलू दोनों को घूरा। मेरी आवाज की झुँझलाहट पर गुन्नू को कुछ अटपटा लगा। उसने 'पता नहीं' में कंधे उचकाए।

मैसेज था, "... यार एक बार बात कर लो... लेम्मी एक्सप्लेन!... आई नो मैंने गलत किया। डोंट नो हाउ ऑल दिस स्टार्टेड... मैंने शशांक से अब बात करना भी बंद कर दी... डिलीटेड हिज नंबर... टॉक वंस यार...।" मैंने आगे के दो मैसेज बिना पढ़े डिलीट किए और फोन वापस स्विच ऑफ कर दिया।

सामने नाच हो रहा था। दो 24-25 साल की औरतें फूहड़ नृत्य कर रही थीं। पीछे लंबे बाल रखे चार-पाँच लोगों का ऑर्केस्ट्रा था। उसके पीछे शामियाना लगा था। सामने फोल्डिंग चारपाइयाँ पड़ी थीं। बीच में एक माइक का स्टैंड लगा हुआ था जिसमें से माइक निकालकर एक नर्तकी ने अपने हाथ में ले लिया था। गा भी वह स्वयं रही थी, पीछे वाले सिर्फ बजा रहे थे और नोट गिन रहे थे। गाना ऑन पब्लिक डिमांड चल रहा था। दूसरी नर्तकी खटिया के पास जाकर कमर हिलोर डांस कर रही थी। गाँव के बुढ़ऊ लोग, 'नहीं-नहीं' करके 11 और 21 रुपए निकाल रहे थे। घर में जिनसे सब्जी लाने के लिए पैसे नहीं निकलते वह अधेड़ भी छैला बने हुए थे। मटक-मटक के पचास के नोट वार रहे थे। गुन्नू के कदम यहीं से झूमने शुरू हो गए। उसने मेरे कंधे पर हाथ रखा और शरीर झुलाते हुए कहा-

"दद्दा, ताजा सूत्रों से ज्ञात हुआ है कि आपको... दिल्ली भेजने का विधान है।" फिर दूसरी तरफ किसी को इशारा करके बोला, "एह! कोल्ड ड्रिंक लेकर आ!"

"अरे! ऊ केवल ऋतुआ कै फैलावा रायता है, ऐसा कुछ नहीं है, हम पूछे रहे मम्मी से।"

"अहाँ! अहाँ! खबर पुख्ता है..." फिर फोल्डिंग चारपाई पर बेहोश-से पड़े दो लोगों को लतिया कर, "का रे मेस्सी, फर्गुशनवा! उठ रे।"

वो दोनों अपनी बेहोशी से चौंक के उठे, "हाँ... हाँ भैया!"

"खाना-वाना खाए?"

"नहीं, कोटा फुल हो गया रहा गुन्नू भैया, अब सो रहे...।" उन्होंने पी चुके होने का इशारा किया।

"अरे नहीं! जाओ खाना खाओ और खटिया छकाओ! नाही तो मिलिहे न सोवे का... जाओ-जाओ... जल्दी उठो...।" गुन्नू उनसे जबरदस्ती बतिया रहा था, उन्हें उनकी ही खटिया से उठाकर दूसरी ढूँढ़ने को कह रहा था। वो हूँ-हूँ करते हुए उठे, अपनी चप्पलें ढूँढ़ने लगे।

"अबे चप्पल उधर है। और जाओ खाना खाओ। इनका दोनों को लिहे जाओ, खिला दो। एह गोलू-भोलू... जाओ खाना खाओ, और उधर से अनवांटेडवा को भेज देना, अगर उसकी लौंडियाबाजी खत्म हो गई हो..."

"हूँ... हूँ..."

"अरे खड़े का हउ, जाओ जल्दी!... और ऊ हरमुनिया वाले को भेज दो हमरे पास..."

हम दोनों उन चारपाइयों पर बैठ गए। गुन्नू ने अपना कोट उतारा और सामने वाली चारपाई पर फेंक दिया। फिर कोट वापस उठाया और उसका माल-मसाला निकालकर शर्ट की जेब में लिया। सामने नाचने-वाली ठाकुर के सामने नाच रही थी...। "तक टुडू टूडू! तक टुडू टूडू! अरे... 'डारैं'! कुवाँ मा जाल 'डारैं', कुवाँ मा जाल 'डारैं'... सैयाँ हमरे बड़े शिकारी... कुवाँ मा जाल 'डारैं', कुवाँ मा जाल 'डारैं'।" गुन्नू ने अपने जेब से शीशी निकाली। "अब इसके लिए मत रोकिएगा हमें... नींद नै आती... इसके बिना।" उसने चेहरे पर सारा दर्द उड़ेल दिया। मैंने व्यंग्य भरी मुस्कुराहट दी, "मुझे क्या फर्क है।"

"तो... हम क्या कह रहे थे कि सिर्फ ऋतुआ का बवाल नहीं है, सदन में आपके दिल्ली जाने का प्रस्ताव आ चुका है। इस बैठक में न सही... अगली बैठक में तो पारित हो ही जाएगा... ताऊ जी को तो जान ही रहे हैं आप, कोई भी मैटर 'बीटो' कर देते हैं। ऋतुआ को भी नवोदय भेजने की बात हो रही है। स्साला घर को वृद्धाश्रम बना देंगे ये लोग।" उसने खोपड़ी झटकी और रोष प्रकट किया।

मेरा दिमाग कहीं और खोया हुआ था। दूसरे मैसेज में क्या रहा होगा? बिना पढ़े क्यों डिलीट कर दिया... अब क्यों कर रही है मैसेज...

मैं सोच में डूबा हुआ था, सामने गुन्नू सागर-ओ-मीना का पूरा इंतजाम बना चुका था। डिस्पोजबल में मदिरा सज रही थी, दोने में हल्दीराम मसाला-मिक्स का चखना भी सज चुका था। राहुल कब मेरे बगल आकर बैठ गया था, मुझे पता ही नहीं चला।

"का रे अनवांटेड, एक्को मिली कि नाही... ?"

"अरे नहीं चच्चू, हियाँ के बिटिये बहुत एहसानफरामोश हैं। एक घंटा उनके दुआरे पर पूरा नागिन हो गए... स्साला नोटिस ही नहीं किया कोई, बताइए! मामलै कैटापुल्ट हो गया।" अफसोस में उसने आगे बढ़कर डिस्पोजबल उठा

लिया। गुन्नू ने उसे घूरकर देखा। उसने वापस रख दिया। गुन्नू ने 'अच्छा पी लो, पी लो' का इशारा किया। उसने दाँत चियारे, गटक गया। गुन्नू ने भी एक साँस में पूरा खींच दिया और गंदी डकार मारी। आह! ये दोनों जाम छलका रहे थे। मैं चखना में से मूँगफली बीन-बीनकर खा रहा था। दोनों सुरूर में आते जा रहे थे। सामने जिस्म दिखाऊ डांस चल रहा था। माहौल का नशा मुझपर भी आ रहा था। मैं भी झूम रहा था। दोनों मय के खुमार में पद-गरिमा सब भूल गए थे... दिल की बात अंदर से विशेषणों के साथ निकल रही थी।

हारमोनियम वाला पंकज 'अलबेला', गुन्नू के पास आकर खड़ा हो गया। "जी भैया!"

"अबे रसीली से कहो इहाँ नाचे, वहाँ बूढ़वन के बीच में क्या कर रही है?" गुन्नू ने जेब से 10 की गड्डी निकालकर लहराई। अलबेला फौरन रफू हो गया। गुन्नू मस्ती में तबले की ताल पर खोपड़ी झुमका रहा था। टी टी टिगडिक टिगडिक टिगडिक! टी टी टिगडिक टिगडिक टिगडिक! उसने एक गिलास और झमकाया और मेरी तरफ एक आँख बंद करके देखा, "सुना है, ठाकुर दूध मलाई सिंह आपसे बहुत नाराज हैं?" उसने एक ताली मारी और बेहूदा हँसी हँसा। राहुल भी हँसा।

"अबे नाम तो ढंग से लो, बाप हैं हमरे!"

"अब ज्यादा श्रवण कुमार न बनिए! बाप हैं हमरे... जब बिमारी अजारी में तड़पते हैं तब पैरासिटामाल लाकर हम देते हैं, आप नहीं! आप तो व्हाट्सएप्प पर कह दिए, 'हेल्लो फादर हाउ यू'... हीहीही... यहाँ का सारा मैटर हम देखते हैं... क्या रे अनवांटेड! देखते हैं कि नहीं?"

"हाँ! हाँ! चच्चू आप ही देखते हैं!"

"हाँ! आपको पता है दद्दा कि ताऊ जी किसी शादी-बियाह में नहीं जाते हैं! पूछो काहे? (उसने आँखें बंद करके दो-तीन बार भौंहें उचकाईं। काहे से नी आपको बहुत उम्मीद से भेजे थे। कहीं जब जाते हैं तो लोग पूछते हैं कि आपका लड़का क्या कर रहा है, अब उनके पास जवाब नहीं होता। थोड़ी देर तक गर्दन हिलाता रहा)... कोई ये सब खोदे-बीदे न... इसीलिए नहीं जाते..."

रसीली आ गई थी। पल्लू कमर में बाँधे, होंठ दाँतों में दबाए हुए, लहराती चाल, एक आँख बंद करके गुन्नू को अँखियों से गोली मारती हुई...

ललल अरे सैय्याँ जी!... सैय्याँ जी!... सैय्याँ जी दिलवा माँगे ला, गमछा

बिछाई के... हो, सैय्याँ जी दिलवा मांगे ला, ढिबरी बुताई के ए...

माइक पर अनाउंस हुआ, "सौ रुपए की कद्रदानी पर मैं गणेश सिंह गुन्नू जी का शुक्रिया अदा करतीईईईईई ढम! ढम! अगली फरमाईश है, 'जो बीच बजरिया' की..."

अब रसीली राहुल के सामने नाचने लगी थी। राहुल उसे डांस में जबरदस्त टक्कर दे रहा था।

गुन्नू ने एक गिलास और झमकाया। फिर मेरी तरफ देखा, "सुबह से आपका मूड देख के लग रहा है कि कौनो हुस्न आशिकी का मैटर है!"

"हुस्न अशिकी?"

"हेहेहे... अरे वही प्यार-व्यार का चुतियापा!"

"हेहे... क्यों, तुम्हें कभी नहीं हुआ ये प्यार-व्यार का चुतियापा?"

"नाह! कभी नहीं। एकदम बकवास बात। कोसों दूर से प्रणाम।" गुन्नू ने गिलास ऊपर उठाकर प्रणाम कर लिया। राहुल नाच रहा था, फिर भी बात सुन रहा था। उसने मुझे उँगली से कोंचा, "पूछिए-पूछिए, बहुत सीरियस मैटर है।" उसने आँख मारी।

"चोप्प स्साले!"

"दद्दा, अब हमरा प्यार सीधा गन्ने के खेत में होता है। फील्ड ड्यूटी! हेहेहे... जैसे ऊ अँग्रेजी पिच्चरिया में नहीं, वो जब हीरो हेरोईनी मस्तियाते हैं न... तो एक-दूसरे को फोन करते हैं न? योर प्लेस ऑर माइन? अह हेहेहे... वैसे ही यहाँ होता है, योर खेत ऑर माइन? हाहाहा।" उसने ताली मारी और जोर से हँसा।

राहुल ने फिर कोंचा, "पूछिए चच्चू, एलबीएस की ही रही... उसी के गम में हैं..."

"चुप सारे! बीच में काहे टिपिर-टिपिर कर रहा है? दद्दा, एलबीएस नहीं यहीं टपरा की थी।" गुन्नू ने एक मुट्ठी चखना फाँका और भखर-भखर चबाने लगा।

"कहानी क्या है गुन्नू?"

रसीली राहुल को घेरे में ले रही थी... जो बीच बजरिया तूने मेरी पकड़ी बैयाँ मैं सबको बोल दूँगी, टना ना ना... जब रात मा कोई ना जागे, ऐय्यो सैय्याँ, मैं खिड़की खोल दूँगी, टना ना ना...

''... दद्दा कहानी कुछ नहीं है, बस शोर्ट में बात इतनी ही रही...''

राहुल ने रसीली को दफा किया, ''चच्चू अभी देखिए शेर सुनाएँगे...''

गुन्नू जमीन में देखता रहा, एक घूँट लिया, फिर नीचे ही देखते बोला, ''मुस्कुराती रही, इठलाती रही... मुस्कुराती रही, इठलाती रही, करती रही बिनोद... हेहेहे... यहीं यादव के गाँव की ही थी...'' गुन्नू ने एक घूँट और लिया। बिना घूँट लिए आगे की बात नहीं बोल पाएगा... ''तो दद्दा, मुस्कुराती रही, इठलाती रही, करती रही बिनोद... अंत में छोड़ कर चली गई हाहा मादर... हहहाहा इह इह इह इह।'' राहुल और गुन्नू एक फूहड़ हँसी में सराबोर हो गए। यादव सिटपिटा गया। फिर गुन्नू आँखें पोंछने लगा।

''ई क्या है गुन्नुआ? तू रो रहा है क्या?''

''नहीं दद्दा बिलकुल नहीं...।'' गुन्नू ने चटपट अपनी आँखें पोंछीं, कहने लगा कि लाइए, अपना मोबाइल दीजिए हम बीडियो बनाएँगे। मैंने मोबाइल दे दिया। वह गया और रसीली को पकड़ लाया, मोबाइल राहुल के हाथ में दिया। लेट्स नाचो!

ललल झूलने का झूला साजन तुझे मैं झुलाऊँगी, करूँगी गुलामी तेरे नखरे उठाऊँगी... अपने होंठों का रस तेरे होंठों पर राजा, कसम से घोल दूँगी, टना ना ना...

''वीडियो शुरू हो चुका है, जैसा कि आप देख सकते हैं, सामने रजत दद्दा बैठे हुए हैं और उनके घेरे में रसीली नाच रही है, दद्दा खटिया पर से उठ नहीं रहे हैं, रसीली झुक-झुक के बिजली गिरा रही है, बैकग्राउंड में 'हँसे पर देबे सौवा' गीत शुरू हो चुका है, आनंद लीजिए! कैमरामैन 'अनचाहे गर्भ' के साथ मैं संवाददाता गणेश सिंह गुन्नू, अभी थोड़ी देर पहले तक!''

टीना निन टिन, टीना निन टिन...

''दद्दा ये फोन आने लगा किसी का बीच में।''

''किसका है?''

''कोई अर्गुमेंट किंग लिख के आ रहा है!''

''ऑर्गुमेंट किंग?''

शशांक... ? पूरे एक महीने बाद? समय देखा, पौने ग्यारह हो रहे थे। 'मैं सो रहा था' वजह काम नहीं करेगी।

''लाओ फोन दो!''

फोन सुबह पटका जा चुका था। रिंगिंग आईसी चली गई थी। पूरे 1 मिनट 35 सेकंड चली कॉल में मेरी आवाज उस तरफ नहीं गई। उसे शायद मेरी बात सुननी भी नहीं थी। जो उसकी आवाज आ रही थी उसमें भी मुझे आधा ही सुनाई दिया...

ललललसमझा ना हमका गोरी ऐरा गैरा नत्थू खैरा, चच्चा बिधायक हमरे टरक चले ले दस टयरा... $#%@& आज से कोई मर गया मेरे लिए, &*$#$ कोई मर गया तुम्हारे लिए। @#$$% यह केवल शशांक ही था जो रिश्ते को *%$#@... मैं भी कोई बरात नहीं लेकर आया था इस दुनिया में, बस तुम दोनों... @#$% ... अब मैं तुम्हें ब्लॉक। *&#%$ फोन कट गया। मैंने वापस फोन किया। स्विच ऑफ हो चुका था। ... चढ़ल जवानिया में काहे तू पगलायिल बाटे, ई तोहरा किस्मत हमरा तोहरा पर दिल आइल बाटे... नफरत है मुझे अपने आप से। मैंने ही उसे अनफ्रेंड कर दिया था। नफरत है मुझे अपने आप से।

''ला गड्डी दे रे गुन्नू!...'' ललल हँसे पर देबे सौवा, ते चुम्मा पर पंसौवा, हजारा देबे गोरी, तू बैठ जाओ धरौवा... चटाक!... ''भक्क! भग यहाँ से! बंद कर इसको!''

***

वापस तेरे शहर में...

''हम येहके मुँह नाइ देखा चाहित।''

पिता जी का ये आखिरी वाक्य किसी टीवी सीरियल के प्रीकैप 'अब तक आपने देखा...' की तरह मेरे जेहन में नाच रहा था। गोंडा स्टेशन के प्लेटफॉर्म नंबर तीन पर चेहरे को अपने हाथों में लिए बैठा मैं 'अब आगे' सोच रहा था। गुन्नू ने टिकट थमाते हुए एक आखिरी बार पूछा, ''आखिर, कलिहाँ भवा का रहा आपका?'' मैंने कोई जवाब नहीं दिया. वह अपनी ही रौ में बोलता गया ''अब जोन होएक रहा तों होई गा, अच्छा भा दिल्ली जाए कै फरमान टरि गा। अब जा रहे हैं लखनऊ, तो कुछ करके ही लौटिएगा। हम तो एही कहेंगे। हमको लगा रहा कि कुछ दिन रुकेंगे, पर एको दिन नहीं रुक पाए।'' मैं सुनता रहा।

***

धीरे-धीरे भारी कदमों से घर की सीढ़ियाँ चढ़ीं। चारों तरफ नजरें दौड़ाईं। अब आसपास खटखट सीढ़ियाँ चढ़ने वाला युवान नहीं था। पता नहीं किस बात की जल्दी रहती थी उसे? उदास आँखों से किचन की ओर देखा। वहाँ लड़ता-झगड़ता शशांक नहीं था। उसे एसएससी की तैयारी के लिए जबरदस्ती दिल्ली भेजा गया था। युवान ने जो किया था उसके लिए उसे घर में ही नजरबंद किया गया था। उसे बाहर निकलने की आजादी नहीं थी। कमरे में कदम रखते हुए मुझे वो खुमारी भरी शाम याद आई जब मैं साढ़े तीन साल पहले इस कमरे में आया

था। चहकन से लबरेज, कुर्सी को खींचकर आराम कुर्सी बना देना चाहता था, दिनभर की खुमारी उतर ही नहीं रही थी। आज वैसा नहीं था। तखत पर सामान रखकर चुपचाप बैठ गया। फोन की तरफ देखा। लगा कि अभी यह बजेगा और उधर से आवाज आएगी, "चाय चढ़ाओ बे, मैं बिस्कुट लेकर आ रहा हूँ..."। मैंने फोन को देर तक देखा, वो नहीं बजा। मैंने अपना स्मार्टफोन गुन्नू के फीचर फोन से बदल लिया था और उसे बनवाने के पैसे दे दिए थे। थोड़ी देर बाद फोन बजा। मैं उम्मीद से झपटा। मगर गाँव से नन्हे का फोन था। उसे अब पता चला था कि मैं गाँव से चला आया हूँ। एक बार भी नहीं मिल पाया मुझसे।

"भैया हम तो सोचेन नहा कि रुकिहो कुछ दिन, मुला तुम तौ एके दिन मा निकरि ग्यो?"

"हाँ काका... का बताएँ अब... आना पड़ा!"

थोड़ी देर तक नन्हे कुछ नहीं बोला, फोन चलता रहा। शायद उसके पास सही शब्द नहीं थे। पिता जी के खिलाफ वह बोल नहीं सकता था और मैं कुछ बोलने की स्थिति में नहीं था। मैंने सोचा उससे कहूँ कि अगली बार मैं आऊँगा तो हम लोग जरूर चक्की पर प्रोग्राम रखेंगे, मगर अगली बार मैं पता नहीं कब आऊँ? आऊँ भी या नहीं! बहुत देर तक मन में मथते रहने के बाद उसने एक-एक शब्द तोलते हुए अपनी रजा कही,

"बहुत जने गए हैं हियाँ से भैया—बीटेक-सीटेक करें... कोही से कहूँ पीछे न रहेव!... अच्छा रक्खित हैं।" उसका स्वर मद्धिम हुआ और फोन रख दिया।

***

"हम्म... तो अब आगे क्या सोचा है?"

उन्होंने चाय की एक चुस्की लेने के बाद मेरी आँखों में देखते हुए पूछा। उनके चेहरे पर संजीदगी और मुस्कुराहट आपस में घुल गई थीं। वह सामने बैठे थे, मैं चुपचाप नीचे देख रहा था। दिलीप बिना पूछे चाय-समोसा मेरे सामने रख गया था। कैंटीन में गिने-चुने 12-15 ही लोग रहे होंगे। दिनभर की रिमझिम बारिश की वजह से ज्यादा भीड़ नहीं थी। फोन करने पर प्रशांत भैया ने मुझे यहीं मिलने के लिए बुलाया था। उन्होंने नीली छींटदार शर्ट पहनी थी और चश्मे का फ्रेम भी नीला था। मुस्कुराती हुई आँखों से मेरे बोलने का इंतजार कर रहे थे। मैंने एक-एक शब्द तोलते हुए जवाब दिया।

''पहले सोचा था कि एमबीए करूँगा... बीएससी से तो कुछ होने वाला नहीं। एमसीए भी कर सकता हूँ।'' समोसे के टुकड़े के पीछे अपनी घबराहट समेटते हुए मैंने कहा।

वह मुस्कुराए और साँस छोड़ी, फिर विनोद भाव से मुझे देखते हुए बोले, ''क्या-क्या चलता रहता है तुम्हारे दिमाग में... एमबीए, एमसीए, सीडीएस, एफकैट... ?''

मेरे दिमाग ने सफाई देनी चाही कि सीडीएस और एफकैट एक ही चीज के लिए है, मगर मैं चुप रहा। वह शिकायतभरे लहजे में कहते गए, ''और ये कैसी सनक छाई रहती है तुम्हारे ऊपर? सुना कि तुमने बरात में थप्पड़ मार दिया?''

''अरे वो तो...''

''खैर छोड़ो,'' उन्होंने मुझे शर्मिंदा होने का मौका दिए बगैर बात आगे बढ़ा दी, ''एक विपस्सना मैडिटेशन होता है, मेंस के बाद जाने की सोच रहा हूँ। खाली समय मिले तो चले जाना। थोड़ा ठहराव आएगा सोच में और तुम्हारी सनक कम होगी! समझे? बहरहाल, एमबीए क्यों करना चाहते थे?''

''स्कोप है उसमें... पर्सनैलिटी डेवलपमेंट भी होता है... या एमएससी कर लूँ कंप्यूटर साइंस से?'' मैंने शंकित नजरों से उनकी ओर देखा। उनकी तरफ से आश्वस्त प्रतिक्रिया न मिलने पर मैंने ''... और सिविल की तैयारी भी करता रहूँगा साथ-साथ'' का टुकड़ा लगाया।

उन्होंने दाँत में फँसे समोसे के टुकड़े को जीभ से निकाला, कूचा और निगल लिया। इतने देर में शायद उन्होंने जवाब सोच लिया था। मेरी आँखों में झाँकते हुए बोले, ''देखो, स्कोप सिर्फ प्रतिभा में है... और कहीं नहीं है। अभी तुम जिस चौराहे पर खड़े हो ना कि नौकरी तलाशूँ या आगे पढ़ूँ, दो साल बाद फिर इसी चौराहे पर खड़े रहोगे। मुझे ही देख लो। मैं पीजी करके भी बैठा ही हूँ ना। बहुत सारे सपने थे, ये करने को, वो बदलाव लाने को... मगर उन सपनों का फिलहाल कोई मोल नहीं है। मेरे साथ कितने ही अच्छे रिसर्च स्कॉलर हैं जो कहते हैं कि यार, कहीं बाबू की ही नौकरी मिल जाए, वही कह कर लें और इस शिक्षा-बेरोजगारी-लानत के कुचक्र से निकलें। इसलिए फिलहाल सारे दर्शन ताक पर, अभी मेरा तात्कालिक दर्शन 'रोटी' है। किसी को कोई फर्क नहीं पड़ता है कि मेरे पास कितने आइडियाज हैं, मुझमें कितनी प्रतिभा है। दो बार मेंस

लिख चुका हूँ, और धीरे-धीरे लग ही जाऊँगा। मगर नहीं। लोग तो उस दिन से इज्जत देना शुरू करेंगे, जिस दिन अखबार में फोटो आ जाएगी।'' फिर चेहरे के भाव हल्के करते हुए बोले, ''वो बात अलग है कि वो तब भी मेरी इज्जत नहीं करेंगे, इज्जत मेरे पद की करेंगे। मगर तब मेरे सारे क्रियाकलाप जस्टिफाई होने लगेंगे...। तो फिलहाल पर्सनैलिटी डेवलपमेंट, स्कोप और कुछ नया को एक तरफ रखो और तैयारी शुरू... !'' वह बोलते ही जाते अगर पीछे से आने वाली फीमेल सेंट की खुशबू ने उन्हें रोक न दिया होता।

''इतना लड़-झगड़ के बनवा के लाई हूँ मैं,'' छाया जी ने पीछे से अपने दोनों हाथ उनके गले में डालते हुए कहा। उनके दोनों हाथों में चाऊमीन की प्लेट थी और कोशिश थी कि दोनों की खुशबू सीधे उनकी नाक में जाए।

''सामने रखिए मोहतरमा, मैं इस मुद्रा में खाने में असमर्थ हूँ।'' उन्होंने चुटकी ली और हँसने लगे। छाया जी झेंपकर प्लेट सामने रखने लगीं और सामने मुझे बैठा देखकर चौंक गईं।

''अरे रजत आया है! लो! मैंने तो दो ही प्लेट बनवाई?''

''अरे आप लोग खाइए, मेरा पेट भरा है... दी!'' मैंने बहुत धीमे से 'दी' शब्द भी कह दिया था। मॉडर्निटी की दौड़ में 'दीदी' शब्द आधा होने के साथ ही इससे जुड़ा सम्मान भी आधा हुआ है। यह 'शब्द' बीच का रास्ता निकालता है।

''अरे शेयर करके खा लेंगे,'' भैया ने कहा और वेटर को एक एक्स्ट्रा चम्मच का इशारा किया।

''... प्रशांत को खाने दे, तू मेरे साथ खा,'' छाया जी ने अपनी कुर्सी मेरी तरफ सरकाते हुए कहा। चाऊमीन बनवाने के लिए बारिश में खड़े रहने की वजह से उनके बाल भीग गए थे, जिसके छींटे मेरी तरफ सरकने पर पड़े।

''अरे, आप खाओ मैं भैया के में से खा लूँगा,'' कहकर मैंने अपनी कुर्सी भैया की तरफ सरका ली। उन्होंने मेरी तरफ अविश्वास से देखा। फिर भवें उचकाकर प्लेट की तरफ देखने लगीं। मैं भैया की तरफ देखने लगा। हम दोनों शायद किसी चीज का पश्चाताप कर रहे थे। इस सब पर बिना ध्यान दिए भैया ने बेतकल्लुफी से एक चम्मच मुँह में डाला और मेरी तरफ देखकर बोलने लगे, ''हाँ, तो मैं तुम्हें क्या समझा रहा था... ?''

''एमए डाल दूँ किसी सब्जेक्ट से?'' काफी देर से मन में मथने के बाद मैंने यह प्रश्न उनकी तरफ उछाला, फिर छाया जी की तरफ देखा।

"डाल सकते हो मगर अपने-आप को कभी इस छलावे में मत रखना कि तुम पढ़ाई भी कर रहे हो और साथ-साथ तैयारी भी कर रहे हो। यह बेवकूफियाँ मैंने की हैं। जब तैयारी होती है तो सिर्फ तैयारी होती है। गिर-गिरकर उठना... यह एक सतत प्रक्रिया है। एक बार पगलाना पड़ता है उसके पीछे।"

"हाँ, जैसे तुम पगलाए हुए हो।" छाया जी ने तंज किया और मुस्कुरा पड़ीं। "तुम्हें पता है रजत, अब इनका कोई दोस्त इनके साथ नहीं रहता, मेरी वजह से?"

मैंने प्रश्न और कौतूहलभरी नजरों से भैया की तरफ देखा। वह मुस्कुराए और बात बदल दी, "सीधे आईएएस की तैयारी की जरूरत नहीं है, पहले एक छोटा लक्ष्य लो, जैसे एसएससी/बैंक। एसएससी का पैटर्न तुम्हारी क्षमताओं के अनुरूप भी है।"

"कहाँ से शुरू करूँ?"

"शुरू से शुरू करो और अभी शुरू कर दो। अपनी शुरुआत के लिए तुम्हें कोई यूट्यूबिया मोटिवेशनल लेक्चर सुनने की जरूरत नहीं है।"

मैं उनका इशारा समझ नहीं पाया, मैंने भवें सिकोड़कर उन्हें देखा। उन्होंने काँटेदार चम्मच में चाऊमीन घुमड़ते हुए कहा, "हाँ, और क्या! अपना मोटिवेशन तुम्हें अपने अंदर ही मिलेगा। जो स्वयं अपनी जिंदगी में कुछ हासिल न कर सके, आज मोटिवेशनल सेमिनार करके पैसे बना रहे हैं, वो क्या पकड़ेंगे तुम्हारे अंदर के स्पार्क को? ये इधर-उधर की चेंपी पंच लाइन से ऊर्जा नहीं मिलती है रजत। ऊर्जा मिलती है खुद से मिलते रहने से। रोज खुद से पूछते रहने से। खुद को याद दिलाते रहने से। कट जाओ कुछ दिन के लिए दुनिया से और खुद से मिलते रहो बराबर। इससे पाने की तड़प बरकरार रहेगी।" और फिर छाया जी की तरफ नुकीली नजर फेंकते हुए बोले, "... और मेरी तरह तुम्हारे पास कोई डिस्टर्बेंस भी नहीं है!" और मुझे आँख मार दी।

"अच्छा! मैं डिस्टर्बेंस हूँ तुम्हारे लिए? नोट्स मैं इकट्ठा करूँ, पढ़ाई के शेड्यूल बनाकर मैं दूँ तुम्हें और डिस्टर्बेंस भी मैं?" छाया जी ने तकरार की।

"और दोस्त जो छोड़कर चले गए मुझे... वो? अब तो लोग मेरी 'छाया' से भी दूर रहना चाहते हैं।" यह कहकर वह जोर से हँस पड़े। उनके जोर से हँसने के बाद मुझे ज्ञात हुआ कि उनकी आखिरी लाइन डबल मीनिंग थी। अपने आप पर हँसकर भी खुश रह सकने की जिंदादिली कोई प्रशांत भैया से सीखे।

मुझे अपना सबक मिल चुका था। उन्हें उनकी नोकझोंक के बीच छोड़कर मैं विदा लेकर चला आया।

***

भैया सही हैं। अगर भौतिक सफलता ही खुशहाल जीवन का पैमाना है तो यही सही। अगर व्यक्तित्व के बजाय पद पहचान दिलाएँगे तो यही सही। एसएससी की ही तैयारी। शशांक भी तो उसी के लिए गया दिल्ली। और मैंने एक तरह से चैलेंज भी किया था उसे। सच में कट जाऊँगा दुनिया से। बनाऊँगा अपने-आप को। शुरू से शुरू करूँगा। सिर्फ खुद से मिलूँगा। मैं और मेरी डायरी।

***

एक हफ्ते बाद।

आज तीसरे दिन अलार्म बंद करके सोने वाला था। फिर एक बात आई दिमाग में। 'तुम दुनिया क्या बदलोगे बेवकूफ, जब तुम खुद को नहीं बदल सकते!' आँख अपने आप खुल गई। चद्दर फेंक दी। दौड़ने निकल गया। बहुत गंभीर रहता हूँ आजकल। अपनी लाश जैसी थकी आँखों से दूसरों की हँसी छीनता हूँ। कोचिंग के हेड बहुत तेज हँसे थे जब मैंने कहा था, ''सर इसी ईयर का एसएससी निकालना है, क्या करूँ?'' हँसते हुए अगल-बगल देखकर अपनी हँसी में पार्टनर जोड़ने लगे थे। फिर मेरे चेहरे को देखा। मैं वैसा ही जड़ था। बेचारे कागज-कलम निकालकर किताबों के नाम नोट करवाने लगे थे। अपने चेहरे की गंभीरता और आँखों की गहराई से अगल-बगल बैठने वाले लड़कों को डराता रहता हूँ। उनकी चुहलभरी बातें व्हाट्सएप्प के 'हैप्पी महाशिवरात्रि'' की बधाई जैसी बोरिंग होती हैं।

''...आप एक एक्सपेरिमेंट हैं।'' ''पता नहीं आप ये लखनऊ जाकर कैसे बैकफुट पर आ गए, वरना आप तो हाफ पिच पर जाकर हिट करने वालों में से थे।'' ''बहुत जने गए हैं हियाँ से भैया, बीटेक-सीटेक करें, कोही से कहूँ पीछे न रहेव!''... मेरी चॉइस हमेशा से ही गलत थी। उसके बारे में सोचता था जो मेरे लिए कुछ शब्द भी न बख्श सकी। वह जो मुझे बिना बताए मेरी लंबी उम्र के लिए निर्जला रहती है, उसके बारे में कभी फिक्र ही नहीं की... पिता जी अब भी किसी रिश्तेदारी में जाने से कन्नी काटते होंगे।

***

एक महीने बाद।

तुम्हारी याद नहीं आती अब। आती है तो मैं ज्यादा लोड नहीं लेता। जब भी तुम याद आती हो, कुछ करने लगता हूँ। झाड़ू लगाते-लगाते याद करता हूँ। कपड़े धोते-धोते याद करता हूँ। बर्तन माँजते-माँजते याद करता हूँ। सिर्फ तुम्हें याद नहीं करता। तुम अब 'सेकेंडरी' हो गई हो मेरे लिए। सुबह उठकर दौड़ना वापस शुरू कर दिया है। तुम्हारी याद आने लगती है, दिमाग को ऐसा फिक्स कर लिया है कि तुम्हारी यादें सिर्फ सुबह पाँच बजे रिवाइंड करूँगा। तुम याद आने लगती हो, मैं और तेज दौड़ने लगता हूँ। तब तक दौड़ता हूँ जब तक शरीर टूटकर गिर न जाए। घास पर गिरता हूँ तब पूरा पसीने से लथपथ होता हूँ। अपनी दोनों बाँहें चेहरे के दोनों तरफ लपेटकर औंधे मुँह गिरता हूँ, मेरे पसीने से मेरी मेहनत महकती है। तुम सही कहती थी, मुझसे बिस्किट जैसी खुशबू आती है। गेट नंबर वन से गेट नंबर टू तक अब भी हवाएँ चलती हैं।

***

तीन महीने बाद।

आज मेरे पास दिल्ली से एक कूरियर आया। अंदर एक कॉफी मग था। डिट्टो वैसा ही कॉफी मग।

साथ में एक खत भी था।

"तुम्हारा कॉफी मग भेज रहा हूँ। हिसाब बराबर! और हाँ प्री का रिजल्ट आ गया है, देख लेना।"

"जब मेंस का रिजल्ट आए तब तुम देख लेना।" मेरे अंदर से कोई जोर से चीखा। पर बात मन में ही घुटकर रह गई। रिजल्ट मैं पहले ही देख चुका था। 'प्री' हम दोनों ने क्वालीफाई किया था। वह मुझसे 10 नंबर के मार्जिन से आगे था।

***

घर से बुलावा आया है। रक्षाबंधन है। नहीं जाऊँगा। क्या मुँह लेकर ऋतु के पास जाऊँगा? "... धोखेबाज, धोखेबाज। रजत भैया धोखेबाज!" इस बेकारी में तो कहीं जाने की भी इच्छा नहीं होती। एग्जाम सर पर हैं- यह अच्छा बहाना है। नहीं जाऊँगा घर। तुम्हें चाहे जितना ज्ञान हो, लोगों को उससे कोई मतलब नहीं। दुनिया तुम्हें इस पर जज करेगी कि तुमने एग्जाम के उन दो घंटों में क्या किया। पढ़ाई बंद करो और दिमाग को ट्रेनिंग देना शुरू करो। स्पीड टेस्ट की

गति बढ़ा दो! दिमाग को दो नहीं सिर्फ पौने दो घंटे दो।

एक सनक-सी छा गई है मेरे ऊपर। हर एसटी के बाद दौड़ने निकल जाता हूँ। दौड़ते हुए मंथन करता हूँ, कि गलती कहाँ हुई? नंबर कम कैसे हुए? हाँफता हुआ वापस आता हूँ। एक और एसटी!

***

8 महीने बाद।

मेरे गुन्नू से फोन बदल लेने की बात जानकर पिता जी ने नया स्मार्टफोन भेजा था। उसे खोलने की नौबत आज आई। व्हाट्सएप्प ऑन किया है। पहला काम किया है कि 'उसकी' डीपी देखी है और दूसरा काम शशांक को मैसेज किया है। "मेंस का रिजल्ट आ गया है, देख लेना!"। खुद को बताया कि अभी व्हाट्सएप्प अनइंस्टाल कर दूँगा। पर किया नहीं। शायद उसके जवाब का इंतजार कर रहा हूँ। रिजल्ट तो उसने पहले ही देख लिया होगा। यह तो जलाना हुआ। मेंस हम दोनों ने क्वालीफाई किया था और मैंने उसे पैंतालीस नंबर के मार्जिन से बीट किया था।

इंटरव्यू अगले तीन को है। तीन मई। इंटरव्यू टिप्स? शशांक को हराने के बाद भी सुकून नहीं। वह मुझे इंटरव्यू में 45 नंबर से तो बीट नहीं कर सकता। फिर भी मेरे अंदर का सनकी कह रहा है- "बी रूथलेस!"

इंटरव्यू टिप्स! प्रशांत भैया से?

हॉस्टल गया। वह वहाँ नहीं थे। वह अब कमरा लेकर कहीं अकेले रहने लगे थे। उनके रूम पार्टनर राहुल ने उनका पता मुँह बनाकर दिया। मुझे उड़ती-उड़ती खबर किसी ने बताई थी कि प्रशांत भैया पर आलोक सिंह के लोगों ने चौराहे पर सबके सामने हाथ उठाया है। छाया जी के चक्कर में। राहुल भैया उस बारे में बात करने से कतरा रहे थे। सुनकर मेरा खून जल गया था, मगर किसी ने मुझे पूरी बात बताई नहीं थी। मैंने इन्हें ही कुरेदना जरूरी समझा। वह बिफर पड़े।

"तो! अब क्या कर लोगे तुम?" (यह कैसा जवाब है, यह तो धमकी है।)

"मैं सिंपल-सा क्वेश्चन पूछ रहा हूँ, किसने?"

"उसे तो मार खाना ही था। पगला गया था उस राँड़ के चक्कर में। कह

रहा था, सारी दुनिया एक तरफ, छाया एक तरफ। जब अपने दोस्तों से ही बैर ले लेगा तो होगा क्या?''

''तमीज से नाम लीजिए, आप किसी लड़की के बारे में बात कर रहे हैं!''

''यही! यही! वो भी कह रहा था, स्साला!''

''किसने मारा था? आलोक सिंह 'भाऊ-भाऊ' ने?''

''मैंने थप्पड़ मारा था उसे। मैंने!'' उसने अपनी बाँहें चढ़ाते हुए कहा, ''जो करना है कर ले। बहुत समझाया, कि वो राँड़ है, छोड़ दे उसे, मगर नहीं, अब देख! छोड़ के चली गई न उसको... शादी का कार्ड भेजा है, उसको क्या लगा था उससे शादी करेगी?''

''आपने मारा था?''

''हाँ मैंने! क्या कर लेगा?''

''बीच चौराहे पे?''

''हाँ तो?''

मैं जमीन में देखने लगा। अंदर के किसी सनकी के हाथ काँपने लगे। अच्छी बात नहीं है... नॉट गुड। नॉट गुड! उदास आँखों को सिर्फ बाहर का दरवाजा और सामने मेज पर पड़ा ताला-चाभी दिखने लगा। बंद करके चला आया। पीछे से ''खोल! खोल! खोल! पागल है क्या?'' की आवाजें आती रहीं। चाभी झाड़ियों में फेंक दी।

***

प्रशांत भैया ने कमरा पता नहीं कौन-सी अजीब-सी सुनसान जगह पर लिया था। वही ढूँढ़ना था। अब वही कुछ टिप्स दे सकते थे। यूनिवर्सिटी से वापस लौटते वक्त आईटी चौराहे पर किसी पर नजर पड़ी। क्या वह वही है? हाँ वही है! मुझे क्या फर्क? वो अपने ऑटो का इंतजार कर रही थी। उसकी पीठ मेरी तरफ थी, उसे मेरे पीछे आने की भनक नहीं थी। हुँह। जिनके लिए पूरे लखनऊ में पिक एंड ड्रॉप सर्विस चल रही थी, वो आज ऑटो का इंतजार कर रही हैं? हुँह! मुझे क्या? मगर आगे बढ़ते-बढ़ते मेरे कदम ठिठकने लगे। उसने पलटकर देख लिया तो? चार-पाँच लोग ऑटो के इंतजार में खड़े थे। उसने सलवार सूट पहना है। मेरा फेवरेट। गाढ़े हरे रंग वाला दुपट्टा भी है। हाँ वही है, पक्का! पता नहीं मैंने किससे पहचाना था, कपड़ों से या आकृति

से। वही कंधे, जिन्हें मैं पीछे से पकड़ लेता था और वह मुझे डाँट पड़ती थी, ''हाव! तुमने तो मुझे डरा ही दिया था!'' फिर सर पर एक टप्पी पड़ती थी। मेरे मन ने पकड़ने का अनुभव भी किया और टप्पी भी खा ली। मैंने अपने आप को एक टप्पी मारी। क्या सोच रहे हो? जाकर बात करोगे? पूछोगे कि मैसेज में क्या लिखा था? मुझे अब कोई मतलब नहीं उससे। पराई लड़की। हुँह। त्रिया चरित्र। सिग्मंड फ्रायड टापते रह गए कि स्त्री चाहती क्या है, और तुम जानने चले हो... फ्रेंड जोंड देहाती? फिर भी कदम ठिठकने लगे। साँसें तेज होने लगीं। ''डिवाइडर पार करके दूसरी तरफ से चलो न!'' मैं रास्ता क्यों बदलूँ? सड़क सबकी है! क्या मैं उससे बात करना चाहता हूँ? एक साँस भरी। शरीर अकड़ के सीधा किया और उसके सामने से ''मैंने तुम्हें नहीं देखा'' का अभिनय करते हुए निकला। कान एक-एक शब्द को सुन लेने की चाह के साथ चैतन्यता के तीव्रतम स्तर पर चले गए... तीन-चार कदम आगे निकल गया उससे। साँसें सामान्य हुईं।

''रजत!'' वही चिर-परिचित आवाज। पर उस आवाज में हक से लिया गया नाम नहीं था। एक सशंकित मन से लिया गया नाम। 'रजत!' जिसका 'र' बहुत चहककर निकला था और 'त' जैसे माफी माँग रहा हो कि क्यों निकल गया। कदम रुक गए। आँखें मींच लीं। साँस भरी। हाथ जेब में डाले। पलटकर देखा। एक अजनबी नजर से। ''कौन?'' इतनी अजनबी नजर से उसे देखा जैसे कोई पराई भाषा की किताब हो। पहचान का कोई संकेत नहीं दिया।

''कैंप... पस... से आ रहे हो?''

हाँ में सर हिलाया। जितना धीमा हो सकता था, उतना धीमा 'हाँ', गर्दन जितनी कम हिल सकती थी उतनी कम हिलाई। जितना औपचारिक हो सकता था उतना हुआ।

'वहाँ तक साथ चलें!' उसने इशारे से उँगली दिखाई। उँगली मेरी गली की ओर इशारा कर रही थी।

ऊप्स! मेरे पास तो बाइक भी नहीं है। मैंने हाथों से एक्सेलरेटर खींचने का इशारा करके अपनी असमर्थता जताई।

''पैदल चलें वहाँ तक? तुम घर चले जाना, वहाँ से ऑटो कर लूँगी।'' आँखें जैसे माफी माँग रही हों। जैसे वे उतनी दूरी में सारी बात कह देंगी।

''नहीं! मैं अपने घर नहीं जा रहा... कहीं और जा रहा!'' दूसरी तरफ जाने

का इशारा किया। जस्ट अपोजिट साइड। (मुझे पता है कि मेरी गली तक पहुँचने पर तुम्हें ऑटो बहुत मुश्किल से मिलेगी और मैं 15 मिनट तुम्हारे साथ खड़ा रहूँगा।) ''चलो सी यू, बाय!'' आधी बातें शब्दों से, आधी इशारे से। उसके बाय का इंतजार भी नहीं किया और पलट गया। लंबी साँस लो! छोड़ो!... लो... छोड़ो...

'क्या करूँ मैं? मैं घर जा ही नहीं रहा था। प्रशांत भैया के पास जा रहा हूँ।' मैंने दिल की अदालत में अपना पक्ष रखा। अगला प्रश्न: 'तुम 200 मीटर पैदल नहीं चल सकते थे? वहाँ से लौट आते!'

'जी नहीं! अब और मजदूरी नहीं करनी। पुण्य कमाने नहीं आया हूँ लखनऊ। प्रणाम!'

अदालत की कार्यवाही अगली तारीख के लिए मुल्तवी की जाती है। अंदर कोई अपील पर अपील करता रहा, 'जाओ वापस! वो अब भी वहीं खड़ी है।'

***

''चाय कैसी है?'' प्रश्न इतनी उदासी और अनिच्छा से पूछा गया था कि मुझसे जवाब न दिया गया। शायद जवाब सुनकर उन्हें खुशी भी न होती। 'अच्छी है' के इशारे में गर्दन हिला दी।

वह सामने बैठ गए हैं। चाय बगल में रखी हुई है। कुछ सोचते ही जा रहे हैं। एक घूँट भी नहीं पी है। मेरे गले भी नहीं उतर रही है। पीछे एक पुराना टेप रिकॉर्डर धीमी आवाज में बज रहा है। एक पुराना गाना, मोमिन की गजल, ''वो जो हममें तुममें करार था, तुम्हें याद हो के ना याद हो...।'' मैं अगल-बगल कमरे की बेतरतीबी देख रहा हूँ। ये कभी बहुत व्यवस्थित हुआ करते थे। कैसा अंधा कमरा है, एक खिड़की भी नहीं है। और यह इतनी गंदी गली, पीछे से सूअरों की बदबू आती रहती है। आसपास कोई रहता भी नहीं है। क्या सोचकर यहाँ कमरा लिया है इन्होंने? घुटन नहीं होती होगी?

''आदत हो गई है,'' मेरे कुछ पूछने से पहले ही उन्होंने जवाब दे दिया। मेरा चेहरा पढ़ लिया था उन्होंने। मैं निस्तेज चेहरे को देखता रह गया। धँसती हुईं आँखें, सूखता हुआ शरीर। फिर भी किसी से कोई शिकायत नहीं। उन्हें देखकर मैं भूल गया कि मैं खुद क्यों मिलने आया हूँ इनसे? मेरे दिमाग में एक ही सवाल उछलता रहा, ''छाया जी कहाँ हैं? क्या हुआ था?'' पर पूछने का मतलब वो सारी बातें कुरेदना। मैं उन्हें नहीं बताना चाहता था कि मैं राहुल

से मिलकर आया हूँ, या उसे हॉस्टल में बंद करके आया हूँ। और आधी बातें जानता हूँ। मुझे समझ नहीं आ रहा कि क्या बात कहूँ उनसे? टेबल के नीचे हॉस्टल वाली रस्सी पड़ी दिखी, जिसपर अंडरवियर सूखते थे। मुझे लगा यहीं से बात शुरू करूँ...

"ये अंडरवियर वाली सीमाबंदी उखाड़ लाए आप?"

"हाँ... रस्सियाँ बहुत काम आती हैं।" एक विद्रूप हँसी हँसे। आँखें मुझ पर नहीं संयत थीं, किसी और चीज पर भी नहीं थीं, शायद अपने आप से ही बात कर रहे थे। फिर मेरी तरफ देखा, "अच्छा हुआ तुम मिलने आए मुझसे। पूरे एक महीने बाद कोई मिलने आया है मुझसे।" बिना मेरी तरफ देखे वह जमीन में उँगली से आकृति बनाते हुए बोल रहे थे।

खुश होऊँ कि मैं उनसे मिलने आया या खुद को कोसूँ कि अभी तक क्यों नहीं आया था?

"अच्छा लगा! कोई नहीं मिलने आता मुझसे अब!" मुस्कुरा दिए। उनकी इस उदास मुस्कान ने मुझे अपराधी घोषित कर दिया। अपने लक्ष्य की जुगत में तुम इतना खो गए कि एक साल तक नहीं मिले मुझसे। इस वाक्य का एक इशारा यह भी था कि छाया और नेहा और राहुल और कोई भी नहीं मिलने आता मुझसे। यह क्या कोई आफ्टर कॉलेज सिंड्रोम है जिसमें कॉलेज से निकलते ही सबकी जिंदगी ध्वस्त हो जाती है। उन तीन-पाँच सालों में बनाए गए सारे रिश्ते चकनाचूर हो जाते हैं? दोस्ती और प्यार को रोजगार की तलाश खा जाती है? एहसासों, देखे गए सपनों, किए गए वादों का कोई मतलब नहीं रह जाता?

"भैया, चाय ठंडी हो गई है।"

"हाँ!... हाँ!" जैसे एकबारगी उन्हें याद आया। उनकी तंद्रा टूटी।

"भैया! इंटरव्यू है, इसी तीन को।"

"अच्छा तीन को ही? बढ़िया है, दो को मेरा भी रिजल्ट आने वाला है। तुम्हारे इंटरव्यू के एक दिन पहले... अरे मैं भी स्वार्थी, अपनी ही बात करने लगा। सबसे पहले तो तुम्हें बधाई, मेंस में इतने अच्छे नंबर लाने के लिए। मैथ्स तो यूपी-बिहार का लड़का मार ही गिराता है, मगर इंग्लिश में ऑल इंडिया रैंक 3 लाना? बड़ी बात है, खासकर हम जैसे गाँव से आए लड़कों के लिए। बधाई और शुभकामनाएँ!" आगे बढ़कर मेरे कंधे थपथपाए। वापस बैठ गए। औपचारिकता भर की खुशी और वापस चेहरे पर जर्द खामोशी। एक-एक शब्द

बिना किसी भाव के बोल रहे थे।

"आपका इंटरव्यू कैसा था?"

"मेरा? सिविल और एसएससी के आधारभूत ढाँचे में अंतर है, परंतु कुछ मूल चीजें याद रखना... वैसे तुम इंग्लिश में दोगे न?"

"जी भैया!"

"फिर तुम्हें कोई दिक्कत नहीं है। यहाँ भाषा के चयन से ही आधी बातें बदल जाती हैं। हम हिंदी माध्यम वाले कहाँ जाएँ? हमारी बोली सुनते ही इंटरव्यूअर के चेहरे का रंग बदल जाता है, वो तुम्हें एक मानक में बाँध देता है। अगर आपने हिंदी में भी क्लिष्ट भाषा का प्रयोग किया तो उसे आधी चीजें समझ नहीं आतीं। आपको लगता है कि आपको इंटरव्यू में कम नंबर मिलेंगे, पर वो तो मेंस में भी स्केलिंग कर देते हैं। तुमने अच्छा किया जो शुरू से ही इंग्लिश पर पकड़ बनाई।"

मुझे न खुद पर फख्र आ रहा था, न हिंदी पर शर्म।

वह आगे बोलते गए, "यार, ऊपर से हम लोगों के ऊपर जनरल कैटेगरी का ठप्पा! क्या जनरल गरीब नहीं हो सकता? मेरे पास नहीं हैं इतने पैसे... कि दिल्ली जा पाऊँ और तीन लाख फीस भर सकूँ। मैं ट्यूशन पढ़ाकर खर्च निकालता हूँ अब...।" फिर कुछ देर शांत रहे और गहरी साँस ली। "इस रिजल्ट से बहुत उम्मीदें हैं मुझे, नहीं हुआ तो बिखर जाऊँगा... पता है रजत, जब आप सफल नहीं होते, जब अपने पैरों पर नहीं खड़े होते, जब आप अपनी छोटी-छोटी आवश्यकताओं के लिए पराश्रित होते हैं तो कई ऐसे लोग आपकी क्षमता पर कटाक्ष करने लगते हैं जिनका स्वयं का बौद्धिक स्तर आपसे बहुत निम्न होता है। कई ऐसे लोग आपकी जिंदगी के फैसले करने लग जाते हैं जिनकी अपनी हैसियत... बेरोजगारी के इस लंबे अरसे ने मेरी नजरें ही बदल दी हैं। पता है, कई सारी चीजें जो पहले मेरे लिए वजूद में भी न थीं, उन पर अब मेरा ध्यान जाने लगा है। ऑटोरिक्शा के पीछे लगे पोस्टर्स, 'मोबाइल बनाना सीखें और घर बैठे 30,000 तक कमाएँ... जॉब! जॉब! जॉब! आवश्यकता है, आठवीं पास से लेकर पोस्ट ग्रेजुएट की, वेतन 8,000 से 50,000 प्रतिमाह'... इन इश्तेहारों पर मेरी नजर पड़ने लगी है। हाहाहा..." एक उदास हँसी हँसे, फिर एक गहरी साँस लेकर मौन हो गए। शायद उन्हें भान हुआ होगा कि इन बातों का मुझ पर बुरा असर पड़ेगा। थोड़ी देर शांत रहे, फिर मायूस आँखों से मेरी तरफ देखा,

''मैगी खाओगे रजत? रखी है कई दिनों से। रुको, तुम्हें मैगी खिलाता हूँ, तुम्हें अपनी बातों से बोर नहीं करूँगा...'' कहते हुए किचन में चले गए। भगोना गैस पर रखा और पैकेट फाड़ने लगे। मैं किचन में बजते उस पुराने टेप रिकॉर्डर की ओर देख रहा था। वह सफाई देते हुए बोले, ''ये माँ का था, वो मायके से लाई थीं, उन्हें बहुत प्रिय था।''

''भैया घर गए थे?... गाँव?'' (स्स्स... यह क्या पूछ लिया तुमने बेवकूफ! तुम्हें याद नहीं कि उनकी माता जी गुजर गई हैं?)

''हेहेहे... अजीब विडंबना है रजत, मैं यहाँ मैगी बना रहा हूँ, मेरे बाप वहाँ मेड़ बना रहे हैं... गेहूँ के खेत में। हूँहूँ।'' एक फीकी-सी हँसी हँसे। ऐसी हँसी कि खाने का मूड उतर जाए... खुद ही बात बदली, ''देखो, दो-तीन चीजों का ध्यान रखना! कमरे में घुसने के बाद दरवाजा सही से बंद कर देना। जो कुर्सी मिली है उसके बगल जाकर खड़े होना, सामने नहीं! और जब बैठने को कहें तभी बैठना, और इंटरव्यू पैनल में अगर लेडीज हैं तो सबसे पहले उन्हें ही गुड मॉर्निंग करना, हेड को नहीं! हमारे यहाँ लेडीज को पहले इज्जत देने का रिवाज...'' अचानक चुप हो गए। जैसे लेडीज शब्द दिमाग में आते ही किसी लेडी की याद आ गई हो। अपनी सोच में डूब गए। फिर अचानक मेरी तरफ घूमे, ''बहुत दिनों से एक गाने की पंक्तियाँ मेरे दिमाग में बजती रहती हैं, पता नहीं किस गाने की हैं कमबख्त!... याद ही नहीं आता। 'भूलना था तो इकरार किया ही क्यों था, बेवफा तूने मुझे प्यार किया ही क्यों था?' हा-हा, तुम... तुम्हें याद है? तुम्हें याद है कि ये किस गाने का है?''

''हम तेरे शहर में आए हैं मुसाफिर की तरह।'' मैंने कमरे से ही आवाज दी।

''हाँ... हाँ... हाँ, गुलाम अली ने गाया है न इसको? हाँ-हाँ,'' वह कहते-कहते कमरे तक चले आए। भाव के बहाव में हिंदी से अवधी पर आ गए... ''गुलाम अली कुछ गायु पावत हैं? एक बार मेहंदी हसन कहिन गुलाम अली से, तू आज तक कुछ गईबो किहो है? खाली 'आ... आ' किहौ है बस! इनसे नीक तो बड़े गुलाम अली रहे। ये 'हम तेरे शहर में' एक किसी और ने भी गाया था ना? शायरियों के साथ? ये गाना बड़ा अच्छा है... रजत! बहुत अच्छा गाना है...''

''उनकी... उनकी शादी हो रही है न?'' मैंने सीधे उनकी आँखों में

देखा।

वह इस सवाल के लिए तैयार नहीं थे। आँखें फैलाकर मेरी तरफ देखा। देखते ही रह गए। बगल आकर बैठ गए। थोड़ी देर ऐसे ही बैठे रहे। फिर जमीन पर बैठ गए।

"वो मुझे छोड़कर चली गई रजत... उसने शादी के लिए हाँ कर दी... कोई मैनेजर... कपड़े के शोरूम का मैनेजर। और उसके लिए मुझे सुनाकर गई। अभी तक मेरे साथ खड़ी रही हमेशा और अचानक छोड़कर चली गई। हर दर, हर दरख्त पर मुझे सहारा दिया। जब माँ छोड़कर गई तब उसने सहारा दिया, जब मुझे पैसों की जरूरत थी तब मेरा साथ दिया। और अब जब मैं कहता हूँ कि मेरी सफलता में थोड़ी देर हो रही है बस, जरा-सा रुक जाओ... थोड़ा साथ दे दो... तो पता नहीं क्यों चली गई? उसकी शादी हो रही है रजत। बस थोड़ा-सा इंतजार ही तो और करना था। हम दो जिस्म एक जान थे... वो ऐसे कैसे जा सकती है! दुःख सिर्फ इस बात का नहीं है कि वो चली गई, दुःख इस बात का भी है कि मुझे सुनाकर गई... तुम्हारी औकात क्या है? क्या हो तुम?... पता है हॉस्टल में सब उल्टा-सीधा बोलते थे उसके बारे में। बदचलन और न जाने क्या-क्या? क्या वो ऐसी थी?"

"नहीं भैया, ऐसा कुछ नहीं था, कमजोर लम्हे सबकी जिंदगी में आते हैं...।" मैं आत्मग्लानि और शर्म में...

"... ये जो बिस्तर, जिस पर तुम बैठे हो न रजत! इसी पर हमने तीन रातें गुजारी हैं। और उन तीन रातों में मैंने ऐसा कुछ भी नहीं किया जो अनैतिक छोड़ो रजत, अमर्यादित भी हो। क्योंकि मेरे कुछ अपने उसूल थे। मैंने उसका सम्मान किया... उसने उनका सम्मान किया। मैं मानता हूँ कि एक उम्र के बाद सबकी दैहिक जरूरतें होती हैं, मैं अपने उसूलों की वजह से उसकी जरूरतें न पूरी कर सका, क्या इसलिए वो मुझे छोड़कर चली गई? मैं अपने आदर्शों से समझौता करने को भी तैयार हूँ रजत। वो वापस आ जाए। ये दुनिया बेकार-सी लगती है उसके बिना। माँ भी छोड़कर चली गईं, और वो भी... जाते हुए कहकर गई कि तुम हो क्या? मेरा पति ये, मेरा पति वो... एक कपड़ों के मैनेजर के लिए? जिसे वो कल तक जानती भी नहीं थी...। क्यों?... क्योंकि मेरी सफलता में थोड़ी देर हो रही है? क्या वो मेरा इतना भी इंतजार नहीं कर सकती थी! अब तक किया... पता है रजत, मैं अब भी दुआ करता हूँ कि उसकी शादी टूट जाए

और मैं उससे शादी कर लूँ। तुम... तुम बात करो न उससे। तुम्हारी बात मान जाएगी! तुम्हें बहुत मानती थी वो। अक्सर तुम्हारा जिक्र करती थी। मैं फो... फोन दूँ? तुम... तुम बात करोगे मेरे लिए? तुम्हारी बात जरूर मानेगी वो। ये लो 7582...।''

''भैया! सँभालिए अपने आप को...''

***

कमरे में वापस आकर चुपचाप बैठ गया। भैया की हालत देखी नहीं जा रही। छाया जी की शादी हो रही है। अगर प्रेरणा की शादी कहीं और हो गई? नहीं ऐसा नहीं हो सकता! अभी तो लगता है कि थोड़ी दूर पर है, और मैं नाराज घूम सकता हूँ। मेरी मर्जी, मैं ऐसे ही नाराज घूमता रहूँगा... मगर वह मनाने ही न आए तो? ऐसे ही चली जाए तो?

टीप-टीप! टीप-टीप!

व्हाट्सएप्प पर एक मैसेज फ्लैश हुआ। वन न्यू मैसेज फ्रॉम अननोन नंबर। नंबर वही है।..86044..। व्हाट्सएप्प का ग्रीन मार्क कह रहा है जल्दी से मुझ पर क्लिक करो। नहीं क्लिक करूँगा। दिल धक्-धक् कर रहा है। शायद फोन हाथ से छूट जाएगा... अपनी आँखें बंद कीं, मोबाइल बेड पर फेंका, कमरे से बाहर भाग आया। बाहर आकर रेलिंग पर रुका... मोबाइल वापस बुला रहा है। उसमें मैसेज आया है। उसका... क्या मैसेज है? पढ़ लूँ बस?... जवाब नहीं दूँगा... पक्का! जवाब नहीं दूँगा...। नहीं तुम दोगे! नहीं दूँगा, बस पढ़ लूँ, आज मैंने उससे ढंग से बात भी नहीं की...। प्लीज? अंदर कोई जिद करने लगा। जैसे मेरे अंदर का बच्चा, मेरे अंदर के सनकी की गिरफ्त से छूट जाना चाहता है। वह बच्चा जिसे खेलने के लिए प्रेरणा मोटी की गोद चाहिए। नहीं वो कहेगी, ''कहाँ मोटी हूँ मैं? जरा बताओ तो?'' फिर यह बच्चा उसे घूँसे मारेगा। नहीं मैं वापस नहीं जा सकता उसके पास... बिलकुल नहीं। मेरे लक्ष्य हैं, मुझे उन्हें हासिल करना है... क्या कर लोगे? ये सारी चीजें हासिल करने के बाद भी दुनिया उसके बिना अधूरी रहेगी... नहीं मुझे उसके पास जाना है... जाना है तो जाना है।

वापस आया, मोबाइल उठाया। क्लिक किया। मैसेज था, ''रजत''। न प्यार से किया गया 'रज्जो', न गुस्से से किया गया 'राजरजत सिंह चौहान', न एक फालतू बिंदु, न कॉमा, न स्माइली, न एक्सक्लेमेशन मार्क, सिर्फ रजत। दो तीन-बार मैसेज को उलट-पलटकर देखा। सिर्फ रजत! एक सेफ साइड लेकर खेला

गया रिस्क, "रजत"। मैंने वापस मैसेज किया, "प्रेरणा।"

उधर से जवाब आया, "पागल... आई हेट यू।"

नहीं! नहीं! नहीं! मैं जवाब नहीं दूँगा। नहीं दूँगा! नहीं दूँगा! नहीं दूँगा... तीन मिनट तक देखता रहा। फिर उँगलियों ने विद्रोह कर दिया।

रजत : आई हेट यू टू! (अब बस, इसके बाद कोई मैसेज नहीं। बहुत हुआ।)

प्रेरणा : तुम आज एकदम पागल लग रहे थे, एकदम पागल।

(ये क्या शुरुआत हुई? उसकी बात करो जिस वजह से मुझे नाराजगी है। इसका जवाब नहीं दूँगा मैं।)

प्रेरणा : आई लव यू मोटे

प्रेरणा : तुम्हारे बिना रहना मुश्किल है...

रजत : शशांक तो है न... ? मैं कौन हूँ? ("मैं कौन हूँ" - टाइप किया, डिलीट किया, टाइप किया, फिर डिलीट किया। फिर भेज दिया।)

प्रेरणा : कॉल कर सकती हूँ?

रजत : हम्म्म। (और यहाँ से सब गड़बड़ हो गई। जितना कॉन्फिडेंस मेरे अंदर मैसेज में आ रहा था, सब धुल गया। अपनी आवाज से या सामने होने से तो वह मुझे मना ही लेगी। उसकी आवाज सुनकर गला रुँधने लगा। आँखें मिंचने लगीं।)

प्रेरणा : हमारे बीच कुछ नहीं हुआ था...। और शशांक ने कुछ कहा है तो झूठ कहा है।

रजत : नहीं, उसने कुछ नहीं कहा है! (युवान न होता तो मुझे कुछ पता ही न चलता।)

प्रेरणा : वो कम-से-कम फोन पर एक्सप्लेन तो करता है, तुमने तो इतने दिनों से मेरा फोन भी नहीं उठाया। उसे लगता है कि मेरी वजह से तुम दोनों की दोस्ती टूटी। अब वो भी मुझसे नफरत करता है।

मुझे उसके बारे में बात नहीं करनी थी। बात बदल दी गई। "मैंने देहरादून में तुम्हारे लिए ईयररिंग खरीदी थी।"

"कब पेना रे ओ?" उसका स्वर कातर हो गया।

रजत : तीन को दोपहर में मेरा इंटरव्यू है, फिर तुमसे मिलूँगा।

प्रेरणा : पक्का न?

रजत : मगर मुझे तुमसे बहुत सारे सवाल करने हैं!

''हाँ पूछ लेना।'' उसने खनकती हुई आवाज में कहा, जैसे मिलने पर तो मुझे मना ही लेगी।

***

इंटरव्यू के दिन।

युवान का मैसेज सुबह ही मेरे पास आया है। ''आल द बेस्ट फॉर इंटरव्यू, कर तो लोगे ही इतना जानते हैं, उसका भी अच्छा हुआ है।'' मैंने मैसेज पढ़ा और डिलीट कर दिया। बरामदे में चहलकदमी कर रहा हूँ। दो लड़कों के बाद मेरा नंबर है। दिल में हल्की धक्-धक् तो है पर अभी एक बार अंदर घुस जाऊँ उसके बाद सब ठीक हो जाएगा। और इंटरव्यू के बाद प्रेरणा से भी तो मिलने जाना है। फिर भी पैर हल्के-हल्के काँप रहे हैं। नेक्स्ट!

एक लड़का मेरे सामने से गया। पसीना-पसीना। शायद उसका इंटरव्यू अच्छा नहीं हुआ। दूसरा लड़का अंदर गया। इसके बाद इस बगल वाले लड़के का नंबर है और उसके बाद मेरा। टाई पहनकर आया है बेवकूफ। अखबार चाटे जा रहा है। जैसे आज के अखबार में से ही पूछा जाएगा सब! इतनी गर्मी में टाई कौन पहनता है! इंसान को नेचुरल रहना चाहिए।

''भाई, अखबार देना जरा!''

''आपको अपना लेकर आना चाहिए था!'' उसने मुझे उपेक्षा से देखा।

''अरे आप नेशनल पढ़ रहे हैं, मुझे बीच का ही दे दीजिए, लोकल खबर ही पढ़ लूँ।'' (अबे सुन बे गधे! इस पूरे सेंटर में मेरे नंबर सबसे ज्यादा हैं और तुम अखबार न देकर मेरा सलेक्शन नहीं रोक दोगे।)

उसने मुझे घूरकर देखा, मगर अखबार निकालकर दे दिया...

हम्म देख लेता हूँ, लोकल खबरें क्या हैं... लखनऊ मेट्रो का प्लान प्रस्तावित है, कहाँ से कहाँ तक चलेगी, पहले चरण में... ? हवाई अड्डे से रेलवे स्टेशन... सीजी सिटी डेवलप हो रहा है... एलडीए के सचिव बर्खास्त, सिविल परीक्षा में फेल होने के कारण शोधछात्र ने की खुदकुशी। क्या-क्या-क्या ? पंखे से लटककर दी जान, मृत शरीर रस्सी से झूलता मिला... छात्र का नाम प्रशांत... नहीं-नहीं-नहीं...। यह नहीं हो सकता, गलत खबर है। हाँह, लड़के का निवास स्थान गोंडा बेलसर बताया जा रहा है। नहीं... नहीं। ... नाह!

ये नहीं हो सकता... हाँह... हाँह!

"भाई साहब, मैंने आपको अखबार फेंकने के लिए तो दिया नहीं था!"

...

"अरे, अब जा कहाँ रहे हैं, मेरे बाद आप ही का नंबर है! अजीब सनकी है... सेलेक्ट कैसे हो गया?"

ट्रिनट्रिन!

"भैया... ये अंडरवियर वाली सीमा बंदी उखाड़ लाए आप?"

"हाँ! रस्सियाँ बहुत काम आती हैं रजत"... "दो को मेरा रिजल्ट आने वाला है, तुम्हारे इंटरव्यू से एक दिन पहले, नहीं हुआ तो बिखर जाऊँगा मैं!"... "उसकी शादी हो रही है रजत"... "थोड़ा-सा इंतजार नहीं कर सकती थी मेरा?"... "वो मुझे छोड़कर चली गई रजत"... "माँ भी मुझे छोड़कर चली गईं"... "अजीब विडंबना है, मैं यहाँ मैगी बना रहा हूँ, मेरे बाप वहाँ मेड़ बना रहे हैं"... "वो मुझे छोड़कर चली गई रजत"... "भूलना था तो इकरार किया ही क्यों था, बेवफा तूने मुझे प्यार किया ही क्यों था?"... "अरे गाँववालों का जाहिलपन तो तुम जानते ही हो, जाओ तो पूछते हैं कहूँ जुगाड़ नाइ लाग?"... "आधे लड़कों को तो गाँव की राजनीति बर्बाद कर रही है, आईएएस छोड़ो एक पीसीएस नहीं निकला गाँव से"... "क्या जनरल गरीब नहीं हो सकता रजत?"... "यहाँ भाषा के चयन से ही आधी बातें तय हो जाती हैं"... "वो मुझे छोड़कर चली गई रजत..."

"अबे दो बार घंटी बज चुकी है! तेरा दिमाग कहाँ है? तुम्हारा नंबर है, पैनल वेट कर रहा है!"

"हाँ..."

"तुम्हारा नंबर है! तुम्हारे डॉक्यूमेंट पहुँच चुके हैं... होश में तो हो, 13 नंबर कमरा। जाओ जल्दी!" चपरासी ने घुड़की दी।

"हाँ? जी! जी!"

"मे... मे आई... क्या मैं अंदर आ सकता हूँ सर?"

"यस यस... कम-कम... प्लीज बी सीटेड! वो पीछे दरवाजा बंद कर दीजिए!"

"जी, माफ कीजिएगा सर... गुड! गुड आफ्टरनून टू आल ऑफ यू सर!"

"डोंट वरी। इजी... इजी! मेक योरसेल्फ कंफर्टेबल!"

''यस... जी सर!''

''सो मिस्टर राजरजत सिंह चौहान! यू हैव सच अ नाइस ट्रैक रिकॉर्ड, व्हाई डू यू वांट टू जॉइन दिस जॉब?''

''माफ कीजिएगा सर, मुझे अँग्रेजी में तकलीफ है, मैं साक्षात्कार हिंदी में देना पसंद करूँगा!''

सब एक-दूसरे को देखने लगे, आश्चर्य और क्षमा भाव चेहरे पर लाकर बोले, ''जैसा आप चाहें।''

''आपने सोशल एक्टिविटी में ब्लड डोनेट लिखा है पर उसका सर्टिफिकेट तो आपने लगाया ही नहीं?''

''सर, प्रमाणपत्र भी मैंने दान कर दिया।''

''क्या? वो क्यों?''

''सर, उससे भी एक यूनिट खून मिल जाता है, दान करो तो पूरा दान करो। सर्टिफिकेट जमा करने का क्या फायदा?''

''हम्म! और ये बॉडी डोनेट का?''

''हाँ सर, उसका सर्टिफिकेट ही है, बॉडी डोनेट करने के बाद तो आपके सामने न बैठा होता सर?''

''हाहाहा... वैरी फनी राजरजत सिंह... वैरी फनी!''

(वो मुझे छोड़कर चली गई रजत!)

''विमन एंपावरमेंट पर क्या विचार हैं आपके?''

''निर्भर करता है कि किनके सशक्तीकरण की बात हो रही है। हमारे घरों में, गाँवों में ऐसी महिलाएँ हैं, जिन्हें पता ही नहीं है कि उनका शोषण हो रहा है, उन्हें उनके अधिकार दिलाने की बात पर मैं समर्थन करता हूँ, मगर जिनके लिए विमन एंपावरमेंट का मतलब सिर्फ माहवारी की बात करना, ब्रा स्ट्रैप झलकाना, फूहड़ कपड़ों और चरित्रहीनता का समर्थन करना है, तो मुझे उनसे कोई सहानुभूति नहीं है।''

''कुछ चीजों के काफी इंटरेस्टिंग जवाब दिए आपने, नाइस। इट वाज नाइस मीटिंग यू!''

"जी, धन्यवाद!"

"अरे! अपने दस्तावेज तो लेते जाइए!"

"क्षमा चाहूँगा सर!" हाथ बढ़ाकर ले लिया।

विचार शून्य। कमरे से बाहर। गली से बाहर। हॉल से बाहर। गेट से बाहर। सड़क पर। चेतना शून्य। "वो मुझे छोड़कर चली गई रजत"... "तुम... तुम बात करो न उससे, तुम्हें बहुत मानती थी वो, तुम्हारी बात जरूर मानेगी"... "तुम बात करोगे मेरे लिए उससे?"... "और तुम न! थोड़ा मैनर्स सीखो, पूरा दाल-चावल इकट्ठे सान लिए, अरे थोड़ा-थोड़ा लेकर खाओ"... "तुम खड़े-खड़े क्यों बल्ला चार्ज करते हो? पहले गेंद की लाइन में जाओ तब शॉट मारो!"... "अरे इधर से गुजर रहा था तो सोचा तुम्हारा परिचय आर्ट्स विभाग से भी करवा दूँ!"... "चलिए चीफ गेस्ट साहब, काहे डर रहे हैं?"... "क्या इसलिए कि मेरी सफलता में थोड़ी देर हो रही थी?"

टीना निन टिन! टीना निन टिन! टीना निन टिन! टिन!

प्रेरणा कॉलिंग!

"हेल्लो रजत! मैं आईटी पर वेट कर रही हूँ!"

"वो मुझे छोड़कर चली गई रजत।"

"क्या?"

टूँ टूँ

टीना निन टिन टीना निन टिन टीना निन टिन टिन!

"मेरा फोन क्यों काट दिया था?"

टूँ टूँ!

"वो मुझे छोड़कर चली गई रजत"... "मुस्कुराती रही इठलाती रही... अंत में छोड़कर चली गई"... "तुम कैसे भूल सकते हो कि हम कितने अच्छे दोस्त थे? मेरी जिंदगी में कोई है... लव यू टू एज अ फ्रेंड?"... "वो मुझे छोड़कर चली गई..." "क्यों? क्योंकि मेरी सफलता में थोड़ी देर हो रही है? क्या वो थोड़ा-सा इंतजार नहीं कर सकती?"... "क्यों? क्योंकि तुम गोरे नहीं हो और तुम लंबे नहीं हो... और तुम्हारे पास बाइक नहीं है... एक कपड़ों का मैनेजर... कोई खान? तुमको क्या लगता है बे कि मैं उसका नाम याद रखूँगा? हम कितने अच्छे दोस्त थे..." त्रिया चरित्र।

टीना निन टिन! टीना निन टिन! टीना निन टिन! टिन!

"तुम मेरा फोन क्यों काट रहे हो?"

टूँ टूँ!

टीना निन टिन! टीना निन टिन! टीना निन टिन! टिन!

पिता जी कॉलिंग! ('हम येहके मुँह नाइ देखा चाहित' यही कहा था न इन्होंने?)

फिर पता नहीं क्यों लगा कि कुछ मतलब की बात करेंगे!

"हेल्लो, हाँ बेटा! इंटरव्यू केस रहा?"

"ठीक रहा!" (बेटा?)

"प्रशांत कै पता लाग? गाँव भर मा मातम केर माहौल है। ओहके सिलेक्शन नाई भा रहा।"

"हाँ पता चला!" ("सिर्फ यहै वजह नाय रही!" मेरे अंदर कोई चीखा)

"तुहें कौनो दिक्कत... दिक्कत तो नाय है बेटा? घर... घर चले आओ! तोहार मम्मी याद कर रही!" (आवाज में खौफ, लाचारी, मजबूरी, सब साफ झलक रही थी। एक बाप ने अपना बेटा खोया है, सब बापों का यही हाल होगा...)

"नहीं, मैं ठीक हूँ!"

"दिल्ली निकल जाओ! अब लखनऊ मा ना रुको... आगे के तयारी हुवें से करो! औ सेलेक्सन के चिन... चिंता ना किहो बेटा!"

"जी! पिता... जी!"

"यमहा तो होइन जाए, अब जब तक पोस्टिंग ना आवे, दिल्ली रहव... हम टिक... टिकट देखित है फिन... ?"

"पहले विपस्सना जाऊँगा..."

"बिपसना?"

"मैडिटेशन कोर्स है, 10 दिन का..."

"हाँ! हाँ! जाओ... जहाँ मन वहाँ जाओ!"

टूँ टूँ!

अंदर का बच्चा मर गया। और सनकी वापस लौट आया। अब शायद ध्यान में ही कुछ शांति मिले। या समय ही जख्म भरे! दिल्ली चलो! दिल्ली!

***

रीयूनियन

दिल्ली से वापस। दस बजने में अभी पाँच मिनट कम हैं। लखनऊ मेल अभी थोड़ी ही देर में दिल्ली से छूटने वाली है। युवान ने मेरे लिए थर्ड एसी, साइड लोअर सीट बुक की थी। दिशा मुझे स्टेशन छोड़ने आई है। सामने वाली सीट पर बैठकर मेरा व्हाट्सएप्प इंस्टाल कर रही है। यह लड़की मुझे हर अगले पल हैरान करती रहती है। जब हम एयरपोर्ट से मेरा बैग लेकर लौट रहे थे। हाँ-हाँ, मेरा बैग! सामानों से भरा बैग। युवान की इंगेजमेंट है और क्या मैं उसके लिए भी दो पैकेट दूध लेकर जाऊँगा ? क्या मुझे लात खानी है ? जब हम स्टेशन के पास पहुँचे, सामने ऊँचा डिवाइडर था। मैंने सोचा कि अभी अगर मैं अकेला होता तो यहीं से फाँद जाता... अभी यह बैग है और साथ में पीछे यह लड़की भी है। सामने आधा किलोमीटर दूर से घूमकर आना पड़ेगा। पीछे देखा तो लड़की गायब थी। डिवाइडर के उस पार खड़ी थी और मुझ पर चिल्ला रही थी, ''बैग पास करो यार!''। अभी थोड़ी देर पहले कानों में इयरफोन और टाँगों में कैपरी वाला एक 'योयो' टाइप लड़का, सामने वाली सीट पर आया। ''मैडम ये मेरी सीट है'' कहने की गलती कर दी उसने।

दिशा ने उसकी तरफ ऐसे देखा जैसे ये सीट बुक करके उसने बहुत बड़ा अपराध कर दिया हो।

''तुम्हारी सीट है ?''

"जी!"

"हाँ तो जाओ टहलो बाहर, जब ट्रेन चलेगी तब आना!"

मैंने दिशा का हाथ पकड़कर अपनी सीट पर खींचा, "अरे उसकी सीट है दिशा! बैठने दो उसे! बाबू आप बैठो अपनी सीट पे!"

हाहाहा यह दिशा भी ना... खैर, अब यह मेरी जिंदगी की दिशा है... लेकिन बाबू तबसे पानी लेने गया है और अब तक नहीं आया है। ट्रेन चलने से पहले नहीं ही आएगा।

"वन जीबी बैकअप फाउंड! रिस्टोर कर दूँ?" उसने मेरे मोबाइल में से नजरें उठाते हुए कहा।

"नहीं मत करो! ऐसे ही फ्रेश रहने दो!" (जिनकी अपनी 'जिंदगी' का कोई बैकअप नहीं होता वो व्हाट्सएप्प की चैट बैकअप करते हैं।)

"हाँ फ्रेश ही रखती हूँ! वैसे भी ये व्हाट्सएप्प मैंने सिर्फ अपने लिए ऑन करवाया है। इस पे सिर्फ मेरे मैसेज आएँगे! समझे?"

मैंने अपने हाथ जोड़े, "जो आज्ञा गुरुदेव!"

गुरुदेव खुश हो गए और अपने चरण मेरी गोद में रख दिए। गुरुदेव को कोई परवाह नहीं थी कि अगल-बगल कितने लोग उनके आतंक से सहमे बैठे हुए हैं। और उनके जाने के बाद मुझे नजरों से भर-भरकर उलाहना भेजेंगे। गुरुदेव मस्त हैं मेरे मोबाइल में। मेरे वॉलपेपर और लॉकस्क्रीन पर भी अपनी तस्वीर जड़ चुके हैं।

"अंकल क्या करते हैं? फार्मिंग के अलावा?" उसने मोबाइल में देखते-देखते पूछा।

"हमारी डेरी चलती है गाँव में..."

"अच्छा? तभी तुम आज मेरे लिए दो पैकेट दूध लाए थे? मतलब तुम प्रपोजल के लिए अपना बिजनेस मॉडल साथ लेकर आए थे, हाँ?" उसने पैर मेरी गोद में रगड़े।

"भक्क ऐसा नहीं है," मैंने उसके पैर सँभालते हुए कहा, "... वैसे मेरी फैमिली को तो तुम जबरदस्त सूट करोगी। तुम्हारा स्वागत खुले दिल से होगा। गुन्नू भैया तो तुम्हारे सामने सरेंडर कर देंगे! अब भौजी डेरी तुहीं सँभालो, हमसे ना हो पाई! हाहाहा। मुझे तो परधानी नहीं लड़वा पाया, तुम्हें जरूर लड़वा देगा। और ऋतु तो तुम्हारे आगे-पीछे नाचती फिरेगी... !" मैं सोचने लगा कि कितने

दिनों से घर नहीं गया हूँ। इस बार तो पक्का...।

"ऋतु का बोर्ड है न इस बार?"

"हाँ हाईस्कूल है। बड़ी हो गई वो भी! ऋतुपर्णा सिंह चौहान।" मैंने दो-तीन सेकंड लिए अनुमान लगाने के लिए कि अब कितनी बड़ी हो गई होगी।

दिशा ने कलाई से अपनी फास्टट्रैक उतारी और मेरे बैग के सामने वाली जेब में डाल दी। "कहना कि गिफ्ट है उसके लिए, बोर्ड अच्छे से दे! ये मार्क्स मैटर करते हैं।" इससे पहले कि मैं ना-नुकर करूँ, उसने बात बदल दी।

"अच्छा, पहले मैं बात करूँ घर पे, या तुम करोगे?

"नहीं! नहीं! नहीं! तुम्हें रिस्क लेने की कोई जरूरत नहीं। पहले मैं बात कर लूँगा अपने घर पे, फिर सब 'हाँ' होने पर ही तुम बात करना! ठीक है?"

"ठीक है!" उसने अपने पैर मेरी गोद से उतारे और मेरे बगल पालथी मारकर बैठ गई। फिर मुझे कुहनियाया, "आज रुक जाते ना! खीर बनाती मैं... सच्ची में।"

"इंगेजमेंट कल ही है मेरी माँ!" मैंने उसकी आँखों में देखा। उसने असमर्थता में होंठ आगे किए और मुझे सीने पर एक मुक्का खाना पड़ा।

ट्रेन की सीटी बजी तो दिशा का चेहरा ऐसे उतरा जैसे मेरी विदाई हो रही हो। बगल वाली सीट का 'योयो' भी इमोशनल हो गया।

ट्रेन अभी आधे घंटे भी नहीं चली थी कि उसने व्हाट्सएप्प पर आक्रमण किया। मुझे अंदाजा हो गया कि मैडम अभी घर नहीं पहुँची हैं और मेट्रो से ही तीर छोड़ रही हैं। सब्र नहीं है बिलकुल भी। मैं जूते उतारकर अभी आराम से बैठा ही था और अगल-बगल के माहौल को ग्रास रहा था।

मोबाइल पर मैसेज फ्लैश हुआ, "ऐ मेरे अंडर द बेड ऑफिसर!" दो चश्मों वाली स्माइली के साथ मैसेज आया था। होंठों पर हँसी और चेहरे पर दूसरे प्यार की खुमारी छाने लगी। मेरे धूल जमे 'सेंस ऑफ ह्यूमर' और जंग लगे अँगूठों ने स्पीड पकड़ी। खट-खट-खट मैसेज टाइप होना शुरू हुए।

दिशा : ऐ मेरे अंडर द बेड ऑफिसर!

राज : बोलो मेरे टपोरी!

दिशा : आई लव यू सो सो मच!

मैंने मैसेज टाइप किया- "आई लव यू टू मेरे..." गूगल ने आगे प्रेडिक्ट किया "बिल्ला पिल्ला"। इतना प्रेडिक्टेबल हूँ मैं? एक तंज भरी मुस्कान। नहीं

गूगल मेरे दोस्त। मेरे कोडवर्ड अब बदल गए हैं। मैंने "बिल्ला पिल्ला" डिलीट किया और टाइप किया, 'मेरे कराटे किड'।

राज : आई लव यू टू 'मेरे कराटे किड'।

दिशा : ये व्हाट्सएप्प बेकार है यार, इसमें गाल पर काट लेने वाली स्माइली क्यों नहीं है? ☺☺☺

राज : हाहाहा! मैं तो इसी में खुश हूँ कि कोई ऊपर पेट पर बैठने वाली स्माइली नहीं है। नहीं तो पूरे टाइम वही आती... ☺☺☺☺

दिशा : हाहा... मेरी आदत है।

राज : ऐसा न कहो बहन! मुझे डराओ मत, कितने लोगों को पटक चुकी हो? हाँ!

दिशा : सो सैड, तुम पहले शिकार थे। एक बना था मेरा बॉयफ्रेंड, जब मैं फर्स्ट इयर में थी। तुम्हारे लखनऊ का ही।

राज : कब, कब?

दिशा :जब मैं वहाँ एक सेमिनार में गई थी तब...। वो कभी दिल्ली आ नहीं पाया... मैं कभी फिर जा नहीं पाई... सो सैड...

राज : हम्मम! (मेरे दिमाग ने कुछ सोचना चाहा, पर मैंने उसे डाँट दिया।)

दिशा : पर तुम 'गेम' बीच में ही छोड़ के चल दिए!

राज : वापस आएँगे न! तब तक तुम्हारे लिए घर पर बात भी कर लेंगे... तब तक स्कोरः तुम लीड कर रही हो... ☺☺☺

दिशा : हाहाहा! यस आई एम द विनर... और एक बात और जान लो! डायरेक्ट लखनऊ टू अहमदाबाद अब कोई फ्लाइट नहीं होगी समझे? जो भी होगी डेल्ही घूम के जाएगी। समझे?

राज : हाँ मेरी माँ, आज से सारी फ्लाइटें डेल्ही होकर जाएँगी। दिशा मैया के मंदिर में मत्था टेक के जाएँगी, बस? अब बाय-बाय, मेरी बैटरी जा रही है।

बदले में एक अनगिनत चुंबनों से भरा मैसेज आया। पर उससे उन्हें सुकून नहीं मिला, कॉल करके फोन पर दिया... म्मुआह!

***

कब नींद आई पता ही नहीं चला! लखनऊ मेल ने अपनी आदत से

विचलित होकर 15 मिनट लेट पहुँचाया था। सुबह के सात बज रहे थे। मोबाइल की बैटरी जा चुकी थी। बाहर निकला। शहर-ए-लखनऊ ने साफ आसमान और महकती सुबह के साथ स्वागत किया था। मैंने एक लंबी अँगड़ाई ली। अपना शहर! सबकुछ अपना-अपना सा! 15-20 मिनट प्लेटफॉर्म पर ही टहलता रहा। सारी आबोहवा को खुले दिल से आत्मसात कर लेने की कोशिश! अपनी उँगलियों पर गुजरे साल गिनने लगा। आखिरी बार कब आया था? दो साल पहले, तब उस बारी प्रशांत भैया वाली घटना और यादें हावी थीं। अब धीरे-धीरे वक्त सारे जख्म भरने लगा था। स्टेशन से बाहर आया। सब पहचाना-पहचाना सा लग रहा था... यहाँ की एक-एक सड़क हम तीनों ने छान मारी है। बाहर निकलते ही एक ऑटो वाला लपका।

"हाँ! भैया कहाँ जाएँगे?"

"अमा यार ले चलो कहीं भी, पर उससे पहले शर्मा की चाय पिला दो।" मैंने उससे अपनी पहचान बघारी। उसे जनवाने की कोशिश की, 'परदेशी नहीं हूँ मैं और किराया भी ज्यादा न बताना।'

"अरे भैया चाय तो हम पिला देंगे, मगर शर्मा इधर दो दिन से बंद किया है। कुछ मैटर हो गया है।"

थोड़ी ही देर में हम उस सफेद बड़े गेट के सामने थे। बड़ा-बड़ा, सुनहरे अक्षरों में लिखा हुआ था, 'भाऊराव देवरस द्वार'। उसे हम कभी गेट नंबर वन भी कहते थे। कितना बदल गया है! फिर से पुताई हुई है शायद। सुबह आठ बजे गेट पर कोई नहीं था। एक-दो पड़े-पड़े कुर्सियाँ तोड़ते हुए पुलिस गार्ड थे। आँखों में नींद और मुँह में सुरती भरे चेहरे से मेरी तरफ देखा और वापस आलसी नींद के आगोश में चले गए। 'यूनिवर्सिटी में गेस्ट इत्यादि आते-जाते रहते हैं' उन्होंने ऐसा सोचा होगा। एक हाथ जैकेट की जेब में, दूसरा हाथ पीछे ट्रॉलीबैग को खींचता हुआ और आँखें चारों तरफ फेंकते हुए मैं कैंपस के एक-एक बदलाव का बारीकी से निरीक्षण करने लगा। सुबह की ओस सरे माहौल पर तारी थी। यह नया फुटबॉल ग्राउंड कितना विकसित कर दिया है। हमारे समय तो बड़ी-बड़ी घास उगी थी। ऑडिटोरियम बनने वाला था और घोटाला हो गया था। बैठने के लिए किनारे-किनारे सीढ़ियाँ बनवा दी हैं। और ये रास्तों के किनारे घुमावदार खंभे और उसमें से लटकते हुए आकर्षक लैंप। थोड़ी-थोड़ी दूर पर बैठने को बेंचें डलवा दी हैं। हमारे समय में तो ऐसा कुछ

भी नहीं था। हमारे समय में होता तो पक्का मैं और वो एक बेंच छका लेते। हाँ पक्का! पर हम लोग तो नेस्कैफे के पास बैठते? मैंने नेस्कैफे की तरफ देखा। वो बंद था। शायद अब बंद हो गया हो, या फिर सुबह आठ बजे कौन खोलता है! एक बेंच पर आराम से बैठ गया और बैग बगल में रख दिया। बगल से फूलों की खुशबू आ रही थी। ऊपर ऊँचे अशोक की फुनगियों की तरफ देखा। वो हिल रहे थे। सारे अशोक के पेड़ों को देखा, सब हिल रहे थे। उफ्फ! तुम इतना सही कैसे हो सकती हो? "पता है रजत! यहाँ हमेशा हवाएँ चलती रहती हैं।"

मैंने अपना ट्रॉलीबैग उठाया और साइंस कैंटीन की तरफ चल पड़ा। फिजिक्स लैब में सुबह 7:30 वाला बैच आ चुका था। एक भी चेहरा पहचान का नहीं। सब धर-पकड़ में अपने प्रैक्टिकल पूरे करने के लिए भाग रहे थे। मैं उनकी शक्लें देखकर बता सकता था कि कौन देहाती, गाँव से आया है और कौन 'यो यो' यहीं का है। मुझे वहाँ कई देहाती रजत दिखे। दो-चार उड़नतश्तरियाँ भी आधा हवा और आधा जमीन पर घूम रही थीं, मगर कोई भी लड़की प्रेरणा की टक्कर की नहीं थी। मैं खड़ा देखता रहा। बच्चों को कोई फर्क नहीं था कि यह कौन अजनबी एक ट्रॉलीबैग लिए आशातुर खड़ा है। उन्हें क्या पता कि यह अजनबी भी इन्हीं गलियों में तीन साल भागा है। इससे पहले कि कोई प्रोफेसर आए, मैं कैंटीन चला आया। वो खुल गई थी।

"अरे गुरु जी आप यहाँ? इतने दिनों बाद!"

"अरे चाय पिलाओ यार दिलीप, तुम्हारी चाय को तरस गए हम!"

दिलीप कुर्सी पर बैठा, सामने इमामदस्ते में अदरक कूट रहा था। हाथ-वाथ झाड़कर मेरे बगल आकर खड़ा हो गया। अब बड़ा हो गया है दिलीप। दाढ़ी-मूँछें आ गई हैं। उसकी आँखों की चमक बता रही थी कि वह पुराने भैया जी को सूटेड-बूटेड देखकर बहुत खुश है।

"बैठो यार दिलीप! और बताओ क्या हाल हैं?" मैंने उसका नाम दूसरी बार यह जाहिर करने के लिए लिया कि मैं अंदर से अब भी वही हूँ, बिलकुल नहीं भूला कुछ भी।

"बढ़िया है गुरु जी! अब अपनी खुद की दुकान डालने की सोच रहे हैं...। दो मिनट रुकिए, चाय तैयार है..."

"हाँ-हाँ, आराम से... कोई जल्दी नहीं है..."

उसने चाय का पानी चढ़ा दिया और वापस अदरक कूटने लगा। फिर कुछ

याद आने पर मुझसे मुखातिब हुआ, ''गुरुजी आप लोगन को ये अजीब रोग लगा है...''

''अजीब रोग, क्या?''

''अरे एक दिन हल्क भैया भी ऐसे ही सुबह-सुबह यहाँ आकर बैठे हुए थे।''

''सही में? शशांक... ? कब... ? वो भी?''

''ऐसे ही दो-तीन महीने पहले आकर बैठे हुए थे। आप ही की तरह... वहाँ थोड़ी देर बैठे रहे (उसने इशारे से पेड़ के नीचे वाली जगह की ओर दिखाया) मुझसे मिले, चले गए। कुछ खाया-पिया भी नहीं।''

''अच्छा!'' मैं मुँह पर हाथ रखकर सोचने लगा। मतलब यहाँ बैठकर, साथ गुजारे लम्हों को याद कर सकता है पर मुझे फोन नहीं कर सकता? जिद्दी कहीं का! तो? मैंने ही कहाँ फोन किया उसे। गलती तो हम दोनों की ही थी या हम तीनों की। अचानक से एक दिन हम अलग हो गए। गलती हममें से किसी की नहीं थी। गलती शायद उस वक्त की थी जिससे हम गुजर रहे थे। क्या बुरे दिन थे वो, जैसे हम सबकी कुंडली में कालसर्प दोष चल रहा हो। मैं ठीक वहाँ उस कुर्सी पर बैठा हुआ था। हाथ में मेरा फोन बज रहा था। युवान का फोन। सामने मेज पर चाय फैली हुई थी जिसे मैंने ही हाथ मारकर गिराया था...

... दिलीप आया, मेज पर फैली चाय देखकर पूछा, ''ई कइसे गिर गई गुरुजी?'' मैंने झूठ बोल दिया, ''गलती से हाथ लग गया''। फोन फिर से बजा। दिलीप मुझे ही घूर रहा था। मैंने फोन उठा लिया। वह ''मैं दूसरी लेकर आता हूँ'' कहकर चला गया।

फोन पर युवान की आवाज आई। ''शशांक के रूम पर मिलो, कुछ बात करनी है!''

इससे पहले कि मैं कुछ और पूछता, उसने फोन काट दिया। मुझे वितृष्णा हुई कि उसके रूम पर मिलने को क्यों कह रहा है? मेरे रूम पर नहीं आ सकता? फिर भी मैंने आने के लिए 'हाँ' कर दी थी।

घर के नीचे युवान की बाइक आ चुकी थी मगर शशांक की साइकिल नहीं थी। मुझे कौतुक तो हुआ कि इसकी साइकिल कहाँ गई पर मैंने खुद को बताया कि मुझे कोई परवाह नहीं। मुझे शायद अंदाजा था। वह साइकिल बेचने वाला था, उसे एसएससी की तैयारी के लिए दिल्ली भेजा जा रहा था। वह जाना नहीं

चाहता था। अगर मैं अंकल से बात करता तो शायद वो मेरी बात मानते।

दरवाजा युवान ने खोला और बिना मेरी तरफ देखे वापस फोल्डिंग पर जाकर बैठ गया। युवान ने हर बार की तरह 'और भाईजान!' कहकर देर तक गले मिलने का उपक्रम नहीं किया, न मैंने शुरुआत 'महाराज की जय हो' से की। उसके चेहरे पर जैसे किसी बहुत बड़ी विपदा की गंभीरता थी। भारी पलकों से आँखें मींच रहा था। माथे की नसें तनी हुई थीं। मैंने अंदर आकर दरवाजा बंद कर दिया। पूरे कमरे में एक मनहूसियत-सी छाई थी। शायद इसलिए कि शशांक के कमरे का सारा सामान पैक था, बस अलमारी में एक खाली अंडे का क्रेट पड़ा था जिसमें दो-तीन अंडे रखे थे। बगल देखा तो शशांक भी कुर्सी खींचकर बैठा था। 'इसने दरवाजा क्यों नहीं खोला?' मैंने मन में सोचा। कानों में ईयरफोन लगाए, मोबाइल में कुछ देख रहा था। हम दोनों ने एक-दूसरे को कोई हाय-हेलो का इशारा नहीं किया। हमारी बातचीत बंद थी। युवान ने मुझे बताया था कि शशांक और प्रेरणा आजकल मिल रहे हैं। प्रेरणा उसके रूम पर भी जाने वाली है, ग्रुप स्टडी का बहाना है। युवान ने शशांक को इस मामले में आगे बढ़ने के लिए रोका भी था क्योंकि मुझे बुरा लगेगा और उसके समझाने के बाद, उन दोनों के बीच जो होते-होते रह गया, वो कभी नहीं हुआ... इसकी दिलासा भी युवान ने मुझे फोन पर दी थी। मगर उससे क्या? वे दोनों आगे बढ़े ही क्यों? क्या शशांक को नहीं पता था कि मुझे तकलीफ पहुँचेगी? बिना मेरी परवाह किए! हुँह! पीठ में छुरा भोंकने वाला दोस्त। सामने मोबाइल में घुसा हुआ था, मैं दूसरी कुर्सी खींचकर उसके बगल बैठ गया। काफी देर तक दोनों कुछ नहीं बोले तो मैंने शशांक के मोबाइल में झाँककर कहा,

"ये क्या चल रहा है?"

युवान : जीमैट मोटिवेशन।

रजत : रशियन ब्लू फिल्म से जीमैट मोटिवेशन?

युवान ने लंबी साँस भरी और खिड़की की तरफ देखने लगा, जैसे उसे शशांक की सफाई देने में कोई दिलचस्पी न हो। दो मिनट बाद बोला, "हाँ तो भैया जीमैट क्वालिफाई करके रशिया ही जाएँगे न... तो रशियन लड़कियाँ बुला रही हैं इन्हें!

"इसीलिए ये 'रसिया' हुए जा रहे हैं? हुँह!" मेरे इस द्विअर्थी व्यंग्य में मजाक नहीं, उपहास था, नफरत थी। युवान यह भाव ताड़ गया, कुछ बोला नहीं।

शशांक ने अपनों कानों में से तार निकाले और मोबाइल बंद कर दिया। शायद उसने सुन लिया था। मेरी तरफ एक व्यंग्यबाण फेंका।

''प्रेरणा कहाँ है आजकल? वो उस दिन कार में कौन था?''

मैंने अपने सिर के बाल खुजाए, उँगलियाँ चटकाईं और शशांक की तरफ देखा। उसके चेहरे के भाव कह रहे थे कि उसने प्रश्न नहीं, बल्कि व्यंग्य किया है। मैंने सिर झुका लिया और जवाब दिया, ''कोई खान...''

''कोई खान? कौन है ये 'खान' जिसके चक्कर में इस लड़की ने खानदान की परवाह नहीं की?'' उसने दोनों हाथ उठाकर हम दोनों की तरफ देखा, जैसे कि उसने कोई बढ़िया कमेंट मारा हो।

''मैं मजाक के मूड में नहीं हूँ!'' मैंने भन्नाकर कहा। युवान के चेहरे को देखकर अपने मन का घूँट पी गया। युवान ने कहा था कि अब प्लीज तुम इस बात को खोदना मत। उसने बंद कर दिया है प्रेरणा से बात करना। मगर शशांक नहीं रुका।

''अरे 'खान' को छोड़ो, 'खानपान' पर ध्यान दो, हेहेहे, कैसे सूख रहे हो!''

''तुम दोनों चुप रहोगे प्लीज?'' युवान चीखा। उसकी आवाज में गुस्से के साथ-साथ, आग्रह भी था।

हम चुप हो गए। मैंने अपनी कुर्सी उसकी तरफ घुमा ली और पीठ शशांक की तरफ कर दी।

युवान ने मेरी आँखों में देखा और थोड़ी देर देखते रहने के बाद बोला, ''मैं शादी कर रहा हूँ।'' आँखें अब भी मुझपर स्थिर थीं।

''क्या? सुनाई नहीं दिया! फिर से कहना तो!''

''मैं... शादी कर रहा हूँ।'' उसने पलकें झपकाते हुए कहा। आवाज में पहले जितना ही ठहराव था। चेहरे पर पहले जितनी ही गंभीरता थी। आँखों में पहले जितनी ही दृढ़ता थी। मैंने पूरी कोशिश की कि यह मजाक ही हो।

''अरे! बधाई हो! बधाई हो! हाथ तो मिलाओ! ऐ शशांक! कांग्रेट्स बोल भाई को! भाई शादी कर रहा है!''

''मैं सीरियस हूँ!'' इस बार आँखों में दृढ़ता के साथ-साथ लाचारी भी उतर आई थी।

''सीरियस? अरे फिर तो सीरियस वाली बधाई! फिर से हाथ मिलाओ

यार! ऐ शशांक! भाई सीरियस वाली शादी कर रहा है! बधाई दे न!'' मैंने हाथ हिला-हिलाकर मिलाया। शशांक नहीं उठा। अपने फोन में ही देखता रहा। मुझे छोड़कर दोनों सीरियस थे। शशांक अपनी कुर्सी पर पसर गया और टाँगें फैला दीं। ऊपर छत की ओर देखने लगा, जैसे उसे मुझसे कोई मतलब न हो। जैसे वह कहना चाहता हो, ''मुझे सारी बात पता है, तुम्हें बस लास्ट मोमेंट पर इत्तिला किया जा रहा है।''

''परसों... मेरे बर्थडे के दिन, कोर्ट में शादी है, दो माला, दो गवाह... शशांक तैयार है, तुम अपना बताओ।'' युवान का एक-एक शब्द रेडियो के प्रसारण की तरह निकल रहा था। ''नमस्कार, ये आकाशवाणी का लखनऊ केंद्र है, शाम के चार बज रहे हैं अब आप युवान सिंघानिया से समाचार सुनिए।'' उसके चेहरे की गंभीरता और शशांक की चुप्पी कमरे को खामोश किए दे रही थी। जैसे अँधेरा छा रहा हो।

''मजाक चल रहा है यहाँ पे? पगला गए हो?'' मैं इतनी तेज चिल्लाया कि सामने वाला सहम जाए। युवान के चेहरे के भावों में कोई परिवर्तन नहीं हुआ। अपनी आँखें मींचने लगा। शशांक ने कानों में ईयरफोन लगा लिया। मैंने उसकी तरफ देखा, वह दूसरी तरफ देखने लगा। मैंने युवान को देखा, उसकी आँखें अब भी खामोश थीं। मैं और वह लगातार एक-दूसरे की आँखों में घूरते रहे, जैसे कोई पलकें न झपकने का कंप्टीशन हो रहा हो। शशांक ने हमें इग्नोर किया और अपने ईयरफोन का वॉल्यूम तेज कर दिया। कोई हब्शी गाना बज रहा था ''इट मस्ट बी योर ऐस एज इजिंट योर फेस, आई नीड अ टिप ड्रिल, आई नीड अ टिप ड्रिल''। वो आँखें बंद करके खोपड़ी हिलाने लगा, जैसे हम दोनों को नजरअंदाज कर रहा हो। जैसे कुछ हुआ ही न हो। जैसे सब नॉर्मल हो!

''किस महान खुशी के मौके पर ये नेक काम करने जा रहे हो? और बाय द वे, 'लड़की' कौन है?''

युवान ने मुँह बनाया और दूसरी तरफ देखने लगा। वह और मैं, दोनों यह जानते थे कि अमृता जी की बात हो रही है पर मैं उनका नाम लेकर युवान की बात को वजन नहीं देना चाहता था। युवान भी तो प्रेरणा के वजूद को नकारता था। उसने मेरी आपत्ति को संज्ञान में नहीं लिया। खुद आगे बोलता गया, ''उसे मुझ पे भरोसा नहीं है। उसे लगता है कि मैं किसी लड़कीबाज की तरह उसे छोड़कर चला जाऊँगा... जबकी वही मेरे लिए सबकुछ है।''

"तुम्हारा भरोसा भी क्या है? टॉम लूज!" मैंने घुड़की दी।

"कहती है कि क्या गारंटी है कि तुम मुझसे प्यार करते हो? मैं कैसे मान लूँ कि दूसरी लड़कियों की तरह मुझे छोड़ नहीं दोगे! जबकि मैं उसके सामने ये साबित करना चाहता हूँ कि मैं सिर्फ उससे प्यार करता हूँ।"

"और ये साबित करने का कोई और तरीका नहीं है?"

"नहीं।"

"छोड़ दो उसे। जब किसी लायक होना, वापस पकड़ लेना। अभी अपने पैरों पर नहीं खड़े हो, ये बात जानते हो तुम। अभी पिता जी हाथ खींच लें तो चौराहे पर पाँच रुपए की चाय पीने की औकात नहीं है हमारी। मैं कह रहा हूँ, अभी छोड़ दो उसे, जब किसी लायक हो जाना... फिर पकड़ लेना..."

"इतनी देर में उसकी खबर आ चुकी होगी... उसके सुसाइड नोट में मेरा नाम होगा और मेरे में तुम्हारा! ... वो बर्दाश्त नहीं कर पाएगी यार। वो बहुत इमोशनल है, उसे लगेगा कि मैंने उसका फायदा उठाया। मैंने कहा था न कि वो बहुत सीधी है...। उसने सिर्फ मेरे भरोसे पर अपना सबकुछ मुझे डेडीकेट किया, सबकुछ! समझ रहे हो? मैं उसे कैसे छोड़ सकता हूँ रजत? मैंने उसका हाथ थामा है!"

"ऐ ऐ ऐ! तुमने बहुतों का बहुत-कुछ थामा है, तो ये इमोशनल डायलॉगबाजी मेरे सामने मत करो! समझे? हाथ थामा है..."

युवान का स्वर दृढ़ हुआ, "देखो! शादी तो होगी, तुम आते हो... तो तुम्हारे साथ, और नहीं तो तुम्हारे बगैर... मगर शादी तो होगी! शशांक तो है ही मेरे साथ, और मेरे पास दोस्तों की कमी नहीं है। पता है शशांक को दिल्ली भेजा जा रहा है, पर वो मेरे लिए रुक के जाएगा, उसके अगले दिन निकल जाएगा।" मैंने शशांक की ओर देखा। वह कान में ईयरफोन लगाए, हल्का-हल्का झूम रहा था। "इट मस्ट बी योर ऐस एज इजिंट योर फेस, आई नीड अ टिप ड्रिल, आई नीड अ टिप ड्रिल"। उसकी हरकतें यह हकीकत छुपा रही थीं कि तीन दिन बाद वह इस शहर में नहीं रहेगा। उसकी जान लखनऊ उससे छूट जाएगा।

"तुम्हें कुछ समझ आ रहा है कि तुम क्या बोल रहे हो?" मैं युवान की आँखों में देखता रहा। वह अपनी जगह पर ही बैठा रहा, मैं उसके सामने आकर खड़ा हो गया, उसके चेहरे के पास झुक गया।

"प्यार अलग चीज है, शादी एकदम अलग चीज है। प्यार नेचुरल है किसी

भी से हो सकता है। शादी एक सामाजिक व्यवस्था है और समाज में इसकी एक्सेप्टेबिलिटी तब होगी जब चीजें समाज के हिसाब से...''

''इट मस्ट बी योर ऐस एज इजिंट योर फेस, आई नीड अ टिप ड्रिल, आई नीड अ टिप ड्रिल...''

मैंने उठकर उसका ईयरफोन खींच लिया। ''तुम समझ रहे हो, युवान क्या कह रहा है?''

उसके ईयरफोन का तार खिंच गया था। उसने अपना गुस्सा पिया, दाँत पीसे और तार लपेटने लगा। फिर दूसरी तरफ देखकर जवाब दिया–

''भाई की जिंदगी का सबसे बड़ा मौका है, और हम तो उसके साथ खड़े रहेंगे।''

''तुम्हें अंदाजा भी है कि ये कितनी बड़ी बात होगी?''

''कोई बड़ी बात नहीं होगी। कौन-सा दोनों साथ रहने लगेंगे? बस एक सर्टिफिकेट पर साइन ही तो है। जब बाद में अपने पैरों पर खड़े होंगे तो सबके सामने कर लेंगे। वैसे भी चाहे अभी करे चाहे पाँच साल बाद, करनी तो अमृता भाभी से ही है। और वैसे भी, सच्चा प्यार बहुत मुश्किल से मिलता है दुनिया में! और हमीं दोनों जब सोचते थे कि कोई आइडियल लड़की कैसी होती होगी, तो उसकी इमेज हम लोग अमृता भाभी जैसी बनाते थे। और भाई तो उनसे ही शादी कर रहा है... और वैसे भी...''

''कोई भी तर्क अगर 'वैसे भी', 'ऐसे भी' से शुरू होता है ना, तो वो अपने आप ही बता देता है कि उसमें कोई वजन नहीं है।''

शशांक तमतमा उठा। ''तुम स्साले मुझे मेरे बाप की याद क्यों दिलाते हो? तुम्हारे लहजे से ऐसा क्यों लगता है कि केवल तुम्हीं सही हो सकते हो, हम लोग बेवकूफ हैं?''

''हुँह हुँह हुँह, क्योंकि मैं सही हूँ, और अंकल-आंटी का नहीं सोचे तुम बैलबुद्धि? क्या मुँह लेकर उनके सामने जाओगे कि मैंने इसमें युवान का साथ दिया है? हुँह... तुम!... तुम स्साले अपने बाप के ही नहीं हुए, और किसी के क्या होगे!''

''क्या कहा तुमने रजत?'' उसने मेरा कॉलर पकड़ने के लिए अपने हाथ बढ़ाए। मैं उसका हाथ झटकते हुए पीछे बैठ गया।

''आई रिपीट योर ऑनर! तुम साले अपने बाप के ही नहीं हुए! और किसी

के क्या होगे?''

न जाने वो कौन-सी मनहूस घड़ी थी जब मेरे मुँह से यह निकला था। शशांक मेरे सामने खड़ा था, गुस्से में अपनी मुट्ठियाँ भींच रहा था, नथुने फड़क रहे थे और युवान सर नीचे किए बिस्तर पर बैठा था। उसमें उर्जा नहीं बची थी हम दोनों के झगड़े को शांत कराने की। उसकी अपनी परेशानी बहुत बड़ी थी।

''राजरजत सिंह चौहान! अगर तुम मेरे दोस्त ना होते तो अब तक ट्रॉमा सेंटर में होते!'' वह दाँत पीस रहा था।

''अच्छा? मिस्टर फ्लर्ट में बहुत आत्मसम्मान आ रहा है?''

''मिस्टर फ्लर्ट?''

''इतनी मासूमियत मत लाओ चेहरे पर, तुम्हारा और प्रेरणा का मुझे पता नहीं चलेगा क्या?''

शशांक का चेहरा लाल हो गया। वह युवान की तरफ पलटकर घूरने लगा। उसकी आँखें कह रही थीं, तुमने बता दिया इसे। युवान नीचे ही देखता रहा।

''उसकी तरफ क्या देख रहे हो, मुझसे बात करिए, मेरे बेस्ट फ्रेंड साहब!'' मैंने दाँत पीसते हुए कहा। उसे कोई सीधा जवाब नहीं सूझा। उसने फिजूल बात शुरू की।

''अच्छा?... वैष्णवी ने भी तुम्हारे बारे में बताया था! फर्स्ट इयर तुमने भी फ्लर्ट किया था उससे?''

''तो बदला ले रहे थे? और बहुत भरोसा है अपनी वेश्या नवी पे? वो लड़की जो फर्स्ट इयर में 'वन लोनली गर्ल इन लखनऊ' थी, सेकंड इयर तक आते-आते जिसके 10 ठू बुआ-मौसी के दारू पिलाने वाले भैया हो गए? उसकी बात का भरोसा? जिनसे कोई एक बार हँस के बात कर ले तो उसे भी अपने स्कोर में जोड़ लेंगी कि इसने भी मुझसे फ्लर्ट किया?''

''अच्छा! और प्रेरणा जैसी लड़कियाँ कैसी होती हैं? हाँ किए हैं हम प्रेरणा से फ्लर्ट! तुम्हारा सोच के आगे नहीं बढ़े, वरना वो अब तक मेरे बिस्तर पर होती... ये देखो... ये... ये चाहिए होता है ऐसी लड़कियों को!''

चटाक!

और सब खत्म हो गया।

तेजी से उठा। धड़ाक से कमरे का दरवाजा खोला। फिर पलटकर दोनों की ओर देखा, जैसे आखिरी बार देख रहा होऊँ।

"रुको! साथ चलते हैं!" युवान ने अपनी बाइक की चाभी मेरी तरफ फेंकी।

मैंने पकड़कर वापस उसके मुँह पर फेंक दी। "लखनऊ में ऑटो चलना बंद नहीं हो गए हैं।" शशांक का हाथ अब भी उसके गाल पर ही था और आँखें युवान पर। जैसे उसकी परमिशन चाहिए हो मुझ पर वापस हाथ उठाने के लिए। मैंने दरवाजा बंद कर दिया और बाहर निकल आया।

"इसके लिए मुझे रोक रहे थे तुम?" पीछे से शशांक की एक घिसटती हुई-सी आवाज आई। युवान का कोई जवाब नहीं आया।

***

बाहर निकलने पर शाम उदास थी। ट्रैफिक की गाड़ियों की चिल्लपों कानों को बहुत धीमी मालूम पड़ रही थी। पैदल चलता रहा। दिल ने हर पाँच कदम चलने पर कहा, "वापस जाकर बात करो। दोस्त की जरूरत पर उसके साथ खड़े रहोगे या सही-गलत में उलझे रहोगे।" हर पाँच कदम चलने पर दिल ने पीछे पलटने को कहा। नहीं पलटा। महीने बीत गए। शशांक दिल्ली चला गया।

***

पूरे घर में सफेदी करवाई गई है। पूरी गली को सजाया गया है। पार्किंग वगैरह के अलग से इंतजाम किए गए हैं। मणिकर्णिका शैक्षणिक संस्थान समूह के चेयरमैन की सगाई है। चेयरमैन साहब कहीं दिख नहीं रहे हैं। पूरी गली और सामने पूरे पार्क को हरे रंग की दरी से ढँक दिया गया है। लाइटिंग, झालरें, फोकस लैंप, एलसीडी, सारा इंतजाम शाम के लिए हो रहा है। उस बड़े-से दरवाजे के सामने मैं चार साल बाद खड़ा हूँ। इधर-उधर देख रहा हूँ। मेरी नजरें महाराजिधिराज, टॉम क्रूज को ढूँढ़ रही हैं। जगह-जगह कुर्सियाँ डालकर कुछ बेरोजगार मेहमान अपना महत्व बघार रहे हैं। जिनकी अपने घर में कोई पूछ नहीं होती वे भी यहाँ पूँछ उठाए घूम रहे हैं। व्यस्त और महत्वपूर्ण। कोई परिचित दिखे तो मैं पूछूँ भी कि महाराज कहाँ हैं। आधे मेहमान और आधे कामगार लग रहे हैं। कुछ बच्चे इधर से उधर भाग रहे हैं। मैं दरवाजे के सामने हाथ में अपना बड़ा-सा बैग लटकाए खड़ा रहा। फोन की बैटरी भी चली गई है, नहीं तो कॉल ही कर लेता। फोन में बैटरी होती तो दिशा मैया मुझे खाली छोड़तीं? फोन चालू होते ही प्यार बरसेगा। मैं कुछ देर इसी उलझन में था कि मेरा सौभाग्य, मुझे सामने गुजरती हुई आंटी दिख गईं। मैं सीधे उनके पैरों पर गिर पड़ा। इतने दिनों

बाद भी मेरे लिए आंटी का मतलब था, गरमागरम लजीज कचौरियाँ! उनके पैर छूते वक्त मुझे वही ध्यान आ रही थीं। जब उन्होंने मेरे सर पर वात्सल्य भरा हाथ रखा, ऐसा लगा कि अभी उधर से एक कचौरी निकलेगी। उन्होंने मेरे मेहमानों की तरह बाहर खड़े रहने पर रोष प्रकट किया और सीधे ऊपर, युवान के कमरे में जाने को कहा। 'बैग यहीं छोड़ दो' का इशारा भी किया। सीढ़ियाँ चढ़ते हुए मेरे दिल में उत्साह भरा हुआ था। काश ऐसा हो कि वह दूसरी तरफ देख रहा हो और मैं पीछे से उसपर हमला कर दूँ। उसे लेकर सीधा बिस्तर पर कूद पड़ूँगा। मैं चोरों की तरह गुपचुप-गुपचुप चला। दरवाजे से झाँककर देखा। भगवान ने मेरी सुन ली थी। वह दूसरी तरफ देख रहा था। भिखारी जैसे फटेहाल लोअर-टीशर्ट में था। दाढ़ी भी नहीं बनवाई थी। किसी को फोन पर टेलर दे रहा था। मैंने सोचा कि अगर अभी हमला करूँगा तो फोन हाथ से छिटककर गिर जाएगा। इसलिए फोन कटने का इंतजार करने लगा। लेकिन वह बरसे ही जा रहा था।

"हाँ तो टीन का कनस्तर नहीं देखे हो? अरे तेल आता है जिसमें? पहले डालडा आता था, हाँ तो दो खाली कनस्तर ले लो, उसमें मिट्टी भर के... केले के पौधे रोप दो। दरवाजे के अगल-बगल लगा देना, शुभ हो जाएगा, और क्या?... क्या कलेवा अक्षत क्या? राज्याभिषेक होने जा रहा है क्या मेरा? ये सब मम्मी को बताओ न... और हाँ... हाँ... तो... हाँ... हाँ... नहीं... तो ऐसा करो वो झालर ले आओ, मेरी खोपड़ी पर लगा दो, जब अँगूठी पहनाएँगे न तब जलेगी... अरे तो तुमसे नहीं हो रहा तो बोल दो... नहीं क्या?... उनका क्या? ... अरे रुकने को होटल दे रहे हैं... ये क्या कम है, बाथरूम में शैंपू नहीं है तो वो भी जाकर हम पहुचाएँ? एक दिन नहीं करेंगे शैंपू तो क्या हो जाएगा... नीचे उतर के तीन रुपए का खरीद लें यार, और अब मैं क्या हर मेहमान के कमरे के जा-जा के चंपी करूँगा..."

मुझे लग गया कि अगर मैंने नहीं टोका तो यह ऐसे ही फोन पर जुटा रहेगा। मैंने हमला कर दिया!

"मेरी जान!" और मैं उस पर कूद पड़ा। हम दोनों बेड पर गिरे, फोन छिटककर दूर गिरा। मेरे चेहरे पर शैतानी भरी हँसी थी, वह पहले चौंका फिर मुझे जकड़ लिया। हम दोनों दो मिनट आँखें बंद करके बिस्तर पर पड़े रहे, फिर उसे कुछ याद आया।

"तुम?... तुम डायरेक्ट यहाँ? अमित वहाँ तुम्हारे लिए स्टेशन पर छोटी

लाइन से बड़ी लाइन कर रहे हैं... कह रहा है कि रजत भैया आए ही नहीं, ऊपर से तुम्हारा फोन स्विच ऑफ है...''

''अरे, वो रात में ऑफ हो गया, मेरी सीट का चार्जिंग पॉइंट खराब था यार...''

''हुँह, तुम डायरेक्ट चले आए? हम तुम्हारे लिए अपनी नई वाली गाड़ी भेजे थे यार...''

''तो अब क्या वापस जाऊँ और तुम्हारी नई वाली कार में आऊँ तब खुश होगे?''

''नहीं, ऐसे ही खुश हैं, तुम आ गए न... बस!'' उसने मुझे फिर से गले लगा लिया। ''तुम आ गए बस...'' उसकी आवाज में पिछली बार मेरे न होने का दर्द छलक गया था। दोनों की आँखें बीती बात को याद करके नम तो हुईं पर लड़कों पर ज्यादा इमोशन सूट नहीं करते। मुझे झटककर कहा, ''अबे फोन कहाँ गिरा मेरा... ?''

''उधर पड़ा है!'

उसने फोन उठाया और चारों तरफ से घुमा-घुमाकर देखने लगा कि काश, कहीं चिटक-विटक गया हो और हम दोनों लड़ाई करें। पर फोन सही-सलामत था। मैंने जेब से अपना फोन निकाला। ''लो इसे भी चार्जिंग पर लगवा दो!'' हम दोनों उसके सोफे पर पसर गए। मैंने ध्यान दिया कि सोफा नया था। वो पुराना वाला नहीं था जिसके मैं रेशे निकाला करता था। हम दोनों ने थकान की अँगड़ाई ली। मैंने जूते उतारे और पैर सामने पड़ी मेज पर रख दिए। पुराने दिनों की तरह। उसने अपना फ्रस्टेशन निकाला,

''यार इस घर में नाई से ले के दूल्हा तक मैं ही हूँ, सारे टेंडर मेरे ही जिम्मे हैं।'' उसने अपना सिर पकड़ते हुए कहा।

''बताओ मुझे भी कुछ काम-वाम।'' मैंने अपने दोनों हाथ मसले।

''अरे बैठो आराम से, फंक्शन शाम पाँच बजे का है... तब तक पड़े रहो।''

हम दोनों एक-दूसरे को देखकर मुस्कुराए जा रहे थे। मैं उसे तिरस्कृत कर रहा था कि क्या फटीचर जैसे बने हुए हो और वह मुझे देखकर कुछ ज्यादा ही तारीफ में भवें उचका रहा था। ''वाह भैया, एकदम जेंटलमैन, फॉर्मल में भी स्टाइलिश लग रहे हो, और चेहरे पर इतनी चमक। वाह वाह वाह...'' हम दोनों

की चकल्लस में एक ही कमी थी। वो कमी एकदम साफ दिख रही थी। मैंने पूछ ही लिया।

''वो नहीं आएगा?''

''नाम लो नाम! शशांक न? आने का कहा तो है... और देखो, तुम्हीं पहले माफी माँग लेना... अकड़े तुम्हीं थे।''

मैंने स्वीकारोक्ति में साँस छोड़ी। युवान के इत्मीनान के लिए पलकें झपका दीं।

''ये फंक्शन निपट जाए, इतने सारे काम हैं खोपड़ी पे, सारी गहमागहमी खत्म हो, फिर आराम से बैठते हैं तीनों, किसी शांत जगह पर!''

''हाँ ठीक है, तब तक मैं बाहर घूम लेता हूँ, एक-दो लोगों से मिल लेता हूँ।''

''किनसे?''

''अरे ऐसे ही... कुछ पुराने लोग, लखनऊ में मैं भी रहा हूँ चार-पाँच साल, छुटपुट काम निपटाने हैं, बस!''

''अच्छा! तो काम निपटाने आए हो यहाँ?''

''अरे नहीं मेरी जान, खाली पड़े बोर होऊँगा... तब तक थोड़ा घूम ही लूँ।''

''ठीक है निपटो!... अरे छोटू, कॉफी की व्यवस्था करो इधर!''

''और तुम मेरे लिए एक चप्पल की व्यवस्था करो पहले...''

***

शाम के पाँच बज गए थे। कोई भी भारतीय फंक्शन अपनी आदत के अनुसार एक-दो घंटा लेट ही शुरू होता है। हम दोनों एक साथ तैयार हो रहे थे। टॉम क्रूज ने अपनी पूरी ब्यूटी किट खोल दी थी और मुझे समझा रहे थे-

''ये लो पहले स्क्रबर और अपना मुरचा छुड़ाओ, पता नहीं कहाँ धूप में घूम के आए हो, टैनिंग हो गई है पूरे चेहरे की। फिर ये फेस पैक 15 मिनट तक लगा रहने दो... फिर ये लोशन है, उसके बाद ये अलोवेरा जेल... फिर ये क्रीम...।'' उसका यह मर्मस्पर्शी विवरण देखकर मुझे एहसास हुआ कि इन सब मामलों में मैं अब भी देहाती ही हूँ। मेरे लिए तैयार होने का मतलब है, गले पर डर्मीकूल छोपकर चले जाना। मुझे तो ढंग से डिओ और परफ्यूम का अंतर भी नहीं पता।

"यार, मुझे ये समझ नहीं आ रहा है कि क्या-क्या लगाऊँ?"

"अरे... कर लो ना यार, अब तुम्हारे लिए उबटन तो तैयार करेंगे नहीं। पहले ये स्क्रबर और ये फेसवॉश... और उसके बाद... एक मिनट! (अचानक उसे कुछ याद आया और उसके चेहरे पर शैतानी चमक आ गई) एक मिनट! तुम तो उपयोगिता वाले आदमी हो न? मैं भला भूल कैसे सकता हूँ... ? (उसने अपने आपको ही हाई फाइव दिया।) हाँ... तुम ना! वो ओडोमोस लगा के आना। मच्छर भगाना स्टेज से... !" और मुस्कुरा दिया।

"अबे अब तुम शशांक मत बनो यार! लाओ दो अब हम यही क्रीम लगा लेंगे!"

हम दोनों लगभग सजकर बैठ गए थे। आंटी दो बार आकर आवाज दे गई थीं। छोटा भाई भी मुझे आकर तारीफ कर गया था, "भैया जँच रहे हैं आप!" फिर युवान की तरफ देखकर "हाँ, तुम भी ठीक लग रहे हो" का कमेंट मार गया था। आखिरी बखत बस जूते डिसाइड नहीं हो पा रहे थे, "ये वाले या ये वाले?"

"अबे गिफ्ट दिखाओ क्या लाए हो?"

"भक्क! तुम्हारे लिए कुछ नहीं लाए हैं, जो लाए हैं भाभी के लिए लाए हैं।"

"ठीक है, ठीक है, जलनखोर... अब जाओ, बाहर देखो क्या माहौल है! आके बताओ मुझे।"

मैंने उसकी तरफ देखा और कुट्टी करने जैसा मुँह बनाया। बाहर निकला। महफिल सजी हुई थी। घर के हरएक सदस्य ने मेरे कपड़ों की तारीफ की। "जँच रहे हो रजत, क्या बात है, बहुत निखार है चेहरे पर।"

वहाँ से आगे बढ़ा। सब "हे! हे! जी! जी!" की बातें कर रहे थे। अपने सर्वोत्तम लिबास में थे और नॉर्मल व्यवहार करने की कोशिश कर रहे थे। एक दो आंटियों ने मुझे किसी दूर की बुआ जी का लड़का समझ लिया। मुझे उन्हें आइसक्रीम लाकर देनी पड़ी। बच-बचाकर निकला। एक-दो अंकल मुझे आसपास से घूरते हुए गुजरे, जिनकी आँखें पूछ रही थीं, "कौन है ये लड़का जो हमारे पैर छुए बिना घूम रहा है?" कुछ खलिया रिश्तेदार होते हैं जो सिर्फ पैर छुआने के लिए घूमते रहते हैं। लड़के-लड़कियाँ कहीं ग्रुप में बात कर रहे हों तो वो वहीं जाकर खड़े हो जाएँगे, ताकि सब लोग "जी अंकल नमस्ते"

करते उनके पैरों पर गिरने लगें। फिर वह गर्व से सीना फुला के वहाँ से विदा हों। दूसरी तरफ कुछ बूढ़ी दादियों ने अपने रिलेशनल डेटाबेस खोल दिए थे। "नहीं! युवान एक महीने छोटा है जीतेश से।" "नहीं! नहीं! नहीं! मुझे याद है, जब युवान एक महीने का था, तब जीतेश पेट में ही था, आपको याद नहीं क्या मास्टराइन आई थीं गुड्डू के मुंडन में, युवान कैसे छोटा हो सकता है?" "सही बात! सही बात!"... सबने अपनी जानकारी दुरुस्त की। मैं वहाँ से आगे बढ़ा। मन में सोचा कि सरकार को इनके डेटा का भी लाभ लेना चाहिए।

दूसरी तरफ कुछ नई उम्र के तरुण-तरुणियाँ बातचीत कर रहे थे। अमीरों की पार्टी में मैं इसीलिए नहीं जाता। कुछ लड़कियाँ एक-एक फुट ऊपर से निकल जाती हैं। हाई प्रोटीन कंटेंट। और जो आइसक्रीम चाटते हुए आपको लाइन मार रही होंगी वो हाई फैट कंटेंट होगी। इन सबसे दूर मैंने विटामिन और मिनरल्स की तरफ रुख किया, जिधर फलों और जूस की सजावट लगी हुई थी। एक गिलास नारियल पानी लिया और नजरें चारों ओर घुमाने लगा। वहाँ से थोड़ी दूर बियर-बार की तरफ मुझे वह खड़ा दिखा। छह फुट की लंबाई, शरीर पहले से ज्यादा भारी और बालों में एक नया लुक। उसके हाथों में एक गिलास था, होंठों पर सिगरेट जो जली नहीं थी। वह जो कॉलेज के दिनों में मेरा काउंसलर से लेकर बॉडीगार्ड तक बन जाता था। वह जिसके साथ बैठकर मैंने एग्जाम्स में आने वाली डेफिनिशन 'रैप' बनाकर याद की थीं। वह जो मेरा किकबॉक्सिंग का ट्रेनर था और वह जो पीछे बैठकर मेरी कॉपी छापता था। मैं उसके चेहरे से 45 डिग्री के कोण पर था। दाढ़ी इतनी ज्यादा बढ़ी हुई थी कि उसमें एक छोटी-सी चोटी हो जाए। नीचे बूट्स और ऊपर लैदर जैकेट डाल रखी थी। उसके व्यक्तित्व पर यह आभामंडल जँच रहा था। मैं फॉर्मल कोट-पैंट में था। हम दोनों में हद दर्जे का कंट्रास्ट था। शायद उसने मुझे नहीं देखा था। मैंने सिर झुकाया और धीमे-धीमे कदमों से उसकी तरफ बढ़ा। मैं सोच रहा था कि उससे कहूँगा क्या। पाँच साल बाद मिलने पर पहला डायलॉग क्या होना चाहिए। मैं उसके पीछे जाकर खड़ा हो गया।

उसने बाजू वाले की सिगरेट से सिगरेट सुलगाई और गुनगुनाया, "जोत से जोत जलाते चलो!" वे दोनों हँसने लगे।

"दो स्टार!"

वो पीछे घूमा। मैंने अपने हाथ जेब में डाले, आत्मविश्वास से उसकी ओर

देखकर दोहराया, "दो स्टार!"

"बस दो स्टार! मैंने सोचा था कि तुम तीन स्टार तो दोगे ही कम-पे-कम। अच्छा गाना है!"

"ढाई मैक्सिमम! इससे ज्यादा नहीं।" मैंने अपने हाथ हिलाए।

"तुम कब मुझे अंडररेट करना बंद करोगे?"

मैंने अपनी गर्दन हिलाई, जिसका मतलब था, "कभी नहीं!" मैं अभी थोड़ी ही देर पहले वॉशरूम से होकर आया था। मेरे हाथ गीले थे। वैसे ही मिलाने के लिए हाथ बढ़ाए।

"कोई गिला-शिकवा तो नहीं है?"

वह मुस्कुराया। "गिला नहीं बहुत गीला है।" हम दोनों हँसने लगे। थोड़ देर एक-दूसरे को देखते रहे, मुस्कान चली गई, एक कमजोर लम्हा आया, हाथ खींचकर हम गले लग गए थे। मैंने अपनी आँखें बंद रखीं, खोलता तो शायद पानी निकल आता। उसी मुद्रा में मैंने विश किया, "हैप्पी बर्थडे माइ बॉय!"

"थैंक्यू! माइ बॉय... फ्रूट कार्नर से यहाँ तक आने में इतना टाइम लगता है?"

"तुमने देख लिया था मुझे?" मैंने अलग होते हुए कहा।

"और क्या? ये गाने की टाइमिंग तुम्हारे लिए ही थी..."

"अच्छा? फिर तो तीन स्टार दे सकता हूँ... हाहा... और ये गिला-शिकवा वाला पंच मैं सुबह से ही सोच रहा था।"

"ये तुम्हारा नहीं है, इसे हम दोनों ने साथ में बनाया था, सेकंड इयर में।"

"हाँ तो जाओ केस कर दो!" हम दोनों फिर हँसने लगे। "तुम्हें याद है, सेकंड इयर में तुम्हारा एडमिट कार्ड खो गया था और हम दोनों ने बहुत ढूँढ़ा था पर नहीं मिला था, एग्जाम देते वक्त तुम्हें बहुत डाँट पड़ी थी?"

"हाँ, तो?" फिर उसकी आँखें फैलीं, "तुमने छुपाया तो नहीं था?"

मैंने सर नीचे करके हामी भरी। "वो मुझे मेरी लाल वाली जैकेट में मिला... ऊपर वाली चैन में... हा-हा।"

"स्साले... !" उसने कॉलर पकड़ने के लिए अपना हाथ बढ़ाया। "... ओह्ह सॉरी ... बाय द वे..." उसने सिगरेट पीछे ली और आँखों से उसे फेंकने के लिए पूछा।

"नहीं, अब मुझे चिढ़ नहीं है इससे... अब मैं बेदिली से सिर्फ इत

कहूँगा, स्मोकिंग इज इन्जूरियस टू हेल्थ!''

''अच्छा! फिर तो ये लो...'' उसने चहककर डिब्बी बढ़ाई।

''आई रिपीट योर ऑनर, स्मोकिंग इज इन्जूरियस टू हेल्थ!''

हाहाहा!

***

त के साढ़े आठ बज चुके थे। पार्टी खत्म हो चुकी थी। नदी से बहकर ठंडी हवा आ रही थी। हम तीनों गोमती के किनारे अपना लश्कर बिछाए बैठे थे। पी इंजन चल रहा था, जिसका पानी हमारे पैरों के पास बह रहा था। शशांक तो अपने शक्ति प्रदर्शन का जैसे मौका मिल गया। वह गया और पीछे से तीन ड़े-बड़े पत्थर उठा लाया। हम तीनों अपने जूते-मोजे उतारकर, पैंट की मोहड़ें टने तक चढ़ाकर, इंजन के बहते पानी में पैर डाल के समुद्री टापू का फील ने लगे। बीच वाले पत्थर पर युवान बैठा था, हम दोनों उसके अगल-बगल ठे थी। सामने नदी की सफाई चल रही थी। पीछे हाईवे था जिससे 10-12 ट नीचे उतरकर हम बैठे थे। ऊपर युवान की होंडा एकॉर्ड खड़ी थी जिसके र जल रहे थे। शशांक चाभी का छल्ला उँगलियों में नचा रहा था। मैंने के कान में जाकर कहा, ''अभी देखना ये कहेगा कि वापस जाते वक्त व करूँगा''

वान ने मेरे कान की तरफ मुँह किया, ''जानता हूँ, खैर टायर का इंश्योरेंस यह कहकर उसने आँख मारी।

म तीनों शांत बैठे थे, जैसे इस साथ को थोड़ी देर की खामोशी चाहिए हो। ामोशी ही सारे सवाल पूछेगी और खामोशी ही जवाब देगी। ऊपर एक ला ब्रेड पकौड़े तल रहा था। उसको लगा कि हम भावी ग्राहक हो सकते पूछने के लिए नीचे उतर आया।

ा, ब्रेड पकौड़ा खाएँगे गरम-गरम?''

और मैंने एक-दूसरे की तरफ देखा, आँखों ही आखों में 'हाँ' हो

आओ!''

ए मत लाना!'' शशांक ने आवाज दी। फिर हमारी तरफ देखकर में, ''ज्यादा ऑयली नहीं खाना चाहिए'' कहकर सामने देखने ौर मैंने एक-दूसरे की तरफ देखा, ''इसको क्या हो गया है?

खैर, हमारे ही 10 रुपए बचेंगे।'' इतनी अंडरस्टैंडिंग हमने आँखों ही आँखों में कर ली। मगर ठेले वाला भी 'अर्नब गोस्वामी' निकला। हम दोनों के हाथ में एक-एक थमाते हुए बोला,

''अरे भैया! खा लीजिए, आगे पता नहीं मौका मिले न मिले, जिंदगी एक ही बार मिली है।''

''अच्छा? हार्टअटैक भी एक ही बार आएगा...'' हम दोनों ने मुँह में ब्रेड पकौड़ा भरे हुए एक-दूसरे की तरफ देखा, ''ये स्साला खब्बू इतनी ज्ञान भरी बातें कबसे करने लगा?''

'अर्नब गोस्वामी' मायूस लौट गया। शशांक को बकैती में हराना सबके बस की बात नहीं। मैंने अपने में से आधा तोड़ा और बिना कुछ कहे शशांक के मुँह के पास ले गया, उसने ले लिया। युवान हम दोनों की अंडरस्टैंडिंग पर मुस्कुराया। अब बारी थी उसे घेरने की।

रजत : मैं क्या कह रहा था युवान, देखो, पहले हुई तुम्हारी सुहागरात! फिर हुई शादी और उसके बाद हुई इंगेजमेंट। तो अब इस हिसाब से अगला फंक्शन क्या है?

''मुँहदिखाई?'' मेरे और शशांक के मुँह से यह शब्द एक साथ निकलने के साथ हँसी भी निकली! और हम दोनों के हाथ बरबस ही हाई फाइव के लिए उठ गए। इस पाँच साल बाद होने वाले हाई फाइव में थोड़ी झिझक तो हुई, हाथ रुके तो... मगर हम दोनों ने एक-दूसरे की आँखों में देखा और फिर ताली मार दी।

उसने जेब से अपना मोबाइल निकाला और गैलरी फोल्डर खोलकर मेरे हाथ में दे दिया।

''ये क्या है?''

''उन सभी लड़कियों के मेरे साथ इंटिमेट सीन्स!''

''छिः! मैं क्या करूँ इसका?''

''डिलीट करने के लिए दे रहा हूँ!''

'ओह फिर तो ठीक है, लाओ!'' मैंने लपककर फोन उसके हाथ से ले लिया।

''यार एक सुझाव दूँ?'' बीच में युवान बोला, ''डिलीट करने से पहले एक बार देख लेते हैं यार!''

"शरम करो शरम! तुम्हारी आज ही इंगेजमेंट हुई है!" मैंने सेलेक्ट ऑल प्लस डिलीट पर क्लिक करते हुए कहा। युवान ने अपनी चहकी हुई चमक को वापस ले लिया और मायूस नजरों से सवाल दागा-

"तुम्हारा और प्रेरणा का क्या हुआ?"

दोनों मेरी तरफ उत्सुक नजरों से देखने लगे। मैंने साँस भरी और रटा-रटाया जवाब दिया...

"पता नहीं, तीन-चार साल से कोई कॉन्टेक्ट नहीं है।"

युवान : बढ़िया है, शादी-वादी के चक्कर में ना पड़ो, हम कर चुके हैं, हम झेले हैं, बैचलर लाइफ जियो अभी मस्त!

रजत : क्या बैचलर लाइफ यार? पिछले पाँच साल से बैचलर लाइफ के नाम पर दाल छौंक रहे हैं, यही है मेरी बैचलर लाइफ। अब कुछ होना चाहिए जिंदगी में...

शशांक : शादी तो करनी ही है यार... ये दुनिया भाइयों और बहनों से नहीं चल रही है, पति और पत्नियों से चल रही है।

उसने एक ठंडी आह भरी। मैंने और युवान ने एक-दूसरे की तरफ फिर देखा, "ये स्साला इतनी ज्ञान भरी बातें कैसे कर रहा है आज?"

युवान ऊपर भगवान को पुकारने लगा, "या अल्लाह! मेरे दोस्तों को क्या हो गया है, शशांक रजत के जैसे थ्योरी पर थ्योरी दिए जा रहा है, और रजत शशांक की तरह अकेलेपन की बातें कर रहा है। ये दोनों एक-दूसरे के बिना एक-दूसरे जैसे हो गए हैं..."

"शादी करनी ही है तो इन्हीं फोटो वालियों में से क्यों नहीं कर लेते... किसी से?" मैंने शशांक की तरफ अधिकार भाव से देखते हुए कहा।

"शादी क्या... एक जिम्मेदारी है... पूरी कर देंगे... मुझे तो कभी प्यार मिला नहीं, और अब शायद हो भी न किसी से... तो घर वाले जिसे चाहेंगे उसे ला के बाँध देंगे, मैं निभा लूँगा। अच्छे पति का तो नहीं पता पर मुझे लगता है कि मैं एक अच्छा बाप बनूँगा... वैसे भी ये मुंबई-दिल्ली वाली घर तो सँभाल नहीं पाएँगी। माता जी कहेंगी बहू, आज बृहस्पतिवार को पीले वस्त्र पहन लेना, ये पीली बिकिनी पहन चली आएँगी... हाहाहा। तो घर वाले ही अपने हिसाब से देख लेंगे!" उसने एक ठंडी आह भरी। फिर मेरी तरफ देख के बात बदली, "वो सब छोड़ो, तुम बताओ, तुम्हारी जिंदगी में नहीं आई कोई?"

मैं थोड़ी देर सोचता रहा, कोई जवाब नहीं दिया। नदी की तरफ देखता रहा। युवान भी मेरी तरफ देखने लगा। मैंने अपने पत्थर से उठकर उन दोनों के सामने चहलकदमी की और अनिश्चित भाव से जवाब दिया, ''एक आई तो है।''

''कौन?'' दोनों मेरा मुँह एक साथ ताकने लगे। युवान के चेहरे पर चमक आ गई। ताकि जैसे ही मैं विवरण दूँ, यह क्लासिफाइड ज्ञान देना शुरू करें। शशांक भी चेहरा उठाकर मेरी तरफ देखने लगा, ताकि ये दोनों मिलकर अब मुझे घेरना शुरू करें।

रजत : एक लड़की है तो...

युवान : नाम... ?

रजत : दिशा धायल।

शशांक : दिशा धायल... ? मतलब पहले पीडी, अब डीडी, धीरे-धीरे सीडी... डीवीडी...। हार्डवेयर की दुकान खोल लो न...

मैं एक हल्की हँसी हँसा।

युवान : कहाँ की है?

रजत : जयपुर।

दोनों ने लंबी साँस ली, एक-दूसरे की तरफ देखा और एक साथ मुझे तिरस्कार की नजर से देखा।

युवान : मतलब तुम दूरदर्शी तो थे! ये तो मैं जानता था। मगर इतना दूर की सोचोगे? सीधे जयपुर? अबे लखनऊ में क्या महामारी फैली हुई है? यहाँ क्या लड़कियाँ टेढ़ी-मेढ़ी पैदा हो रही हैं, जो तुम इतनी दूर...

शशांक : पहले पंजाब, अब राजस्थान! तुम प्यार कर रहे हो या भारत एकीकरण?

युवान : नहीं मतलब सरदार पटेल के बाद दूसरे तुम्हीं निकले हो...

शशांक ने गाना शुरू किया, ''पंजाब सिंध गुजरात मराठा... द्राविड़ उत्कल बंगा...''

रजत : अबे चुप रहो यार... अच्छी लड़की है...

शशांक : विंध्य हिमाचल यमुना गंगा उच्छल जलधि...

रजत : अब्बे चुप कर बे...

युवान : कहाँ मिली थी?

रजत : जब दिल्ली कोचिंग करने गए थे।

शशांक : तव शुभ नामे जागे...

रजत : बस भी करो, बिलकुल तुम्हारा फीमेल अवतार है।

शशांक : तव शुभ... हैं? क्या मेरा फीमेल अवतार? थोड़ा डीटेल में बताओ।

रजत : फिलहाल मुझे उस बारे में बात नहीं करनी है... किसी और बारे में करनी है...

शशांक और युवान : किस बारे में?

रजत : मैं सोच रहा हूँ कि मैं एक नॉवेल लिखूँ, अपनी जिंदगी पर... मतलब हम तीनों की जिंदगी पर...

युवान : ऐसा क्या खास हो गया है तुम्हारी जिंदगी में, आई मीन हमारी जिंदगी में?

रजत : हुआ है... आज ही हुआ है...

दोनों ने नजरें मुझ पर टिका दीं। संदिग्ध नजरों से मेरी तरफ देखने लगे।

टीप टीप! टीप टीप!

रजत : आज मैं अपने बैंक गया था, यही अपनी यूनिवर्सिटी वाली ब्रांच में, कुछ काम था, एड्रेस और फोन नंबर बदलवाना था।

युवान : अच्छा? तो तुम यहाँ मेरी इंगेजमेंट में नहीं आए थे! अपना बैंक का काम करवाने आए थे?

रजत : तुम्हारी इंगेजमेंट में ही आए थे मेरे भाई, बैंक का काम तो ऑनलाइन भी हो जाता... मेरा बस घूमने का मन था...

शशांक : हाँ तो बैंक में क्या हुआ, तुम्हारा अकाउंट बंद कर दिया क्या? इसलिए तुम रोजगार चलाने के लिए नॉवेल लिखोगे अब?

रजत : अरे सुनो तो क्या हुआ... वहाँ एम्प्लॉयी स्साले मेरी बात ठीक से सुन नहीं रहे थे।

शशांक : और तुम सीधा मैनेजर को हड़काने चले गए होगे? तात्या टोपे बने तो रहते ही हो हमेशा...

रजत : हाँ, तो उस मैनेजर ने मुझसे कुछ कहा...

शशांक : कहा? अइसा क्या कह दिया? प्रान नंबर कैंसिल कर दिया क्या?

युवान के चेहरे पर 1.लड़का कौन है? 2.मारना कब है? के भाव तैरने

लगे थे।

रजत : दरअसल उसने मुझसे नहीं, वहाँ पहले से मौजूद एक आदमी से कहा और मेरी तरफ देखा...

शशांक : हाँ, मगर कहा क्या?

युवान : बोला क्या?

रजत : उसने कहा... ''हाय... आइ एम प्रेरणा!... प्रेरणा दीक्षित!

शशांक : सच में? फिर...

युवान : तब... ?

टीप टीप! टीप टीप!